POR TI,
A TRAVÉS DEL TIEMPO

Los primeros viajes

POR TI,
A TRAVÉS DEL TIEMPO

Los primeros viajes

Jairo Guerrero

POR TI, A TRAVÉS DEL TIEMPO
Los primeros viajes

*"El amor es lo único que somos
capaces de percibir
que trasciende las dimensiones
del tiempo y del espacio".*

(Interestelar. 2014)

Prólogo

"Un mensaje de otro tiempo"

El tiempo libre de que disponemos cada día es elástico:
las pasiones que sentimos lo dilatan,
las que inspiramos lo acortan y el hábito lo llena.
"A la sombra de las muchachas en flor" (1919),
Marcel Proust.

Ahí estaba yo, observando desde el comienzo de mi
vida, hasta el final de mis días, no puedo decirte que
todo fue paz y alegría, pero te lo puedo resumir en una
aventura que no dudaría en volver a repetir una y otra
vez. Siempre quise ser parte de sus mañanas, cuando
despertaba entre enojos y desvelos, entre risas y risos
despeinados, entre unos ojitos rasgados que nunca
se detuvieron a observar cada latido que mi corazón
ofrecía.

Jamás hizo falta otra vida, tal vez solo era cuestión de
no cometer siempre los mismos errores, de detenerse
un instante y pensar en cuáles serían las consecuencias
de los actos. Mi intención no fue hacerle daño, pero lo
hice. Aquella herida fue el golpe más duro que jamás
pude dar, como una explosión, más intensa que el Big
bang, la materia que se conocía cambió por completo,
nacieron las estrellas, formando cada constelación en
los lunares de su espalda.

El espacio se deformó, se abrieron mil portales donde
eras capaz de viajar entre cada momento de tu vida
pasada, tratar de cambiar los errores cometidos, buscar
a esa persona que nunca olvidaste y darle ese abrazo
que quedó pendiente. Ir por ese café o esa cita de hace
10 años, de la que siempre te preguntaste: ¿qué hubiera
pasado si?... O correr nuevamente por las calles de la
ciudad antigua, cuando todavía no talaban tu árbol
favorito, esa jacaranda frondosa de la que siempre
hablabas.

Dile al pasado que me permita volver a vivir los
instantes cuando te vi sonreír, detente justo en ese
momento cuando diste media vuelta para no volver

nunca más, porque fue desde entonces que te di por perdida.

Detén el presente y dime que tengo que disfrutar, que tengo que continuar y no quedarme estancado en una zanja de la que no existe profundidad, cuéntame todo lo que perdí por estar esperando a quien nunca iba a llegar.

Sálvame del futuro, de los triunfos y sueños cumplidos donde tú no estás, donde lo tengo todo, pero me faltas tú. En la feria donde se celebra lo que nunca existió, en ese beso que quedó en el olvido, que por más que busqué, no encontré.

Yo estaré siempre que lo desees, en esa loca manera que tienes de buscar lo divertido donde nadie encuentra nada, en esos recorridos donde admiras cada pequeño detalle que se asoma por los pétalos de aquel girasol.

De todas las realidades y universos paralelos de donde te busqué, no logré cambiar ese pequeño destello de daga que te clavé, no llegué a sentir ni el aire o el aroma del amor que alguna vez sentiste por mí. El perfume que ni en mil mundos se ha logrado fabricar.

Me han detenido cientos de teorías y un par de paradojas, pero siempre buscaré la manera de llegar a ti, de cortar el espacio y abrazar ese pequeño lapso de tiempo...

Antes de verte partir.

Viajero del tiempo.
Año desconocido.

CAPÍTULO I
EL PRINCIPIO DEL FINAL

Año 2055:

Han pasado 38 años desde aquella tarde cuando la vi partir, me cuesta recordar su rostro, pero el brillo que portaba en sus ojos me sigue despertando como un destello fugaz en plena madrugada, en cada sueño perdido, cada vez que estoy tratando de descubrir algún mundo nuevo.

Lo último que recuerdas de mí, es que la memoria volvió, en esas 11 historias que plasmé en la libreta que guardo en mi segundo cajón del lado derecho del armario, entre polvos y souvenirs. Desde entonces decidí borrar mi nombre, darle un nuevo comienzo a mi vida, JC se quedó, me acompañó en mis victorias y en cada derrota, traté de sobrellevar los recuerdos que a mi mente atormentaban, desde hace décadas que no sé nada de Sirena, no volví a ver más la curva que se formaba entre sus mejillas. A decir verdad, nunca tuve el valor para buscarla, para intentar hacer algo por recuperarla.

Y quizá fue porque nunca me sentí capaz de recuperar lo que se quedó atrapado en el pasado. No es fácil volver a repetir un lapso de instante perdido en el tiempo. No es fácil volver a decirle "hola" a esa cicatriz que jamás se borró, a los propósitos que soñaba en esas épocas y no se cumplieron. En las mil y un historias que de noche me inventaba antes de dormir. No es ni será fácil volver a observar un rostro que, aunque pensaba había borrado de mi memoria, reaparecía cuando todos me abandonaban. Cuando las puertas de la casa se cerraban, cuando la luna no se asomaba y la oscuridad abundaba. Cuando las ganas desaparecían.

Mírame ahora, no volví a ser el mismo, la tecnología avanzó, así como mis logros, no me di por vencido, me gradué en una ingeniería y después me especialicé en nanotecnología, amo las cosas pequeñas que si se observan en otras perspectivas se vuelven inmensas, el mundo cuántico siempre fue de mis temas favoritos, pero cada noche lo primero que hacía era voltear al cielo para observar el bello universo, lo que se escondía más allá, en lo que no se alcanzaba a ver. Rescaté algunas hojas donde dibujaba las constelaciones que se formaban en cada luna de los viajes que realizaba.

Fueron muchos años de esfuerzo, tratando de borrar los recuerdos con estudio. Entonces llegó la gran oportunidad de mi vida, logré ingresar a la NASA y el trabajo me consumía lo suficiente para no pensar en ella, sin embargo, después de tanto no he logrado sacarla de mis memorias.

Así pasé el resto de mi vida, entre frases, metáforas y un par de olvidos. Así hasta llegar a la jubilación. Hoy en día sigo sin encontrarle un sentido a mi existencia.

Sí, no está de más decir que los lujos y las riquezas llegaron a satisfacerme, tener a todas las chicas que deseaba nunca fue un impedimento, podía desnudar a cualquiera y naufragar entre las mieles de sus encantos. Las noches las disfrutaba, pasar mis manos por una, dos o tres caderas y saborear el perfume que salía de los poros de nuestros cuerpos.

El problema llegaba a la mañana siguiente, cuando existía un silencio profundo, al ni siquiera saber los nombres de los rostros que miraba al despertar, no llegué a sentir esa misma conexión, esa misma energía, las mismas ganas o el mismo deseo de amor infinito.

No volví a sentir ese escalofrío en el cuerpo cuando una dulce voz te dice al oído "te quiero". Ese tembladero en las piernas al esperar una presencia poseedora de un alma cósmica. O tan solo volver a vivir una ilusión, de esas que te rompen el futuro y te detienen en el presente.

Desde que pasé los cincuenta me dediqué a pasar el resto de mis días a la investigación, me obsesioné tanto con los viajes en el tiempo que llevo casi una década tratando de resolver una ecuación para aplicarla a un transportador de materia y finalmente responder a las dudas que traen vueltos locos a los científicos. Pero me detuve hace un par de días al sentir un dolor intenso en el pecho, no tengo idea de lo que pueda ser, así que he decidido agendar una cita para mañana e ir con un especialista.

Quisiera poder regresar en el tiempo y detenerlo justo en ese último abrazo, hacerlo infinito y disfrutar cada segundo, sin pensar que después de soltarte...

Voy a perderte.

Una velada de insomnios
nunca es suficiente
para recordar lo mucho
que alguna vez te quise.

Sábado 10 de abril del 2055:

Es de mañana y voy en camino, me levanté más cansado de lo normal, llevo un poco agitada la respiración desde que el oxígeno en el planeta disminuyó, espero que no sean malas noticias. Llego al hospital y mi turno se ilumina en la cartelera, entro al consultorio y saludo al doctor:

—Doctor, buenos días, programé una cita para hoy a las 8:00 am —le digo.

—Buenos días, toma asiento, déjame revisar. ¿Cuál es tu nombre? —pregunta al sacar un bolígrafo y su lista.

—JC, solo así doctor —respondo.

—Perfecto, ya encontré tus datos y la información. Cuéntame, ¿qué te sucede?

—Lo que pasa es que hace unos días tuve un dolor fuerte en el pecho mientras construía un transportador, el cual se ha estado repitiendo desde entonces.

—Entiendo, aquí dice que eres ingeniero en nanotecnología, pero durante tus experimentos ¿presentaste algún problema con alergias?, ¿estás expuesto a sustancias peligrosas? —cuestiona.

—Sí, uso sustancias peligrosas, aunque siempre aplico las medidas de seguridad.

—Tu respiración es un poco agitada, supongo que también fumas, ¿cierto? —pregunta acertadamente.

—Sí, fumo cigarrillos mientras trabajo, a veces el estrés es tanto que me son necesarios. ¿Cree que sea la causa del problema? —cuestiono.

—Vamos a averiguarlo, voy a proceder a revisarte —dice colocando un estetoscopio sobre mi espalda y mi pecho mientras murmura con un rostro preocupado.

—¿Nota algo raro doctor? —pregunto nervioso.

—No encuentro nada anormal, es por eso que me preocupa. Voy a tener que realizarte unos estudios, ¿estás de acuerdo?

—Claro, puedo tomarme el día, no tengo problema —respondo.

Me hace dirigir a una habitación donde se encuentran muchos aparatos de tecnología reciente, me recuesto en una de ellas y una especie de luz verde comienza a escanearme el pecho. El doctor dice que los análisis van a tardar un par de horas, así que saliendo de ahí me recuesto sobre el sofá mientras observo la pecera y en ella especies raras de peces, algunas que ya estaban extintas y otras que han sido modificadas desde el ADN para tener habilidades o colores que antes no poseían. La humanidad ha hecho de todo y cuando hablo de todo, es porque realmente ha creado e inventado muchas locuras. Y entre esos locos estoy yo, que entre mi demencia sigo tratando de arreglar lo que ya sucedió.

Los minutos pasan y el doctor sale de la habitación. Me llama para leerme los resultados, le noto una cara más preocupada y un tanto nervioso.

—Doc, ¿Qué pasa?, ¿me trae malas noticias? —pregunto.

—Lamentablemente sí —responde.

—Dígame cada detalle, por favor —le suplico.

—Los resultados no son buenos, tienes los pulmones muy lastimados, has respirado muchos hidrocarburos, combustibles y polvo en tu trabajo. Sumando a ello el problema que tienes con el tabaco, temo decirte que ya eres considerado de alto riesgo, no te quedan muchos años de vida. Solo puedes alargar tu existencia por unos meses más con estas pastillas que te voy a recetar. Realmente lo siento. —Cierra la carpeta de análisis y me la entrega.

21

Un fuerte escalofrío recorre mi piel, pero le agradezco la sinceridad en sus palabras, las ganas de seguir se fueron hace mucho; sin embargo, hay una pequeña chispa dentro de mí que me dice que todavía no es tiempo de partir, falta, falta intentarlo una última vez.

Tan pronto llego a casa me tiro por completo a la cama, entro en una crisis existencial y en debatirme si ya es el momento de aceptar mi destino o buscar la manera de cambiarlo todo.

Y volveremos a encontrarnos...

Porque lo que tú y yo
dejamos pendiente
es más fuerte que cualquier destino.

Domingo 11 de abril del 2055:

Después de pensarlo toda la noche me levanto sin ánimos, tomo una cerveza de la nevara, salgo de casa para recostarme en el césped del patio y veo hacia el horizonte, mi canción favorita suena de fondo en las bocinas a todo volumen, cierro los ojos y trato de pensar...

¿Qué pasaría si logro terminar el transportador de materia y puedo viajar en el tiempo?

Quizá tendría que enfrentarme con muchos obstáculos, no estoy tan seguro de lo que pueda suceder si lo consigo, no sé qué hay más allá del viaje en el tiempo, qué secretos me esperan.

Y es que no habría un momento exacto hacia dónde viajar, quizá me hace falta entender mejor las leyes de la física, repasar mis teorías y plantear nuevamente cada una de las posibilidades que se tienen para lograrlo. Sigo sin perder la esperanza de un posible, pero ansiado y necesario reencuentro con Sirena.

De pronto una llamada entrante suena en el celular, doy un vistazo, es un número desconocido. La curiosidad me invade y sin pensarlo mucho respondo:

—Bueno, ¿Quién habla? —Una risa se escucha en el otro lado.

—Soy yo, viejo amigo, Baham.

Baham es de mis mejores amigos, nacimos en el mismo pueblo y trabajamos juntos en la NASA. Tenía años sin saber de él, la última vez que logramos coincidir me platicó sobre una posible mudanza a Marte, me la propuso para ir con él y continuar con nuestras propias investigaciones en el planeta vecino, pero no, no quería ir tan lejos de la tierra que me vio crecer, ni mucho menos estar alejado de los lugares donde mi corazón dio sus más intensos latidos.

—Baham, ¡hola!, hace tanto tiempo sin saber de ti, ¿Cómo te va por allá? —pregunto.

—De maravilla amigo, llegaron más inversionistas provenientes de la NASA en la Tierra, se encuentran obsesionados con el viaje en el tiempo, son millones de dólares lo que se está invirtiendo para terminar de construir el transportador y encontrarle solución a la ecuación, pero hasta ahora los esfuerzos son en vano, nadie ha logrado resolverla, ni siquiera los más expertos, ¿tú cómo vas con ella?

—La dejé hace un rato Baham, no he vuelto a lidiar con esa estúpida ecuación, el humo y el combustible de las pruebas en el transportador contaminaron a mis pulmones, el doctor me dijo que no tenía muchos años de vida, me recetó las pastillas que hace un tiempo inventamos, ¿las recuerdas?

—¡Claro!, como podría olvidar las pastillas para rejuvenecer el cuerpo, espero que también puedan ayudarte con tu problema en los pulmones. Y lo siento mucho amigo, qué pena recibir esta noticia, sabes que puedes contar conmigo para todo lo que desees. ¿Qué has pensado hacer? —cuestiona.

—Sinceramente puedo decirte que no le veo mucho caso seguir con el tratamiento — respondo.

—¿Por qué dices eso?, sabes que aún tienes mucho por ofrecerle al mundo —me dice molesto.

—Tú sabes por lo que he atravesado, por todo lo que me arrepiento del pasado, no sé si seguir en el intento o rendirme para siempre y esperar el momento para partir... Dices que el mundo me necesita, pero hace tiempo que me desconecté de todos, tomé la jubilación y me olvidé de la NASA. Y tú, mírate, han logrado seguir sin mí, lograste con tus investigaciones, te mudaste a Marte, eres feliz Baham...

—Amigo mío, sé que todo ha marchado para bien, pero, ¿y tú?, has gozado de la vida y aun así no puedo verte feliz, creo que ya hemos tenido esta conversación muchas veces, debes ver también por ti, dejar de atormentarte. Pero respeto tu decisión, está en ti, solo quiero darte un consejo:

"Los pequeños instantes atrapados en el tiempo no regresan, se recuerdan con cariño, sin importar en qué sucedió después, quizá se pueden revivir en sueños, pero no puedes regresar hacia ellos"—.

Siento un nudo en la garganta al tratar de comprender sus palabras, Baham se despide y cuelga la llamada, pero su consejo no solo llena de lágrimas mi rostro, también me da la fuerza para no rendirme, seguiré insistiendo hasta el final de mis días, pero no aquí, no encerrado en este apartamento, debo de ir a donde todo comenzó, de vuelta a mis raíces, de vuelta al pueblo donde nací.

Voy a empacar lo necesario, empezar de nuevo, tal vez es lo que necesito, despejar las ideas, recorrer los pastizales, darle un par de vueltas al parque y visitar el campo de girasoles. Ir paseando por las reducidas calles, acariciar las envejecidas paredes y tomar una copa de vino por las bancas de los callejones. Pero, sobre todo, visitar a mamá y a papá, que yacen en el viejo cementerio, decirles que aquí estoy, a unos meses de volverme inmortal y descansar junto a ellos.

Aquí sigo,
viendo pasar el amor por las ventanas.

Con una sonrisa partida
desde que tuve que decir adiós
y enfrentar la despedida
de la persona que más quise en esta vida.

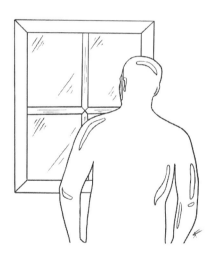

Lunes 12 de abril del 2055:

Son las 6 de la mañana y no logro conciliar el sueño, así que decido partir ahora mismo. La chaqueta de hace 10 años vuelve a brillar, la camisa combina mejor con un moño en medio, los pantalones con un par de agujeros como en la moda de mi juventud, en cuanto entro al auto todo cambia, con una sonrisa y un grito de libertad comienzo la travesía. El trabajo se va a la mierda y vuelvo a empezar.

Prendo el estéreo, las baladas iluminan el camino, son muchas horas de viaje, pero valdrá la pena cada minuto.

Durante el recorrido me toca cruzar la ciudad donde viví mis momentos de universitario, más contaminada de como la recuerdo, el mundo ahora busca un respiro a tanto desastre, lo que pudimos haber corregido hace tanto, ahora nos trae con mucha desesperación.

Subo las apretadas curvas con dirección a las montañas mientras a lo lejos puedo observar la última ciudad abandonada por las sequías, algunos pobladores intentan rescatar la fertilidad de la tierra, lo están logrando con algunas hectáreas, pero la mayoría sigue muerta, la basura de hace cientos de años está afectando, la gente prefiere partir que luchar por salvar al planeta.

Comienzo a ver naturaleza, los pueblos vecinos se asoman, en medio de la carretera una barricada se cruza, al menos una docena de personas están frente a ella. Me detengo para que un señor con sombrero y ropa un tanto desgastada se me acerque a preguntar:

—¿Qué haces por estos rumbos?

—Me dirijo hacia el viejo pueblo de Suhail a visitar a mis padres y al resto de mi familia al cementerio —respondo.

—¿Alguna identificación?

—Por supuesto. —Les muestro una credencial y

logran comprobar que digo la verdad, entonces abren la barricada para dejarme pasar.

La gente por estos rumbos es diferente, están logrando salvar la selva de la sierra, un gran acto de humanidad, una esperanza, una mecha encendida, pues ya no aceptan a más personas a menos que tengan un pasado en estos sitios. Me siento bendecido de haber nacido en humildad, ya que ahora tengo el privilegio de volver a respirar el aire puro y darle un suspiro a mis pulmones, más tiempo al reloj que no se detiene, más tiempo a mi esperanza que cada vez muere.

Un ciervo salta en lo más alto de la montaña, la neblina está bajando, exactamente igual que cuando viajaba a casa allá por la segunda década de los dos mil, la nostalgia me invade al llegar a la entrada del pueblo, mi pueblo de Suhail.

Un pequeño arroyo todavía recorre lo que antes era un ancho río como una muestra de esperanza, los árboles frondosos recuperados de la plaga, el cielo aquí está despejado, sin humos, sin smog. Las canciones de fondo paran, apago las bocinas y voy bajando el cristal del auto, estoy llegando a mi antiguo hogar.

El color de la casa cambió, pero ahí está, tan hermosa como la recordaba. Desciendo del auto y voy hacia la puerta, ya está un poco oxidada, ha pasado mucho tiempo. Toco la puerta, pero nadie abre, enseguida una mujer se me acerca, es una anciana, su piel no tiene arrugas, aunque su pelo la delata, es completamente blanco. Al parecer las personas del pueblo también fueron beneficiadas con nuestro invento.

—¡Hola!, ¿A quién busca? —pregunta.

—Buena tarde señora, mi nombre es JC y yo solía vivir aquí hace algunos años —respondo.

—Hace mucho tiempo que la casa está abandonada, sus antiguos dueños partieron, desconozco hacia dónde, pero dejaron un contacto y la propiedad en venta.

Parece ser que la suerte comenzaba a estar de mi lado, yo solo venía a recordar el pasado y ganar motivación para terminar el transportador, pero me estoy llevando una gran sorpresa al saber que la casa está a la venta.

—Señora, gracias por la información, ¿usted tiene el contacto con los dueños? —pregunto.

—Así es, yo soy la encargada de mostrar la casa a las personas que estén interesadas, ¿gusta echarle un vistazo? —me dice.

—Claro, me encantaría. —La anciana saca de su bolso una llave y gira la chapa...

—Adelante, pasa, tómate tu tiempo en observar cada detalle.

De inmediato mi mente vuela, estoy aquí, como si de un viaje al pasado se tratase, es como si no hubieran transcurrido los años.

Me proyecto siendo yo de joven, todos los muebles están cubiertos con una sábana blanca y un tanto de polvo, las retiro con cuidado y vuelvo a ver el sofá que dejé antes de partir, el mismo sofá donde papá veía la televisión mientras mamá tejía.

—¿Podría brindarme el número telefónico de los dueños? —le pido con gran nostalgia.

—Con gusto. —Me brinda los datos y en un instante estoy marcando los 10 dígitos.

No pasa del primer timbre de llamada cuando responden:

—¿Bueno?, ¿quién habla? —se escucha.

—Hola, ¿hablo con el dueño de la casa 33? —pregunto.

—Así es, ¿estás interesado en adquirirla?

—Me encantaría, ¿cuál es el valor con todo y muebles?, la quiero tal y como se encuentra.

En mi cara una sonrisa se dibuja al saber que estaba a punto de concretar la compra, el dinero no era problema para mí, así que le ofrezco al dueño un precio que no puede rechazar. En cuestión de segundos la transferencia se completa, así de rápido, como una estrella fugaz he vuelto a recuperar mi hogar, es mío otra vez. Cuelgo la llamada y volteo hacia la anciana:

> —Señora, la casa es mía nuevamente, no tiene idea de lo feliz que me siento, mi emoción fue tanta que olvidé preguntar, ¿cuál es su nombre?
> —Me llamo Adhara, es un gusto conocerte. Muchos compradores han llegado a observar la casa, pero al final algo no les convencía, quiero pensar que la casa te ha elegido a ti o más bien, esperó por ti. Muchas felicidades, ahora que es dueño puede remodelar lo que desee, yo vivo en la casa de al lado, cualquier cosa que se le ofrezca puede contar conmigo.
> —Gracias, conozco bien el lugar, no creo tener problemas no se preocupe, lo que necesite yo se lo hago saber. —Adhara amablemente me entrega la llave y se despide.

Con la felicidad a tope comienzo a realizar todas las llamadas posibles para remodelar la casa, mando a pedir todo, los mismos muebles, el mismo sofá, la misma pintura y el mismo azulejo que recordaba. Así daría mi primer viaje al pasado, volviendo a vivir mis últimos años en el sitio donde abrí por primera vez los ojos.

Mientras termino los preparativos, subo los escalones hacia el segundo piso, ahí, donde antes se encontraban las recamaras. La puerta de la que fue mi habitación está sellada, al parecer nunca se volvió a ocupar.

Tomo un martillo del piso y saco uno por uno los clavos y la madera atravesada, vuelvo a abrir mi cuarto después de tantos años de no hacerlo, la puerta rechina en señal de que se está pudriendo, la respiración se me agita un poco por todo el polvo que respiro, pero no me importa, estoy emocionado por saber lo que guardé en el pasado.

Discos de vinilo que coleccionaba, tazas con diseños de mis personajes favoritos, libros de fantasía, física y teorías, tengo un tesoro en mis manos, y claro, los juguetes de mi infancia que siguen aquí justo como los dejé. Debajo de la cama una camisa que fue de mis favoritas, en las paredes fotos de mi familia, las graduaciones y los festejos. En el rincón el piano que con algunas teclas descompuestas todavía suena, trato de sentirme como en aquel tiempo, tan feliz de tener a las personas que amo, tenerlas aquí, con vida. Y de pronto la soledad parece escapar de mi cuerpo, me siento acompañado, por recuerdos en forma de fantasmas que se proyectan en mi mente.

Encuentro entre las cajas los acordes de las canciones que nunca dejé de escuchar, me siento en el banco del piano y comienzo a tocar, sintiendo la música en mis venas y las memorias que se quedaron a cientos de kilómetros atrás.

Y mientras canto y me relajo, como un rayo en plena tormenta eléctrica, un recuerdo me pasa por los ojos, pues antes de perder la memoria en aquel accidente donde cité a once chicas, también trabajé en las teorías del tiempo y del espacio.

Volteo el mueble y ahí está...

Un pequeño baúl de secretos, cerrada con candado, pero mal gastado. Lo golpeo con el martillo, el candado revienta y...

¡Sorpresa!

Amarradas con un simple cordón se encuentran mis primeras investigaciones.

No espero para abrirlas, me sorprende mucho saber que antes estaba lleno de ilusiones y tenía las esperanzas a tope, que podía comprender mejor la relatividad, la gravedad y los principios básicos para controlar el tiempo. En la última hoja, la impresión aumenta, estoy visualizando dos prototipos, dos máquinas, una ya fue inventada hoy en día, pero hay otra, una que ya no recordaba...

"Lucy".

Pego un salto de emoción, ¡voy a lograrlo!, en cuanto tenga la casa remodelada y los materiales necesarios retomaré este proyecto, esta teoría, esta esperanza.

Será como una combinación entre mi yo del pasado y mi yo del futuro, uniendo todo el conocimiento para lograr regresar en el tiempo y volver a ese capítulo de mi vida donde me quedé atrapado.

"Usted no puede moverse de ninguna manera en el tiempo, no puede huir del momento presente".
"La máquina del tiempo" (1895), -Herbert George Wells.

CAPÍTULO II
LUCY: LA MÁQUINA DEL TIEMPO

Año 2057:

Hoy en día se habla mucho más de la nueva tecnología, ya se han construido cápsulas que son capaces de viajar a la velocidad de la luz y dilatar el espacio/tiempo, ir hacia el futuro ya es una realidad.

Están surgiendo nuevas teorías, los científicos dicen que es imposible viajar al pasado, que no hay forma de hacerlo, pues surgen un sinfín de paradojas que lo impiden, que solo existe un mundo y que lo único que se puede lograr es ir hacia delante, nunca hacia atrás.

Dejaron de creer en la teoría de cuerdas, el multiverso y en los universos paralelos, algo que para mí es aún posible.

En aquel baúl donde se encontraba la información que recopilé durante varios años manejaba una hipótesis en la que dejé de trabajar hace mucho, pero que ahora he vuelto a estudiar y a la que más le doy atención.

Durante estos 2 años terminé de construir el primer prototipo, la máquina de reducción de tamaño, solo me basé en las que ya existen para poder completarla.

La estoy analizando día y noche haciendo pruebas, mi idea es ingresar en ella para encogerme a una escala microscópica e ingresar al mundo cuántico. Ahí, donde el tiempo transcurre más lentamente.

Casi siempre estoy pensando en cómo voy a emprender esta misión, porque todavía me hace falta la máquina clave...

..."Lucy".

35

Así la nombré de cariño, pero en realidad es un dispositivo para crear agujeros de gusano. Es capaz de usar ondas gravitacionales y radiación electromagnética, se la propuse a Baham hace 15 años, cuando él todavía vivía en este planeta. La comenzamos a construir, pero antes de terminarla tuvimos que abandonar el proyecto. Desde entonces sigue almacenada en el sótano, no se había probado nunca, la dejamos al olvido desde que nuestro jefe nos frenó la inversión ya que el gobierno había mandado un comunicado en el que advertían que Lucy era una máquina extremadamente peligrosa capaz de absorber a todo el planeta si llegase a funcionar, aunque, a decir verdad, nunca encendió.

Nos hizo falta un combustible...

Y si llegase a encontrar o fabricar alguno para ponerlo en marcha, un agujero de gusano con un tamaño microscópico sería apenas riesgoso. No podría absorber mucho a su alrededor y tendría todo el tiempo necesario para entrar en él, viajar en el tiempo y poder volver a mi mundo, entonces cumpliría con la misión de haber vivido ese momento del que nunca regresé. Intentaría corregir mis errores con Sirena y hacer más por ella.
Si mis cálculos no me fallan y logro encogerme, encender a Lucy, crear el agujero de gusano e ingresar en él... es muy probable que sobreviva, aunque no tengo idea de qué pueda pasar una vez dentro. No hay pruebas, solo existió una misión en la NASA, una nave que tenía como destino el agujero negro más cercano, pero antes de llegar se perdió el contacto con la tripulación. Fue un rotundo fracaso.

Y quizá yo también estoy construyendo mi propia muerte.

Quizá solo era cuestión de más tiempo,
de más ganas,
de más esperanza...

Tal vez fue lo que nos hizo falta,
tarde nos dimos cuenta
que pudimos serlo todo
si tan solo hubiéramos sido
un poco más valientes.

Jueves 7 de junio del 2057:

Me encuentro atornillando algunas piezas, el teléfono suena, es Baham, traigo puesto los auriculares así que respondo con un simple gesto:

—Bueno, Baham, amigo, ¿Cómo estás? —pregunto.

—Amigo buen día, yo estoy muy bien, ¿Y tú?, ¿cómo vas?, lo último que supe de ti es que viajaste de regreso a nuestro pueblo de origen. ¿Qué estás haciendo por esos rumbos? —cuestiona.

—Quise volver a Suhail para pasar mis últimos años aquí, refrescar la mente y continuar con el transportador de materia, logré adquirir mi antigua casa y entré a mi vieja habitación. Todo marchaba bien, pero entonces encontré nuestra primera investigación.

—¿Nuestra investigación?, ¿de la que trabajamos en los inicios y sin tener resultados positivos?

—Sí esa misma, pero en ese entonces no teníamos tantos conocimientos como ahora, volví a creer en la teoría que planteamos en aquel tiempo. Desde entonces estuve terminando la máquina de reducción de tamaño, y, ¿recuerdas nuestro trabajo en el dispositivo para la creación de agujeros negros?

—Claro, Lucy, cómo olvidarla, era un gran proyecto y nos fue cancelado, jamás la probamos.

—Eso pasó porque jamás encontramos el combustible para encenderla, es muy diferente. A la mierda el transportador Baham, a la mierda la ecuación, no tengo mucho tiempo. Y por eso mismo estoy aquí, para continuar con Lucy, nadie sabrá que voy a experimentar con ella.

—¿A qué te refieres con experimentar con Lucy?, ¿estás planeando hacerla funcionar? —Baham

38

pregunta confundido.

—Me propuse a buscar o inventar algún combustible para encenderla y una vez que funcione, encogerme a un tamaño microscópico con la máquina de reducción para después activar y crear un agujero de gusano. Así podré viajar en el tiempo.

—¡Eso es una locura!, ¿acaso tienes idea de lo que podría provocar crear un agujero de gusano? —pregunta molesto.

—Sí, estoy consciente que puede ser un peligro, pero será tan pequeño que no creo que sea devastador. En mis tiempos libres también estudio los posibles resultados que pueda ocasionar el agujero de gusano, no te alteres amigo, todo saldrá bien.

—¡Joder! JC, ¿sigues creyendo que es posible volver al pasado?, qué ideas las tuyas, pero esa locura que tienes es lo que nos llevó tan lejos. Para eso te llamaba...

—¿Ah sí? —respondo con un tono de burla—. ¿Qué necesitas? —pregunto.

—Escucha con atención, tú eres mi amigo y a pesar de que pienso que lo que estás tratando de hacer es una completa estupidez, también confío en ti, en que vas a lograrlo, no sé cómo lo harás, pero siempre logras salirte con la tuya. Quiero ayudarte, sospechaba que algo estabas planeando así que voy a prepararte una junta con los inversionistas y directivos de la NASA, aquí en Marte, tienes que convencerlos en que viajar hacia atrás sí es posible, quizá y te permitan experimentar con Lucy aquí, en los campos abiertos. ¿Qué dices? —propone.

—Baham muchas gracias por querer ayudarme, ¡ja!, algo me dice que haces todo esto para beneficio propio, ¿no es así?

—No voy a mentirte amigo, no es solo para

mi beneficio, siempre hemos trabajado juntos y desde que te fuiste mi trabajo ya no fue el mismo, además quiero joderme a todos aquellos que piensan que estás loco. —Comenzamos a reír juntos.

—Me has convencido, solo por eso voy a aceptar; pero oye, no quiero irme de Suhail, voy a dar esa junta desde aquí, ¿está bien?, en video-llamada se soluciona.

—Perfecto JC, gracias por aceptar, no veo la hora de dejarlos con la cara de confusión a esos ingratos. Voy a preparar todo y mañana temprano te estaré marcando.

—Listo Baham, nos vemos mañana amigo.

Juraste quedarte una vida entera
y al final no duraste ni un solo instante.

Viernes 8 de junio del 2057:

Ya es de mañana y la junta está por comenzar, estoy un poco nervioso, no sé si al final los directivos van a pensar que necesito ayuda psiquiátrica o si terminarán por apoyarme en mi teoría.

La pantalla recibe una solicitud, es Baham, ya es hora de comenzar, como hace algunos años me coloco los lentes que aún conservo, los que me heredó mi padre.

Y si lo hago es solo para darles la finta, realmente no tengo idea de lo que voy a decir, tengo la información en la mente, pero no practiqué para una presentación.

Es igual, pienso que siempre se debe arriesgar sin importar lo que pueda pasar, ahora sé que es mejor vivirlo a terminar arrepentido.

La cámara se enciende y la reunión da inicio.

—Buen día tengan todos queridos colegas, me llamo JC, soy ingeniero jubilado especializado en nanotecnología y desde hace dos años retomé mis primeros proyectos, desde entonces estoy trabajando en mi pueblo, lejos de la ciudad y de la contaminación. —Todos saludan y se presentan. El científico a cargo dirige unas palabras de inicio:

—Buenos días JC, nos da mucho gusto volverte a ver, Baham nos contó lo que haces ahora y lo que pasó contigo, siento mucho que tu enfermedad no tenga remedio, pero veo que no has desperdiciado ni un segundo el tiempo que aún te queda. Creo que todos ya nos hemos presentado anteriormente —murmura y voltea a los lados mientras interrumpo.

—Sí. Los conozco, a todos... Estoy al pendiente siempre de las nuevas actualizaciones en sus inventos, veo que lograron desplazar objetos hacia el futuro, es un gran paso para la humanidad desde que llegamos a colonizar nuevos planetas.

—Así es colega, y ¿tú qué nos cuentas?, cómo vas con esa teoría de la que volviste a confiar, debe ser de gran esperanza ya que cambiaste tu trabajo de años en el transportador y la solución a la ecuación por un par de máquinas. —Todos ríen y se burlan mientras yo mantengo la calma y continúo.

—Con la invitación de Baham hoy vengo a platicarles un poco sobre mi trabajo. Pero primero necesito información de parte suya, tengo entendido que ustedes comprobaron la teoría de los viajes hacia el futuro mediante cápsulas capaces de viajar a la velocidad de la luz alrededor del planeta, ¿Cómo realizaron las pruebas? —pregunto.

Tomo una pluma y papel para anotar toda la teoría posible que me ayude a resolver el problema que aún tengo con Lucy.

—Comenzamos hace unos dos o tres años, no fue fácil, al principio fracasamos, incluso pensamos en dejarlo al olvido. Pero no nos rendimos. Todas las pruebas se realizaron aquí y como ves, han tenido éxito —responden.

—Muy interesante, yo espero comenzar mis pruebas en un par de años, tengo un problema con Lucy, pero en cuanto lo resuelva pienso viajar al pasado. —Comienzan a reírse descontroladamente.

—¿En serio crees que sea posible viajar al pasado? —cuestiona uno de los inversionistas.

—Tal vez, estoy usando todos mis conocimientos y estudiando mucho, recién terminé con el primer prototipo, con la máquina de reducción.

—No era la gran ciencia ¿cierto?, esa máquina se inventó hace tiempo —dice otro más.

—No, no lo era. Y así como hace algunos años cuando ustedes creían que era imposible construirla, así siguen, con esa misma mentalidad y la poca fe en las cosas, ¿cierto? — Todos comienzan a alterarse, pero Baham alza la voz y dice:

—¡Tranquilos!, no organicé esta junta para estarse reprochando lo que ya pasó, lo que ya se inventó... Mi amigo trata de explicarles su teoría, ¿quieren volver a conquistar la atención de nuestros mundos o solo van a seguir discutiendo?

—Baham tiene razón, te pedimos una disculpa JC, continúa... queremos escucharte —me piden y con un gesto de disgusto continúo:

—La máquina de reducción es solo para no ocasionar un gran caos con el segundo dispositivo... Lucy. Que es capaz de dilatar el espacio y el tiempo para crear un agujero de gusano, estoy realmente confiado en que puede funcionar. No sé qué pueda existir más allá después de ingresar, pero al menos estoy consciente de que una quinta dimensión sí existe. —Noto a uno de ellos un tanto sorprendido, puedo ver el brillo en sus ojos.

—¿Una quinta dimensión? —pregunta.

—Así es, una dimensión que no conocemos, pero que siempre ha estado presente. Cuéntenme ustedes, ¿Han encontrado otra manera de ir hacia el futuro a parte de sus capsulas?

—Sí, hace un tiempo detectamos un agujero negro a pocos años luz de distancia, se mandó una misión para llegar hasta allá e ingresar, comprobamos que la gravedad juega su papel y nos puede desplazar hacia el futuro. También logramos extraer materia exótica de un meteorito que cayó en la Tierra y estamos tratando de crear nuestros propios agujeros.

—Espera, ¿qué?, ¿la misión sí tuvo éxito? — pregunto confundido.

—Claro que la tuvo, la historia de que jamás regresaron solo fue un invento de la NASA que se encargó de guardar los resultados de la misión en secreto para que otros países no lo repliquen y busquen alterar el universo.

—Ahora entiendo, así fue como tuvieron éxito en el gran avance de la tecnología, con las cápsulas y los viajes al futuro... Y, materia exótica, ¿qué es eso? —cuestiono dudosamente.

—La materia exótica es un tipo de material muy extraño que se logró extraer para usarlo como combustible, demasiado escaso en el universo, haberla encontrado fue realmente un milagro. Desde que se descubrió se comenzó a estudiar, ahora estamos logrando abrir un portal, un agujero negro con la energía que proporciona, pero fue muy difícil de extraer, usamos maquinaria pesada ya que proviene de un meteorito encontrado en Texas.

Tal vez esa es la respuesta a todas mis preguntas, la materia exótica puede ser la clave para lograr encender a Lucy y crear el agujero de gusano.

—Interesante, muchas gracias por compartirme la información, una pregunta más, ¿cómo es la materia exótica? —cuestiono.

—Emana un brillo intenso, de un tono verdoso, se piensa que se encuentra en una proporción muy pequeña de los asteroides y meteoritos que han caído en la Tierra, se están realizando más búsquedas en cada rincón, incluso lo estamos buscando aquí en Marte, pero hasta ahora no hay nada.

—Les agradezco su colaboración, de mi parte puedo decirles que seguiré trabajando con Lucy —les digo.

—Ya te dimos bastante información, ahora tú dinos, ¿cómo piensas encender a Lucy, tienes alguna idea o buscarás algún material para fabricar su combustible? —preguntan.

—Aún no tengo idea de cómo encenderla. Pero esta reunión es para eso, para colaborar juntos y en caso de que yo encuentre un combustible ustedes podrán usarlo para sus cápsulas y no solo viajar al futuro, también podrán hacerlo hacia el pasado.

—Muchas gracias JC, nos complace volver a trabajar con uno de los ingenieros más brillantes que tuvo la NASA. Seguiremos en contacto, si necesitas algo o si logras encender a Lucy no dudes en llamarnos, es demasiado riesgoso así que debemos llevar todas las medidas para no ocasionar un caos a nivel catastrófico.

—Gracias a ustedes por el tiempo y escucharme, un placer volver a trabajar con personas grandiosas.

Los científicos se despiden mientras agradezco a Baham por organizarme la junta, en cuanto cuelgo la llamada mi curiosidad aumenta, porque hace algunas semanas escuché un rumor entre los pobladores sobre una luz verde resplandeciente que se alcanzaba a observa en una de las cuevas del cerro más alto del pueblo, la misma montaña que antes escalaba con los amigos de la infancia para fumar y bebernos algunas cervezas.

Quizá tenga alguna similitud con la materia exótica, así que tendré que investigar más a fondo.

Sábado 9 de junio del 2057:

No quiero dejar pasar los días, está amaneciendo y es momento de ir a indagar más a fondo.

Subo al auto y me dirijo al barrio que se encuentra justo antes de iniciar la escalada al cerro. Al llegar me encuentro con unos pobladores que caminaban por el lugar con costales de fruta en sus espaldas, les extiendo la mano para saludarlos mientras pregunto:

—Hola, buenos días, ¿Ustedes viven cerca de aquí?

—Buenos días, sí, nosotros vivimos a la vuelta del cerro, tenemos que cruzarlo cada mañana para ir hacia el centro del pueblo y vender nuestros productos —responde uno de ellos.

—Así que ustedes viven aquí, ¿puedo preguntarles algo? —cuestiono.

—Sí, claro.

—Hace unas semanas escuché hablar a unas personas sobre una luz verde resplandeciente que salía de una de las cuevas del cerro, ¿saben algo al respecto?

—¡La luz!, ¿quiere saber sobre la luz? —pregunta temeroso.

—Sí así es, verán yo soy investigador, llegué de la ciudad hace un par de años, este es mi pueblo de origen y de joven yo paseaba por este cerro con mis amigos, recuerdo perfectamente recorrer estas veredas llenándonos de aventuras y selfies, de picnics, locuras y risas. Jugábamos a investigar casos paranormales, a documentar cada planta y flor que nos llamaba la atención, así que me llena de intriga saber qué es esa luz misteriosa de la que se ha estado rumorando.

—Así que tú naciste aquí, nosotros también fuimos como tú, niños aventureros, llenos de curiosidad y solo por eso te vamos a decir:

Verás muchos extranjeros consiguen llegar hasta aquí, sobornan a los vigilantes, así evitan las barricadas de las entradas y solo buscan investigar la luz verde, pero los pobladores y la gente del barrio no los dejan pasar, se dice que esa luz apareció hace unos meses, justo después de que una bola de fuego cayera del cielo. Todos piensan que se trata de un tesoro o una maldición y por miedo nadie entra a observar más a fondo de qué se trata, pero tampoco quieren que alguien de fuera se lo robe. —Ahora todo comenzaba a tener sentido, esa bola de fuego era un meteorito.

—Gracias por resolver mis dudas, ¿Cree que yo no tenga problemas con intentar explorar esa luz misteriosa? —pregunto.

—No tenemos problema siempre y cuando nos prometas que si encuentras un tesoro lo compartirás con todas las personas del barrio. —Sentencia mientras me regala una sonrisa.

—Tenga mi palabra de que así será.

Se despiden mientras abro la cajuela del auto. Saco los materiales de exploración y me coloco las botas para escalar la montaña.

¡Qué nostalgia!

Hace tanto que no piso este cerro mágico lleno de misticismo, así que llevo conmigo un entusiasmo y la esperanza de encontrar lo que estoy buscando. Subo la empinada vereda, a los lejos puedo ver el paisaje y la emblemática sierra, cómo describir tremenda belleza, ahora entiendo porque en las ciudades solo se puede admirar los monumentos y museos cuando todo está repleto de contaminación y ya no pueden observar la hermosa vista de un paisaje repleto de frondosos árboles.

El cielo se encuentra completamente azul, el viento pega y refresca mi rostro, una liebre salta a unos cuantos metros, un águila vuela justo arriba de mí, es como estar en un sitio libre de humanos.

Al llegar a la cima puedo notar las ofrendas de los creyentes que siguen puestas en una cruz, alabando al espiritual dueño del lugar, pidiendo por las cosechas, por más árboles y menos edificios, por más color verde y menos matices.

Veladoras y cacao adornan a las imágenes religiosas, un árbol seco al lado sirve para descansar un momento. Me relajo mientras observo la naturaleza tan majestuosa, tan protegida de las empresas y fábricas que arrasan con todo a su paso. Bebo un poco de agua, puedo ver un letrero con la leyenda:

"Peligro no se acerque"

El cual se encuentra justo en la esquina de la vereda donde recuerdo es la entrada a una de las cuevas.

Bajo con cuidado por unos escalones hechos con la misma tierra que apenas puedo identificar, la naturaleza está volviendo a recuperar lo que antes era de su propiedad, doy media vuelta y puedo ver la entrada a la gran cueva. Entro y enciendo la lámpara, los murciélagos vuelan alrededor alborotados por la intensidad de la luz, sigo más a fondo y mientras sospecho que es la cueva equivocada, un verde resplandor se asoma a lo lejos. Me acerco hasta topar con un gran muro de roca, saco de la mochila la herramienta para romper con cuidado la piedra y ver el origen del resplandor.

El brillo se hace cada vez más fuerte, me coloco los lentes protectores, pero noto que se comienzan a deteriorar por la gran intensidad, excavo un poco más y de la roca sale una pieza de materia extraña…

¡Sí, posiblemente lo que buscaba!, materia exótica.

49

Guardo con cuidado el material en un recipiente mientras examino la roca de donde la extraje, al parecer es un meteorito, pero hay algo distinto a los que había visto, tiene incrustado en el centro una placa metálica donde se encuentra tallada una imagen...

¿Qué es?

Es un fondo negro, con muchos puntos blancos y trazos entre ellos...

¿Un cielo nocturno?, planetas, estrellas...

¡Un mapa estelar!

Volteo la placa y mi sorpresa aumenta, hay una especie de escritos tallados en un idioma que no logro reconocer. La guardo en la mochila mientras salgo del lugar. Dejando a un lado lo de la placa, estoy realmente emocionado con lo que acabo de descubrir. ¡No hizo falta vender mi primer proyecto con los inversionistas de la NASA!, puedo realizar este trabajo yo solo y sin ninguna restricción.

Con la felicidad a tope bajo corriendo el monte como si fuera un adolescente disfrutando de su juventud, golpeando las hojas y saltando las rocas, con la satisfacción de saber que ya podré comenzar con las pruebas.

Escanea el siguiente código para visualizar el mapa estelar tallada en la placa metálica.

Año 2058:

Ya pasaron varios meses desde que comencé con las pruebas para poder encender a Lucy con ayuda de la materia exótica y lograr crear el agujero de gusano, también trato de resolver la imagen impregnada en la placa que encontré en el centro del meteorito, todavía no tengo resuelto nada, pero la máquina de reducción ya comienza a rendir frutos. Hace unos días logré reducir un libro a un tamaño microscópico y volverlo a la normalidad, solo me falta calibrar bien el punto de disparo. El libro no volvió como esperaba, regresó a su mismo tamaño, pero casi destruido por la altura de la que cayó una vez que se hizo pequeño.

Miércoles 20 de marzo del 2058:

Es mitad de semana y sigo con el gran problema de la calibración en el punto de disparo, es demasiado riesgoso dejar la máquina de reducción expuesta a que alguien la descubra una vez que me haya encogido.
Creo que lo mejor sería adaptarla a un lugar cerrado y pequeño, no tan alto, pero lo suficientemente espacioso para que pueda ingresar. La cochera es grande y la máquina apenas cubre mi cuerpo, rearmarla dentro de un auto suena lógico, pero también se corre el riesgo de que alguien entre a mi casa e intente robarlo, ingresaría a la máquina y en lugar de encender el auto, se encogería. Si eso sucede cualquier persona, objeto o animal que ingrese quedaría expuesto. Sigue siendo muy peligroso...

¡Lo tengo!

En un auto no, pero sí en la cajuela, ahí solo yo podría ingresar y cuando me encoja cerraría desde adentro, así la caída no es muy alta y el espacio es lo suficiente para que el agujero de gusano no quede expuesto al mundo.

Jueves 21 de marzo del 2058:

Desarmé la máquina de reducción y la estoy adaptando a la cajuela del viejo auto de papá que nunca salió de la cochera. Un Chevrolet Corvette 2017. Qué ironía, fabricar mi propia máquina del tiempo en el mismo modelo de auto que lo hizo John Titor, una persona emblemática y muy misteriosa, su nombre recorrió las plataformas de debate más importantes del año 2000 con su famoso relato de historias y predicciones donde decía que provenía del futuro, exactamente del año 2036 y había viajado a nuestro tiempo para realizar una misión y salvar su época.

Hasta la fecha no se sabe si realmente existió, pero fue de las primeras historias que me conmovió. Hay indicios y sospechas de que fue un viajero real y que la noticia fue ocultada por el gobierno. De ser así, no creo estar loco con mis teorías, el viaje al pasado puede ser posible.

Mientras trabajo en el auto sigo estudiando esa placa, ese mapa estelar, ese texto al reverso...

¿Qué mensaje tratan de dar?

La duda me está consumiendo, sin embargo, una idea me llega, me dirijo hacia donde se encuentra y la tomo para observarla mejor.

Estoy analizando cada estrella, no logro identificar a qué parte del cielo nocturno pertenece. La levanto para analizarla más a detalle y la luz del sol que sale por una ventana se refleja proyectando en la placa una imagen en tercera dimensión...

**Más estrellas,
más contenido,
más trazos...**

¡Constelaciones!

53

Y al parecer corresponden al mismo plano del cielo donde me encuentro ahora, están divididas en los dos hemisferios, es como si alguien de otro mundo hubiese fabricado el meteorito e ingresado la placa para después lanzarla hacia nuestro planeta, pero que desde antes ya nos había visitado, solo eso explicaría porque todo corresponde a nuestro cielo nocturno, si el mapa se hubiera dibujado desde otro sitio, las constelaciones no estarían en su posición original.

El texto grabado en la parte de atrás tiene más sentido, aunque parece corresponder a un idioma muy antiguo, uno creado por las primeras personas que fueron capaces de comunicarse a través de palabras.

El pasado no regresa,
pero cuánto duele recordar
lo que nunca se dio
y lo mucho que se sintió.

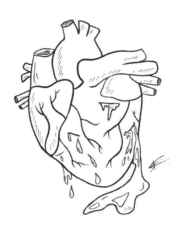

Domingo 24 de marzo del 2058:

Me llevó el resto de la semana tratar de descifrar el lenguaje, me costó bastante, pero ya estoy logrando resolver las últimas letras del mensaje…

"Universos paralelos,
un mundo en cada constelación,
norte futuro,
al sur el pasado,
cuatro cuadrantes en cada estación".

¿Qué es esto?, ¿qué significa?

En una desesperación por tener respuestas, voy corriendo hacia mi computadora buscando en internet, tratando de encontrar algo que me resuelva todas las dudas.

Varios títulos de artículos me están sembrando aún más preguntas. Dicen lo siguiente:

mensajes encontrados en meteoritos

Q Todos · Imágenes · Videos · Noticias · Maps · Más · Herramientas

Cerca de 84.100 resultados (0.52 segundos)

Mensajes encontrados en meteoritos podrían ser la clave de vida extraterrestre

22 ene —— Los **meteoritos** han sido testigos de una larga y violenta historia. … natural han **encontrado** previamente otras aplicaciones de mucho éxito

Mensajes tallados hace miles de años pueden pertenecer a civilizaciones marcianas

21 nov —— La ribosa juega un papel muy importante en nuestra biología humana. Existe en nuestras moléculas de ARN (ácido ribonucleico) y entrega **mensajes** …

La tierra fue visitada en el pasado por seres de otros mundos

6 dic —— Compuestos clave para la vida se han **encontrado en meteoritos**. La cuestión del origen de la vida terrestre ha generado un campo de estudio …

Llego a una conclusión, al parecer siempre tuve razón, esos mensajes, las pequeñas señales de radio provenientes de otros mundos que se habían detectado en las antenas de la NASA tenían un propósito, mandar claves, mensajes y brindarnos la información necesaria para abrir paso a los viajes en el tiempo. Hasta este año aún no se hace público la existencia de vida extraterrestre por el pánico que podría causar en la población mundial, por todas las críticas hacia el gobierno y las manifestaciones que se podrían generar a causa de la desesperación y el miedo. También por toda la desinformación que se generaría. Pero tampoco se estudia lo necesario para comprender a todas las civilizaciones que nos han visitado.

Ahora comprendo que el meteorito no fue una casualidad del universo, no. Esto fue planeado, alguien lo envío sabiendo que iba a ser encontrado, alguien que tuvo antepasados que hace miles de años visitaron la Tierra y enseñaron el idioma del texto a los humanos. Descifrar el mensaje y visualizar la imagen serviría para lograr viajar en el tiempo, no sé de quién se trate, pero desde aquí estoy muy agradecido por su apoyo.

Ahora necesito saber qué significa cada palabra del mensaje, tal vez la materia exótica fue creada con el único propósito de viajar en el tiempo, así que quiero creer que cuando ingrese al agujero de gusano, el mapa estelar va a proyectarse...

"Universos paralelos..."

El mensaje aquí está claro, no existe solo un planeta Tierra, todo se compone por un sinfín de mundos paralelos, es decir, tendré muchas oportunidades para viajar a un momento de mi pasado.

"Un mundo en cada constelación..."

Desde la perspectiva del cielo nocturno, existen 88 constelaciones, entonces podré viajar por 88 mundos paralelos, los griegos lo sabían, ellos dibujaron las primeras figuras en el cielo, siempre existió un propósito, nuestros antepasados tuvieron la respuesta, un mundo diferente en cada constelación.

"Norte futuro, al sur el pasado..."

Este es más sencillo de resolver, en el cielo se pueden identificar dos hemisferios, quiere decir que los mundos ubicados en las constelaciones del hemisferio norte te llevan al futuro. Pero no, yo no quiero ir hacia delante, toda mi vida he buscado ir hacia atrás, al pasado, así que lo ideal sería ir hacia las constelaciones del hemisferio sur, en esos mundos, los que siempre busqué y que después de tanto ya los encontré.

"Cuatro cuadrantes en cada estación"

Por supuesto, cada hemisferio se divide en cuatro cuadrantes, lo que equivale a los capítulos de nuestra vida, si quiero saber hacia dónde voy a llegar, en qué momento de tiempo necesito viajar, lo ideal sería analizar cada cuadrante.

Las constelaciones del primer cuadrante me llevarían a mi niñez. Allí, mi otro yo no tendría ninguna idea de lo que está pasando si llego a toparlo, sería apenas un bebé.

Lo ideal sería viajar hacia mi juventud, justo en las constelaciones del segundo cuadrante. No ir más allá del tercer cuadrante que representa mi adultez.

Si cruzo el límite podría llegar al cuarto cuadrante, a mi vejez, posiblemente antes de recibir la noticia del doctor o quizá en el momento exacto en que emprenda la aventura.

Mirar al cielo y saber que las estrellas
me recuerdan tanto a sus lunares,
sigo buscando entre constelaciones
las figuras que se formaban
cuando besaba su espalda.

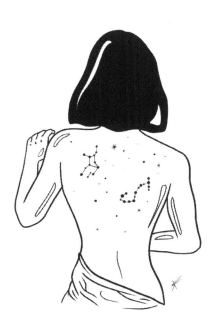

POR TI, A TRAVÉS DEL TIEMPO

Diciembre del 2058:

Ya casi son cuatro años desde que recuperé mi antigua teoría y reconstruí las máquinas, la respiración cada vez se me complica más, las pastillas logran rejuvenecer gran parte de mi cuerpo, incluso el cabello volvió a ser negro en su totalidad, pero los pulmones están destrozados, no hay solución, ya me sobran pocos días de vida, sin embargo, la suerte ha tocada a mi puerta.

Después de resolver el mapa estelar y el mensaje que transmitía la placa, ya comenzaré a realizar las pruebas finales, los resultados de los últimos meses me generan mucha ilusión.

Acabo de terminar de colocar y adornar el árbol de navidad, me preparé una rica cena de noche buena antes de iniciar con la travesía.

Miércoles 25 de diciembre del 2058:

¡Hoy es el gran día!

La máquina de reducción y Lucy están listas, mientras bajo a la cochera puedo admirar el viejo auto, remodelado en su totalidad, también disfruté repararlo y volver a dejarlo como papá lo dejó antes de morir, brillante, reluciente, porque estoy a punto de dar un paseo en él, un paseo por las dimensiones del espacio y el tiempo.

Me coloco el traje espacial y fumo mi último cigarrillo, los guantes protectores, el casco y en una maleta a Lucy, me veo al espejo reflejando al niño que desde muy temprana edad quiso ser astronauta, mi sueño de viajar al espacio estaba por comenzar, ir desde abajo para después dar un salto inmenso.

Ingreso a la cajuela del auto y coloco llave al candado que adapté en el interior...

¡La estoy encendiendo!

Mientras la máquina de reducción comienza a funcionar, dejo a mi lado una carta para quien llegue a abrir la cajuela, en ella escribí una advertencia, de volver a cerrar de inmediato la cajuela o llamar a Baham para que se encargue de las posibles consecuencias. También expreso lo que pasará conmigo, que tal vez pueda volver o quizá ya nunca. De lo único que estoy seguro es que no pasará mucho tiempo desde que yo ingrese hasta cuando pueda volver, las horas no van a transcurrir, solo habrán pasado algunos segundos, lo que para mí serían años recorridos en varios mundos. Realizar este viaje también es volver a nacer, no sentir más los problemas, la respiración seguro se controla, volveré a ser el chico de hace algunos años, que corría y se divertía en los campos verdes jugando al fútbol y escribiendo historias de fantasía.

Un destello acompaña una neblina gris, el auto está vibrando, la gravedad me empieza a levantar, ¡estoy flotando!, suena un extraño ruido y de inmediato una luz blanca me invade, todo comienza a hacerse más y más grande, no, soy yo el que se está encogiendo, las luces que coloqué alrededor de la cajuela ahora son enormes, estoy aislado, sin nada ni nadie que pueda estropear los planes, ¡ha funcionado!, a estas instancias parece ser que mido apenas un micromilímetro.

La maleta también está aquí, la abro y saco a Lucy para encenderla.

Comienza a activarse, consume el combustible generado por la materia exótica y el espacio donde me encuentro parece tornarse muy oscuro.

¡Está comenzando!

El agujero de gusano se está generando, es momento de empezar la aventura, puede que llegue a mi destino o muera en el intento...

Pego un salto y entro al portal, chispas de brillos recorren mi rostro, ya no siento el cuerpo, en un simple instante aparezco en una dimensión oscura y de pronto el mapa estelar se refleja, junto con el brillo de las estrellas. Soy el centro de todo, como si fuese yo el planeta, sorprendido por la inmensidad del cosmos.

¡Justo como lo predije!

Es momento de aplicar lo aprendido con la placa y la información plasmada. Identifico de inmediato el segundo cuadrante, al tiempo de mi juventud, necesito regresar 42 años al pasado para llegar al punto exacto cuando conocí a Sirena y mi primera misión para explorar es ir hacia la constelación de "Antlia".

¡Justo ahí, es esa, la veo!, ¡vamos hacia otro mundo!

"Eso es lo bueno del viaje en el tiempo. Si uno comete un error, siempre puede regresar para enmendarlo".
-Orson Scott Card.

CAPÍTULO III
EL PRIMER VIAJE

Año indefinido:

Activo el propulsor del traje espacial y vuelo disparado hacia el segundo cuadrante, con dirección a una de las 42 estrellas de la constelación de Antlia.

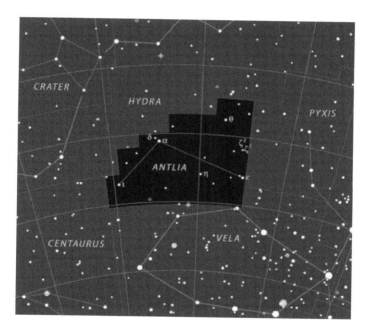

Mi velocidad se acelera, es como viajar a la velocidad de la luz, todo se torna espeso, las otras estrellas desaparecen y de inmediato comienzo a ver cada una de las dimensiones del espacio y el tiempo.

¿Cómo pude llegar tan lejos en un simple segundo?

Tal vez solo me encuentro en un mismo sitio y mi mente es la que está viajando. No siento las piernas, más bien no siento todo el cuerpo, apenas si puedo voltear la mirada para saber qué está pasando a mi alrededor. Nunca antes había experimentado esta sensación, la energía fluye por cada célula, me falta la respiración, de pronto todo se detiene, estoy en una especie de abismo, sin fondo, sin luz, en total oscuridad, no hay ruido, solo experimento vibraciones en los oídos. A lo lejos se encuentra una luz blanca, parece que viene a una velocidad increíble, se acerca cada vez más, un rayo, sí, una luz en forma de rayo se acerca...

¡Viene hacia mí!

El rayo de luz me atraviesa y justo en ese momento muchos mundos se ven en todos lados, estoy perdiendo la mirada y la cabeza comienza a darme vueltas, puede que esté siendo expulsado a una parte desconocida del cosmos, tengo miedo a fracasar, miedo a que el viaje no haya funcionado y que ahora tenga que morir en medio de la nada.

Antlia estrella no. 1. Año 2010:

El pulso regresa, respiro, estoy recobrando la conciencia, los mundos alrededor comienzan a desaparecer y un cielo rojizo se apodera de mi vista. Ya puedo sentir el cuerpo, el movimiento, las manos se mueven, el viento se siente, se escucha, cada vez más fuerte...

¡Voy en caída libre!

¡Esas montañas!, puedo reconocer esas montañas a lo lejos, no sé si fue obra del destino o si mis cálculos fueron tan acertados que voy cayendo directo al mismo sitio, en el mismo pueblo de Suhail. Activo el traje aéreo, pero el cruce entre dimensiones dañó su sistema, no funciona bien, necesito aterrizar en un sitio que pueda amortiguar la caída.

¡El río!, el arroyo que yo observé al llegar a casa es aquí un inmenso y extenso río. Caigo de golpe al agua y de inmediato salgo para respirar, la caída tan acelerada por suerte no me lastimó, estoy riendo, no puedo contener lo feliz que me siento al saber que lo he logrado, logré llegar a otro mundo, a un tiempo diferente, a un pasado del que se pensaba era imposible.

Nadando me dirijo a la orilla, los restos de la explosión del rayo que me atravesó se están esparciendo por todo el planeta, qué hermosa vista, es un preciso y bello atardecer. El agua está helada, la vida fluye alrededor de mí, desactivo el casco para respirar bien, me estiro un poco y lo primero que hago es acercarme a una persona que pasa por el lugar:

> —¡Hola!, señor, sé que esto va a parecerle una locura, necesito que mantenga la calma. Yo vengo del espacio, por eso el traje de astronauta, necesito saber en qué año me encuentro, podría ser tan amable de decirme, ¿Qué fecha es?

¡La peor tontería que pude decir!, el rostro del sujeto se torna pálido, nervioso, espantado, está a punto de salir corriendo, así que improviso un poco.

—No, no, ¡no se espante!, perdón por no saber explicarle bien, verá, soy un astronauta de la NASA, estuve en el espacio por un tiempo en una estación espacial, manejaba la comunicación de la Tierra y Marte... —El pobre señor sale huyendo, disparado al escuchar que mencioné al planeta Marte.

—No, no, espere, no me tenga miedo —le digo.

—¿Quién eres realmente?, ¿eres un marciano? —cuestiona asustado.

—No señor, soy igual a usted, la misión de la que le platico es ultra secreta, en unos años se mandarán naves espaciales a explorar Marte, no tiene de qué preocuparse soy un humano, solo que tuve un accidente y un aterrizaje de emergencia, he caído aquí y por suerte sobreviví. No tengo idea de cuántos días pasaron desde que avisé a mis superiores de lo que estaba sucediendo, por esa razón le pregunto por la fecha. —El señor respira aliviado, se tranquiliza y responde.

—Discúlpame muchacho, no es normal toparse por aquí con un tipo desconocido que lleva puesto un traje espacial y dice que viene del espacio, pero con lo que me acabas de platicar ya tiene más lógica, ya pareces más real. —Ambos reímos mientras me muestra un periódico con la fecha del día y una nota que dice lo siguiente:

DEPORTES

La Jornada

Viernes 2 de Julio de 2010

NOTICIAS DE HOY ESPECIALES MULTIMEDIA SERVICIOS OTROS SITIOS CONTACTO

Holanda buscará la revancha ante Brasil

○ El *scracht* ha vencido en los dos recientes choques mundialistas

○ Será un duelo entusiasmante: Dunga

○ No podemos fallar: Van Marwijk

—Mira, es viernes, 2 de Julio —me dice.

—¿viernes 2 de julio?... ¡No puede ser! —Sorprendido pego un grito. No puedo creer estar en el año 2010.

—¿Te perdiste el mundial de fútbol, cierto? —cuestiona.

Para no darle más sustos solo confirmo su pregunta.

—Sí, así es, ¿Qué tal está? —pregunto.

—No veo mucho los deportes, pero mis hijos andan muy atentos, hace unos días estaban decepcionados por la selección mexicana que perdió contra la argentina.

Y ese comentario me hace confirmar que en este pasado las cosas están sucediendo justo como las recuerdo, idéntico a mi mundo. No tengo que alterar mucho las cosas o el futuro de aquí cambiaría drásticamente.

—Muchas gracias por la información, ahora puedo estar tranquilo de saber que aún no llegan las finales... ¿conoce algún lugar cerca de aquí que cuente con un teléfono? —pregunto.

—Claro joven, si sigues el camino llegarás a una miscelánea donde se pueden realizar llamadas, debes estar preocupado por llegar a casa y avisar a tu familia que estás bien, deben estar muy angustiados. Te prestaría mi teléfono, pero lamentablemente me acaban de asaltar, estos rumbos tan solitarios suelen ser muy peligrosos, cuídate al caminar —me advierte preocupado.

—No se preocupe, voy a estar bien, gracias señor. —Cómo decirle que eso era lo que también deseaba, volver a ver a mi familia, pero su relato también me cautiva, al platicarme su historia con los ojos llorosos y al verlo con ropa que apenas lo sostienen decido cambiar un poco su vida.

—Oiga, señor, ¿usted de casualidad trae una moneda? —le pregunto.

—Creo que sí, tómala, pensaba usarla para el transporte, por suerte se me escondió en el bolsillo y fue la última que no me lograron arrebatar. Pero si tú lo necesitas para realizar la llamada entonces la mereces más que yo.

—Muchas gracias, su humildad me conmueve, pero descuide, no es para mí, traigo suficientes monedas en la mochila, lo decía por usted...

—¿Por mí? —pregunta confundido.

—Sí, no la use para el transporte, apueste la quiniela por la selección de España, ellos se llevarán la final, vienen muy fuertes, seguro le vendría bien una plata extra, ¿no cree?

—Debes saber mucho de fútbol muchacho, no creo que sea así de fácil conseguir plata, pero voy a confiar en ti, ¿por España entonces?

—Por España. Confíe en mí, linda tarde y feliz

noche —le digo mientras me despido con una sonrisa.

El señor con más dudas que confianza, se aleja mientras yo sigo el camino lentamente, sorprendido, asombrado, desconcertado.

Qué ironía, nunca pensé llegar muy al pasado, 48 años atrás, quizá los cálculos no fueron tan precisos después de todo, tal vez cada constelación pertenece a un tiempo determinado, por eso llegué tan lejos. Aún me hace falta comprender mejor cómo funciona esto, pero al menos tengo ya una respuesta.

Trato de refrescar la memoria...

¿Qué pasó en este tiempo?
¿A qué me recuerdan estas fechas?

Hay un vago recuerdo, hay instantes que grabé y recordé por mucho tiempo. Tomo diez pastillas para rejuvenecer aún más el cuerpo, así voy a pasar desapercibido.

Desactivo el traje, una remera me cubre mientras doy un respiro al aire fresco, tengo la apariencia de un adolescente, si llego a toparme a un conocido de esta época pensará que soy el auténtico, sin embargo, no tengo idea de qué puede pasar si me encuentro de frente conmigo mismo. Posiblemente nada, estoy en un mundo alterno, completamente diferente al mío. Si busco vivir los momentos pasados donde el corazón se me aceleraba de la emoción, tendré que buscar la manera de que "mi otro yo" no llegue a cualquier instante que quiera repetir y entonces pueda reemplazarlo.

Al pasar todas las teorías y paradojas posibles por mi mente, también estoy admirando el pasado, las calles, los árboles, las casas, los antiguos negocios, como si el pueblo de Suhail hubiese vuelto a nacer. Las personas son jóvenes otra vez, un par de ellas me reconocen y me dan un saludo, dos viejos amigos de la infancia, ¿pueden tan si quiera imaginarlo?, ayer estaba desesperado y nervioso por saber si iba o no a funcionar, por si Lucy siquiera iba a encender, por si iba a reducirme más de lo esperado. Pero hoy me encuentro saludando a gente que quería y que extrañaba, la mayoría en mi época ya no existen, murieron. Sin embargo, aquí, ellos siguen, como si de sus fantasmas se tratasen.

Me gustaría ir a casa, abrazar de nuevo a mi madre, charlar con mi padre, decirles a mis hermanos cuánto los he extrañado. Pero no puedo arriesgarme a que las cosas se salgan de control y en una confusión este mundo cambie o peor, se destruya. Es por eso que prefiero refugiarme debajo de unos árboles para observar la caída del atardecer y el principio de la noche.

Y entonces, una memoria llega a mí:

¡Ya sé qué pasó en estas fechas!

Sí, en el año 2010 escribí la primera historia de amor de mi vida con una dulce niña, era un pequeño que apenas comenzaba a sentir las primeras sensaciones de amor. Trato de recordar más, aún no puedo dar con su nombre. De lo único que me acuerdo con respecto a la fecha, es que mañana es un día especial…

¡Voy a conocerla!

Y por supuesto que quiero volver a revivir ese momento, porque ese sentimiento de un primer amor nunca más se vuelve a experimentar, es único en la vida de cada persona. Para eso tendré que evitar que "mi yo" de este mundo no llegue al punto de encuentro.

Pero, ¿cómo evitarlo?, ¿cómo sacrificar su primer sentimiento para que yo vuelva a sentirlo?

Debo realizar una estrategia, replantear las cosas, el niño que soy aquí va a conocer por primera vez a la persona que va a causarle un desorden dentro del corazón, así que es un gran recuerdo que me gustaría repetir.

Después de pensar por varias horas no tengo todavía algún plan para que el chico de 14 años que soy en este mundo no llegue a su destino y pueda reemplazarlo para que sea yo quien se encuentre en el camino. Estoy demasiado cansado para seguir pensando, me recuesto y en el cielo, entre la madrugada brillante se encuentran las nubes, armo figuras con cada una mientras intento conciliar el sueño, imagino todas las cosas que podría hacer aquí. También puedo notar que el portal de donde caí sigue visible, espero no despierte alguna sospecha entre los pobladores.

Pensamos tanto en el futuro que no nos detenemos a reflexionar nuestro camino, lo que ya recorrimos y superamos. No disfrutamos el presente, esos instantes que se consumen en el tiempo, los momentos que ya no regresarán.

A su lado todo era perfecto,
pero de aquellos días
solo quedaron recuerdos
que duelen por ratos.

Antlia, estrella no. 1. Sábado 03 de julio del 2010:

Salió el sol, las aves cantan, el cielo despejado y ahí sigue, el portal no se ha ido, un pequeño fragmento fijo como si estuviese esperando algo. El viento recorre con el transcurso de las horas y pasado el mediodía la tormenta se acerca, tal y como lo recuerdo. Las gotas caen y no resisto la sensación de correr bajo la lluvia, tengo unas inmensas ganas de volver a ver a mis padres, de abrazarlos, pero supongo que estos son los riesgos, mantener estos sentimientos a pulso y desesperación, no estaba tan preparado para extrañar así, para no poder hacer nada.

Estos son los sacrificios que tendré que enfrentar al viajar a mundos alternos. No hay remedio, solo queda aceptar que puedo vivir un pequeño instante que me hizo latir muy fuerte el corazón y después regresar para seguir con la misión, buscar a Sirena en cada constelación, en cada uno de tantos universos...

Voy en camino a conocer a esa chica, llegó la hora y justo al dar el primer paso en el mismo trayecto que tomé hace 48 años la memoria se vuelve a refrescar.

¡Ya la recuerdo!

Dafne, ese es su nombre, el nombre de mi primer amor. Una niña simpática que me cautivó con su radiante sonrisa y su rostro angelical, ella fue esa primera sensación y explosión de sentimientos, tal vez no fue una coincidencia llegar a este tiempo, quizá fue una señal del destino para prepararme, para recordar más atrás, para lograr aprender de las personas que fueron parte de mi vida antes de Sirena y no cometer los mismos errores cuando la encuentre.

Sí, voy a disfrutarlo ahora que puedo volver a vivirlo.

Llego al punto de reunión y me coloco al lado de una barda para esconderme.

¡Ahí viene!, es decir, ¡ahí vengo!

Puedo ver a lo lejos a mi yo del pasado, acercándose.
No quiero lastimarlo, pero, ¿cómo desviarlo del camino?,
creo que me tocará hacer lo que mejor sé, improvisar,
así que simplemente actuaré como una persona normal.
Me subo la gorra de la remera para no sorprenderlo,
unas gafas para cubrir la vista y no mirarlo a los ojos,
llevando también una revista en las manos.

Se acerca...

Me cruzo frente a él, chocamos los hombros y yo con el
rostro agachado y con un tono desesperado le digo:

—Perdón amigo, tengo un poco de prisa, un
familiar tuvo un accidente.
—No te preocupes —responde cortantemente.
Sigue su camino sin tomar importancia, es ahí
cuando volteo y pego un grito:
—¡Halley!, la familia Halley tiene a una persona
accidentada, por si conoces a algún familiar y
dar aviso.
En cuanto me escucha también voltea, su rostro
se torna pálido, llega corriendo directo hacia mí,
me toma de los brazos para sacudirme de un
lado a otro y cuestiona:
—¿La familia Halley?, ¿quién de ellos?, ¡yo
pertenezco a esa familia! —dice preocupado.
La sacudida hace caer los lentes y la gorra se
hace a un lado, se me queda viendo fijamente,
sin pensarlo, en un acto estúpido levanto el
rostro y cruzamos miradas. Es como si me
estuviese viendo en un espejo, pero no pasa ni
un segundo cuando de pronto una luz blanca se
cruza y todo desaparece.
—¿Qué sucede?, ¿a dónde me dirijo?

Un túnel de rayos se posa alrededor, me elevan directo hacia el portal que no cerraba todavía.

¡Maldita sea!, ¡esto será un caos!

Pensaba que todo se destruiría, pues el ambiente se había vuelto silencioso, pero no, aquí estoy nuevamente, regresé al lobby, en la misma dimensión oscura después de ingresar en el agujero de gusano, pero el mapa estelar ya no está. Es entonces donde tengo en claro que las teorías y paradojas que los científicos proponían eran ciertas, me topé de frente con mi yo del pasado, nos miramos directamente a los ojos y de ahí el estallido.

¡Por supuesto!, lo alteré todo. Y no sé qué vaya a pasar en ese mundo, pero espero que se encuentren bien y solo se haya tratado de un retorno único con mi cuerpo. Ahora me encuentro de nuevo aquí, sin nada, sin nadie, flotando entre la inmensidad del abismo.

¿Qué voy a hacer ahora?, ¿cómo haré para que el mapa se proyecte de nuevo?, Lucy se quedó en mi presente y ya no puedo crear otro portal. Y si por alguna razón el mapa aparece y voy hacia otra estrella es muy probable que vuelva a suceder lo mismo, ya todo está escrito, el pasado se repite, es un lapso de tiempo distinto y todos buscan alcanzar al presente. Pero, yo aún tengo la esperanza de que puedo cambiarlo, que al menos en un mundo sea distinto, sin embargo, ya no así, necesito nuevos planes...

¡Qué migraña!, estoy tan desesperado por lo que ha sucedido que no me he puesto a pensar en las demás teorías, no siempre llevé en mente solo una...

¿Teoría del caos?, ¿efecto mariposa?

Tengo ese par de opciones, aunque para poder comprobar que existen debo concentrarme lo suficiente. Respiro profundo, trato de tranquilizarme, el corazón no deja de latirme a una velocidad desenfrenada, pero cierro los ojos, aprieto los dientes y vuelvo a recordar el momento exacto, justo antes del encuentro con mi otro yo. Las imágenes, las personas que pasaban alrededor, el aroma que se respiraba, los autos, los negocios, la posición de las nubes, la dirección del viento, por mi mente pasan muchas cosas.

Una dulce melodía recorre mis oídos, como si fuera la propia naturaleza, escucho el agua que recorre los ríos, los árboles al ser soplados por el viento, el crujir de las hojas secas, el dulce aroma del polen, el sonido de los insectos, el gruñido de los felinos, el latido de un corazón.

Me siento en paz, en total concentración... Ahora es el sonido del universo, la explosión de una gigante roja, los colores de una súper nova, el desplazamiento de una galaxia, el recorrido de un asteroide, el brillo de las nebulosas, los restos de un cometa, las lunas adornando cada planeta. Aquí, aquí es el momento.

Abro los ojos y una chispa se forma en el vacío, el mapa estelar se proyecta nuevamente...

¿Será posible?
¿lo he logrado otra vez?
¡Sí!, ¡sí!, ¡ahí está!, funcionó, es el mapa,
¡lo activé de nuevo!

Y antes de escoger un mundo nuevo trato de buscar la estrella a la que viajé entre la constelación de Antlia pero, ¡no está!, solo se observa una luz intensa, se ha convertido en una nebulosa, ¿se destruyó entonces?, tal vez, y es por mi culpa...

No quiero pensar que así fue, pero si sucedió buscaré la manera de regresarlo, no sé cómo, pero estoy aprendiendo con cada viaje y en cada uno seguiré buscando respuestas.

Antlia, estrella no. 2. Sábado 03 de julio del 2010:

Activo los proyectiles del traje espacial y voy directo a Antlia, en cuanto entro a su segunda estrella todo es diferente, el túnel del tiempo no es el mismo, no están los destellos, no hay nada, solo experimento una extraña sensación, es como si viese pasar el tiempo, pero todo va hacia atrás. Hay claridad, una pequeña cantidad de polvo pasa por mi rostro, abro los ojos y...

¡Volví!, justo en el instante de donde me expulsaron del anterior mundo, aquí estoy, en el pueblo, pero no soy yo, es decir, no traigo la misma la remera, me encuentro en el lado contrario de donde estaba, volteo y no puedo ver a mi otro yo, veo mis manos, la ropa...

¡Estoy en el cuerpo de mi yo del pasado!

¡Soy yo!, bueno, realmente no soy del todo, quizá cumplí con una de tantas teorías que parecían absurdas, estoy en el cuerpo de otro mundo, del pasado, pero con la consciencia, la mente y la madurez de mi presente, irónico, un viejo de 60 años en el cuerpo de un chico de 14. Pero...

¿Por qué estoy en un mundo que vi destruirse? ¿Qué pasó con la consciencia de mi yo de esta época?

Ojalá se encuentre bien, deduzco que debe estar en mi cuerpo, tal vez nunca salí del lobby, solo transporté las mentes, las conciencias, el espíritu, ahora él se encuentra en una especie de sueño profundo, atrapado en la inmensidad del espacio y del tiempo.

Es muy probable entonces que el mundo que vi destruirse en realidad haya sucedido y tal vez saltar a la segunda estrella fue llegar justo a una fracción de segundo al futuro de la primera.

Nadie fue culpable de lo que acaba de suceder, no me puedo imaginar lo último que pudo pasar por sus mentes...

¿Habrán recibido algún destello?, ¿habrán sentido algún dolor?

Y sé que mi yo de este tiempo no es culpable de esto para estar pasando por un sueño profundo y transportando momentos de su vida hacia mí, pero posiblemente no está sintiendo nada, así que debo darme prisa, vivir el momento y regresar a mi presente, a mi cuerpo, dejar las cosas como estaban aquí y que nada pueda alterar este universo.

Emocionado sigo el camino, el aroma ha cambiado, puedo percibir con más claridad la llovizna que acaricia las mejillas, el agua que se evapora de las calles, el arcoíris en el extremo izquierdo del cielo, estoy tan emocionado con las mismas sensaciones de aquellos años.

¿Estos sentimientos en realidad son míos?

Voy con ese vacío en el estómago, con esa nostalgia, esas ganas, esa felicidad, como si hubieses descubierto un cofre y el tesoro sea ese instante que te marcó por primera vez.

Doblo la esquina y entonces llega la escena que por tanto tiempo recordé en sueños, pero que ahora se vuelve a convertir en realidad.

Es ella, ahí está, justo como la recuerdo, en la puerta del negocio local de sus padres, con su largo pelo quebrado, Dafne miraba al frente con un rostro angelical que emanaba ternura y seriedad, con unos ojos donde se reflejaba el paraíso. Y a pesar de mi madurez los nervios vuelven, como si se tratase del mismo niño tonto del pasado. Me detengo para admirar su belleza y unos segundos después voy hacia ella.

Fue una entrada inmadura, de risa, de simple inocencia, pues no me había percatado que su empleada estaba a unos metros de ella, removiendo los charcos de agua que habían quedado esparcidos por la lluvia, al llegar el agua que aventaba me salpica en los pantalones y le exclamo:

> —¡Casi me ha mojado! —La empleada desconcertada pega una risa en forma de burla y voltea a ver a Dafne.

Dafne en cambio muestra una risa de dulzura, mientras me quedo hipnotizado al notar sus hoyuelos entre sus mejillas, ¡joder!, es más hermosa de lo que mis memorias me gritaban, podría encontrarla y coincidir con ella mil veces más y juro que en todos esos mundos me volvería a encantar.
No entiendo porque todos estos deseos me están invadiendo, esto no es lo que quería, yo buscaba llegar al mismo sitio donde conocí a Sirena, no aquí. Y es que en mi mundo había olvidado a esta niña, pero aquí parece ser que vuelvo a quererla en cuestión de segundos.

¿Por qué me está sucediendo esto?

Me acerco a ella y la charla comienza:

> —Hola Dafne, por fin puedo hablar contigo, hace meses que lo venía intentando —le digo emocionado.
> —Hola, sí, yo creo que tarde o temprano llegaría el momento —responde.

Qué maravillosa voz tiene, hace tanto tiempo que no experimentaba esta sensación de afecto. Y es que han pasado muchos años que no sentía esto, ese sentimiento de un primer amor, los cosquilleos en el estómago, la piel erizada, los nudos en la garganta y los ojos brillosos, esto era a lo que me refería cuando buscaba regresar y ahora es cuando valoro mucho el hecho de no haberme rendido nunca. No se pueden imaginar el tiempo que esperé, pensé que no volvería a experimentarlo, porque después de Sirena nunca volvió a suceder. Lo intentaba cada noche, con un alma distinta, pero a pesar de los esfuerzos nadie volvió a encender esa llama, esa luz, esa esperanza que guardaba en el corazón. Después de tanto estoy aquí, reviviendo el ciclo...

—¿Recuerdas que hace unos meses te hablé por primera vez en el Messenger? —le pregunto con una sonrisa.

—Claro, me acuerdo, esa noche estaba a punto de apagar la computadora e ir a dormir, había terminado una tarea del colegio y me conecté para escribirle a una amiga, cuando de pronto tu mensaje entró.

—¿Y qué pensaste en ese momento?, ¿ya me habías visto antes por el pueblo? —cuestiono.

Dafne ríe y responde:

—Te seré muy sincera, al principio pensaba en ignorarte, pero poco después me acordé de ti al observar tu foto de perfil... ¿Eras tú el chico que pasaba por aquí cada tarde, cierto?

—Sí, ese era yo —respondo al mismo tiempo que las memorias de cuando bajaba por este rumbo llegaban a la mente. Los dos reímos.

—¿A dónde te dirigías? —pregunta.

—En realidad pasaba para ir a mis entrenamientos de la escuela, fue una coincidencia, venía despacio, te vi. Entonces dije: "tengo que conocerla".

Los brazos de Dafne tiemblan, no dice nada, la puse nerviosa con mi relato de cómo fue que la vi por primera vez y sin percibir que incluso con

mis años, yo también estoy muriendo de nervios.
Tomo su mano y con la voz cortada le digo:
—Hace frío...
Eso bastó para que ella diera media vuelta y entrara con prisa al fondo del local mientras me susurra:
—Tienes que irte, mis padres están por llegar.
—¿Tus padres? —pregunto confundido.
—Sí, mis papás ya vienen, tienes que irte.
—¿Irme?, pero acabo de llegar... —le digo confundido.

Al principio no podía entenderlo, porque estúpidamente seguía atrapado en mi mente de adulto, Dafne es apenas una niña.
Una niña que temía por expresar sus sentimientos, por decirles a sus padres que acababa de conocer a una persona que le había causado un desorden y activado cada uno de sus sentimientos, esa primera sensación que yo sentía, ella también lo percibía. Por eso el miedo.
Y después de comprender su temor, con una sonrisa doy media vuelta, pero de pronto ella me detiene:

—¡Espera!, no, no te vayas todavía... —me dice.
—Pero, tus padres vienen, pueden castigarte por estar hablando conmigo —respondo.
—Lo sé, pero no te vayas, baja los escalones de la esquina, sigue aquel callejón, llega hasta un muro pintado de azul, espérame 5 minutos y ahí estaré —exclama.
—Ok, ahí te esperaré —le digo mientras trato de contener la emoción.

Bajo de prisa por los escalones para después llegar al callejón, aprovechando los segundos camino al mismo tiempo que también admiro el panorama de la época, de fondo sonaba música romántica, la gente vestía con anchos pantalones y largos sacos. Se percibía el aroma a tabaco y en los locales de alrededor las telenovelas acaparaban la atención de los transeúntes.

Era el comienzo de la nueva tecnología, las redes sociales estaban naciendo, pero todos aún siguen con la mirada al frente, se saludan acompañados con una sonrisa, otros se detienen para charlar y contarse de su día.

Nadie es preso de algún dispositivo, nadie está enviciado o atrapado en una realidad virtual. Solo hay un sujeto llamando por un teléfono público.

¡Es por eso que me encanta estar aquí!

Lo estoy disfrutando, porque en mi presente todo el mundo estaba atrapado en una máquina, dependiendo siempre de un robot, de un respirador, de píldoras, pero aquí, aquí se respira vida, esperanza, armonía.

Llego al muro pintado de azul, me quedo impaciente esperando un par de minutos. De pronto volteo la mirada y puedo observar a Dafne en la entrada del callejón, agitando la mano que se oculta con la manga de su grande remera, emocionada sabiendo que ahí estaba, que había hecho exactamente lo que dijo y que la esperaba con gran entusiasmo.

—¡Esperaste! —. Me dice mientras sus labios se doblan mostrando su bella sonrisa.

—Tú dijiste que aquí estarías, tardaste un poco más, pero aquí estás, lo cumpliste —respondo.

—Sí, mis padres llegaron justo después de que bajaste los escalones, los recibí y esperé a que se distrajeran para salirme y escapar por un momento, la verdad es que nunca lo había hecho, pero no sé, quise hacerlo y aquí me tienes para charlar un poco más. —Sus mejillas se enrojecieron, era su primera travesura, una pequeña niña portándose mal tan solo por regalarme una nueva oportunidad.

—Me encanta tu valentía, yo tampoco quería irme, en realidad pensé que no te había dado una buena impresión y por eso me pedías que me fuera —le digo y reímos juntos.

—Cómo crees, en cuanto te vi llegar y te salpicaron de agua me alegraste el día —reímos de nuevo.

—¡Vaya tontería!, creo que llegar a conocerte cometiendo una estupidez es señal de que vamos a ser buenos amigos, ¿no crees? —pregunto sonrojado.

—Estoy segura que sí. Por cierto, aún no me has dicho tu nombre... —dice y la preocupación me invade.

En mi presente ya no usaba mi antiguo nombre, de hecho, apenas si lo recuerdo, ¿qué debo hacer ahora?, ¿qué se supone que debo responder? Antes de decir una palabra ella me interrumpe:

—Jio, ese es tu nombre, ¿cierto? —cuestiona y en un instante lo vuelvo a recordar.

—Sí, ese es mi nombre, Jio Clepper Halley... —respondo.

—Por supuesto, recuerdo haberlo visto en tu perfil del chat.

—Mis padres amaban el universo, es decir, aman el universo, las estrellas, los cometas, quizá ya te has dado cuenta por el apellido —le digo, pero ella gira la cabeza en señal de que no entiende ni una sola palabra.

En esos minutos los nervios se esfuman y comienzo a platicarle las maravillas del universo, lo lindas que pueden ser las estrellas de cerca, incluso cometo el error de brindarle información que en su época todavía no es descubierta, pero qué importa, ella se nota sorprendida por todo lo que le relato, se puede notar en la atención que me ofrece y en las risas que avienta, como si de un cuento de hadas se tratase.

No paro de mirarla y mis palabras se hacen cada vez menos comprensibles para ella, pero no encuentro otro pretexto para seguir admirando su bello rostro. Los sentimientos que estoy experimentando son difíciles de expresar, ya no pasa nada por mi mente, solo ella.

En el pasado las cosas con Dafne nunca funcionaron y sabía que para eso estaba aquí, para arriesgarme, para corregir cada fracaso, para tratar de recuperarla, porque había nacido una pequeña esperanza, olvidando la misión principal. Ahora solo quería estar aquí, en un mundo completamente distinto y sin temor a lo que pueda suceder.

La tarde pasa, la plática ya duró más de lo que recordaba, el tiempo para Dafne se acaba y nos despedimos con un beso en los cachetes.

—Dime que volveré a verte —le digo.

—Tengo la esperanza de que así sea Jio, fue una tarde increíble, no recuerdo haber aprendido tanto en un solo día sobre el universo y sus maravillas, mucho menos en una cita, eso lo hizo especial, pero ya tengo que irme. Gracias por esperarme, por la paciencia, disfruté de la plática, aunque no entendí muchas cosas, pero ya habrá otra ocasión para que me las expliques. Eres un chico muy interesante y divertido... Cuídate mucho —dice para después dar media vuelta y correr hacia arriba a toda prisa en dirección al local de sus padres.

Estaba tan atónito que no alcancé a preguntar cuándo sería el próximo encuentro, no hubo hora, ni fecha, simplemente fue una despedida rápida con deseos de que no sucediera y el tiempo se detuviera.

¿A dónde voy ahora?

Me pregunto al caminar entre las calles del pueblo.

De pronto el pecho se me comienza a acelerar porque vuelvo a la realidad de saber que estoy en otra época, que todavía el rayo de luz no se ha posado sobre mí para regresarme al lobby, no sé cuánto tiempo me queda en esta estrella, no planee un viaje de regreso, en realidad no tengo idea de cómo regresar, pero no me importa porque quiero volver a ver a Dafne, tan siquiera una vez más.

Ahora sé que tengo la gran oportunidad de volver a casa, sí, de volver a mi vieja casa, lo que significa...

¡Volver a ver a mis padres!

Y si no funciona, y si todo se torna de nuevo en un caos, entonces me arriesgo a las consecuencias, ya no me interesa morir, porque ya volví a experimentar el amor, ahora solo quiero y deseo volver a ver a mi familia.

La mayor explosión de sentimientos, de nostalgias y recuerdos, volver a ver a quienes ya no estaban en mi presente, volver a abrazar a mamá, volver a platicar con papá, volver a jugar con mis hermanos, verlos pequeños. Desde que partieron me dejaron un hueco inmenso en el pecho que puedo volver a llenar, y no, no es un sueño, ¡es una maldita realidad alterna!

Y es que nunca pensé que se tratase también de esto, me ha calado a tal grado de que mi cuerpo se siente frío, congelado.

¿Qué se sentirá volver a ver a tus padres después de tanto?

Después de solo verlos en sueños y llorarles inmensos ríos. Qué se sentirá volver a escuchar su voz, sus latidos, después de haberlos sepultado en mi pasado.

Qué se sentirá verlos de frente, sentir su presencia, su esencia, su aroma...

Es inexplicable porque solo las personas que hemos perdido a nuestros grandes pilares tenemos esa nostalgia que nos acompaña a diario, esa tristeza en los días de soledad cuando ya no está nadie que pueda escucharte. Y sí, volver a vivir un viejo amor es una gran oportunidad, pero volver a ver a quienes te dieron la vida, te ofrecieron su cuidado, te dedicaron tiempo, te aconsejaron e incluso se sacrificaron por darte siempre lo mejor, es otro nivel, otra escala de intensidad.

Aquí estoy, llegando a casa, con tanto pánico de pensar que en cualquier segundo puedo volver al lobby y ya no regresar jamás. Pero estoy en un cuerpo de otro mundo y eso me mantiene al menos con un poco de tranquilidad. Me quedo quieto, enfrente de la puerta negra, las sombras me indican que ahí están todos esperándome a cenar, puedo escucharlos, toco la puerta y mamá abre:

—Llegas tarde hijo, te hemos dicho que no regreses muy noche, las calles son peligrosas —dice y los ojos se me llenan de lágrimas. ¡Es mamá!, después de tantos años sin verla aquí está otra vez, regañándome y preocupada por su niño de 14... No puedo evitar lanzarme hacia ella con los brazos extendidos.

—¡Mamá, mamá!, abrázame fuerte y no me sueltes por favor, no me sueltes —le repito una y otra vez.

—¿Qué pasa?, ¿qué tienes?, ¿qué sucedió?, porqué es que vienes así... —pregunta asustada. No tenían ni la menor idea de mi comportamiento, cuando a esta edad la rebeldía se apoderaba de mí y recuerdo que no abrazaba seguido a mamá. Tratando de corregir la situación volteo a verla y riendo le explico:

—Me caí mamá, me caí mientras el perro de la vecina me perseguía, por eso no quiero que me sueltes, realmente me asustó. —Mamá aún más angustiada vuelve con sus regaños.

—¡Eso pasa por llegar muy tarde! —Me abraza también y es ahí cuando nada me importa, mis hermanos al fondo no paran de burlarse, papá me regaña también, pero qué más da, estoy frente a ellos, frente a mi familia, frente a fantasmas que había suplicado volver a ver. Eran ellos...

¿Qué más podía pedir?

—Anda, ve a lavarte las manos, vamos a cenar, te estamos esperando —dice mamá.

—Sí madre, muero de hambre, ¿qué hay de cenar? —. Pregunto curiosamente.

—Lo mismo que comimos en la tarde —dice señalando la cazuela de comida.

Y esta es la mejor parte, cuando todos nos sentamos en la mesa para cenar, volver a probar el guisado de mamá y ese café tan perfecto y cargado como solía prepararlo.

Todos en la mesa, reímos, conviviendo, como si el tiempo nunca hubiese avanzado. Estoy consciente de que no me queda mucho para estar aquí, en una fracción de segundo podría cometer algún error, podría ser descubierto y pasaría lo peor, por eso solo me queda disfrutar del momento.

Termina la cena y todos se sientan en la sala a mirar la televisión, no puedo contener la nostalgia de volver a observar las películas y programas de estos años junto a mi familia, de bromear y reír de alegría.

Las horas transcurren y es momento de cerrar la casa e ir a la cama.

Antes de asegurar la puerta salgo despacio sin que mis padres escuchen, una vez fuera voy corriendo rumbo a la casa de al lado, "la casa de los abuelos", la casa que recordaba con tanto cariño desde que cerró sus puertas allá por los años 20, cuando ya no quedó nadie que la habitara.

Y ahí estaban los dos, sentados en su viejo sillón, abrazados envueltos en su largo y abrigado reboso blanco, observando su clásica novela de las diez.

—¡Abuelos! —les grito con una voz casi cortada.

—¡Jio!, ven, siéntate con nosotros —dice el abuelo.

Me siento junto a ellos para charlar como no pasaba desde hace ya muchas décadas.

—Abuelo, abuela, ¿Cómo están?, perdón que los interrumpa, sé que no ha pasado mucho tiempo desde que los visité —les digo con gran entusiasmo.

—Hace solamente unas horas hijo —dice la abuela con una dulce mirada.

—Lo sé... —respondo mientras doy un suspiro.

—¿Qué haces fuera de casa?, ya es tarde y tus padres ya deben estar en cama —dice el abuelo.

—Quise salir un rato, no tengo sueño y extrañaba verlos —respondo.

—Y nosotros te extrañamos siempre mi niño, ¿gustas una taza de café?, ¿leche caliente para que puedas conciliar el sueño? —pregunta la abuela con tanto sentimiento.

—Gracias abuela, cené lo suficiente y me encuentro satisfecho, en realidad solo quería pasar un rato más con ustedes antes de que el día termine.

Los miro fijamente, los tomo del brazo y no aguanto más para expresar mis sentimientos:

—Sé que no se los digo siempre, que a veces pasan días y no los visito. Y sé que hoy es un día normal como todos, pero me puse a pensar qué pasaría cuando ustedes ya no estén, ¿saben?, todos estaríamos destrozados, ya nada sería como lo es ahora, su casa estaría cerrada con un candado, años después puesto a la venta con las crisis que se vienen en el futuro, todas esas emociones se escaparían, ya no habrán tardes donde nos cuenten sus lindas historias de cómo se conocieron, las misteriosas leyendas, los convivios y las fiestas de año nuevo, cuando toda la familia se reúne, inclusive los que están muy lejos llegan para visitarnos y celebrar. Solo quiero que sepan lo mucho que los quiero, que los queremos, y que hoy, justo en este instante, quiero disfrutarlos más que nunca.

El abuelo me observa mientras sus ojos se tornan cristalinos.

—Nieto mío, ¿Qué te picó? —pregunta.

—Nada abuelo, es solo una emoción que me llegó antes de ir a dormir y no quise dejar pasar una noche más para decirles lo mucho que los quiero y lo importante que son para la familia.

—La vida es pasajera mi niño, tu abuela y yo sabemos que no seremos eternos, que en cualquier instante podemos partir al cielo, por ahora disfrutamos el tenernos, el estar aquí juntos mirando la televisión y charlando.

—Ojalá eso nunca pasara abuelo, no quiero seguir sin ustedes, no podría soportarlo, siempre han sido el gran ejemplo para mí, los estimo tanto, ¿cómo podría vivir sin ustedes? —le digo con los ojos brillosos.

—Tienes un gran camino por recorrer después de nosotros hijo, pero quiero que lleves siempre presente lo mucho que te queremos, lo mucho que queremos a toda la familia, no sé quién de los dos se irá primero, eso ya es decisión de Dios, solo esperamos que cuando eso pase no pierdan ese cariño que se tienen entre ustedes. Lleven siempre nuestro recuerdo en sus mentes, recuerden nuestras historias, quiero que entiendas que la vida no es difícil, somos nosotros mismos quienes la hacemos así. El amor existe en las cosas simples, en los pequeños detalles, en una carta o en unas flores, en un chocolate o en un dulce cualquiera, en un poema o en una carta donde expreses lo que llevas dentro. Nunca ocultes tus sentimientos, porque nunca sabrás lo que puede pasar si no lo intentas, el día en que alguno de los dos se vaya quiero que llores lo necesario, pero no más allá, porque esto es un ciclo y la vida siempre continúa, nosotros desde el cielo estaremos siempre al pendiente de ti, admirando tus logros y festejando al saber que estarás cumpliendo todos y cada uno de tus sueños. —Mis ojos se inundan de lágrimas que no puedo contener, rompo en llanto y me lanzo hacia ellos, los abrazo fuerte sin quererlos soltar. —¡Los extrañé!... es decir, los voy a extrañar mucho cuando eso pase, pero también quiero que sepan que los voy a llevar siempre en mi corazón, así como ahora, así como nunca —Abuela toma su pañuelo y me seca las lágrimas, me toma de la mano y me susurra al oído:

—También te extrañamos hijo.

—¿En verdad?, ¿me extrañaron con solo haber pasado un par de horas? —pregunto.

—No solo fueron dos horas, lo sentimos una eternidad. Sabemos por lo que has pasado, estás cansado, viajaste mucho, pero no digas nada, solo disfruta del momento. —Es una sensación de amor y escalofríos a la vez...

Al decir: "También te extrañamos, no solo fueron dos horas" me hizo sentir que ellos regresaban del más allá solo para decírmelo.

No quiero hacer cuestionamientos o buscar explicaciones, la abuela solo me ha guiñado el ojo como muestra de confianza. Es entonces cuando mando a la mierda todas las teorías, este mundo paralelo me ha enseñado demasiado, pero nada se compara al amor que se siente por volver a revivir esos momentos que solo se llevan en recuerdos.

El tiempo parece detenerse en ese abrazo infinito, pero a lo lejos se escucha a mamá gritando:

—¡Jio, Jio!

—Tu madre te está buscando, es hora de ir a casa —dice el abuelo.

—Volveré para despedirme —les digo sin más.

—Te estaremos esperando, te queremos, hijo —dice la abuela.

—Gracias por tanto, hasta mañana —me despido de ellos con un beso en sus mejillas, doy media vuelta y vuelvo a casa.

Mamá ya está afuera esperando:

—¿Dónde estabas?, tu padre ya se fue a la cama y está preguntando por ti —dice molesta.

—Perdón mamá, fui a ver a los abuelos, solo quería darles las buenas noches.

—Está bien, pero no debes salir sin avisar, ya te lo hemos dicho, es peligroso tan tarde.

—Descuida madre, no volverá a pasar —le digo para tranquilizarla.

—Anda, entra y cierra la puerta, ve a dormir que se hace tarde.

Cierro la casa y la emoción regresa, subo los escalones y ahí está, la puerta de mi habitación, justo como aquella tarde cuando volví al pueblo, aquella tarde 45 años en el futuro, esta vez sin seguros, sin maderas atravesadas. Abro y entro, observo las paredes que brillan como recién pintadas, los posters de mis jugadores favoritos pegados en la cabecera de la cama, mi primera computadora en el escritorio que se encontraba suspendida, había olvidado su apariencia, así que por curiosidad la he abierto para revisarla, el chat parece estar encendido con algunas notificaciones.

Abro las conversaciones y un mensaje de Dafne se asoma en la esquina, al parecer me lo había enviado unas horas después de vernos, zumbido tras zumbido sacudieron el chat para que llegara a leerlo:

Siento una gran impotencia y felicidad al saber que mañana no solo veré nuevamente a mi familia y a mis abuelos, ahora también a Dafne, estaba muy conmovido que no quería dormir y aprovechar cada segundo en este mundo, pero en cuanto me recuesto en mi antigua cama quedo envuelto en un profundo sueño.

Hay amores que nunca se olvidan, que se tatúan en el alma y se guardan en un rincón del pecho. Que se quedan...

Incluso después de esta vida.

Jamás te olvidé,
tal vez llegaron más amores
después de ti,
pero nunca se olvida a la primera persona
que te hizo sentir por primera vez.

Antlia, estrella no. 2. Domingo 04 de julio del 2010:

Fueron pesadillas las que me atormentaron toda la noche, veía escenas escalofriantes, mares enteros de sangre, los países en guerra, bombardeos, miles, no, cientos de miles, quizá millones de personas muertas, no sabía qué estaba sucediendo, pero mi consciencia tampoco quería hacerme despertar, tal vez solo trataba de mantenerme ahí para que siguiera viendo, trataba de decirme algo que no podía comprender, mientras más avanzaba el sueño más extraño se volvía.

Pensé que llegaría la parte más importante cuando por fin tendría alguna respuesta, pero en ese momento llega mamá a despertarme, pego un brinco y me siento aliviado de saber que todo es un simple sueño:

—¿Pesadillas otra vez? —pregunta.

—Sí mamá, por suerte solo fue eso, un simple sueño —respondo aliviado.

—¿Qué soñaste esta vez? —cuestiona.

—Fue extraño, había muchas guerras y muertes, todo el mundo estaba en un completo caos.

—No se parece en nada a tus anteriores sueños —dice mamá confundida.

—¿Recuerdas los sueños que te he contado antes?, es decir, yo los olvidé, ¿podrías recordarme alguno? —le digo mientras evito alguna sospecha y desvío la mirada fija.

—Sí, recuerdo que me contaste hace unos días que soñaste con un sujeto con traje espacial que llegaba a este mundo y se metía en tu cuerpo, pero seguías siendo él. Tienes sueños muy raros, debería llevarte pronto con un curandero —dice en tono de burla.

—¿Un sujeto con traje espacial?, ¡ah, sí!, ¡ya recordé!, no hace falta llevarme con algún brujo mamá, no bromees, estoy bien —le digo y reímos.

Pero en el fondo se me han generado muchas dudas y preguntas, ¿Por qué mi yo de este mundo soñaba con lo que estaba por suceder?, quizá por ser mundos paralelos o por ser uno mismo... no lo sé.

—Anda, ya levántate, cámbiate, es tarde, baja y siéntate con tus hermanos, el café y el desayuno está listo —me indica mamá.

Ella no tiene idea de todos los sentimientos y dudas que llevo dentro, sin embargo, un desayuno con el café y la familia es todo lo que necesito para ser feliz, para sonreír y alistarme para ver a Dafne en la tarde, quiero pensar que es una cita, mi primera cita después de mucho tiempo donde realmente siento una gran emoción.

Es increíble volver a ver a papá en el lugar principal de la mesa tomando el desayuno y contando sus historias.

Es inexplicable la sensación de tenerlos un día más, de disfrutar de un pasado que espero, no llegue a terminar.

Cae la tarde y termino de darme un baño, abro el ropero para contemplar la ropa de mi juventud, esa camisa que era mi favorita, la de la suerte. Le paso la plancha y me la coloco mirándome al espejo, como si fuese ese niño, lleno de sueños y locuras por cometer.

El perfume no puede faltar, los zapatos limpios y el peinado reluciente. ¡Allá voy!, a vivir mi segundo día en un mundo donde quiero permanecer.

Salgo de casa, cruzo los callejones y corto una rosa de los matorrales, llego al centro del pueblo y doy vuelta a la esquina del viejo mercado para llegar al local de Dafne.

Ella se encuentra recargada en su mostrador. La veo, ella también me observa, su sonrisa forma dos hoyuelos y sus ojitos se hacen pequeños. Yo con los nervios a tope bajo la mirada y continuo hasta llegar a ella:

—¡Hola!, Dafne, ¿Cómo estás? —pregunto apenado.

—Hola Jio, estoy bien gracias, ¿y tú? —responde con su delicada voz.

—Estoy algo nervioso, toma, te traje una rosa.

—Yo también lo estoy, gracias, ¡qué hermoso huele!... ayer pensé que ya no responderías mi mensaje —dice.

—Lo siento, llegando a casa fui a ver a los abuelos y revisé la computadora justo antes de dormir, estaba preocupado por saber cuándo volvería a verte, pero aquí estoy, otra vez frente a ti.

—Quería que volvieras, ayer me la pasé increíble a pesar de que nos vimos a escondidas, pero disfruté de la charla —dice sonrojada.

—Yo también lo disfruté bastante, creo que conocerte es de las mejores cosas que me han pasado —le digo emocionado.

—Aún falta conocernos mucho más, ¿no crees? —me cuestiona.

—Claro, y voy a disfrutar de cada segundo —respondo.

—Pienso lo mismo, ¿qué tal estuvo tu día? —pregunta.

—Mi día normal, como siempre, pero tuve pesadillas durante la noche, aunque ahora estoy más tranquilo de saber que estamos aquí, que logré despertar y estoy junto a ti —le digo y sonríe.

—¿Pesadillas?, dice mi madre que eso pasa cuando te portas mal —dice bromeando.

Volteo hacia ella y como un cumplido le disparo una mirada seguido de una sonrisa.

—¡Oye!, tengo algo para ti... —dice tratando de desviar los nervios.

—¿Ah sí?, ¿qué es Dafne?

—¿Por qué no lo adivinas? —pregunta con

misterio.

—¿No quieres darme al menos una pista? —. Le pido.

—Solo una... Es algo, algo que posiblemente vas a guardar toda la vida.

—Soy muy malo para las adivinanzas, pero todo lo que venga de ti seguro lo recordaré por siempre —le digo con una sonrisa y del bolsillo de su remera amarilla saca un sobre, me lo entrega mientras dice:

—Toma, es para ti, te escribí una carta, solo que no debes abrirla hasta llegar a casa, ¿entendido?

—Dafne me brinda una sonrisa de confianza.

—¡Wau!, una carta, ¿para mí?, gracias, en serio muchas gracias, no recuerdo cuándo fue la última vez que recibí una carta, los últimos años solo fueron audios, mensajes, video llamadas y correos, cartas ya no —respondo asombrado por el detalle, pero sin darme cuenta de lo que estaba diciendo.

—¿Qué?, ¿de qué hablas? —pregunta Dafne girando la cabeza en señal de confusión.

En ese momento todo se torna borroso, pixelado, la imagen de mis ojos se vuelve completamente blanca.

—¡Dafne!, ¡Dafne!, ¿dónde estás?, ¿qué está pasando?, ¡no veo nada! —grito espantado.

No puedo comprender lo que está sucediendo. Ya no hay ruido, todo está en completo silencio.

De pronto una ráfaga se cruza y el portal se abre, el universo se expande y las estrellas recorren mi cuerpo.

¡Volví al lobby!

Te quería y sabía que tú me querías también. Sin embargo, cometimos muchos errores que esfumaron las ilusiones y nos quedamos con las ganas, con solo imaginar...

Lo que pudo ser.

Voy a buscarte en mil mundos,
entre odiseas y nebulosas,
entre polvos estelares y estrellas fugaces,
donde el tiempo se detiene
y el espacio se expande,
donde nunca fuiste mía,
pero siempre fuimos uno.

Año indefinido:

Ese error, ese estúpido error de mencionar algo que no tenía nada que ver con el mundo donde estaba, esa confusión que generé en Dafne, esa alteración, estoy seguro que fue por eso que regresé al lobby.

Inmóvil entre la oscuridad, una pantalla con un gran resplandor se posa frente a mí, como si de una visión se tratase, porque no, no lo estoy imaginando, realmente está sucediendo.

Entonces se proyecta...

¿Un video?, ¿un mensaje?, ¿qué es?

Solo puedo ver una secuencia de imágenes pasando a una velocidad alta, pero de a poco comienza a tomar sentido. Son escenas que viví en este segundo mundo al que viajé, esa piedra del cuadro de la izquierda, fue la que de una patada aventé hacia un terreno baldío cuando regresaba a casa después de encontrarme con Dafne. El plato de más que cené al llegar con mis padres. El caramelo que tomé de la casa de los abuelos y que guardé en el bolsillo del pantalón. Ese libro que cambié de posición al llegar a mi habitación. La camisa distinta que escogí para la cita. El saludo a ese amigo que me topé por las calles.

El perro que se desvió de su camino al intentar esquivarme cuando corría emocionado. Esa rosa que corté y llevé conmigo para la tarde mágica. La carta que con una mano aflojé cuando Dafne dijo que no abriera hasta llegar a casa. Esa respuesta que le di y que no tenía nada que ver con el tiempo en el que me encontraba... Todo eso no pasó en mi mundo.

¡La línea temporal se había visto afectada!

Las imágenes se proyectaban cada vez más rápido, tratan de enseñarme algo.

¿Qué pasó con el transcurso del tiempo, esto es el futuro?

Aquí va, lento otra vez...

¡Qué impresionante!

Muchas de las cosas que hice diferente a como habían sido en realidad causaron un gran cambio. Esa piedra logró causar un desnivel en el terreno y causando un derrumbe. El plato de cena de más generó escases en los alimentos. La envoltura del caramelo fue la gota que derramó una gran contaminación al lugar donde fue arrojado. El libro causó un accidente. La camisa una alteración en la moda. Ese saludo un cambio de rumbo y una muerte prematura. El perro que tomó mil caminos distintos y una reproducción que causaría al final la muerte de muchos cachorros. La rosa una extinción de rosales. La carta un mal día, un rechazo, un cambio de destino, jamás me volví a topar con Dafne. Esa respuesta una duda que la atormentó día y noche y cambió por completo su vida.
Nuestra historia jamás se terminó de escribir en este mundo, yo lo arruiné, lo arruiné también aquí. No quería que esto pasara, no fue mi intención lastimar a Dafne, causar todo este mal, quiero volver, quiero arreglarlo, dejar las cosas como estaban, devolver la calma y la paz. Pero mientras pienso eso, las imágenes se siguen proyectando:

¡Ahí estoy otra vez!

Es como si fuera una predicción, me puedo ver tratando de arreglar el caos. Las imágenes vuelven a irse hacia delante muy rápidamente, el tiempo avanza. Y ahora se proyecta una imagen donde el punto a observar es el centro de cada ciudad principal, supongo, en el mismo mundo, pero muchos años en el futuro.

Las montañas están completamente destrozadas por la guerra, las ciudades son un caos, no hay agua, no hay mucho oxígeno, la gente muere, millones al día, la raza humana se extingue, la batalla por los recursos naturales fue más rápido de lo que se esperaba, un periódico pasa flotando por el agua contaminada en la imagen del fondo, quiero ver más de cerca:

EL●MUNDO

* El poder es como un explosivo: o se maneja con cuidado, o estalla (Enrique Tierno Galván) *

21 de septiembre de 2167

¡EL MUNDO SE ACABA!
Ya no hay comida, no hay agua y solo es cuestión de tiempo para la extinción.

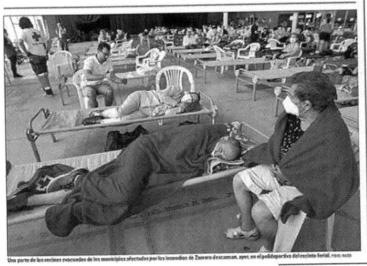

Una parte de los vecinos rescatados de los municipios afectados por los incendios de Zamora descansan, ayer, en el polideportivo del recinto ferial.

Más de 150 años pasaron desde que yo estuve aquí, la visión de querer arreglar los problemas que había ocasionado me mostró que si lo intento las cosas se pondrán peores a tal grado de llevar a nuestra especie a la extinción, pero:

¿Por qué?

Fue muy poco tiempo para generar todo esto. Ahora es que puedo comprender lo que alguna vez propuso Edward Norton Lorenz: "el aleteo de una mariposa puede ocasionar un tornado", el efecto mariposa se aplicó aquí, he destruido este mundo y si busco arreglar los errores voy a cometer otros peores que acabarán con todo. Estuve sin cuidado, anduve sin preocupaciones y pensando que podía ser libre, sin tener la más mínima idea de lo que estaba ocasionando.

De pronto las imágenes se cortan, el alrededor se torna oscuro nuevamente, a lo lejos un murmuro, una voz que de a poco se hace más fuerte, primero es incomprensible, pero mientras más se acerca comienza a tener sentido, no solo es una voz, puedo sentir una presencia acercándose. Es aquí cuando una voz aguda y fuerte me dice:

—¡Lo que acabas de ver es una advertencia, viajero!
—¿Quién dijo eso?, ¿quién está ahí?, ¿quién eres tú?... —pregunto temblando.

"La fantasía me había empujado a enamorarme de una fotografía y a viajar en el tiempo para reunirme con ella. La imaginación quizá incluso podría haber predicho mi encuentro con ella".
-Richard Matheson.

LO QUE NUNCA TE DIJE

Lo siento por no quedarme más tiempo,
no fue mi culpa,
el destino quería que volviera a mi realidad.

Fuimos dos amantes temporales
dispuestos a todo,
menos a enamorarse.

Y yo pensaba que nada pasaría,
pero me atrapaste en tu mirada
y en tus dulces palabras
que terminé queriéndote más de la cuenta.

Sé que ya se acabó y lo arruiné,
pero disfruté el haber revivido
dos tardes de las muchas otras
cuando me hiciste feliz.

No llegamos a mucho más,
porque éramos dos niños
jugando a amarnos,
ese primer sentimiento
que no sabíamos controlar.

Nunca olvidé tus ojitos rasgados
ni tus delgados labios,
me hubiese gustado probar
de nuevo tus besos,
pero la vida ya nos tenía caminos distintos.

A tus hijos que no fueron míos,
cuéntales que alguna vez tuviste
a tus pies a uno de los mejores hombres
que te ofreció todo y que aun así
no fue suficiente,
para que jamás reciban menos.

A tus amigas y amigos
que conocerás en el futuro,
diles que viajé por muchos mundos
hasta volver a vernos,
sin revivir mucho,
pero sintiéndolo todo.

Siempre fuiste la estrella de mis noches,
la luz que iluminaba mis días oscuros
y desde que te fuiste todo quedó en silencio,
no bastaron los ruidos de otros amores,
el vacío quedó inmenso.

Ella siempre fue lo contrario
a lo que pensaban,
sus problemas no bastaban
para vencerla,
se atrevía a todo,
sin miedo, sin temores,
vivió mil amores
y aprendió de las traiciones.

Lo que nunca te dije,
es que, si nada me detenía,
me quedaba,
hasta que el tiempo se acabara.

CAPÍTULO IV
EL CONTROLADOR DEL TIEMPO

Una gran silueta se coloca frente a mí, es un ser difícil de explicar, con aspecto humanoide, grandes ojos, sin pelo, con un rostro frío, seco, serio, una gran bata cubre su cuerpo, trae consigo un reloj que refleja mil universos...

—¿Quién eres?, ¿qué se supone que eres? —pregunto confundido mientras el ser extraño baja la mirada y responde con una voz estreme-cedora:

—Soy el que todo lo ve y el que todo lo cambia, el que crea y también el que destruye, el que decide quien vive y quien debe morir... Soy Taliesín, el controlador del tiempo de todos los universos, del cosmos, de todo lo que se conoce y lo que se está por crear, y tú, tú eres un viajero que ha interfe-rido en la línea temporal y alterado dos de mis mundos —me dice con una voz gruesa, aguda, con gran enojo, a base de gritos me reclama el error que acabo de cometer.

—¿Un controlador del tiempo?, no tenía ni la más mínima idea de que eso existiera, no creo estar soñando, ¿verdad? —lo cuestiono sorpren-dido.

—No estás soñando viajero, soy real, así como la física y las teorías que su raza han propuesto y descubierto en sus pocos años de existencia, les falta mucho para comprender que todo tiene un dueño, un control, un principio y también un final.

—¿A qué te refieres con un final? —pregunto.

—Lograste llegar hasta aquí con tu tecnología,

con lo que pudo ofrecerte el mundo donde habitas, pero no eres el primero ni serás el último en viajar en el tiempo, has dado un gran paso, debo reconocerlo, porque en todos los mundos paralelos donde la raza humana existe, eres el que más lejos ya llegó, el que más ha logrado comprender sobre el espacio y el tiempo, sin embargo, no llegaste sabiéndolo todo.

—En eso tienes razón, voy aprendiendo con cada viaje, ahora sé que estoy aquí porque cometí una violación a la regla de la realidad en los dos mundos de la constelación de Antlia, no supe controlar mis acciones y si trato de regresar su gente sufrirá peores consecuencias, también se destruirá como vi destruirse ese primer mundo. ¿No es así?

—Correcto, y aunque no regreses yo me encargaré de que todo lo que viste realmente suceda —me sentencia.

Sus palabras me confunden, apenas puedo comprender lo que dice, pero no voy a desaprovechar la oportunidad, necesito más conocimiento para seguir con la misión.

—¿Qué es lo que tratas de decir?, ¿cómo puede suceder un desastre sin que yo esté presente para ocasionarlo? —pregunto mientras que de sus manos se proyectan miles de mundos.

—Querido viajero, la visión que tuviste hace unos momentos no fue simplemente eso, en realidad pasará y lo que observaste después es todo lo que va a suceder con el paso del tiempo, aunque no regreses, ese ya es el destino de ese mundo. Acabas de ocasionar una gran alteración y no hay forma de frenarlo. Tu especie va a desaparecer en unos años debido a tus errores.

—¡No!, eso no puede pasar, todos van a morir,

incluso mi otro yo que en ese mundo no hizo nada, yo ya estoy aquí, ya el tiempo puede fluir bien.

—Así no funcionan las cosas viajero —responde burlándose de mis súplicas e ignorancia.

—Pero tú eres el controlador del tiempo, puedes regresar todo y arreglarlo, regresarme a antes de entrar a ese mundo, así nada se alteraría, yo solo quería llegar a un mundo en específico, pero hice mal los cálculos, no tenía idea de que cada constelación guardaba un mundo distinto, dime ¿qué puedo hacer para remediarlo?, necesito de tu ayuda, ¿puedes arreglarlo cierto? —pregunto suplicando.

Estoy tan confiado de que tiene una solución, pero el rostro de Taliesín no cambia a una cara positiva, no tiene ningún gesto, no hace muchos movimientos, es un ser astral, hecho de polvo estelar.

—Te equivocas viajero, no puedo cambiar lo que ya está, lo que hiciste así se queda, pero como te dije, todo tiene un principio y un final. No puedes viajar y adueñarte de cuerpos que no son tuyos traspasando tu mente y conservando los recuerdos que no te pertenecen, no puedes atrapar a las almas de tus otros yo y dejarlos dormidos en un vacío cósmico. Sí, eres tú, de otro tiempo, de otro mundo, pero el espíritu es único y no puedes hacerlo las veces que desees —me dice molesto.

—Entonces ¿qué puedo hacer?, si ya no hay forma de remediarlo tendré que vivir así, sabiendo que destruí dos mundos, pero tal vez pueda salvar otros más, yo solo necesito viajar al 2016, necesito ver a Sirena, haré lo que me pidas —suplico de nuevo.

—No puedo devolverte a tu mundo de origen porque sé que volverás a intentarlo y puedes ocasionar un desastre mayor, así que voy a monitorear desde ahora cada viaje que realices, pero antes necesitas saber algo muy importante.

—Dime lo que necesite saber, no quiero ocasionar más problemas —le digo arrepentido.

—Antlia, la constelación a la que decidiste viajar pertenece al cuadrante SQ2, este cuadrante alberga 11 constelaciones, Antlia, El Can Mayor, La Quilla, El Camaleón, La copa, Hidra, Puppis, La Brújula, El Sextante, La Vela y El Pez Volador, las cuales se proyectaron en el mapa estelar, eso significa que tienes la posibilidad de viajar a 11 periodos de tu vida como adolescente, no solo a 11 mundos porque cada una posee mundos paralelos dependiendo las estrellas con las que cuenta, cada mundo, es una estrella, supongo que ya entendiste eso, sin embargo te falta lo más importante, las oportunidades llegan a su fin cuando las estrellas de cada constelación se acaban. Y ahí es cuando sucede lo peor —me advierte.

—¿Qué?, ¿qué es lo que sucede si viajo a todos los mundos de cada constelación? —cuestiono dudoso.

El controlador me muestra su reloj de arena para explicar lo que dice, la deja flotando mientras agita sus manos para proyectar imágenes, puedo ver caer cada grano y del otro lado un mundo destruido, una civilización entera con sus distintas especies extinguidas.

—Cuando las oportunidades se acaban te esfumas, así como soplar el polvo y dejar todo limpio, así desapareces, jamás exististe, ni en tu mundo, ni en otros mundos, los recuerdos que pasaste con otras personas se destruyen, nunca volverán a verte, nadie podrá recordarte, ni tus propios padres, ni en sueños, ni en visiones. Y tú, el espíritu que ocasionó todo el desastre se convierte en un fantasma, te pierdes en el tiempo, en el universo, en lo que nunca existió.

—¡Entonces así es como funciona viajar por el tiempo!, vaya sorpresa, ten por seguro que lo que me acabas de advertir lo llevaré conmigo, tendré en cuenta las oportunidades que tengo en cada constelación, no quiero destruir mundos, solo quiero revivirlos —le digo después de recapacitar mi error.

Con un abrir y cerrar de ojos, el controlador da media vuelta y parece marcharse, se nota tranquilo de saber que comprendí las consecuencias que puedo ocasionar si no tengo cuidado, pero mientras comienza a dar los primeros pasos, me advierte una vez más:

—De ahora en adelante puedes vivir y revivir todos esos momentos que deseas, no realices muchos cambios, no muevas nada si no es necesario, simplemente vive el momento, pero no demasiado, porque puede ser fatal, estaré aquí la próxima vez que cometas otra equivocación, te dejaré ir viajero... no sin antes divertirme un poco —dice mientras voltea de nuevo con un rostro aterrador.

—¿Divertirte?, ¿a qué te refieres con eso? —cuestiono.

—Hace mucho que un viajero en el tiempo no me visita, los últimos se quedaron varados en la inmensidad del abismo, perdidos en otros mundos, muertos incluso al intentar cumplir con su cometido, así que no tienes el camino tan fácil como crees, puedes andar libremente, pero por cada viaje también tienes que cumplir con un reto, una misión, un mundo al que te mandaré con un propósito y tú debes cumplirlo, si lo haces, tienes la libertad de ir hacia donde sueñas. ¿Aceptas? —propone.

—¿Qué pasa si no acepto? —pregunto.

—No permitiré que vuelvas a viajar sin mi autorización —advierte.

—No importa que no me lo autorices, yo volveré a intentarlo, tengo toda la información en mi mente para volver a viajar en el tiempo —le digo confiado.

—Si haces eso, si lo intentas, voy a esfumarte —me dice sin tener más elección.

—¡Mierda!, no me deja otra opción... —susurro.

—No tienes qué decidir, solo debes cumplir, es aceptar o renunciar a tu propósito y olvidarte que alguna vez llegaste hasta aquí —sentencia.

—No sé en qué me estoy metiendo, pero mientras me autorices seguir viajando en el tiempo y revivir mis sentimientos, cumpliré con tus caprichos. Dime, ¿cuál es el reto?

Taliesín agita sus manos y en un instante la visión se torna borrosa, un fuerte crujido se escucha y siento la sensación de que me estoy transportando hacia otro sitio.

No creo en el destino,
porque lo que tú y yo tuvimos
no se encuentra dos veces
o se mejora con otra persona.

Quizá tenga que buscarte en otros mundos,
pero no me iré sin demostrarte lo que siento
y todo lo que llevo dentro.

Constelación indefinida, estrella indefinida. Año 10120.

¡Voy en caída libre!

Hacia dónde, no lo sé, pero puedo escuchar en mi mente la voz de Taliesín:

—Este es tu primer reto viajero, te he mandado a un mundo alterno, estás quemando una oportunidad de una constelación al azar, aunque creo que el sacrificio vale la pena para ti. La misión es simple, solo debes traerme al rey de rodillas ante mí, este mundo está dominado con sus hechizos y conquistas, los recursos están agotados, todos van a morir en muy poco tiempo. Necesitas salvar este planeta, pero no será fácil, tendrás que enfrentarte con su ejército; sin embargo, no estás solo, podrás tener un aliado, la cuestión será que debes ganártelo, convencerlo de luchar a tu lado. En la cueva de la montaña más grande, ahí lo encontrarás. Suerte y diviérteme si lo que quieres es seguir reviviendo tus sentimientos.

Las grandes hojas de los árboles amortiguan mi caída, estoy en lo que parece ser una selva, con plantas que nunca había visto antes, quizá sea porque en mi mundo muchos bosques desaparecieron, ya no me alcanzó fotografiar o registrar los últimos avistamientos que hice, aunque aquí también hay señales de tala inmoderada, no mucha, pero al parecer es reciente. No voy a desaprovechar la ocasión de respirar aire puro, así que a pesar del peligro que puede existir aquí, quitarme el casco del traje espacial y respirar es relajante, el oxígeno es abundante, como en mi pueblo. Hay planetas en el cielo, muchas lunas, algunas estrellas son visibles a plena luz del día.

No sé si estoy en el futuro o en el pasado, pero estoy quemando una oportunidad para viajar en el tiempo.

Sigo caminando mientras los animales pasean a mi alrededor, especies que no conocía, que tal vez solo evolucionaron aquí. Observo un poco más de luz al fondo, es un campo abierto y es el sitio perfecto para visualizar bien el lugar.

Salgo de la selva y ahí está, en frente de mí, después de esas colinas, la montaña más grande del sitio, cubierta de nieve en su cima.

¿Qué será lo que me espera?

Cuando Taliesín dijo que podía ganarme un aliado espero que se haya referido a otro antiguo rey del lugar, con un ejército que pueda hacer frente a los rivales, tal vez están refugiados en esa cueva, solo queda subir hasta allí para averiguarlo.

La subida es pesada, cansada, no quise activar el traje aéreo porque pensé que seguía dañado, sin embargo, parece ser que Taliesín me mandó a este mundo con todas las funciones del traje en total funcionamiento. Aun así no quiero causar sospechas, no he logrado ver a nadie hasta ahora, pero prefiero no arriesgarme a ser descubierto y causar un caos con mi imprudencia. No quiero arruinar esta misión.

Ya estoy por llegar a la cima, el viento es intenso, vuelvo a cerrarme el casco para ayudar a controlar la temperatura, la presión y el ambiente. Por lo visto desde aquí arriba se observa mejor cada detalle, este mundo es una época medieval, muchos castillos, colonias, torres, inmensidad de bosques. Ojalá tuviera algún arma por si el peligro asecha, solo traigo conmigo un par de cápsulas para heridas, en la mochila no hay más.

Apenas comienzo a preocuparme e imaginar la catástrofe y la inmensidad de lo que podría ser la batalla para lograr capturar al rey, cuando de la nada, un portal se abre frente a mí botando armas de todo tipo, hay espadas, pistolas de plasma, granadas y escudos, antiguos y futuristas. Al parecer el controlador me escucha, sabe que puede tornarse complicado, trata de darme un poco de ventaja, seguramente está observando todo. Él solo busca diversión y yo, como buen títere tampoco merezco estar tan desprotegido.

Llego a lo más alto, se logra percibir una especie de vapor saliendo de la cueva y al seguir avanzando me encuentro con una gran cantidad de esqueletos humanos y de animales que cada vez comienzan a multiplicarse.

¿Qué es lo que se encuentra dentro de la cueva?

Entro en posición de alerta sosteniendo la espada láser y una linterna lo suficientemente potente para alumbrar casi toda la entrada. No percibo nada, la cueva parece estar muy profunda y no tener final.

Pero sí logro escuchar un sonido extraño, una especie de respiros:

—¡Hola!, ¿hay alguien aquí? —pregunto con gran temor—. ¡Hola! ¡hola!, ¿alguien me escucha? —pregunto con una voz más alta.

En cuanto alzo la voz dos ojos brillosos se posan frente a mí, un fuerte suspiro y de pronto el suelo comienza a temblar.

—¿Quién se atreve a molestarme? —pregunta la extraña criatura con una fuerte voz.

Se pone de pie y descubro que la cueva es mucho más grande, es un ser inmenso, gigante, enciende dos esferas de fuego en sus garras que iluminan el sitio. Tiene la apariencia de un dragón, su piel está cubierta de escamas, con colores brillantes, un azul metálico, con cuerpo extendido, alas, colmillos temibles, que con solo una mirada podría derretir la espada.

Con la voz cortada y temblando de miedo le respondo:

—Mi nombre es Jio Clepper Halley, pero todos me dicen JC, soy un viajero del universo, estoy aquí por órdenes de Taliesín el controlador del tiempo, sé que esto parece una locura, lo es también para mí. Jamás había escuchado hablar a una criatura tan extraordinaria, en mi mundo no existen seres como tú, ahora comienzo a dudar si el rey de este mundo es humano.

La criatura responde:

—No conozco a ningún Taliesín, no sé de qué me estás hablando y no me interesa saber quién te mandó, me has despertado y estoy hambriento, sediento, baja el arma y dime antes de que te tome como cena, ¿por qué y para qué estás aquí?

—Tranquilo, no estoy aquí para hacerte daño, tengo una misión, me encontraba viajando por el tiempo y sucedió algo extraño, es una larga historia, pero vine hasta aquí porque necesito de tu ayuda, Taliesín dijo que tú podrías ayudarme a cumplir con este reto, debo secuestrar al rey, vencer a todo su ejército y presentarlo de rodillas ante él. Sé que no podré con tanto, por eso te busqué, para que tú seas mi aliado. —La criatura ríe descaradamente.

—¿Tú?, ¿tú quieres que yo te ayude?, y dime, ¿qué te hace pensar que accederé a ser tu aliado?, todos los restos y esqueletos de humanos que viste al entrar a la cueva fueron alguna vez mismos sujetos como tú, queriendo entrar aquí para luchar junto a ellos y ser su aliado, su mascota, la solución de sus problemas, solo buscan vencer al rey para arrebatarle la corona y poder gobernar, teniendo en su poder todas las riquezas de este mundo. ¿Cuál es la diferencia entre tú y todos ellos?, ¿cómo vas a convencerme? —pregunta.

—No es lo que crees, yo no soy como ellos y te lo puedo demostrar —le digo con sinceridad.

—¿Cómo voy a creer que lo que dices es verdad? —cuestiona con los ojos brillosos.

—Dime, ¿qué quieres?, ¿qué deseas?, vamos a hacer un trato, yo solo quiero capturar al rey, ¿qué me puedes contar de él?, ¿por qué es que estás aquí?, durmiendo en una cueva, ¿por qué te escondes de todos? —Mi pregunta llega a ofenderlo, escupe bolas de fuego y energía alrededor de la cueva, una de ellas casi logra pegarme, pero con la espada logro desviarla.

—¡Ese rey no es más que un abusador de su poder!, no merece llevar la corona, es un maldito brujo —dice con un grito estremecedor.

—¿Un brujo?, ¿a qué te refieres? —pregunto confundido.

—Sí, es un brujo de otro mundo... Yo solía ser el protector de este mundo, pero desde que apareció se adueñó del planeta, su reinado empezó hace ya unas décadas, se apoderó de todos, hechizó a cada habitante de cada colonia para que trabajaran para él. Quise detenerlo, pero me embrujó y logró capturarme, me esclavizó jugando con mi mente, absorbió gran parte de mi poder para así hacer crecer el suyo, desde entonces cada habitante del reino es su esclavo también. Yo alcancé a escapar fundiendo con todas mis fuerzas las cadenas a las que me tenía atado, volé lo más rápido posible hasta llegar a refugiarme en esta cueva. Desde entonces he buscado y planeado mi venganza, recuperar mi mundo, seguir protegiendo a los débiles, pero él podría controlar mi mente a pocos metros de distancia, no puedo acercarme mucho. Puedo vencer a su ejército, me dolería acabar con muchos humanos inocentes que tratarán de defenderlo, pero si la victoria resulta, su sacrificio valdría la pena para las futuras generaciones —explica.

—Qué ironía, no eres tan malo después de todo —le digo con lástima.

—¿En serio crees eso?, desde que el hechizo comenzó soy el peor enemigo de todo el reino, todos buscan cazarme y matarme —dice con tono triste.

—Por supuesto que lo creo, solo buscas recuperar tus tierras, proteger y llevar un control para que el caos no se desate, son ellos los que están atados a un encanto y por eso es que te tratan de esa forma. Tal vez Taliesín solo quiere darle una oportunidad a este mundo para salvarse del peor reinado en su historia.

—¿Crees que ese controlador del tiempo te haya mandado hasta aquí para ayudarnos? —pregunta.

—Posiblemente, él dijo que era una misión para distraerlo y que yo pueda tener una oportunidad más de seguir viajando en el tiempo. Viéndolo así, sus intenciones no son de acabar conmigo, solo dar una estabilidad al problema que yo causé con otros mundos.

—¿Ya habías vivido esto?, es decir, ¿ya habías tratado de salvar otros mundos? —pregunta la gran bestia.

—No, no buscaba salvarlos, solo intentaba vivir de nuevo mi pasado, pero todo salió mal y destruí un par de ellos. No tienes idea de lo mal que me hizo sentir eso. Pero no sucederá de nuevo, no aquí, porque ahora lo que más me importa es salvar este planeta, el daño no se puede remediar, pero sí podemos evitar la extinción —le digo.

—Así es muchacho, el daño ya está hecho, los ríos se están secando, el bosque no se compara con lo que era antes y en poco tiempo los árboles comenzarán a morir por falta de agua. Pero tengo la esperanza de que podremos comenzar de nuevo —dice esperanzado.

—Si lo que quieres es salvar a este planeta tanto como yo, escucha esto, ambos tenemos un propósito y el mismo enemigo, ¿cierto?, entonces déjame ser tu aliado —le propongo.

—¿Y cómo estoy seguro que eres el aliado correcto?, que vamos a ganar esta batalla... No comprendes toda la fuerza y magia que el rey posee —me dice desconcertado.

—Dime algo, ¿alguno de los que vinieron antes traían un traje espacial como el mío?, ¿estas armas?, soy de un tiempo avanzado, vengo del futuro y quiero volver a mi pasado. Para que eso suceda necesito vencer a ese brujo, ¡anda! vamos a ayudarnos para recuperar lo que nos hace feliz.

—¿Y qué pasa si no lo logramos?, ¿qué pasa si nos vence? —cuestiona.

—Posiblemente yo moriré entre la batalla, tú, quizá vas a sobrevivir, mírate, eres un ser espectacular, sé que tendrás la oportunidad de escapar y volver aquí para intentarlo después. Pero yo, yo lo perdería todo y no estoy aquí por el mismo propósito que los que llegaron antes, quiero revivir un sentimiento, no se trata de ambiciones, se trata de volver a sentir esos latidos en el corazón, los mismos que tú sentías cuando volabas libremente cuidando de tu mundo. Esa es la diferencia y por eso es que confío en que podemos lograrlo —le digo motivado.

— ¿Tu vida vale esta pelea? —pregunta.

—Sí, lo vale en realidad —respondo.

—Y si al final se logra y tú mueres... entonces habrás desperdiciado el esfuerzo y el haber llegado hasta aquí por nada, ¿no le temes a eso? —cuestiona mientras que con una sonrisa le respondo:

—Al menos moriré con la satisfacción de saber que lo logramos, que tú podrás recuperar lo que te hace feliz y esa felicidad alimentaría mis últimos instantes de vida.

Al escuchar eso la criatura levanta la mirada y dice:

—Estoy preparado, me has convencido, ahora debes demostrarme que lo que dices es cierto y que podemos lograrlo, ¡ahora somos un equipo!

—¡Así se habla!, no voy a defraudarte, el futuro de este mundo depende de nosotros —respondo concluyendo nuestro pacto.

El corazón se me comienza a acelerar mientras ambos salimos de la cueva y puedo ver con más claridad la inmensidad de criatura que es, su cuerpo es extremadamente largo, más de lo que aparentaba, una bestia digna de ser el guardián y no solamente un ser que se esconde en la montaña.

—¿Tienes algún nombre? —le pregunto.

—Ceres, así me llamaban todos los habitantes y así me han conocido desde hace diez milenios —responde.

—Ceres, ¡qué buen nombre!, ¡imponente!... pero espera, dijiste ¿diez milenios?, ¡mierda!, has vivido bastante...

—Solo lo suficiente viajero—. Me dice relajado.

—¿Cuánto es que viven los de tu especie? —cuestiono.

—Lo necesario para que este sitio y su gente persista, cada uno de nosotros protege cada mundo que ves a tu alrededor —dice señalando los mundos y lunas que se observan en el cielo.

—Y hoy tu nombre volverá a ser escuchado por cada habitante de este mundo —le digo.

—¡Así será! —responde entusiasmado.

123

—Ahora sé que tengo un gran aliado y supongo que llevas mucho tiempo en esa cueva, pero debes conocer bien al reino, ¿cierto?

—Conozco cada rincón de este sitio —me dice.

—Bien, entonces, ¿tienes alguna estrategia?

—No soy bueno pensando, planeando estrategias, yo solo ataco, mato y puedo quemar todo lo que se atraviese en el camino. Tú eres quien tiene que pensar cómo sacar al rey de tanto escombro, de entre tantas cenizas o simplemente llegar hasta él sin recibir daño alguno. Debes tener cuidado, sus hechizos son muy poderosos, puede controlar tu cuerpo, tu mente, hasta tus pensamientos —advierte.

—En eso tienes razón Ceres, tú encárgate entonces del ejército, yo iré por el rey.

—¿Cómo se supone que vas a evitar que te controle? —pregunta.

—Con esto... —le digo, señalando el casco del traje y continuo:

—Este casco tiene la tecnología suficiente para no dejar cruzar cualquier tipo de energía, incluso un hechizo, no podrá controlarme.

—Estás preparado entonces, ya tengo más confianza y esperanza de que pueda funcionar, no tienes idea de lo mucho que anhelo recuperar a mi gente —dice Ceres esperanzado.

—Eso es lo que admiro de ti, ¿sabes?, no buscas reinar este sitio, solo tratas de protegerlo, que lleve un equilibrio y que no se abuse de los recursos. Ceres, cuánta falta le haces a otros mundos, al mío, por ejemplo.

—¿Qué sucedió en tu hogar? —pregunta.

—Se abusó de los recursos, como aquí, solo que nuestra especie sí logró avanzar mucho en la tecnología, pero de nada sirvió, acabamos con todo.

—No dejes que se repita aquí —me pide.

—Tal vez yo no pude hacer mucho por salvar mi planeta, pero yo sí puedo salvar el tuyo, iré con todo, no tengas duda de eso. Y te confieso, jamás he asesinado a alguien, sin embargo, si tengo que hacerlo, no me voy a arrepentir —Ceres ríe mientras dice:

—Hoy serás testigo de una masacre viajero, ¡vete acostumbrando a ver sangre! —Pega un fuerte rugido mientras se alista:

—Prepárate, planea tu estrategia, te veo en el reino, a tu señal ataco, solo tienes que gritarme y yo apareceré, estaré atento. Mucha suerte JC. ¡Allá vamos!

Ceres extiende sus grandes alas y parte volando hacia el sur, entre las oscuras nubes con rumbo al reino, mientras doy un último vistazo a las armas y las posibilidades que tengo, no debo causar sospechas al entrar al castillo, pero debo usar el traje espacial al enfrentarme al rey.

Activo el traje aéreo, me lanzo desde lo más alto y emprendo el vuelo, jamás había tenido la oportunidad de volar así, desde tan alto, de estar tan cerca de las nubes, tocarlas, ver todo desde arriba, aunque en mi mundo tuve muchas oportunidades, tenía pavor a las alturas.

Pero no aquí, aquí no, me siento libre, sin miedo a nada, creo que de eso también se trata, de revivir no solo los momentos de mi pasado, sino de vivir y disfrutar el presente o el tiempo donde me encuentre, aunque eso signifique un alto riesgo y peligro, es algo que nunca me atreví a hacer y debo arriesgarme a vivirlo.

Ya no me importa lo que suceda, debo disfrutar del ahora, porque no sé cuándo pueda ser mi último día.

El viaje es bastante largo y aprovecho cada segundo para perfeccionar mi vuelo, mis movimientos y la puntería. Disparo a las rocas y doy muchos giros mientras planeo una estrategia.

Me estoy acercando al castillo donde el rey se refugia. Ahí puede verse, el reino, cubierto de una gran muralla, tal y como Troya se defendía de los enemigos. Tan pronto me acerco empiezo a notar movimiento, los soldados se están formando y algo viene hacia mí. ¡Flechas!, ¡arqueros!, comienzan a atacarme, confundidos, sin tener la más mínima idea de porqué un sujeto vuela alrededor del reino. Escucho gritos, la gente está corriendo por todos lados, espero no haber arruinado el plan y no causar sospechas para el rey.

Doy la vuelta y bajo detrás de unas rocas, desactivo el traje espacial y mi vestimenta cambia, como si de magia se tratase, pero sé que Taliesín está detrás de todo esto, también cuida de mí. Esto que llevo puesto parece un traje medieval, atuendos de esta época. Supongo que ahora debo ir a pie, a la entrada, pasar desapercibido, no lo sé, quizá decir que soy un mensajero e infiltrarme entre las personas del lugar.

Espero a que las cosas se normalicen, a que los soldados y toda la gente del reino se tranquilicen. Ya no se escucha mucho ruido, ya es momento de volver. Me acerco a la muralla, mis piernas tiemblan al ver nuevamente a los arqueros preparándose para atacar, pero una voz los detiene, desde arriba alguien grita:

—¡Alto! —Los arqueros se detienen y bajan los arcos.

—¿Quién eres tú?, ¿qué haces fuera de la muralla? —cuestiona un soldado en una de las torres, posiblemente sea uno de los altos mandos. Respondo lo primero que se me viene a la mente:

—¡Soy uno de sus soldados!, sobreviví a la última batalla con Ceres, pensaron que había muerto, pero no, todo este tiempo estuve sobreviviendo en el bosque tratando de regresar y aquí estoy, ¡por fin llegué! —Sorprendidos y sin dudarlo abren las enormes puertas, un sujeto me espera y en cuanto cruzo la entrada la charla comienza:

—¿Dónde estuviste todo este tiempo?, los esclavos van a cosechar y a cortar madera al bosque y nunca te vieron.

—Eh, en lo profundo del bosque, sí, sobreviví en el sitio más remoto del bosque, busqué durante días el camino a casa, la salida de los enormes árboles, quizá los esclavos nunca han llegado hasta esos límites, por eso es que nunca me vieron. —Todos los habitantes se me quedan viendo mientras se me acercan dándome palmadas y saludando:

—¡Bienvenido sobreviviente!, ¡bienvenido soldado! —Dicen mientras festejan mi llegada. Trato de mezclarme entre la gente, de no levantar sospechas y en una distracción desaparecer de los soldados que me recibieron, pero antes de lograrlo un guardia se acerca y con una orden menciona:

—¡Llévenlo arriba!, el rey quiere verlo.

No sé si esto es una señal, si la suerte está de mi lado o es que ya me descubrieron. No esperaba que llegar hasta el rey fuera tan sencillo, todo aquí está repleto de soldados y guardias, de muchas personas que posiblemente sospecharían de mí al primer paso equivocado, pero mientras sigan creyendo que soy uno de ellos, no es necesario llamar a Ceres.

Subo los escalones del castillo, aquí la gente es muy extraña, me causa mucha intriga. Son muy serias, no voltean a ver nada alrededor, solo siguen su camino. Después de recibirme todos siguieron con su rutina, no se hablan entre ellos, no se distraen, no se detienen a descansar, incluso puedo notar que algunos destellan un brillo en sus ojos, pero quizá sea algo normal en este mundo.

Llegamos a la entrada del palacio principal, subí una extensa escalinata hasta aquí. Abren la entrada y los guardias se hacen a un lado, me dejan pasar solo.

¡Esto es inmenso!

Es incluso más grande que la cueva donde encontré a Ceres. Sigo caminando observando alrededor, hay muchas pinturas colgadas en los muros, objetos de barro, muchas cosas construidas con oro, con metales preciosos. Distraído del lugar, una voz al fondo me sorprende al decir:

—¡Ey!, así que tú eres el sobreviviente que volvió a casa, ¿qué se siente volver de la muerte? —es el rey quien pregunta acercándose con su brillante corona.

—Sí, soy yo. Sufrí demasiado encontrando el camino de vuelta, pero aquí estoy, para volver con mi familia y rehacer mi vida —le digo.

—Y dime, ¿cuál es tu nombre?, superviviente —cuestiona.

—Eh, en realidad me cambié el nombre, más bien perdí un poco la memoria en la batalla, ya sabe, un golpe en la cabeza al caer del caballo y después decidí solamente ser JC.

—¿JC?, qué nombre tan simple y sabes ¿cuál es el nombre de tu rey? —pregunta.

—En realidad no lo recuerdo. ¿Cuál es su nombre su majestad? —respondo intentando no ser descubierto.

—¡Atlas!, yo soy tu rey ¡Atlas! —dice molesto.

—Atlas, mi rey, mi intención nunca fue olvidar su nombre, luché por usted, ¿no lo recuerda? —Atlas da media vuelta y comienza a reír para después decir:

—Todos luchan por mí, y ahora que sabes el nombre de tu rey quiero que sigas con tus labores, eres un soldado y tu trabajo es servirme.

—No vine hasta aquí para seguir sirviéndote —le digo con voz retadora.

—¿Acaso te rehúsas a obedecer a tu rey? —

cuestiona.

—¿Qué pasa si lo hago? —pregunto.

—No querrás saber lo que pasa, lo que puede pasarte a ti, lo más sencillo para mí sería asesinarte, pero ya demostraste que eres fuerte al sobrevivir tanto tiempo fuera de la civilización, necesito de tus servicios, así que solo voy a obligarte a obedecer.

—No sé cómo harás eso, no entiendo cómo podrás obligarme, pero déjame decirte que yo no estoy aquí para servirte —le advierte.

—¿Estás seguro? —Atlas saca una varita de su vestimenta, lanza un rayo verde hacía mí, apenas puedo notarlo y salto al lado derecho para esquivarlo, saco un arma disparando una red para capturarlo, ¡Ha caído!, pero logra cortarlo y escapar.

—¿Quién eres tú? —pregunta enfurecido.

Activo el traje espacial y su mirada se torna sorprendida.

—Soy un viajero del tiempo, ¡vengo por ti! — respondo mientras le apunto con el arma de plasma.

—¿Un viajero del tiempo?, déjame decirte que llegaste en el sitio incorrecto, que solo llegaste hasta aquí para morir —dice y de inmediato dispara, pero de la nada aparece un escudo con la varita y la energía del disparo se desintegra.

¡Magia, eso es!

—No eres un rey, tú eres un brujo, ahora lo entiendo, tienes hechizados a todos en el reino, ¿no es así? —pregunto.

—Ahora sabes quién soy en realidad, viajero — advierte.

Atlas se eleva y su vestimenta cambia, pasa de ser un rey a un hechicero supremo, una capa que lo envuelve y su varita se transforma en un gran bastón ardiente. Fuego verde comienza a rodearlo, muchos rayos en su cuerpo.

Ahora todo tiene sentido, es por eso que las personas en todo el reino tenían una sola rutina, que no despegaban la vista a lo que hacían, están siendo obligados, ¡han sido hechizados!

—Mira viajero, todo este poder, tengo a todo el reino a mis pies, ¿crees que podrás conmigo? —presume.

—No estoy seguro, pero no tengo opción, tengo que enfrentarte —respondo.

Vuela directo hacia mí con su bastón de frente, lo detengo mientras choca contra mi espada láser. Comienza una pelea entre su magia y mi tecnología, mis armas contra sus hechizos, se abren muchas grietas en las paredes por los disparos desviados, se destruyen dos pilares, casi caigo aplastado, trato de llevarle el ritmo, ¡es demasiado rápido!, los cristales del palacio truenan a causa del enfrentamiento.

Dos guardias entran de prisa:

—¡Ataquen!, es un impostor —les ordena Atlas.

Por fortuna cuento con muchas armas y una gran habilidad para cambiar una con la otra, disparo hacia ellos con el arma de plasma, los desintegro, pero puedo notar que más guardias vienen. Me rodean, aunque por fortuna no pueden hacerme mucho daño, giro el cuerpo y sigo disparando, acabando con cada uno. Sin percatarme en lo que sucedía tras de mí, al momento de voltear Atlas se encuentra elevado, flotando y levantando su bastón mágico. Lanza un rayo que destruye el techo y todo el escombro cae sobre mí.

El traje espacial es lo suficientemente resistente para soportar el peso de los escombros, puedo salir ileso, pero en cuanto recupero la visión puedo notar que hay nubes alrededor, se están juntando, formando un remolino que cubre a Atlas.

—¡Me has retado viajero!, ahora conocerás mi poder, estás solo, contra todo mi reino. ¡Ellos me pertenecen y no puedes hacer nada para detenerme!, ¡ataquen todos!, mátenlo y no dejen rastros de él. —Atlas levanta un hechizo contra todos, ahora los soldados, guardias, pobladores y esclavos vienen enfurecidos contra mí, ¡no voy a poder contra todos!, ¡no quiero hacerles daño! Desesperado y sin saber qué hacer, grito la señal: —¡Ceres!, ¡es ahora!

Como si de una invocación se tratase, Ceres llega volando rápidamente atravesando las nubes, comenzando a escupir fuego contra el reino y enfrentándose contra el ejército.

¡Su poder es impresionante!

Todos voltean a mirarlo y comienzan a atacarlo, pero las flechas no pueden atravesar su piel cubierta de gruesas escamas.

—¡Ceres!, al fin te dignas a mostrarte, ¡cobarde!, no puedes contra mí. —le grita Atlas.
—Ceres es ahora mi aliado, no dejará que nadie de tu ejército llegue hasta mí, ni yo dejaré que tú llegues a él, esta es nuestra pelea, solo somos tú y yo —le advierto.
—No te alcanzarán las súplicas para salvarte, acabaré contigo y después me voy a deshacer de Ceres de una vez por todas —responde confiado. Atlas intenta distraerme con sus palabras para después lanzar un rayo de energía contra Ceres, pero me atravieso y al desviar su disparo con el escudo, le reitero:

—No seas tramposo, ¡esta es nuestra pelea!

La batalla continúa, Atlas con sus poderes se eleva tan alto y me dispara con sus rayos de energía, puedo evitar que me hagan daño con el escudo frente a mí, pero no aguantará mucho tiempo, comienza a agrietarse, su poder es tanto que mi tecnología apenas puede resistirlo. No me queda más opción que activar el traje aéreo, me disparo volando hacia arriba hasta llegar a él, su bastón mágico se transforma en una espada resplandeciente, puedo sacar también mi espada para después enfrentarnos. A lo lejos estoy viendo como Ceres lucha también, somos él y yo, contra toda la gente de este mundo.

Recuerdo ese primer instante
cuando nos conocimos...

Nunca creí que contigo
también se venían mil heridas
que incluso en otras vidas
no han logrado sanar.

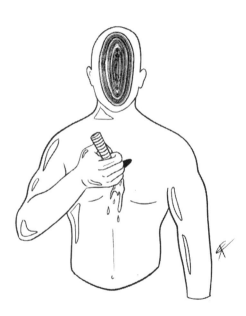

La magia de Atlas es impresionante, mis armas solo han logrado aguantar, pero no sobrepasarla para hacerle al menos un mínimo daño, mis recursos y las municiones se están agotando.

La espada se destruye en un choque contra su bastón mágico, trato de resistir disparando con la pistola de plasma para después aventar mis últimas granadas de humo. Atlas usa su magia para lograr encerrar el humo en una burbuja y lo desaparece, como si lo transportara a otra dimensión.

Logro escapar de su vista por un momento. No será fácil vencerlo, incluso empiezo a creer que es casi imposible, por eso es que estoy pensando en otro plan, me pregunto:

¿Qué podría cambiar para lograr ganarle?, con mi tecnología no es suficiente, pero, ¿qué pasaría si peleo magia contra magia?

Sí, es decir, usar su misma magia en su contra o al menos poder quitar el hechizo a los pobladores y tener más ventaja.

Mientras todas estas ideas pasan por mi mente a mi alrededor la batalla se intensifica, Atlas está destruyendo el sitio intentando encontrarme. Ceres ha caído un par de veces por todas las catapultas y flechas que lo han dañado, por suerte su gruesa piel no ha permitido dejar que le atraviesen y causarle una mayor herida, está resistiendo controlando al ejército con sus ardientes llamas y sus magníficos poderes, sin embargo, trata de no matarlos, de no hacerles tanto daño, aunque muchos también mueren. Pero de nada sirve acabar con algunos soldados o incluso con todo el ejército mientras Atlas siga de pie.

—¡Entiéndelo viajero!, no podrás conmigo —grita Atlas seguro de sí mismo mientras trata de hallarme.

—¡Ey, por aquí! —le Grito y él voltea rápidamente. Disparo, pero desaparece en un instante.

—¿Dónde se fue? —me pregunto angustiado.

—¡Tus juegos no funcionan conmigo viajero! —dice.

Lanza al mismo tiempo un fuerte hechizo que estoy logrando esquivar, pero que ha pegado en un muro, se derrumba y el polvo nos cubre, entre los escombros puedo percatarme de un brillo, como un reflejo, un espejo yace entre esas piedras, se ha roto, pero al menos queda lo suficiente para realizar un ataque a mi favor.

Lo tomo sin importar el filo, lo aprieto y al instante siento el dolor de una cortada, los guantes del traje están muy dañados, mis manos se cubren de sangre. El polvo se esparce y volteo hacia Atlas retándolo:

—¡Ataca!, estás tan confiado, pero no logras vencerme, ¡vamos!, enséñame todo tu poder.

Atlas enojado dice:

—Te arrepentirás por lo que acabas de decir, ¿quieres descubrir todo mi poder?, ¡lo verás!

Recarga una intensa bola de energía que lanza directo hacia mí, coloco el espejo de frente sintiendo un fuerte frío en mi cuerpo, un miedo de pensar si lo que estoy haciendo es buena idea o será un completo fracaso.

En ese momento toda la energía golpea el espejo, el brillo se intensifica, la fuerza es tan impresionante que me deslizo algunos metros hacia atrás, pero después puedo contenerlo, ¡sí!, ¡lo estoy logrando!, estoy controlando la gran cantidad de energía, es tan potente que apenas puedo mantenerme de pie. No tengo idea de dónde estoy sacando tantas fuerzas, aprieto las piernas y con los brazos empujo hacia delante, avanzando de a poco, hasta lograr devolver todo el hechizo que se dirige ahora hacia Atlas.

—¡Toma esto maldito! —le grito.

¡Sorpresa!

La energía cae sobre él pensando que le causa daño, pero con su bastón mágico logra desintegrar toda la energía en cuestión de un parpadeo.

¡Un fracaso total!

Estaba seguro que iba a funcionar, pero no. Al menos capté algo, no es la magia, no son por los hechizos, es el bastón el que tiene el poder, en ningún momento lo suelta de sus manos. Entonces, si logro destruirlo seguramente todo se acaba.

—¿Esa fue tu gran jugada maestra? —dice Atlas con risas.
—¡Aún no acabo! —respondo con tono divertido.
—¿Qué más tienes viajero? —dice retando.
Tomo la última granada de humo sin pensar en lo que voy a realizar esta vez, simplemente estaré improvisando.
Lanzo la bomba de humo, Atlas espera a que llegue hasta él y la golpea con su bastón, en ese instante se despliega una densa capa que le interrumpe la vista y grito:
—¡Ceres! —Mientras del otro lado del palacio Ceres apenas resistiendo la batalla, voltea.
—¡Fuego Ceres!, ¡Lanza fuego sobre Atlas!
—¡No servirá de nada, va a esquivarlo! —insiste Ceres.
—¡Solo hazlo!, lanza el fuego a través del humo.
Ceres lanza una ardiente llama, un río de fuego atraviesa el denso humo yendo directamente hacia Atlas quien se sorprende al ver que será atacado.
—¡No vas a ganarme! —grita al recibir el poder

de Ceres.

—¡No dejes de atacarlo! —le grito.

Atlas se encuentra distraído tratando de evitar el ataque, me coloco detrás del gran fuego y vuelo a toda velocidad para aparecer frente a él.

—¡Caíste! —le digo. Y con una mano detono mis últimas balas del arma, Atlas atraviesa su bastón formando un escudo, pero con la otra mano saco la espada y corto.

El escudo desaparece de inmediato y toda la bola de fuego golpea el cuerpo de Atlas lanzándolo directo hacia los escombros. Logra levantarse y por un momento en mi mente pasa la idea de que he vuelto a fracasar, sin embargo, se puede observar cómo salen rayos y chispas de su cuerpo, como si hubiese desenchufado un electrónico, así se veía como se iba quedando sin energías, sin su magia.

—¡Nooooooo!, ¡Malditos! —Entre un grito desesperante el bastón mágico se esfuma y Atlas pierde sus poderes.

Todas las personas del reino comienzan a soltar sus armas, el resplandor en sus ojos está desapareciendo, están desconcertados, un tanto confundidos y sin tener idea de lo que está sucediendo, incluso llegan a sentir temor por observar a Ceres ahí, y todo el reino entre llamas pensando que fue él quien los había atacado y por alguna razón no recordaban nada.

El pánico parece apoderarse, la gente grita y corre por todos lados, pero Ceres con su poder logra crear esferas de energía, los avienta al cielo y comienza a esparcir lluvia para que todos los incendios se apaguen, entonces da un anuncio:

—¡Tranquilos!, ¡tranquilos!, no voy a causarles daño. Soy el mismo guardián que los protegía hace algunos años. Han despertado de un fuerte hechizo, Atlas el rey los tenía bajo su poder para que su vida fuera una rutina, estaban siendo esclavizados para que trabajaran sin descanso lo que ocasionó el agotamiento en los recursos de nuestro planeta, quizá no recuerden mucho, pero hace un tiempo llegó para conquistarlo todo y ¡ese!, ese viajero que ven ahí, ha vencido a Atlas. Ceres alabándome me señala y continúa:

—Él ha llegado desde otra dimensión, desde otro tiempo para salvarnos.
La gente me ovaciona y se puede escuchar en los gritos:
—¡Que el viajero sea nuestro nuevo rey!
—¡Sí, sí, que el viajero que nos salvó nos ayude a reconstruir nuestro hogar! —dicen otros.
—No, no puede ser así —respondo.
—¿Qué te detiene?, llegaste para salvarnos, ahora quédate para guiarnos, ¡lo tendrás todo! —dice una persona entre la multitud.
—Llegué a su mundo con un simple propósito, capturar al rey, mírenlo, lo tengo atado de las manos para que ya no vuelva a causarles daño, ahora que lo conseguí tengo que volver para presentarlo contra la máxima autoridad del tiempo. —En sus rostros se observa confusión y trato de desviar el tema:
—Pero no estarán solos, antes de Atlas, Ceres era su guardián ¿cierto?, quizá por todo lo que pasó lo olvidaron, sin embargo, es él quien debe protegerlos ahora, reconstruyan su planeta y trabajen juntos para lograrlo.
Ceres se me acerca y mantenemos nuestra última charla antes de partir:
—Viajero, debo admitir que al principio no creía en ti, pero me demostraste lo contrario, cumpliste con tu palabra, lograste tu misión,

puedes irte en paz —me dice.

—Gracias Ceres, por demostrarme que incluso una criatura tan majestuosa puede hacer el bien, ¡lo logramos!, que todo marche bien, ¡hasta pronto!

En ese momento un portal se abre, dejando a todos atónitos ante lo que están observando, entro a él mientras llevo conmigo a Atlas encadenado.

Llegando al Lobby Taliesín ya me esperaba, sentado en una especie de trono:

—Aquí lo tienes, de rodillas ante ti —le digo mientras ordeno a Atlas colocarse de rodillas.

—Viajero, lograste cumplir tu primera misión, llegaste a distraerme, salvaste a la gente de este infeliz, creo que nos estamos entendiendo. Ahora es momento de darle la sentencia a Atlas por alterar el ciclo de un planeta, el daño está hecho y has reducido sus recursos, quitaste muchos años de vida a su gente y a sus tierras, ahora pagarás por ello.

Con un movimiento en sus manos, Taliesín desintegra por completo a Atlas sin que él haya podido tan siquiera pedir clemencia, me sorprende el poder del controlador, puede hacer lo que sea y borrar del mapa a quien desee.

—Ya eres libre viajero, tienes el derecho de viajar una vez más entre las dimensiones del espacio y del tiempo, solo te pido que no alteres mucho la línea temporal o habrá alguna catástrofe, te estaré observando en todo momento —me advierte.

Desaparece y el mapa estelar se vuelve a proyectar frente a mí, comienzo a dudar hacia dónde ir esta vez, muero por volver a revivir los recuerdos con Sirena, pero si cometo algún error podría regresar al lobby sin siquiera haber intentado algo.

Es por eso que prefiero seguir entendiendo cómo funcionan los viajes, los mundos paralelos, los errores que puedo evitar, los instantes que puedo crear sin que nada malo suceda, después de lo vivido hasta ahora, sé que cualquier cosa es posible.

¡Allá vamos!

Un capítulo antes o después, que sea lo que el destino quiera, hacia la constelación del "Can Mayor", ahí, a la estrella más brillante, recuerdo cuando en las noches la observaba, "Sirio" es lo más cercano a mi mundo.

¿A dónde nos llevará?

Cierro los ojos y siento cómo mi espíritu se transporta atravesando la dimensión, el portal se abre en el nuevo mundo y me lleva como un rayo hacia mi cuerpo de ese tiempo.
Al abrir los ojos puedo observar un campo de girasoles, ¡sí!, es el campo del pueblo, aquí estoy, quizá descansaba de un agotador día en la escuela, no existe mejor momento que este, pero...

¿Qué año es?

"Lo que aprendí en la investigación que hice sobre los viajes a través del tiempo fue que, si cambias algo, ya sea del pasado o del futuro, puedes llegar a transformarlo todo de manera radical. Cualquier experiencia, buena o mala, pensamientos y sentimientos pueden borrarse para siempre".
-Will Smith

CAPÍTULO V
UN VIAJE AL PRIMER
SENTIMIENTO

Can Mayor, estrella no. 1. Domingo 19 de agosto del 2007:

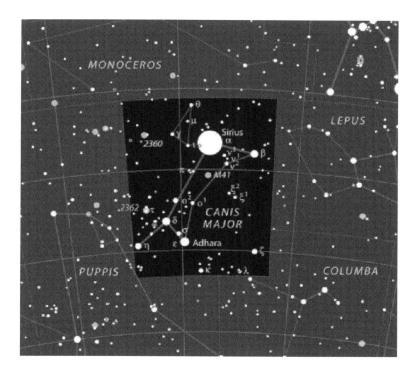

Estoy sentado en el campo de girasoles tratando de descifrar la fecha en la que me encuentro, lo primero que se me ocurre es revisar mis pantalones por si traigo conmigo algún teléfono, una billetera, pero nada. Entonces a mis espaldas escucho una voz:

—Jio, hora de irnos niño.

Volteo y mi sorpresa es bastante grande, ¡es Donati!, mi tío que falleció en el año 2009 en un accidente de tránsito.

—¿Tío Donati? —pregunto recordando apenas su rostro.

—¿Qué pasa niño, viste un fantasma? —dice con una sonrisa.

—Perdón tío, estaba tan concentrado mirando el atardecer que me espanté cuando me hablaste —le digo para no levantar sospechas.

—Anda, levántate, vámonos a casa, ya está a punto de anochecer —dice para después levantar dos grandes botes de agua.

Al parecer habíamos llegado hasta aquí para conseguir agua del pozo, mi tío Donati solía correr por estos rumbos para ejercitarse y llevar agua pura a su hogar, pero a veces me daba por acompañarlo y él accedía, mientras yo miraba el atardecer y me sentaba en el campo de girasoles, él se encargaba de llenar los botes.

¡Qué nostalgia volverlo a ver!, ¡qué gran sentimiento ver a mi tío que apenas recordaba!

Me levanto y nos dirigimos a casa, durante el trayecto siento algo en el pecho, pero no es dolor, es una especie de sensación.

¿Un sentimiento de amor quizá?

No, no es amor, tampoco es tristeza, quizá solo es una emoción muy grande de volver a ver a quien era mi tío favorito. Y sin tener idea del tiempo en donde me encuentro, trato de averiguarlo con lo que estoy sintiendo dentro, de recibir una señal en el corazón de que estoy pensando en alguien para al menos así recordar, pero no. Es extraño, porque la ropa que traigo puesta no la recuerdo.

—¿Listo para volver a clases hijo? —pregunta el tío Donati.
—Eh, creo que sí tío —respondo confundido.
—¿Qué pasa?, ¿por qué no estás de parlanchín como siempre?, ¿estás triste de que hoy acaban tus vacaciones? —cuestiona.
—Sí, así es, no creo estar listo para volver a la escuela —le digo con una sonrisa y tratando de entrar en confianza.
—Seguro te irá muy bien, ya te falta muy poco, es tu último año y debes echarle ganas porque pronto te estarás graduando, quiero ver cómo te conviertes en ese profesionista que yo no pude ser.
—Claro tío, siempre voy con todo —respondo con un tono motivador.

Y es triste decirlo, pero...

¿Cómo le explico que él va a morir en un accidente y que ese sueño de verme llegar lejos no se va a cumplir?

Prefiero callar, solo seguirle la charla afirmando a lo que dice. Pero eso de graduarme muy pronto me hace pensar que quizá me encuentro en el año 2010 o 2011, cuando estaba por salir de la secundaria.
Dejamos el campo y comenzamos a cruzar las calles del pueblo, no sé si la pintura en los locales se ve demasiado nuevo o demasiado antiguo para seguir impecable.
Atravesamos la pequeña plaza, observo mi reflejo en un espejo, ese rostro...

¡Soy demasiado joven y pequeño de estatura!

Volteo al lado y en un puesto de revistas se encuentra un periódico del día colgado en el mostrador que al fin me muestra la fecha:

EL PERIÓDICO

LA INFORMACIÓN ES PODER Domingo 19 de agosto de 2007

¡Agosto de 2007! ¡No puede ser!

Yo buscaba llegar más adelante, pero en realidad he viajado muy hacia atrás, tal vez el hecho de dirigirme a la estrella más brillante ocasionó todo esto, no lo sé, ahora es que entiendo porqué no siento ninguna sensación de cosquilleo en mi cuerpo, no hay secuelas de mi otro yo porque realmente no existen. Soy un niño entrando apenas a la adolescencia que no sabe nada del amor, que no ha experimentado ese sentimiento por primera vez.

A decir verdad, no recuerdo cómo fue, no recuerdo esa primera señal de cariño. Y no, no quiero irme de aquí y desperdiciar una oportunidad de viaje.

¡Quiero volver a vivirlo!

Llegamos a nuestro barrio, el tío Donati pasa a dejarme a la puerta de mi hogar, mamá abre y entro:

—Pasa Jio, ya me estaba preocupando, no tardaba en anochecer —dice, y yo no puedo dejar de observar lo joven que está. Incluso puedo notar que mamá está embarazada, sí, está esperando a mi hermana menor.

—¡Hola mamá!, volví —le digo.

—Anda, ve a darte un baño, cámbiate y cena, hoy tienes que dormir temprano, recuerda que mañana vuelves a la escuela.

Mañana regresaba al colegio, eso quería decir por la fecha que todavía me encontraba en la primaria, en sexto año para ser exactos, las vacaciones terminaban y llegaba el inicio de ciclo.

Me alistaba para ir a cenar y poder ver a mis hermanos y a papá, 3 años más jóvenes comparados a los primeros mundos a los que viajé.

La cena pasa normal, es delicioso probar el sazón de mamá una vez más. Terminamos y es hora de ir a la cama:

—A dormir niños —ordena mamá. Y yo subo disparado los escalones hacia mi habitación.

—¡Jio!, ¡espera! —dice en voz alta.

—¿Qué pasó mamá? —pregunto.

—No has alistado tus cosas para mañana, ¿ya olvidaste que vuelves a clase?, tu mochila, el uniforme, las libretas... ¡No has ordenado nada! —dice molesta.

—Perdón mamá, ya lo hago de inmediato, sabes como soy de distraído —le digo y sonrío, ella me devuelve la sonrisa.

—Date prisa hijo y después ve a la cama, debes descansar.

Y mientas alisto todo para mañana también muero de nervios, no voy a la escuela desde hace años, en los mundos de Antlia no lo hice, todo sucedió en un fin de semana, pero aquí la semana apenas comienza. Y qué extraña sensación recorre mi piel, volver a la escuela siempre fue una fantasía, incluso lo veía en mis sueños, un reencuentro con mis compañeros del pasado y sí, estoy emocionado por verlos, pero ahora, todos siendo niños otra vez.

Termino de alistar el uniforme, la mochila con ese llavero que se destrozó hasta cuando cumplí los 40 y mis pequeños zapatos lustrados. Me recuesto en la cama con la ilusión a tope y preguntándome qué puede suceder mañana. No veo la hora de que amanezca y me dirija a la escuela.

Somos un imposible...

Con tanta distancia
como el sol y la luna.

Desapareciendo
como el fuego en el agua.

Con una indiferencia que nos destruye
como la vida y la muerte.

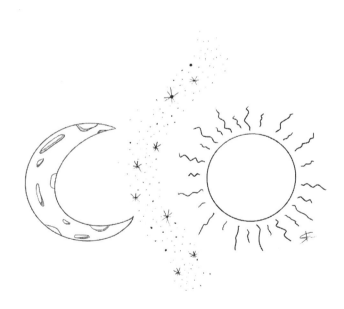

Can Mayor, estrella no. 1. Lunes 20 de agosto del 2007:

Es de mañana y mamá me despierta, me prepara ese licuado que tanto extrañaba, el desayuno listo en la mesa, puedo darle un beso y un abrazo antes de partir al colegio. Voy en camino y la alegría me invade, las calles inundadas de padres que acompañan a sus hijos, los jóvenes acompañados de sus amigos, aquí se respira más paz, no hay tecnología, no hay celulares en cada rincón, no hay tanta maldad, la gente se respeta y todos se conocen, los árboles crecen y los rosales se asoman por los jardines del parque.

Aquí voy, con mi uniforme planchado y los zapatos ya un poco manchados, llegando a la entrada de mi escuela primaria, aquí es donde mi mente me dice que se encendió ese primer sentimiento.

Una experiencia que solo sucede una vez en la vida cuando estamos aprendiendo de ella, cuando somos pequeños y no entendemos lo que significa todavía el amor. Es en este sitio donde sentí cariño por una niña, la atracción, un nudo en la garganta al observar su mirada, esa inocencia de tomarle de la mano, de escribirle pequeñas notitas o una carta quizá, esas travesuras, reír juntos, clavarnos en una mirada y temblando con una sonrisa.

Esa diferencia que existe entre tu primer amor y tu primer sentimiento, donde aparece en un instante y en uno mismo desaparece.

Entrar al salón de clases me causa nostalgia y satisfacción a la vez, no tengo idea de cuál es mi asiento, pero entonces una pequeña niña de capucha roja me habla:

—¡Ey!, Jio, ¿te congelaste?, qué haces ahí parado, ve a tu lugar —dice, señalándome un asiento. Ella se adelanta y se sienta justo delante del banco que me señaló.

Llego a mi asiento tratando de recordar ese rostro angelical y de inmediato su nombre se me viene a la mente:

—¿Miranda? —pregunto con una sonrisa.

—¿Qué?, ¿ya me olvidaste por las vacaciones? —responde cuestionando.

—No, cómo crees, lo que pasa es que con esa capucha no te reconocí, fueron unas vacaciones muy largas, como si hubiesen pasado muchos años ¿no crees? —le digo sonriendo.

—No seas tonto, mejor saca tus libros, el profesor ya está llegando —responde con un tono divertido.

El profesor llega y comienza la clase, no he puesto atención porque estoy observando alrededor, todos mis amigos, compañeros, son tan niños, a muchos tenía décadas sin ver, algunos hace tiempo fallecieron en mi mundo, pero aquí, aquí puedo disfrutar de su compañía, de saber que siguen, como si nunca se hubiesen ido.

Estoy tan distraído que el profesor se da cuenta y se dirige a mí con una pregunta:

—Usted, jovencito, de apellido Halley, ¿puede decirme de qué estoy hablando? —cuestiona molesto. Todos me voltean a observar y yo solo miro al profesor mientras sonrío.

—Disculpe profesor, me fui por un momento, es el sueño, quizá —le digo apenado.

—Le sugiero ponga más atención o lo sacaré de mi clase —advierte regañándome.

—Sí profesor, no se preocupe, pondré más atención —respondo bajando la mirada.

Mis pequeños compañeros comienzan a reír, burlándose de mi pereza, me notan sorprendido, nervioso, pero ellos no dicen nada, no pueden sospechar, solo lo toman como algo divertido.

La clase continúa con normalidad y al anotar los apuntes miro de reojo a Miranda, la capucha roja cubre su largo pelo, era considerada por muchos la niña más bonita de la escuela, tan tímida y risueña. Ella se encuentra con la mirada agachada, un tanto decepcionada consigo misma, ahora recuerdo que había repetido el año por problemas en sus estudios y con su familia, por eso me había sorprendido tanto al verla ingresar al mismo salón que yo, pues en el año pasado yo solía visitar el suyo, era un año mayor, pero no perdía esperanzas de al menos mantener una linda amistad. Ahora la tenía aquí, frente a mí, triste y un poco deprimida porque pudo dejar la escuela, pero no se rindió, y aquí sigue, esta vez con la oportunidad de graduarse con mi generación. Ella siempre fue esa niña que incluso 50 años en el futuro se seguía viendo hermosa.

Por lapsos Miranda también voltea a verme, yo evito mirarnos de frente. Para ser el primer sentimiento los nervios se sienten a tope, el cosquilleo recorre el cuerpo y los ojos generan brillo. Tal vez estas sensaciones vienen solo del cuerpo de mi otro yo o quizá son provocadas por mi mente de adulto, que incluso con su experiencia no está preparado para volver a experimentar todo esto.

Llega la hora del recreo, todos van afuera, comenzamos a jugar con los amigos, nos perseguimos y nos atrapamos, corriendo y subiendo por todo el colegio.

Llega mi turno y es momento de escapar, Miranda me persigue, no logra alcanzarme, yo quiero correr más fuerte intentando sorprenderla.

—¡Detente!, déjame atraparte —grita detrás de mí.

—Ya casi lo logras —respondo. Y en un giro entre los escalones nos topamos de frente, chocamos y nos abrazamos.

—¡Ja!, te atrapé —dice Miranda con una sonrisa,

da media vuelta y corre:
—¡Te toca atraparme! —grita subiendo los escalones velozmente.
—¡Voy a alcanzarte! —respondo y comienzo a perseguirla, volviendo a imaginar esa mirada al momento del choque, esa mirada de dos pequeñas almas que se conectaban desde niños para llevar un sentimiento que se volvería eterno.
—¿Qué pasa?, ¿ya te cansaste? —dice burlándose, pero yo trato de no alcanzarla para que pueda ganar el juego.
—No, no puedo alcanzarte, tú ganas Miranda — le digo fingiendo.
—¡Tonto!, qué divertido eres, ¿acaso crees que no me di cuenta que no estabas corriendo de verdad? —me dice al descubrirme.
—No digas eso, claro que corrí todo lo que pude, pero tú eres realmente veloz —le digo y se sonroja.
—¡El timbre!, ¡vámonos al salón! —dice tomándome de la mano y corriendo hacia el salón de clases.

Llegamos y de nuevo tomamos asiento, riendo mucho y recordando lo divertido que fue el juego. Fue una mañana grandiosa, las horas pasan y la escuela acaba, ahora tengo que dirigirme a casa.
En el trayecto voy analizando cada acción que realicé, al parecer no cambié mucho del pasado, jugar con Miranda y estar ahí, conviviendo con ella era lo que normalmente hacía y Taliesín no me da ninguna señal de estar haciendo las cosas mal.
Estoy recordando también todo lo que íbamos a vivir en el futuro de este mundo, los capítulos donde tuvimos la oportunidad de estar juntos, pero siempre algo nos detenía. Lo que se venía era grandioso, pero no puedo dejar pasar tanto tiempo para que sucedan, no puedo

estar aquí dejando pasar los días, las semanas, los años donde no coincidimos.

Este primer sentimiento tendrá que crecer de una manera acelerada, si lo que quiero es intentar algo más con ella, dar un siguiente paso, saber lo que hubiera pasado si este cariño que le guardé siempre se hubiera convertido en amor, tendré que viajar a los diversos episodios donde Miranda y yo coincidimos. Pero...

¿Cómo podré regresar al lobby?

En el primer mundo cruzarme con mi otro yo me hizo volver, en el segundo, fue un error lo que provocó que Taliesín me descubriera y me regresara.

Sé que en esta constelación del "Can Mayor" cuenta con 147 estrellas, es decir, *tengo alrededor de 147 oportunidades, 147 mundos distintos*, tendré que viajar lo necesario hasta llegar al tiempo que deseo vivir.

Tal vez pueda regresar al lobby de la misma manera en que llegué o al menos poder proyectar el mapa estelar y viajar al estar dormido. Tendré que realizar primero un viaje espiritual para separarme de este cuerpo y después aterrizar al mío, que mi otro yo pueda caer al suyo sin problemas y pasar desapercibido por el controlador del tiempo que no debe sospechar que viajaré entre mundos.

Llego a casa y mis padres ya me están esperando, la tarde mágica que idealicé después de la escuela: La comida en familia, golosinas y botana mientras vemos películas y escuchamos historias, visita con los abuelos y el café desde su mesa, los juegos con los primos y vecinos del barrio, el fútbol que extrañaba poder practicar en las calles del pueblo.

Dos días aquí y me siento más vivo que nunca, con tanta energía, pero después recuerdo mi misión principal, una parte de mis memorias regresan y el rostro de Sirena se me atraviesa.

¿En dónde dejé ese propósito de volver a ella?

Reflexiono durante varios minutos, pero la emoción me invade, aunque también entiendo que no es justo dejar a mi otro yo en el lobby y hacer que se pierda de los mejores momentos de su niñez, así que por más que quiera quedarme, es momento de ir a dormir e intentar transportarme hacia mi siguiente aventura.

Antes de acostarme les doy un gran abrazo a mis padres, a mis hermanos, a mis abuelos y me despido de un gran saludo con los amigos, no sé si mañana despierte aquí o en otro sitio, pero por si acaso, pude darles una despedida digna y estoy feliz por volver a coincidir con ellos.

Me recuesto y cierro los ojos, busco ir más hacia delante, pero quiero mantener este primer sentimiento, así que tendré que llegar a un mundo años antes de conocer a Dafne.

Me concentro, respiro profundo y comienzo a meditar, sintiendo cómo el espíritu se va desprendiendo de este cuerpo y voy viajando entre la inmensidad del cosmos y lo espiritual. Las estrellas cruzan frente a mí hasta llegar a un vacío lleno de silencio, de pronto el mapa estelar se proyecta.

¡Sí!, ¡lo logré!

Pero no estoy donde empecé, no es mi lobby, porque ahora puedo ver que sigo en la misma constelación, quizá es una especie de lobby del mismo mundo donde me encontraba.

Es momento de decidir, saltaré un par de estrellas más adelante, ahí, a "Wezen", que no se encuentra tan distante, estoy seguro que avanzaré unos cuantos años en el futuro.

¡Vamos a un nuevo mundo paralelo!

Hay caricias que no se encuentran en otros cuerpos y miradas que no existen en otras vidas. No somos reemplazables, porque muchos sentimientos son inolvidables en cada universo.

Hay amores que duran toda una vida,
que incluso 50 años en el futuro
se siguen sintiendo
y llevando en los recuerdos.

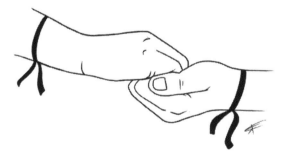

Can Mayor, estrella no. 21. Jueves 20 de agosto del 2009:

Me he lanzado, ahí voy, con los rayos alrededor, todo da muchas vueltas, salgo disparado y con tantos deseos de ya abrir los ojos.
Apenas siento que aterricé, recupero la visión y con una sonrisa festejo mi logro.

¡Lo logré!

Estoy en otro sitio y este lugar lo reconozco, es un salón de clases en un colegio distinto.

¡Estoy en la secundaria!

Con nuevos compañeros, nuevos amigos, nuevos profesores y más aventuras por vivir.
Al parecer es un cambio de horario, el timbre suena y todos recogen sus cosas, miro el reloj de enfrente marcando las 12 del mediodía, la fecha en el pizarrón me confirma la victoria, 20 de agosto del año 2009, dos ciclos exactos, solo con una diferencia de horario, pero muy diminuto. Salté alrededor de 20 estrellas, eso quiere decir que:

¡Saltar 10 estrellas en esta constelación representan un año!

Y ahora me encuentro en un tiempo donde ese primer sentimiento siguió creciendo.
No recuerdo lo que va a suceder ahora, pero estoy entusiasmado por revivirlo. Salgo del salón riendo y bromeando con los amigos, mis nuevos amigos de la adolescencia, mis viejos confidentes en mi presente.
Cruzamos el patio principal, entre un grupo de niñas puedo notar que ahí viene, es Miranda que baja los escalones con una sonrisa y el teléfono en la mano.

—¡Hola!, Miranda —La saludo con una gran sonrisa.

—¡Hola Jio!, perdón que no te haya saludado desde arriba, no te vi —responde apenada.

—No te preocupes, veo que estás estrenando celular, por eso es que estás despistada —le digo señalando el teléfono que en ese entonces era uno de los mejores del mercado, la tecnología comenzaba a surgir.

—¡Sí!, por cierto, pásame tu número de celular para escribirnos.

Me sonrojo nervioso porque no tengo idea del número de teléfono que llevaba en estos tiempos, ni mucho menos recuerdo tener alguno. Pero sí, tocando el bolsillo del pantalón puedo notarlo.

—No me lo vas a creer, no recuerdo mi número, ¿qué te parece si me pasas el tuyo y yo te mensajeo? —respondo tratando de disimular.

—Está bien tonto, anótalo. —Miranda ríe mientras me dicta su número, puede notar mi torpeza al momento de que tecleo en el teléfono, hace tiempo que no usaba uno de estos que apenas puedo encenderlo.

—¡Listo!, ya te registré, te escribo por la tarde —le digo y a lo lejos veo a mis compañeros gritando para que pueda apurarme.

—Estaré esperando tu mensaje, ahora date prisa que ya no te dejarán entrar a tu clase, yo también tengo que irme, ¡bye tonto!

La pequeña Miranda se aleja y yo me voy corriendo con una sonrisa en el rostro. Ahora llegaba la etapa donde nos encendíamos el corazón con mensajes de buenos días y buenas noches, con conversaciones tontas y preguntas sin sentido que se daban solo por no terminar la charla.

Estaba emocionado por llegar a casa, ver a mi último hermano siendo un bebé otra vez y revivir esos días cuando apenas se conocía lo que era "chatear" con la persona que te atraía. Pero también disfruté del colegio, de las clases, de volver a convivir con mis viejos amigos, de volver a reír con ellos, de salir a patear un balón y echarnos esa cascarita que quedó pendiente 30 años en mi pasado, de volver a respirar el aire de una juventud que sería una gran generación para el futuro.

Saliendo del colegio el cielo se torna oscuro, las nubes generan truenos y la lluvia comienza a caer, todos corren para tomar un refugio y en una esquina vuelvo a ver a Miranda temblando por el frío:

—Miranda, estás toda mojada, ¿quieres mi suéter? —le digo.

Ella con un gesto en la cabeza me dice que sí, la cubro con el abrigo, le tomo de la mano y la acompaño a casa.

—¿Cómo es que tú no tienes frío? —pregunta durante el recorrido.

—Lo tengo, pero no estoy tan mojado, puedo resistirlo, tú eres quien necesita un cambio de ropa y un baño caliente al llegar a casa, tonta — le bromeo y juntos reímos.

Es ahí cuando vuelvo a creer que el sentimiento va creciendo, de saber que a pesar de que el tiempo pasa, que no siempre coincidimos, ahí seguimos, siendo dos niños que de a poco se comienzan a conocer, a gustar, a querer, a soñarse.

—¿Qué tal estuvo tu día? —pregunta Miranda para no seguir con el silencio.

—¡Súper!, jugué con los amigos, disfruté del receso, ¡no te vi por cierto!, solo cuando te encontré bajando los escalones. ¡Ah!, también me escapé en una clase solo por ir a comprar una botana y una soda, me sentía con ganas de realizar una locura —le digo al mirarla y ella solo muere de risa.

—¡No me digas!, ya deberías portarte bien Jio, recuerda que mi madre es parte de la dirección del colegio y puedo reportarte —dice bromeando.

—¡No hagas eso Miranda!, te prometo que mañana también te compraré una botana y tu soda, ¿qué dices? —propongo.

—Solo si me ayudas a escaparme de clases, nunca lo he hecho, quisiera realizar mi primera travesura, pero claro, sin que nadie pueda enterarse —dice.

—¡Claro!, con gusto, mañana seremos dos prófugos de la justicia —le digo y reímos a carcajadas.

—Llegamos, aquí es donde vivo —me dice. Y yo trato de disimular que no conozco su casa, me regresa el suéter para después despedirse de mí.

—¡No olvides mensajearme más tarde! —grita entrando a casa.

—¡No lo olvidaré! —le digo al retomar mi camino.

Llegando a casa puedo disfrutar nuevamente de mi familia, por tercera vez en otra etapa de sus vidas, la rutina es casi la misma, solo que esta vez con una pequeña bebé entre nosotros. Volver a acariciar sus suaves manos, escuchar de nuevo su llanto y cargarla entre mis brazos, es una experiencia que realmente estoy disfrutando, amando con cada viaje realizado.

Pasa la tarde y la noche cae, llega el momento de enviarle aquel mensaje que le prometí.

Vuelvo a experimentar esas sensaciones que desde hace mucho no llegaban, es como si hubiese vuelto a nacer, viviendo las mejores etapas de mi vida.

Escribo el mensaje:

Presiono enviar y responde a los pocos minutos:

Recordaba que en mi pasado siempre quise invitarla a salir después de un mensaje así, nunca lo hice por miedo, pero ahora es diferente y quiero descubrir qué pasa si altero la línea temporal de este mundo, no creo que una simple cita entre dos niños pueda afectar tanto, no creo que Taliesín quiera evitar esto también.

Escribo y envío.

Responde.

Y con tanto miedo espero a que algo pase, no sé, que quizá Taliesín se diera cuenta de la alteración y me mandara de regreso al lobby, pero no, al parecer los mensajes de texto y la propuesta no afectó en gran escala y sí podré vivir esa primera cita con la niña que encendió mi primera chispa de amor.

Can Mayor, estrella no. 21. Viernes 21 de agosto del 2009:

Llega el día siguiente, el último de la semana, espero al receso y nuevamente busco a Miranda entre la multitud. No aparece por ningún lado, cuando de pronto...
Alguien tapa mis ojos con sus manos:

—¿Quién soy? —pregunta.
—Dame una pista —respondo sin reconocer la voz distorsionada.
—Bueno, debes ayudarme a escaparme de clases después del receso y comprarme una botana y una soda, como lo prometiste. ¡Ah!, también tendrás una cita conmigo esta tarde, iremos por un helado y correremos por el parque —dice entusiasmada.
— ¡Miranda!, ¿por qué cambias así tu voz?, ¡vaya que no te reconocí!, te estuve buscando durante todo el recreo —le digo.
—¿Ah sí?, y ¿para qué? —cuestiona mientras coloca su brazo alrededor de mis hombros.
Yo por mi parte llego a sentir una sensación de nerviosismo, el niño que soy ahora estaba a punto de rechazar su primer abrazo cariñoso, así que vuelvo a cambiar el transcurso de la historia y esta vez correspondo.
—Para esto... —respondo y volteo.
En ese instante nos damos un abrazo que dura varios segundos.
—Pensé que te espantaría mi abrazo —me dice.
—Me espantaba hace un momento, pero he vencido el miedo gracias a ti —respondo y escuchamos el timbre sonar, es hora de regresar a nuestros salones.
—¡Ey!, ¿a dónde vas? —cuestiona.
—A clase tonta, ¿no escuchaste el timbre?, es

hora de volver —respondo.

—¡No!, es hora de lo que me prometiste ayer —dice.

—¡Cierto!, ¡hora de hacer travesuras! —le digo.

Nos desviamos y corremos hacia afuera, saltamos la barda del colegio tomados de la mano y nos dirigimos a la tienda. Tal y como se lo había prometido, le compro su botana y soda favorita, también compro algo para mí. Y entre charla y risas la hora transcurre y es momento de volver a clase, habíamos cumplido con nuestra primera promesa, juntos realizamos nuestra primera locura y lo disfrutamos bastante.

—¡Te veo por la tarde! —grita Miranda al volver a donde sus amigas la esperaban.

—¡Al rato nos vemos! —le digo agitando la mano y despidiéndome.

El día transcurre y se acerca la hora de la cita, la tarde que nunca existió en mi tiempo, aquí va a suceder.

Me alisto con la mejor vestimenta que pude encontrar en el closet, salgo de casa avisando a mis padres que iría a realizar una tarea con los amigos en la biblioteca. Llego al lugar acordado, espero unos minutos y la veo llegar, nos saludamos con un beso en la mejilla, las manos me sudan, toda la madurez desaparece en ese instante, porque he vuelto a ser ese niño que se emociona al tener su primera cita, porque después de tanto, logré cambiar uno de muchos momentos de los cuales me arrepentía por nunca haberme arriesgado a vivirlo.

Pasamos la tarde charlando en la banqueta, comiendo un helado y escuchando el canto de las aves.

Hablamos de nuestros pasatiempos favoritos, nuestro color preferido, la comida, los programas de tv, las melodías que más nos llenaban el alma y los sueños que teníamos para cumplir en el futuro. Nunca antes había sido así, solo manteníamos una amistad simple, era muy cercana, pero había muchas cosas que no sabía de ella.

El sol comienza a ocultarse, pasé las mejores horas y yo las había sentido como unos simples segundos.

—¡Es hora de ir a casa, tonto! —dice Miranda.

—¡Vamos!, te acompaño —le respondo.

Nos levantamos del banco y nos dirigimos a su casa. Logré aprovechar un poco más de tiempo al acompañarle.

Después de despedirnos ahora voy de regreso rumbo a la mía, caminando pensativo vuelvo a recordar lo que pasó después, al final en esta etapa éramos tan jóvenes todavía que nunca llegamos a confesarnos lo que sentíamos, no estábamos preparados, pero sí lo estaríamos unos años más adelante, cuando estuvimos a punto de tener una relación, sin embargo, cometimos errores que nos hicieron terminar con las ilusiones y quedar solamente con imaginar lo que pudo ser.

No quiero esperar hasta el anochecer, así que antes de llegar a casa vuelvo a cerrar los ojos y entrar en estado de concentración, mi cuerpo astral se desprende del físico, mi yo de este mundo vuelve al cuerpo que le pertenece y yo de vuelta al lobby de este mundo, el mapa estelar se proyecta y toca elegir hacia dónde ir esta vez, tengo que ir hacia el futuro y "Murzim" parece ser la estrella correcta.

¡Vamos 30 estrellas más hacia delante!

Quizá siempre fuimos nosotros, pero nos hizo falta entenderlo. Dejamos que la luna se alejara tanto que cuando quisimos intentarlo...

Ya era demasiado tarde.

No te olvidé...

Solo aprendí a vivir con tu ausencia,
soportando los recuerdos
y buscándote entre mis sueños.

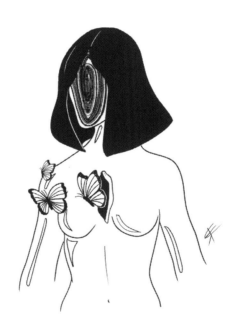

Can Mayor, estrella no. 52. Martes 18 de septiembre del 2012:

Me lanzo y estoy entrando a un nuevo mundo, escucho mucho ruido alrededor, las vibraciones vuelven, pero eso significa que lo estoy consiguiendo. Abro los ojos y me encuentro sentado en la sala de mi casa, el televisor prendido y toda la familia se encuentra reunida.

Todos estamos observando las noticias, dicen que el fin del mundo se acerca. Es entonces cuando puedo verificar que llegué al año correcto, 2012. No presto mucha atención a pesar de que todos se encuentran con algo de miedo, ya que, si seguimos la línea temporal no va a suceder nada, todo lo que se decía que sucedería se queda en una simple profecía. Y viendo la fecha en la televisión puedo percatarme que ahora estoy en el mes de septiembre, tal vez me salté una estrella de más sin darme cuenta, pero todavía estoy justo donde quería llegar.

Noto un rostro de preocupación en mis padres, en mis hermanos, pues ya hay bastantes documentales y anuncios de que el fin está cerca, pero...

¿Cómo les digo que realmente nada pasará?

La noche cae y voy a la cama. Paso la situación desapercibida y trato de dormir sabiendo que mañana es un día más de colegio, esta vez al bachillerato, la etapa antes de la universidad. Recuerdo que estos tiempos fueron los mejores de mi vida, se acerca lo más intenso, pero antes tengo que volver a revivir esos momentos que deseo cambiar con Miranda.

Can Mayor, estrella no. 52. Miércoles 19 de septiembre del 2012:

Amanece y me alisto para salir de casa. Llego al colegio, entro y puedo verla ahí, sentada a un costado de mi banco, justo como hace 5 años. Es aquí donde volvimos a coincidir, después de 3 años en secundaria saludándonos entre los pasillos, volvemos a estar en el mismo salón de clases.

¿Qué ironía cierto?

Le noto algo triste y sin dudarlo pregunto:

—Hola Miranda, ¿qué sucede?
—Hola, ¿ya me hablas? —pregunta.
—¿Eh?, ¿desde cuándo dejé de hacerlo? —pregunto confundido.
—¿No lo recuerdas?, el pasado viernes durante la quermés de la escuela, estuviste muy serio desde que Izar se me declaró y no me hablaste durante el resto de la tarde —responde con seriedad. Y yo trato de hacer memoria sobre aquel momento tan vergonzoso.

Después de pensarlo un par de minutos llego a recordar, ese viernes estuve a punto de declararle todo el amor que llevaba dentro, el amor que durante años llevé guardado en el corazón, pero alguien más valiente lo hizo primero.
Y yo terminé sentado en unos bancos mientras rompía la carta que le había dedicado, en ella llevaba uno de los poemas más increíbles que había escrito, pero ya no recordaba más.

—Sí, siento mucho lo que pasó, estaba algo molesto ¿sabes? —volteo y le digo intentando solucionarlo.

—Lo supuse, esa manera tuya de ya no responderme lo he visto antes, pero, ¿por qué te molestaste?

—No sé cómo explicártelo, pero tenía algo para ti, era una noche especial y al ver que estabas con alguien más me hizo sentir mal, quería darte un obsequio, pero entre mi estupidez lo voté.

—¡No debiste! —responde enojada.

—Yo lo sé, me ganó el coraje de saber que posiblemente ibas a aceptar a Izar y con el tiempo te olvidarías de los amigos —le digo ocultando el verdadero propósito de mis sentimientos.

—Nunca voy a olvidarme de los amigos, mucho menos de ti tonto, pero dime ¿qué era ese obsequio?

—Era una carta, una donde te agradecía por todos los momentos que hemos pasado — respondo nervioso.

—¿Una carta?, ¿acaso te estabas despidiendo? — cuestiona.

—No, para nada, era más bien una carta con mucho cariño.

No quiero decirle que la carta era en realidad una declaración de amor por el temor de pensar que tal vez en este momento ya había empezado una relación con Izar, en mi mundo jamás supe la respuesta y yo me alejé, pero nunca le dije nada de lo que le estoy confesando ahora, nunca supo que lo que tenía para ella era en realidad una carta.

De pronto me sorprende con sus palabras:

—No debiste romperla, no debiste actuar de esa manera, porque de nada sirvió, al final Izar y yo quedamos solo como amigos.

—¿Es en serio? —pregunto con una sonrisa en el rostro.

—Sí, es en serio, pero ¿por qué te alegra tanto?

—pregunta.

—No lo sé, sabes que no lo considero un amigo, quizá sea simplemente por eso.

—Ah, entiendo, pensé que era por algo más —responde agachando la mirada.

Yo ya no podía seguir manteniendo los sentimientos, se estaban acumulando y explotarían en cualquier momento, no es fácil lidiar con lo que llevo dentro cuando lo experimenté en tres tiempos distintos que sucedieron en simples horas. Ahora todas las sensaciones de los tres cuerpos en donde ya estuve se me han juntado y necesito alguna respuesta a todas las dudas que en mi pasado nunca fueron resueltas.

—¡Oye!, sí es por algo más, ¿crees que sea posible que platiquemos en la salida? —pregunto.

—Sí, si quieres podemos platicar en mi casa, hoy toca ir a ver películas con los amigos, ¿lo olvidaste?

—Claro, cómo iba a olvidarlo —respondo disimulando.

El horario de clases acaba temprano, nos reunimos con los amigos y vamos a casa de Miranda, mis amigos que ya extrañaba tanto:

—¿Listo para las películas Jio? —pregunta uno de ellos.

—¡Claro, vamos! —respondo mientras comienzo a caminar.

—¡Espera!, nos falta alguien —dice Miranda.

Y de pronto unos brazos me toman del cuello y me aprietan fuerte:

—¿Qué, te irás sin mí? —me dice una voz desconocida.

Volteo y mi sorpresa es grande… ¡Es Baham!

—Baham, amigo, perdón no sabía que irías también con nosotros.

—¿Bromeas?, siempre vamos todos juntos, anda,

vámonos, debemos aprovechar las horas libres —
dice.

Convivir y revivir esta tarde con viejos amigos me
ha cargado de mucha buena vibra, aunque claro, en
estos tiempos nuestra rebeldía estaba en su punto
más alto, aprovechábamos la temprana salida para
realizar nuestras locuras, antes de llegar pasamos a
una bodega y compramos unas cuantas cervezas. La
madre de Miranda trabajaba en la secundaria hasta
tarde, así que teníamos varias horas para aprovechar,
reírnos, divertirnos y tener una charla que cambiaría
mi destino.
Llegamos y no le tomamos mucha importancia a la
película, más bien aprovechamos el tiempo al máximo
para beber y reír, nos tomamos muchas fotos entre
todos en diferentes poses divertidas, jugamos un par de
retos, haciéndonos bromas y maldades. Miranda toma
una corona entre sus cosas y la coloca sobre mi cabeza
bromeando:

—Te ves divina, ¡como toda una reina! —dice
riendo y burlándose.
—No me creerías si te dijera que ya conocí a un
rey, no muy bueno que digamos —respondo en
tono divertido.
—¿En dónde lo conociste? —pregunta.
—En uno de mis tantos sueños locos que tengo
a veces —le digo tratando de impresionarla con
algo que realmente había sucedido, pero si le
confesaba la verdad jamás iba a creerme.
—Sigues siendo el mismo tonto de siempre —me
dice.
—¡Volteen y sonrían! —dice Baham capturando
una fotografía graciosa.

Las cosas están sucediendo tal y como las recuerdo, a
pesar de que cambié varias palabras con la conversa-

ción que en realidad había tenido con Miranda y los amigos.

Después de divertirnos un buen rato, las cervezas hacen efecto y el alcohol hace de las suyas, haciéndonos confesar varios secretos entre nosotros, reímos como locos. Y cuando todos se encuentran distraídos…

Miranda me mira y señala la cocina:

—¡Sígueme! —dice susurrando. Voy detrás de ella.

—¿A qué vienes aquí? —pregunto.

—Por más palomitas y también para tener un par de minutos a solas, ahora sí, quiero saber ¿qué es lo que me tenías que decir? —cuestiona y me arrincona contra la mesa.

—Te lo voy a decir, pero primero quiero que prometas algo —le pido.

—Claro, dime.

—Quizá lo que vas a escuchar te sorprenda, pero quiero que mis palabras no vayan a arruinar esta amistad que traemos desde hace años. ¿Es una promesa? —le condiciono.

—Sí tonto, lo prometo, ¡ya dime, no vas a arruinar nada! —grita emocionada.

—La carta del viernes no era una simple muestra de cariño, era una declaración, yo iba con la intención de decirte todo lo que siento por ti. Sé que han sido muchos años de amistad, pero creo que en parte también llegaste a gustarme y mucho. Me sentí varias veces confundido e inseguro de decírtelo, pero queda muy poco para que dejemos el pueblo, para que cada quien tome caminos distintos en la universidad, en distinta ciudad en busca de un buen futuro y no se me hace justo que pase más tiempo así, porque me gustaría saber tu opinión, porque quiero saber si todas esas señales que me dabas eran verdaderas o simples sospechas, quiero estar seguro si este sentimiento es también tuyo. Creo que si ambos sentimos lo mismo antes de partir podemos intentar algo.

Hay un pequeño instante de silencio, parece ser que Miranda no puede comprender lo que acaba de escuchar, se toma un rato hasta que voltea a verme a los ojos.

—Creo que lo que sientes yo también lo siento, vamos a descubrirlo... —responde.

Y llega entonces ese tan anhelado recuerdo, sucediendo de una circunstancia distinta, donde ella acerca sus labios con los míos y nos besamos, nuestro primer beso que surgía después de una declaración y no de un simple juego como en el pasado.

Un beso mágico, de esos que no se olvidan ni en otros cuerpos, ni en otras vidas, ese beso que traspasó las fronteras del espacio y del tiempo para que volviera a suceder. Es entonces donde al cerrar los ojos, mientras nos besamos recuerdo mi verdadera misión, Sirena se me atraviesa con imágenes del pasado haciéndome regresar los sentimientos verdaderos y me doy cuenta que no vengo por Miranda, sin embargo, no quiero irme de ella, no ahora que los sentimientos de este cuerpo están creciendo, que ya no son simples cosquilleos, que ya son más que un simple aleteo.

Y de pronto, visiones se me atraviesan cada vez más fuertes en la mente, escucho voces y el rostro de Sirena se me cruza enfrente, abro los ojos y puedo darme cuenta que entre tantas imágenes invadiéndome volví al lobby, el mapa estelar se proyecta...

¡No!, esto no puede estar sucediendo, quería quedarme más tiempo, y sin desearlo volví.

¡No, no quiero que termine así!

¡Quiero saber qué va a suceder después!

Tratando de entender qué fue lo que pasó o porqué regresé aquí, puedo escuchar la voz de Taliesín llegando del fondo:

—No te tocaba a ti, viajero...

—¿Taliesín?, ¿eres tú?, ¿qué significa eso? —pregunto asustado y preocupado, sabiendo que el controlador ya me había descubierto.

—Cambiaste la línea temporal en el mundo de "Murzim", has hecho mucho con eso, ahora es tu otro yo quien debe vivirlo —me dice.

—¡No!, todo sucedió tal y como lo recordaba, las líneas de conversación no pueden ser exactas, no hice nada que afectara a todo el mundo... ¿por qué no me dejaste más tiempo? —le cuestiono.

—No fue el mundo muchacho, no fueron las personas y mucho menos fue la chica, esta vez te has afectado a ti.

—¿A mí? —pregunto.

—Sí, viajaste a tres mundos distintos sin vivir el proceso, te saltaste muchos días y no dejaste que lo que sentías por Miranda creciera, no dejaste que se puliera hasta convertirse en amor.

—¡Estás equivocado!, en realidad lo siento —le digo confiado en lo que llevo dentro.

—¿Estás seguro?, quiero que te tragues tus palabras y lo vivas tú mismo, no te mandaré todavía a tu otra misión, primero debes de ver lo que has ocasionado.

—¿Me devolverás al mundo de "Murzim"? —pregunto emocionado.

—No, irás más adelante, al último mundo para que puedas observar las consecuencias de tus saltos tan lejanos.

Taliesín me toma con sus grandes manos y de un disparo me avienta directo hacia el último mundo del Can Mayor, a la estrella "Aludra" la número 147.

Sé que es contigo, sé que eres tú...

Porque incluso en el fin del mundo, te elegiría, para dar mi último suspiro por ti.

El mundo puede acabarse,
pero lo nuestro seguirá vigente,
porque llevamos una conexión
que va más allá de la realidad.

Can Mayor, estrella no. 147. Sábado 11 de Junio del 2022:

¿Qué significa llegar hasta la última estrella de la constelación?
¿Qué hay más allá de este último mundo?
¿Cuánto tiempo habrá pasado?, ¿en qué año aterrizaré?

Entre tantas preguntas abro los ojos y casi pierdo el equilibrio, voy caminando una estrecha vereda...

¿Hacia dónde me dirijo?

Escucho un sonido de notificación en el bolsillo del pantalón, claro, el teléfono celular, reviso y descubro algo sorprendente:

¡Estoy en el 2022, 10 años desde el anterior viaje!

Sorprendido y con mil dudas, puedo notar que es Miranda quien está llamando, enseguida respondo:

—¡Ey!, tanto tiempo sin saber de ti, ¿dónde estás? —pregunta.

—¡Hola!, Miranda, voy camino a casa, creo, ¿y tú?, ¿qué ha sido de tu vida? —pregunto confundido y sin tener la más mínima idea de hacia dónde me dirigía.

—Han sido buenos y malos días, pero hoy tocó el peor, solo estoy aburrida, sin ganas de nada y con deseos de olvidarme de todo por un momento —responde.

—Te comprendo, creo que ahora yo estoy igual, no es tan noche y aún tengo un par de horas disponibles, ¿te gustaría pasar el rato?, no lo sé, ir por un café... —propongo sin saber porqué esta sensación que llevo dentro no es la misma que sentí en los anteriores mundos. Quiero ver a Miranda, sí, pero no es porque sienta ese amor en el pecho, es algo extraño, más bien parece un deseo.

—¿Un café?, no, ¡Vamos por cervezas!, te espero en la plaza —me dice.

—¿Cervezas?, claro, paso por ti en unos minutos —respondo. Desvío mi trayectoria y voy hacia donde ella se encuentra.

El corazón se me acelera en ese instante, pero apresuro el paso para dejar de pensar tanto.

Llego al lugar indicado, la busco por unos minutos, pero después logro verla, ahí está, con una capucha y una sonrisa que me hizo sentir algo raro, la recibo con un gran abrazo, aprieto más de lo normal tratando de revivir el sentimiento.

—¿Todo bien Jio? —pregunta.

—Sí, todo bien, ¿por qué preguntas? —cuestiono.

—Ese abrazo se sintió mucho —dice.

—¡Ah!, perdón, han pasado muchos meses que no te veía, supongo que es la sorpresa de volver a coincidir.

—Seguramente, o quizá es porque hace un par de años que ya no hacemos lo que tanto nos gusta...

—Sí, posiblemente —respondo confundido. No entiendo a lo que se refiere.

—Entonces vamos, puede que esta noche suceda lo mismo —dice con una mirada provocadora.

Caminamos por las calles hasta llegar a un conocido bar, ahí pasamos un par de horas, bebiendo, escuchando música clásica, un poco de jazz y rock, después llegó la banda y cantamos a todo pulmón, me abraza, le abrazo, hasta llegar a los besos, uno más intenso que el otro.

—¿Dónde estuviste todo este tiempo? —pregunta.

—Viviendo la vida, creo yo —respondo con una sonrisa.

—Hace unos días pensé mucho en ti —me dice fijándome la mirada.

—¿En mí?, bueno, cuéntame, qué fue todo lo que pensaste —pregunto.

—Creo que nunca tuvimos la oportunidad de vivir algo más, tú me entiendes, es decir, tuvimos muchas oportunidades de al menos intentarlo y quizá fueron nuestros miedos o tal vez nunca tuvimos el valor para decir lo que sentíamos. Desde entonces todo se convirtió en placer, en deseo y hasta ahora me pregunto, ¿qué hubiera pasado si...?

—Tienes razón Miranda, al final ya no importaba si tratábamos de ocultar lo que sentíamos, creo que siempre fue más que evidente, pero míranos ahora, al menos seguimos aquí, creo que tú enamorada de alguien más, yo todavía no entiendo lo que estoy sintiendo, pero aquí seguimos, tal vez el destino nos quería juntar una última vez, ¿no crees?

—Puede que tengas razón, aunque como lo dices tú, no creo que lo hizo para que esta vez intentemos algo, pero no tengo dudas de que dejamos algo pendiente. ¿Recuerdas las últimas veces? —pregunta.

—¿Las últimas veces? —cuestiono.

—¿Es en serio?, ¿acaso no recuerdas todas las noches en que descargamos toda esta pasión que llevamos dentro?

—Sí, las recuerdo, pero creo que ya es momento de volver a revivir una noche de esas, ¿no crees? —pregunto tratando de seguir con la charla, aunque todavía no comprendo a lo que se está refiriendo. Pero sí puedo sentir cómo este deseo por ella se hace cada vez más grande.

En ese momento nuestras miradas se atraen, los labios se acercan y en un instante sucede, nos besamos, de esos besos tan apasionados, que piden algo más.

—¡Vámonos de aquí!, vamos a un lugar donde podamos estar solo tú y yo —me susurra al oído.

Le tomo de la mano y salimos del lugar, sin decir nada, solo dejándome llevar por los impulsos que estoy experimentando.

Llegamos a un hotel y entramos con las ganas a tope, los besos no paran, la adrenalina aumenta y la piel se eriza. Llegamos al cuarto y al entrar la tomo del pelo mientras le comienzo a besar el cuello, sus gemidos se escuchan intensos, es como tocar el infierno y llegar al cielo al mismo tiempo.

La ropa nos estorba y de a poco va cayendo, hasta estar completamente desnudos sintiendo su piel y sus manos frías acariciando mi cuerpo.

Entregados a un amor que se había quedado estancado, lo hacemos tan salvajemente y a la vez tan delicado, es como disfrutar todos esos años donde nunca nos atrevimos, ver su rostro de excitación y satisfacción me devolvía esas sensaciones de placer en los que en mi mundo solo sentía.

Olvido por completo a lo que realmente venía, ya no me importa el sentimiento, porque simplemente lo disfruto, es un placer intenso, incluso más de cuando en mi tiempo lo viví.

Al terminar no pude evitar sostener su mano y decirle:

—Miranda, ya no hay nada por hacer, lo que alguna vez sentimos se quedará, pero esto era algo necesario.

—¿De qué hablas? —pregunta confundida.

—De esto, de lo que acaba de suceder —respondo.

—Es que ya habíamos tenido esta plática antes, ¿no lo recuerdas?, estos encuentros son solo para eso, olvidamos los sentimientos desde hace mucho, ahora solo somos nosotros contra el placer, por eso te pregunté dónde habías estado, ya tenía ganas de ti, de pasar noches así y olvidarnos del mundo.

—¿Entonces este es nuestro único propósito?, llenarnos de placer, saciarnos las ganas y dejar atrás el aburrimiento con nuestros cuerpos...

—Así es y así seguirá siendo hasta que uno de los dos se canse o se enamore —sentencia.

¿Hasta que uno de los dos se enamore?

Eso quiere decir que ninguno de los dos encontró el amor en este mundo, ninguno de los dos por más comprometidos que estemos no estamos listos, ni ella formando una familia, ni yo paseando por la vida.

A esto es a lo que se refería Taliesín con las consecuencias que advirtió, viajé tan rápido a tiempos distintos que no me detuve a disfrutar del proceso, a vivir cada día para ir forjando el sentimiento, no quise vivir las tardes mágicas donde salíamos por más helado, por un café o a un convivio, no quise vivir lo que a mis otros yo les corresponde por derecho.

Creo que sin pensarlo hice un gran gesto por ellos, pero no por mí, porque lo que empezó con latidos en el corazón se terminó convirtiendo en simple deseo y en simple pasión.

Aún en la cama, desnudos y solo cubiertos por sábanas, Miranda me abraza colocando su rostro sobre mi pecho y dentro no hay nada, solo ganas de un próximo encuentro.

¿Por qué?
¿Por qué los viajes por el tiempo funcionan así?, no puedo entenderlo.

La desesperación me invade y solo busco desaparecer, me cubro la vista con las manos mientras Miranda me voltea a observar y pregunta:

—¿Qué te sucede Jio?...

Antes de responderle una oscuridad invade mi vista y de inmediato comienzo a sentir la energía astral, el intenso estatus de meditación.
El viento corre y la velocidad aumenta.

¡De nuevo hacia el lobby!

Y en cuanto abro los ojos me topo con la sorpresa de que Taliesín ya me espera, justo enfrente de mí con su inmenso reloj haciendo caer cada grano de arena.

—¿Ahora entiendes a lo que me refiero viajero? —cuestiona.

183

—Sí, ahora lo entiendo... Detener el curso de un sentimiento hace que simplemente desaparezca, que el amor se convierta en deseo y las ganas de un futuro en un simple rato —le digo al comprender sus palabras.

—Ahora que te ha quedado claro espero que también hayas aprovechado para despedirte de Miranda, porque no puedes volver a viajar hacia ninguna estrella del Can Mayor —me dice.

—¿Qué?, ¿por qué me lo estas prohibiendo?, todo lo que pasó solo fue conmigo, ¿acaso no puedo elegir yo mi propio destino? —pregunto molesto.

—No es por tu destino, te mandé a un mundo alterno que cree más allá de las 147 estrellas de la constelación... No quedan más, no puedes volver hacia atrás, no aquí, avanzaste lo que quisiste y desaprovechaste tu oportunidad.

—¡No!, no es justo, ni siquiera pude vivir lo suficiente en ningún mundo —le digo reprochando.

—Estas son las consecuencias de tus actos viajero, me desobedeciste y viajaste más de lo debido, ahora en adelante voy a darte una lección en cada misión para que puedas aprender a seguir mis reglas —me dice molesto.

—¡Eres un maldito!, ahora sé que no me has explicado por completo cómo funciona el viaje en el tiempo... ¡estás jugando conmigo! —le digo furioso.

—No viajero, estoy dándote lecciones para que puedas llegar firme a tu gran sueño —me dice.

—¡Demuéstramelo! —le grito.

—No tengo que demostrarte nada, con cada trayecto te darás cuenta. Ahora a lo que prometiste, hacia tu próxima tarea para entretenerme —me exige.

Estoy sin remedio, perdí la oportunidad de cambiar mi pasado con Miranda y lo eché todo a perder, ahora toca obedecer las órdenes del controlador si lo que quiero es seguir con mis viajes...

—¿Listo para tu siguiente misión, viajero?

Si recuerdo muy vivamente un incidente, retrocedo al momento en que ocurrió: me convierto en un distraído, como usted dice. Salto hacia atrás durante un momento. Naturalmente, no tenemos medios de permanecer atrás durante un período cualquiera de tiempo, como tampoco un salvaje o un animal pueden sostenerse en el aire seis pies por encima de la tierra.
Pero el hombre civilizado está en mejores condiciones que el salvaje a ese respecto. Puede elevarse en un globo pese a la gravitación; Y ¿Por qué no ha de poder esperarse que al final sea capaz de detener o de acelerar su impulso a lo largo de la dimensión del tiempo, o incluso de dar la vuelta y de viajar en el otro sentido?
"La máquina del tiempo" (1895), -Herbert George Wells.

SIEMPRE FUISTE TÚ

No hace falta que lo preguntes,
siempre fuiste y serás tú,
desde que tengo memoria,
hasta el día en que muera.

La ciudad cambió
y tu vida también,
pero aún te veo pasear
por los callejones,
con el brillo en esa mirada
y tu silueta pintada.

No existe fecha,
ya no recuerdo los años,
el día en que te hice mía,
porque lo único que veo
al abrir los ojos
es de nuevo tu sonrisa.

Y a veces me da por tomar
de a tragos tu recuerdo.
Siempre fuiste tú,
incluso en cada viaje
donde el cuerpo se desprende
y nuestras almas se reúnen.

Pediste a gritos amor,
yo tan solo pude ofrecerte pasión,
el tiempo pasó y al sentimiento mató.

Me acuerdo de ti en cada primera vez,
cuando trato de buscar felicidad,
en medio de la noche,
en cada dolor y en esos instantes
de completa soledad.

En ese abrazo,
en cada caricia,
beso robado.
Siempre fuiste tú,
en tus palabras, lágrimas
y cada vez que pegabas
esa mirada que me hipnotizaba.

Quisiera poder remediarlo,
saber que te partía el corazón,
pedirte perdón
y aprovechar cada segundo
de los que ahora estás viviendo
con alguien más.

La persona que tienes a tu lado
nunca sabrá lo feliz
que te hacía una rosa
en plena primavera,
la playa en verano,
ver las hojas caer en otoño
y los abrazos cálidos en invierno.

Siempre fuiste tú
y tardé una vida
para poder decirte adiós.

CAPÍTULO VI
ERA DE HIELO

Año indefinido.

Taliesín mueve de un lado a otro su reloj del tiempo haciéndolo brillar y proyectando una imagen:

—Tu siguiente misión viajero es ir más al pasado, en un mundo donde los humanos apenas están aprendiendo, alguna vez escuchaste sobre... ¿la era de hielo? —cuestiona.

—Sí, aprendí de esa época cuando iba al colegio, recuerdo que fue hace unos 110 mil años y terminó hace apenas unos 10 mil, ¿Por qué es que tengo que ir hasta allá? —pregunto.

—Porque ahora te tocará vivir en ese tiempo, porque en este mundo alterno las cosas no van a suceder como te lo contaron. Tu tarea es evitar la extinción de tu especie, déjame contarte: En este mundo la temperatura será más baja que en cualquier otro, será cuestión de meses para que todo quede cubierto de hielo, todo el planeta entero, las plantas, los árboles, los animales, los humanos, el agua y la tierra quedarán bajo el hielo. No habrá lugar donde refugiarse, al menos que tú puedas crear alguno.

—¿Cómo se supone que voy a hacerlo? —cuestiono.

—Ingéniatela muchacho, tienes los conocimientos y encontrarás los recursos, tu tecnología también estará disponible, pero muy limitada —me advierte.

—¿A qué te refieres con limitada? —pregunto.

—Solo podrás hacer uso de tu tecnología en 3

ocasiones, no importa en cual equipo o arma, pero solo así no levantarás sospechas con los habitantes y no alterarás el tiempo y el espacio. Lo que necesito es que puedas traer ante mí la primera cosecha después de que el hielo se derrita, la primera esperanza sembrada por los humanos, esa será tu prueba para demostrarme que puedes seguir viajando en el tiempo — concluye.

Taliesín no deja siquiera que pueda preguntar algo más, su reloj ya se mueve a una velocidad intensa y a la vez muestra sus manos al frente, llega de nuevo esa luz resplandeciente, ahí voy otra vez, viajando entre dimensiones, a una nueva aventura.

Todavía te encuentro en mis sueños
y siempre pregunto:

¿Por qué te fuiste sin avisar?

Y es que el tiempo pasa,
el calendario avanza...

Y yo no te he podido olvidar.

Constelación indefinida, estrella indefinida, Año 18,000 a.c.

El portal se abre y puedo pisar tierra, apenas llego para percatarme que la temperatura es increíblemente baja, hace demasiado frío. No quiero desactivar el traje, está helado aquí y supongo la era de hielo a la que se refería el controlador apenas está empezando. Lo que necesito hacer ahora es ir en busca de los humanos de esta época, no tengo idea de cómo me voy a comunicar con ellos, pero algo se me ocurrirá.

Camino durante horas por los secos y congelados pastizales, en medio de una densa nevada, pero hasta ahora no observo a ningún humano, solo puedo ver a lo lejos que algo se aproxima.

¡Un mamut!, ¡dos!, ¡tres!, ¡una manada completa directo hacia mí!

Antes de que lleguen a estamparme, logro saltar y activar el traje aéreo, son demasiados, pero no se ven tranquilos, están huyendo, pero, ¿de quién?, no logro ver nada.

Lo único que tengo en claro es que ya me gasté una oportunidad de las 3 que me permitió Taliesín para hacer uso de la tecnología... ¡Maldita sea! Y apenas estoy llegando. De pronto, entre la manada puedo escuchar un rugido.

¡Un tigre!

Un tigre dientes de sable salta sobre la manada, no estoy elevado lo suficiente y no puedo hacerlo porque en fracción de segundos ya está a la misma altura que yo, estira sus garras para poder atraparme, vuelo hacia un lado para que no llegue a lastimarme, pero destruye un ala del traje y parte de su sistema de control.

¡Estoy volando descontroladamente!

Sin rumbo y hacia las montañas, golpeo los árboles y la protección del casco comienza a romperse, me golpeo contra una roca y caigo, por suerte estoy bien, no siento dolor en el cuerpo así que no creo haber recibido daño alguno. Me pongo de pie, pero aún me siento un poco mareado.

De pronto e inesperadamente, una silueta se me coloca al frente, me sorprende, pero al observar bien puedo darme cuenta de que es un hombre, vestido de pieles, desconcertado por verme, saca un arma hecha de piedra y me lo coloca al frente.

—¡Ey!, ¡ey!, espera, soy como tú —le grito sin saber si realmente me entiende, pero me retiro el casco para que pueda darse cuenta de que soy un humano como él.

Sorprendido comienza a tocarme el rostro, el pelo, aprieto el interruptor para desactivar el traje y pega un salto. Ahora mi vestimenta es parecida al de esta época.

—Tranquilo, no voy a hacerte daño, ¿puedes entenderme? —pregunto.

—¿Tú qué eres? —responde y me deja asombrado, ¿acaso en esta época ya existía el idioma que yo hablo? o simplemente ha sido obra de Taliesín para que llegáramos a entendernos.

—Soy un viajero, un viajero del más allá, soy igual a ti, he sido mandado por los dioses —respondo tratando de darle una explicación a lo que estaba viendo.

—¿Un viajero?, ¿vienes de las estrellas?, ¿y a qué has llegado hasta aquí?, ¿con qué intenciones te han mandado los dioses? —cuestiona sin control.

—Sí, exacto, vengo de las estrellas, pero no para lastimarlos. Estoy aquí porque algo alarmante se aproxima, debo salvarlos del hielo y de una muerte inminente. —Su nerviosismo aumenta al escuchar mis palabras.

—¿Una muerte inminente?, ¿qué significa?, ¿de qué vas a salvarnos? —pregunta con temor.

—Puedo explicarte, pero primero quiero que me lleves con los demás, ¿tienes familia?, ¿una aldea?

—Sí, vivo en las altas montañas, salí a cazar mamuts con más hombres, pero al parecer los tigres llegaron antes, solo vimos la estampida y algo que salió proyectado hacia aquí, por eso fue que me mandaron a investigar —me dice.

—Bien, ya diste con lo que fue lanzado por el tigre, ahora podemos volver con los demás —le digo con una sonrisa.

Confundido y con más dudas que respuestas, acepta en que pueda acompañarlo. Al parecer creyó mi historia y ahora tiene intriga por saber la razón por la que estoy aquí.

—Por cierto, ¿cuál es tu nombre? —le pregunto.

—Mi nombre es Jano y no sé cómo voy a explicarles a los demás que te encontré aquí con una especie de vestimenta blanca, pero debemos darnos prisa, esta zona es muy peligrosa... ¿cuál es tu nombre? —pregunta.

—Ji... JC, solo así —respondo seriamente.

Caminamos hasta terminar los frondosos árboles y volver al seco y frío pastizal, de la nada más hombres comienzan a salir entre los matorrales, toda una tribu me apunta con sus lanzas y cuchillos.

—¡No!, viene conmigo —dice Jano tratando de explicar que no represento ningún peligro, pero lo ignoran por completo. No tengo opción, solo queda obedecer y seguirlos, me atan de las manos y uno de ellos comienza a jalarme, supongo que me llevarán de vuelta a su aldea.

Después de algunas horas de caminata puedo ver las casas con techos de palma y el humo de las fogatas.

Un anciano se acerca y Jano trata de explicarle quién soy, de pronto mueve la cabeza señalando un "sí", mientras le cuenta la historia de como me encontró. Llega hasta mí y todos parecen tenerle respeto, quizá sea el patriarca de la aldea, el gran sabio. Y con un par de palabras les ordena que me suelten para después comunicarse conmigo:

—Ya sé quién eres, llegaste del más allá, ¿también lo has visto? —cuestiona.

—¿Qué cosa? —pregunto con duda.

—El final de los tiempos se está acercando, has llegado a este mundo para evitarlo, pero al final será imposible, no hay nada que pueda frenarlo, el frío se acerca y la vida se acaba —responde asustado.

—No vengo para evitarlo, usted lo ha dicho, es inevitable lo que ya está escrito, lo que quiero es salvarlos —respondo.

—¿Cómo crees que vas a salvarnos?, el fuego no es suficiente, el calor no se puede comparar con lo que viene —me advierte.

—Aún no lo sé, pero pronto voy a averiguarlo —le digo.

—No sé si tengas razón, si podrás salvarnos o al menos intentarlo, pero sí te he visto en muchas visiones, llegar hasta aquí y después todo se nubla, así que no tengo respuestas todavía, cuentas conmigo y con nuestra gente para todo lo que necesites, debes cumplir con tu palabra, debes salvar a los niños, a mis hijos y a toda la gente que ves a tu alrededor.

—Haré todo lo posible porque así sea, si alguien muere, moriremos todos —sentencio.

POR TI, A TRAVÉS DEL TIEMPO

El anciano ordena a la tribu seguir mis instrucciones, llegan de todos lados mujeres a ofrecerme comida, agua y vestimenta, la chica del final me coloca un collar en el cuello, pero es diferente a las demás, puedo notarlo, la chica de ojos verdes que me hace temblar, que desde este primer encuentro acaba de desatar algo dentro de mí.

¿Podrá ser posible?

Esto es una sensación fuera de mi mundo que no pensé que llegase a sentir.

—Bienvenido viajero, soy Stella, una de las hijas del gran patriarca —me dice.

—Gracias por la bienvenida, es bastante cálida, pero preocupante también al saber que todas estas vidas ahora dependen de mí —respondo.

—Por algo es que has llegado, desde que te observé noté que traes contigo una energía increíble —me dice con admiración.

—¿Cómo es que llegaste a sentir eso? —pregunto.

—En tu mirada se esconde algo más que dolor, no puedo decirte exactamente lo que es, pero puedo resumirlo en esperanza —dice.

—Ojalá esa esperanza sea de ayuda para salvarnos —respondo con una sonrisa.

—Esperemos que así sea. Ahora descansa, seguramente debes estar muy agotado —me dice y da media vuelta para marcharse.

El día transcurre y durante la noche no dejo de pensar qué fue lo que sentí en ese momento al observar a Stella, no encuentro alguna palabra para describir esa sensación, sin embargo, ahora estoy más dispuesto que nunca para ayudarlos.

Al día siguiente...

La noche pasa y ya es de mañana, el frío se siente más intenso, al parecer la era de hielo se acerca más rápido que nunca, me abrigo y salgo de la choza, afuera ya me espera la chica de los ojos verdes:

—¿Cómo amaneciste? —pregunta Stella.

—Hola, estoy con mucho frío, la helada se está acercando rápidamente —respondo.

—Traigo malas noticias, papá me mandó a informarte que acaba de morir uno de nuestros ancianos, quizá te juzgué demasiado pronto, ¿en realidad piensas que vas a salvarnos? —cuestiona desilusionada.

—Lo siento mucho, sé lo que es perder a un ser querido. Y aún no tengo alguna idea certera de lo que voy a hacer, de lo que vamos a hacer, pero confío en que lo lograremos.

—¿Por qué no refrescas un poco tu mente?, vamos a caminar hacia el río, quizá un poco de paz es lo que necesitas. —Da media vuelta y me hace a un lado la mirada en señal de invitación para caminar a su lado.

—Claro, tal vez tengas razón, adelante, vamos —le digo para después ir tras de ella.

Caminamos con dirección al río, Stella me platica sobre la vida primitiva, la forma en como han sido sus años en la tribu y porqué hasta ahora no ha logrado conseguir a una persona con la que pueda formar una familia:

—Cuando llegué a la aldea noté que todos tienen su propia choza, viven en familia, ¿cierto?, ¿por qué tú no tienes un esposo?, ¿hijos?, ¿por qué estás sola con tu padre? —cuestiono.

—Mi madre murió cuando yo nací, dejándome

197

a mí y a mis cinco hermanos al cuidado de mi padre, el gran patriarca. Él me dijo hace algunos años que aún no estaba preparada para tener un esposo, que es un error traer a su último descendiente a este mundo tan extremo y no quiere verlo morir cuando la gran helada llegue.

—¿Eso fue cuando comenzó a ver sus visiones de todo lo que se aproxima cierto? —cuestiono.

—Sí, y sé que tiene razón, no es el momento, las cosechas ya no se realizan porque el hielo mata todo a su paso, además no he sentido algún tipo de amor o atracción por ningún hombre, ¿crees que eso sea normal? —pregunta con gran confusión.

—Yo creo que no siempre podrás encontrar al amor de tu vida en la misma aldea, con las mismas personas que ya conoces, en las mismas tierras... quizá te falta explorar más —le digo.

—Tal vez tengas razón, ¿hasta dónde crees que llegue la tierra? —pregunta.

—A veces la tierra no es suficiente, tienes que ir más allá, más lejos de los océanos, más lejos del mundo.

—¿A qué te refieres con eso? —cuestiona, sonrío y respondo:

—Olvídalo, creo que he viajado demasiado que ahora solo hablo de otros mundos.

Reímos juntos para después sentarnos a orillas del río congelado. Nos quedamos ahí, platicando de mil cosas, conociendo su vida, sus costumbres, los peligros de aquel mundo, cómo se divertían, qué comían, cada cuánto se transportaban a otros sitios, si ya habían aprendido a quedarse en un solo lugar o seguían recorriendo las montañas.

También le cuestiono si saben algo sobre porqué el planeta donde vivían tenía dos lunas y no solo una como en mi mundo. Les faltaban décadas de madurez, siglos quizá, pero sin duda su conocimiento y sobre todo el de Stella, ya era inmenso.

—Y tú, ¿cómo es que sabes tanto? —pregunta Stella.

—Si te lo digo no vas a creerme —respondo.

—Sé muy bien que no llegaste por órdenes de los Dioses, papá dijo que venías de un tiempo futuro, pero que no podía decir nada para no asustar a los demás —dice con astucia.

—¿Entonces ustedes dos sí saben de dónde provengo? —pregunto sorprendido.

—No solo eso, también sabemos que estás muy avanzado en cuanto a conocimientos, pero nunca me imaginé que rebasarías mis expectativas —responde asombrada.

Las horas transcurren con buenas anécdotas hasta llegar el turno de contarle como es el futuro, del lugar de donde vengo. Le platico sobre la tecnología, los dispositivos y máquinas, la nueva energía y los grandes rascacielos, los autos voladores y la colonización a otro planeta.

—¿Traes contigo alguna prueba de lo que me estás contando?, me gustaría verlo con mis propios ojos, lo que me relatas es increíble —cuestiona emocionada.

—Sí, bueno traía algo conmigo, el traje con el que llegué hasta aquí tenía la capacidad de volar por los cielos, pero un tigre destruyó gran parte de su sistema —le digo.

—¿Y cómo haces para hacerlo funcionar?, ¿utilizas fuego?, ¿algo para crear calor?

—No, no usamos fuego como combustible, en realidad es un tipo de energía llamada "energía eléctrica" y un control en la muñeca para activarlo.

—¡Vamos, muéstralo!, muero de curiosidad por saber cómo es el futuro —dice entusiasmada.

—Me gustaría, pero no puedo, estoy condicionado, solo debo usar mi tecnología por tres ocasiones en este mundo y ya desperdicié una. Si lo que quiero es salvarlos, pensaré como usar lo que está a mi alcance para generar esa gran fuente de energía que vamos a necesitar para no ser congelados —le explico.

—¿Condicionado por quién? —pregunta dudosa.

—Es una larga historia... pero espera, creo que sí tendrás la oportunidad de verlo —le digo al tener una idea con los restos del traje aéreo.

Activo el traje espacial y enseguida el traje aéreo, esta es mi segunda oportunidad de usarlo, pero si lo hago es para desmontar las alas y buscar algo que pueda servirme.

—¿Qué haces?, ¿qué es eso?, ¿por qué te lo quitas? —pregunta Stella una y otra vez.

—Esto es el traje aéreo y creo que aún puedo rescatarle algo que nos sea de gran ayuda... ¡Ese río congelado!, ¿tiene una gruesa capa de hielo? —le pregunto señalando el congelado río.

—En realidad, no, solo escarbamos un poco en el hielo y podemos encontrar agua —me aclara.

—¡Grandioso! —exclamo y en seguida desmonto el motor del traje, que por fortuna todavía funciona.

—¿Qué se te ha ocurrido? —pregunta Stella.

—Esto es un motor, es lo que me propulsa para elevarme, pero también podemos usarlo para construir una bomba y poder subir a la superficie una gran cantidad de agua.

—¿Agua?, ¿en qué nos salvaría el agua líquida? —pregunta insistente.

—Quizá podríamos construir una especie de presa para poder generar energía y con ello calor... pero, ¿de dónde? —me pregunto.

—Por allá hay algo que te puede ayudar —dice Stella señalando una gran montaña.

¿Una montaña?, no, no es eso, porque está generando humo y cenizas en su cima... ¡Es un volcán!

Stella tiene razón, es un volcán activo con lava en su interior, tendríamos que buscar la manera de que esa lava pueda salir a la superficie y con el agua generar vapor que pueda mantenernos calientes en un sitio cerrado.

¡Solo así podríamos sobrevivir a la era de hielo!

—¡Creo que ya sé cómo vamos a salvarnos! —le digo emocionado.

—¿Piensas generar vapor con el agua y la lava para mantenernos vivos? —dice y me sorprende.

—Sí, ¿cómo es que lo descubriste? —cuestiono.

—No somos tan primitivos como crees, quizá el destino nos quiere eliminar de este mundo porque la manera en que avanzamos en conocimiento es demasiado rápido, aprendemos al instante, tú llegaste para alimentarnos más la curiosidad y estoy segura que si llegas a salvarnos, en pocos miles de años habremos rebasado tu tecnología —dice sonriendo.

¡Qué sorprendente!, no son humanos como en mi mundo pasado, ellos están avanzando más rápido de lo previsto, supongo que es por eso que Taliesín quiere que los salve... Quizá esta especie de humanos será parte importante del universo en el futuro.

—Ahora es que comprendo por qué puedes entenderme tan bien, agradezco tanto que podamos comunicarnos —le digo con gran emoción.

—Anda, vamos a la aldea a contarle a papá la

idea y comenzar a trabajar en ella —responde entusiasmada.

De camino de vuelta le explico la forma en cómo podremos generar el calor:

Primero, tendré que usar el motor del traje aéreo para construir la bomba con una gran potencia y que sea capaz de subir la suficiente cantidad de agua necesaria. Utilizaremos los bambús secos y carrizos huecos como mangueras. Construiremos después un canal que se dirija hasta la entrada del volcán donde el agua será transportada y arrojada.

Tendremos que cubrir y rodear el canal con piedras para que el agua no se congele mientras fluya al momento de que la era de hielo comience a arrasar con todo a su paso.

Buscaremos también un lugar cerrado, una cueva cerca para excavar túneles que nos permitan llegar justo a la entrada del volcán y que por ahí pueda pasar el vapor hasta llegar a nosotros.

Esta explicación también se la he dado al gran patriarca, que, aunque confundido, acepta la propuesta y ordena a todos los aldeanos seguir mis órdenes para comenzar lo más pronto posible.

Así comienza una ardua tarea para tratar de salvar nuestras propias vidas.

5 semanas después.

Pasaron alrededor de cinco semanas desde que comenzamos a construir el sistema. El motor funciona bien, está logrando bombear una gran cantidad de agua, pero aún no es suficiente, le sigue faltando más presión para que pueda llenar los gruesos bambús colocados en fila y sellados con seda que ya están por llegar a la entrada del volcán.

Por otro lado, también logramos encontrar una cueva a unos cien metros, los demás aldeanos ya están escarbando los túneles, aunque hemos tenido dificultades, ya que muchos se han desmayado y deshidratado por el calor que genera la lava que se encuentra cerca. Qué ironía, a unos metros el frío hielo y en lo profundo el ardiente calor.

No obstante, seguimos luchando por terminar lo más pronto posible, aunque el frío se siente más intenso con cada día que pasa, la comida comienza a escasear, algunas especies ya están muriendo, se acerca una extinción masiva.

A pesar del tiempo que ya llevamos nos resulta complicado, pues las herramientas de esta época son simples, eso hace que sea más tardado y cansado.

Stella está muy al pendiente de mí, siempre observando en todo momento mi trabajo, presta mucha atención cuando me encuentro instalando la bomba y realizo las pruebas, está aprendiendo rápidamente.

Y si la reencarnación existe, en otros mundos nacería con el único propósito de volver a coincidir contigo e intentarlo una vez más.

Hay tantos mundos donde quizá
sí llegamos a ser felices...

Y lo que más duele es saber
que en donde estoy ahora
jamás funcionamos.

3 semanas después.

El esfuerzo parece rendir frutos después de dos meses de intenso trabajo, el sistema está por ser terminado en su totalidad, sin embargo, yo sigo trabajando en el aumento de la potencia de la bomba. Los aldeanos ya terminaron de construir las mangueras de bambús llegando hasta la entrada del volcán y cubriendo alrededor con grandes piedras.
Se escarbaron cerca de veinte túneles y una gran cantidad de huecos y canales que sean fáciles de abrir por si los túneles no son suficientes.
Los días que transcurrieron también fueron muy grandiosos al lado de Stella, llegué a encariñarme con ella de una manera que nunca antes había pensado, un sentimiento que con el paso del tiempo aumenta con mucha fuerza.

—Ya casi todo está listo, ¿cierto? —pregunta Stella al verme realizar pruebas a la bomba.
—Sí, ya casi estoy por cumplir la promesa que les hice —respondo con una sonrisa.
—¿Qué pasará después de que logremos sobrevivir? —cuestiona.
—No lo sé, quizá después de que todo acabe sea momento de partir —respondo y sus ojos se inundan de lágrimas.
—¿Partir?, tu misión es solo llegar aquí, salvarnos y... partir —dice desilusionada.
—Dime, ¿qué más puedo hacer? —le mantengo la mirada fija y responde.
—Quedarte, quedarte conmigo, ¿no te has dado cuenta?, en el tiempo que llevas aquí me provocaste algo extraño.
—¿Qué es lo que sientes? —pregunto nervioso de pensar que se trata de un sentimiento mutuo.
—No sé cómo describirlo, pero no es un cariño cualquiera, porque ahora entiendo que fue por

esto que no estuve lista antes, tal vez siempre te estuve esperando y sé muy bien que tú también lo estás sintiendo, ¿o me equivoco? —pego una sonrisa y respondo:

—Pensé que esto no volvería a suceder, ambos guardamos las muestras de cariño que nos hemos estado ofreciendo durante estos dos meses y lo convertimos en un sentimiento más allá de lo imaginado.

—¿Es así como se siente el amor? —cuestiona.

—Hace tanto que no lo había sentido con esta gran intensidad. En mis anteriores viajes no tuve la oportunidad de quedarme mucho tiempo para experimentar de nuevo, mira que es extraño, pero sí, así es como se siente el amor cuando está naciendo —le digo asombrado.

—Entonces quédate, descubre lo que puedes llegar a sentir por mí —me pide.

— Ojalá fuera tan fácil como lo dices. ¿Puedes imaginar qué va a pasar si llego a quedarme en un mundo donde todavía no he nacido?, donde aún no existo... es decir, ni siquiera sé si este mundo es igual al mío, si es un mundo pasado, paralelo o completamente distinto.

—¿Tratas de decir que no existo para ti?, ¿que no soy lo suficientemente real para que puedas al menos hacer algo por mí? —pregunta con lágrimas en los ojos.

—Estoy alterando toda una línea temporal, estoy de paso, me duele aceptarlo, pero esa es la verdad, es por eso que trato de alejarme de ti, porque te estoy queriendo y no quiero terminar destrozado —respondo con gran sentimiento.

Stella rompe en llanto y dice desconsolada:

—No esperé tanto tiempo para llegar a sentir amor y dolor en un mismo instante, pero si lo que quieres es partir, solo debo darte las gracias por si llegas a salvarnos.

Da media vuelta y se dirige corriendo a la cueva, en ese momento una sensación de tristeza me invade al verla alejarse, aún no puedo creer que después de tantos años esté pensando en realizar una locura, en activar nuevamente los sentimientos, en hacer que el tiempo haga lo suyo y el dolor que llevo dentro se transforme en una rencarnación de lo que sentí por Sirena, aunque tomar ese riesgo pueda afectar en un futuro a toda la humanidad.

Trato de controlarme, entendiendo que esto es solo una misión, que si estoy aquí es porque trato de ganarme una oportunidad de revivir mi propia vida, mi propio pasado. Sin embargo, ahora también quiero que Stella sea feliz, es por eso que debo salvarla, dar mi mayor esfuerzo sin importar lo que estoy sintiendo, necesito mantenerla con vida para que pueda continuar con el ciclo y la esperanza de la raza humana.

Me olvido de las sensaciones que llevo dentro y continúo trabajando en hacer funcionar la bomba. El viento sopla más y más fuerte, es difícil tratar de concentrarse en un clima como este, pero estoy dando todo de mí por hacer bombear el agua lo más rápido posible. Unas horas de trabajo y la bomba funciona a la perfección, logra llenar por completo el interior de los bambús, así que solo queda dejarla en marcha una vez que el sistema de cuevas también esté terminado.

Me dirijo a la cueva donde se encuentra Stella y las demás mujeres, niños, ancianos y animales refugiados, donde también los hombres terminan de escarbar, cuando de la nada un fuerte viento recorre mi espalda congelando gran parte de la vestimenta.

Volteo la mirada y puedo ver que la poca agua líquida que aún se filtra de los bambús se comienza a congelar, ¿qué está pasando?, me pregunto. Y a lo lejos, en las montañas del fondo se pueden ver que los árboles secos comienzan a cambiar su tono marrón a uno cristalino.

¡La madera se está congelando!

¡Ha empezado, ya empezó la era de hielo!

—¡Corran!, ¡todos para adentro! —les grito a los que se encuentran en la entrada de la cueva.

—¿Qué sucede? —pregunta Stella.

—¡Ya empezó!, ¡el hielo viene más rápido de lo pensado, corre adentro!

—¿Y tú?, ¡ven también! —me grita.

—¡No!, tengo que dejar activada la bomba para que el agua pueda fluir a su máxima potencia, ¡diles a los que se encuentran en las cuevas que salgan de inmediato, que el vapor pronto tendrá que salir! —le indico apresurado.

—¡Date prisa!, ¡voy a esperarte! —dice sin hacer caso a mis palabras.

Es entonces cuando voy corriendo hacia el sistema para encender la bomba, me cuesta trabajo respirar, el frío es más intenso con cada segundo que transcurre, los zapatos se me están congelando y el trayecto es más pesado con cada paso. Pero logro llegar, abro la llave y el agua comienza a fluir, doy vuelta y corro hacia la cueva, con todas mis fuerzas para que el hielo no logre alcanzarme:

—¡Vayan por él! —ordena Stella al verme que comienzo a perder el paso, de inmediato dos hombres vienen a mi rescate y tomándome de los brazos me ayudan a llegar más rápido a la entrada.

—¡En qué estabas pensando! —me dice enfadada.

—¡Tengo que salvarlos!, ¿ya lo olvidaste? —le digo molesto por no haberme obedecido.

—Si no te mandaba a ellos dos ya estuvieras congelado —dice enojada.

—Gracias por eso, pero ahora tenemos que ir hacia dentro y dejar a un lado el enojo —le insisto.

Llegamos más a fondo de la cueva y desde ahí todos estamos sorprendidos, observando cómo afuera el hielo está arrasando, congelando todo a su paso. Tengo esperanzas en que el plan funcione, me acerco hacia una de las cuevas para ver si el vapor puede sentirse, pero no hay nada.

¡El agua aún no llega hasta la cima del volcán!

Tal vez no es que el agua no haya logrado subir, tal vez la protección que colocamos alrededor del sistema no fue suficiente y ya se congeló.

¡Mierda!, ¡el hielo está por alcanzarnos y no hay calor!

—¿Por qué no hay vapor todavía por los túneles? —pregunta el gran patriarca.

—Sospecho que el agua se debió congelar antes de llegar a la cima del volcán —respondo con la voz cortada.

—¡No!, ¿Todos vamos a morir? —cuestiona Stella.

—¡No!, ¡no!, ¡no!, todo el esfuerzo, todo el trabajo, todos estos días, no pensé que fuera tan rápido, no pensé que todo fuera en vano —exclamo ante los aldeanos, de rodillas y con una derrota inminente.

—No, no todo está perdido, aún puede salvarse una persona —dice Stella mientras se acerca y me toma de los hombros.

—¿A qué te refieres? —pregunto.

—Tu traje, tu traje con el que llegaste hasta aquí, es tu tecnología, podría mantenerte caliente y estable mientras la era de hielo pasa, ¿no es así?

—Creo que sí —respondo con esperanza.

—¡Y todavía tienes una oportunidad para hacer

uso de tus equipos!, ¡aún puedes salvarte! —dice.
—No puedo activarlo y ver como todos ustedes se congelan y mueren, no cumpliría con mi misión —le digo.

—No, tu misión no es salvarnos, tú me contaste en una de tantas charlas bajo las lunas que tu misión principal es la primera cosecha después de la era, entonces puedes salvarte y replantar el planeta.

—No, ¡no se me hace justo cumplir así la misión, alguien más tendrá que ser!, además no estoy seguro que solo sea la primera cosecha, también necesito salvar a la raza humana —le digo aclarando.

—¡Tienes que irte!, sálvate tú, solo tú sabes cómo funciona ese traje y puedes volver de donde llegaste —insiste.

—No puedo irme, ¿de qué me sirve volver a mi tiempo?, seguiré siendo el mismo, yo quería seguir viajando, pero si es así, prefiero morir aquí —le digo con seriedad.

Mientras miro a los ojos a Stella, su padre, el sabio nos reúne a todos, tenemos escasos minutos para elegir quién va a salvarse, todos los demás moriremos congelados. Todos incluso el anciano, insisten en que yo sea quien se salve, porque el esfuerzo que hice por salvarlos habría sido tanto, que un fracaso significaba su extinción, pero no la mía ni la de su planeta.

—Anda, activa ese traje, sálvate, sal de aquí —exclama el anciano.
—No, no puedo irme, no así —respondo con brillo en los ojos.
—¿Qué es lo que realmente te detiene? —pregunta.
En ese momento solo pasa por mi mente la vida de Stella.

—Su hija, su hija debe colocarse este traje, ella será la última esperanza, tiene que salvar a su mundo.

—No, tú quieres seguir viajando en el tiempo —responde Stella.

—Pero no pienso seguir viajando si no logro salvarlos —le digo.

—Y si nos salvas, también mueres —me dice.

—Y si muero, al menos lo haré sabiendo que te salvé, que estarás bien y que posiblemente puedas reconstruirlo todo.

—Sola no podré, ¡te necesito! —grita.

El hielo se acerca, la entrada de la caverna comienza a congelarse.

—¡No tenemos más tiempo Stella!, ¡tienes que ser tú, quiero que seas tú!, ¡vamos!, ayúdenme a colocarle el traje —les suplico a todos.

Es entonces cuando activo el traje espacial y todos se quedan sorprendidos por la forma en como aparece así de la nada, pero no hay tiempo para distracciones, los aldeanos me ayudan a quitarme cada prenda, las botas, el traje, el casco, los guantes y juntos me ayudan a colocárselo a Stella. Ella rompiendo en llanto, solo me abraza, su padre me mira, con los ojos brillosos:

—Naciste en el mundo equivocado viajero, porque veo en ti algo más que un cariño hacia mi hija, todo este tiempo que estuviste aquí te esforzaste por no quererla, pero mírate ahora, tratando de salvar su vida a cambio de la tuya —exclama.

—¿Por qué no me lo dijiste?, ¿por qué me dejaste con mil dudas cada noche y con un amor que no pudimos vivir en estos últimos días?... ¿por qué? —pregunta Stella con gritos y llantos.

—Simplemente no lo sé, pero lo que sí sé, es que quiero salvarte la vida a cambio del sentimiento que volviste a nacer en mí —le digo cuando el

hielo está a escasos metros de congelarnos.
—¡Voy a buscarte en la otra vida! —me dice antes de activar el casco y los calentadores del traje.

Todos los demás nos abrazamos el uno al otro, cerramos los ojos y esperamos la muerte.
A unos segundos de ser congelados, un enorme crujido se escucha y acompañado de un temblor.

¡El volcán está por estallar!

La lava se expulsa descontroladamente, en cuestión de un instante derrite el hielo y la piedra caliente alrededor de él hace que el agua de los bambús vuelva a fluir y caer sobre una grieta llegando hasta su entrada principal. El agua que cae se evapora al instante generando un denso vapor caliente, el cual traspasa todas las cuevas y túneles que atraviesan la montaña, llegando hasta nuestro refugio, ahí, a milésimas de segundo para que el hielo congelara nuestros cuerpos, el vapor sale por cada agujero rodeándonos de calor.
Es como si fuese una barrera, una barrera que nos está salvando la vida, puedo ver la sonrisa de Stella a través del casco.

¡Nos estamos salvando!

El hielo por fortuna no llega a golpearnos y el vapor caliente se estabiliza con el frío, podemos soltarnos y quedarnos a mirar como la era de hielo atraviesa por cada rincón del planeta. Stella se quita el traje y me abraza nuevamente.

—¡Lo lograste! —grita felizmente.
—No, lo logramos los dos, lo logramos todos porque juntos trabajamos para salvarnos —le digo con gran alegría.

Los aldeanos comienzan a abrazarse entre ellos, con cada familia, con sus hijos y con sus mujeres, Stella abraza después a su padre quien con un gesto en su rostro agradece el hecho de haber sobrevivido.

Es como si renaciéramos, estuvimos a punto de morir, pero ahora damos un respiro, la gente, los ancianos, los adultos, los niños, incluso los animales que transportaron hasta aquí, estamos felices de estar vivos.

Pensábamos que la era de hielo había mostrado su máximo potencial y que no duraría mucho tiempo para que dejara de congelar, pero estábamos equivocados.

La temperatura al parecer se mantenía, podía observar la entrada de la cueva que volvía a congelarse y aunque el volcán seguía en erupción y el agua de los conductos seguía fluyendo, los agujeros que transportaban el vapor no eran suficientes. Un aldeano se acerca a la entrada pensando que lo peor había terminado:

—¡Alto!, ¡no!, no salgas —le grito desesperado.
—¿De qué hablas?, esto ya pasó —responde sin pensarlo.
—¡Espera!, ¡no sigas avanzando! —grita Stella.
Preocupada también al notar lo que estaba sucediendo. Al acercarse a la entrada el hombre queda completamente congelado en cuestión de un segundo, todos quedamos perpetuos, ese destino nos esperaba hace un rato y aún nos espera, pues la era de hielo todavía continúa.
—¿Qué pasó?, ¿no había terminado? —preguntan otros aldeanos.
—Al parecer no. Quizá la máxima era apenas se acerca —respondo.
Y tal como lo dije, a lo lejos se aproxima una densa nube blanca marcando el fin de la era, pero no solo eso, también su temperatura más baja.
Todos espantados retrocedemos y volvemos de regreso a lo más profundo de la cueva.

—¡Rápido!, con toda la herramienta que aún queda, escarben más agujeros, dejen entrar más vapor, la máxima ola de frío se aproxima y lo que tenemos no será suficiente —les indico a todos para que comiencen a trabajar.

No teníamos mucho tiempo para que la tormenta final nos alcanzase, estábamos jugándonos la muerte contra el reloj. Es entonces cuando rápidamente comenzamos a escarbar para dejar que el vapor atraviese los túneles cerrados, cuidando cada movimiento para no ocasionar un derrumbe.

¡La cantidad de peligro es inmensa!

La aldea completa está trabajando, incluso los niños también agarran lo que pueden, hasta con las manos se tratan de abrir los agujeros, algunos lo logran y se queman las manos al sentir el vapor caliente, pero eso no los detiene, es el instinto de supervivencia que habían perdido cuando no había mucho por hacer, pero ahora que saben que tienen una salida están dando su mayor esfuerzo y luchando para que el hielo no avance. Stella desesperada se coloca frente a mí y me ayuda a remover toda la tierra.

—¡Vamos!, vamos, yo sé que vas a salvarnos —me dice.
—Todos quieren salvarse, ¿alguna vez habías visto a toda la aldea trabajando juntos? —pregunto.
—No, nunca, siempre los hombres cazaban, las mujeres se encargaban de la comida, los niños de la limpieza, los ancianos de mantener el orden, pero nunca trabajando todos por un mismo objetivo, nos has enseñado demasiado, ¿así es en el futuro? —cuestiona.
—Sí, en mi mundo estábamos o más bien están

luchando también por sobrevivir. No por una era de hielo, pero sí por un calentamiento extremo, todo se ha secado, queda muy poca agua, todo lo que vez ahora, en el futuro ya no existirá.

—Eso quiere decir que, ¿estás viajando por salvar a tu mundo o tienes algún otro propósito? —pregunta.

—Tengo muchas razones por las que tuve que viajar en el tiempo —respondo cortante.

—Dime, ¿lo que dijiste hace un rato fue verdad?, lo que te dijo mi padre, que habías nacido en el mundo equivocado y que aquí te bastó unos meses para encontrar ese amor que creíste perdido, ¿en verdad sientes eso por mí? —cuestiona.

—Sí, pero de qué sirve decirte lo que llevo dentro, ahora lo más importante es salvarnos —le digo.

—Es por eso que querías marcharte a pesar del sentimiento, ¿cierto?, quieres salvar algo más que tu propio mundo, ¿qué es lo que tanto te importa?, ¿por qué nunca me dijiste la verdadera razón?

Y es que siempre le conté a Stella que necesitaba cumplir con mi misión para seguir viajando, pero nunca le dije cuál era el verdadero propósito de seguir haciéndolo y no le diría la verdad, no aquí, no cuando lo que siento por ella se está disparando a tope y también estamos otra vez en peligro de volver a morir.

Me quedo en silencio, mientras ella espera una respuesta trato de pensar en algún pretexto, pero de pronto la tierra comienza a moverse:

—¡Alto! —grito.

—¿Qué está pasando ahora? —preguntan.

—Son suficientes agujeros, ya no podemos cavar más o vamos a ocasionar un derrumbe, un colapso que pueda volver a taparlos y en el peor de los casos todos terminaremos sepultados.

Un aldeano se me acerca y dice:

—Aún no son suficientes, mira... —señalándome la entrada, donde el hielo sigue avanzando, más lentamente, pero lo hace y desde el fondo la gran ola final está por llegar.

—¿Qué hacemos ahora? —preguntan.

—Faltan por abrir los agujeros de la entrada —les digo.

—¡Pero el frío va a alcanzarnos! —gritan espantados, sin embargo, no hay otra solución, teníamos que ir hacia la entrada, correr el riesgo a quedar congelados, pero cavar lo suficiente para abrir más agujeros.

El gran patriarca se acerca a los hombres, los reúne y se colocan alrededor de él, en un círculo para escuchar sus palabras:

—Hijos míos, esto es más duro de lo que pensé, las visiones no llegaron hasta este extremo, tendremos que hacer algo para salvarnos, mírennos, miren a su familia, a sus mujeres, a sus hijos, a los ancianos. Todos estuvimos a punto de morir hace un instante, se dieron un último abrazo, pero todavía teníamos horas de vida para poder hacer algo por nosotros. Y es por esta razón, ahora, todos los que quieran salvar a su familia, a sus seres queridos tendrán que hacer el sacrificio de ir hacia la entrada y comenzar a cavar esos agujeros.

Me acerco y apoyo su teoría:

—Tiene razón, si queremos salvar a la mayoría tenemos que hacer el sacrificio.

—No, ¡tú no! —dice Stella, sosteniéndome del brazo.

—Tengo que al menos intentarlo, puedo usar el traje todavía, no tengo que activarlo solo colocármelo, no ha desaparecido, tengo oportunidad de usarlo sin que nada pase y tiene la suficiente energía para soportar el frío.

—No, tú no vas muchacho. —Ordena el anciano y continúa:

—Tú ya hiciste mucho por nosotros, preferiste hace un rato darle el traje a mi hija y salvarle la vida, ahora nos toca a nosotros salvar la tuya...

—Se acerca hacia mí, me toma del hombro y me susurra al oído:

—Cuida de ella hasta que todo esto acabe y cuando estés seguro que estará bien, si en tu mente aún tienes la idea de marcharte, podrás hacerlo. Me has dado una gran lección, la última que le hacía falta a mi vida.

Confundido intento preguntar por qué me decía eso, pero antes de si quiera hacerlo, en un acto de motivación para sus hombres grita preguntando:

—¿Quién viene conmigo? —Corre hacia la entrada.

—Papá, ¡no! —Stella desesperada corre tras él, la logro sujetar y le digo:

—No, no lo detengas, es la decisión de tu padre, se está sacrificando por tu pueblo.

El gran patriarca logra llegar a la entrada, comienza a escarbar. Su larga barba se torna blanca y su vestimenta se cubre de nieve.

Los demás hombres van atrás de él, no pasa mucho, menos de un minuto quizá, para saber que comienza a faltarles la respiración, algunos ya no pueden más, se colocan de rodillas, se quedan inmóviles y su piel se torna blanca.

¡Se están congelando!

Y nosotros ahí, en lo profundo de la cueva fuimos testigos de su muerte y el sufrimiento que pasaron para seguir abriendo los agujeros. Se logran destapar algunos, y hombres más jóvenes van hacia la entrada al ver caer a sus compañeros, padres y hermanos.

Los últimos aldeanos caen, los orificios se logran destapar, el resto de la aldea llora y suplica que la era se termine, desconsolados por ver morir a sus padres, a sus esposos y abuelos.

La gran ola llega a la entrada, el vapor logra controlar el interminable frío, Stella me abraza fuertemente entre lágrimas sintiendo el viento en su rostro.

—No me sueltes, no me sueltes —suplica.

—No pienso hacerlo, no voy a soltarte —respondo.

Y mientras pasa la última etapa de la era para dejar todo congelado, logro sentir una fuerte conexión en este abrazo, en sus manos, en su frío y helado rostro, en esa mirada de ojos verdes cristalinos después de haber visto morir a su padre.

—Yo también lo siento, Stella, también siento estas emociones y perdón por no haberlo dicho antes, pero hace tanto que no sentía nada que pensé que era una simple ilusión. Ahora veo que no, estos días a tu lado, me generaron un cariño inmenso que de a poco se está transformando en amor.

—Quédate, quédate entonces conmigo cuando esto acabe —suplica.

Estaba a punto de decirle que sí, cuando noto que en la entrada quedaba poco para que la nube pasara por completo, pero los agujeros de vapor no eran suficientes, comenzaba a congelarse nuevamente, faltaban más, un par más tal vez para que puedan controlar y frenar el congelamiento.

Llegaba la etapa final, el hielo avanza de una forma súper rápida, todo se congela en un instante, aparto a

Stella, me coloco el traje y activo la temperatura controlada. La calefacción no va a durar mucho tiempo, cierro el casco, le tomo del rostro:

—Gracias por demostrarme que todavía puedo sentir, que aún puedo amar, no era en mi mundo... era aquí, contigo. ¡Hasta pronto! —le digo para después dar media vuelta y correr.
Stella intenta detenerme, pero la aparto y despliego los propulsores de lo que quedaba del traje aéreo para avanzar unos cuantos metros, llego hasta la entrada, de inmediato el casco se empaña de hielo, comienza a tronarse, tomo las herramientas y golpeo la tierra.
Uno, dos, tres agujeros más...
¡El último!

Con un fuerte golpe abro el último agujero, el vapor entra y va directo hacia Stella y los demás sobrevivientes para mantenerlos calientes, pero yo...
Yo comienzo a perder la vista, dejo de sentir las manos, las piernas, los labios, estoy congelado, a un instante de perder la vida, pero feliz, sí, feliz por saber que mi último esfuerzo valía la vida de ella y su gente.
Detrás de mí la ola se esfuma, la era se acaba, pero yo estoy por cerrar los ojos, un último suspiro al ver a lo lejos a Stella, no sé si con lágrimas o con una sonrisa en el rostro, quizá las dos, pero así es como me despido, sacrificándome por darle esa última esperanza.
Todo se torna oscuro...

¿Así es como se siente estar muerto?

Una fuerte luz aparece de frente y comienzo a recuperar la vista, pero otra vez me encuentro en un cuarto oscuro...

¿Dónde estoy?, ¿será posible?

¡Es el lobby!, escucho la voz de Taliesín al fondo:

—Lo lograste viajero —exclama.

—¿Qué pasó?, ¿por qué me devolviste aquí?, ¿no se supone que había muerto congelado? —pregunto.

—Sí, en realidad estuviste a muy pocos segundos de morir, pero yo te traje devuelta aquí antes de que eso sucediera.

—¿Por qué lo hiciste? —cuestiono.

—Porque cumpliste con el reto, con ese último esfuerzo lograste salvar a los humanos de aquel mundo, la era de hielo terminó y podrán rehacer sus vidas, sin embargo, también te hizo falta un último detalle.

—¿Algo más?, pero los logré salvar… ¿Qué faltó? —pregunto confundido.

—¿Olvidaste tu propósito después de contárselo a Stella en cada mañana?, La primera planta muchacho, el primer fruto de la cosecha después de la era, ¿ya lo recuerdas? —me dice.

—Cierto, sí, lo recuerdo, ¿entonces puedo volver? —pregunto emocionado.

—Sí, tendrás que volver y no solo eso, pude observar todo, sentí lo que experimentaste estando allá, la quisiste más de la cuenta, ¿cierto?

—Sí, tienes razón, la quise más de lo que me imaginé, me hubiera gustado darle una buena despedida, un último abrazo y un beso inolvidable —le digo desconsolado.

—Todavía puedes hacerlo, claro que hay una excepción, me generaste un tanto de lástima al sentir todo lo que llevas dentro, después de tanto tiempo volviste a vivir ese sentimiento, así que voy a proponerte algo.

—Claro, dime Taliesín, ¿cuál es el trato? —le pregunto con una sonrisa y la emoción a tope.

—¿Quieres volver y ver a Stella, cierto?

—Por supuesto, me encantaría.

—Entonces lo harás y si lo deseas puedes quedarte con ella.

—¿Cómo? —cuestiono confundido.

—Puedo recomponerlo, puedo hacer que todo lo que se imaginaron juntos se cumpla, después de que me entregues el fruto de la primera cosecha te devuelvo a ese mundo, arreglo su línea temporal para que puedas ser feliz junto a ella, pero todo tiene un costo viajero y a cambio de eso, tú me entregas tus recuerdos.

—¿Por qué quieres mis recuerdos?, ¿Qué piensas hacer con ellos?

—Porque no podré cambiar tus sentimientos, pero sí puedo cambiar tu pasado, una línea temporal, por otra línea temporal, tú ingresas a ese tiempo, pero desapareces de tu mundo —condiciona.

—Y ¿qué pasa si no acepto?

—Sigues tu camino, pero tendré que resetear la memoria de todos los humanos de aquel mundo, incluyendo la mente de Stella para que no te recuerden, para que solo lleven en mente que sobrevivieron gracias al refugio y al vapor, pero tú nunca apareciste —sentencia.

Una sensación de nostalgia y escalofrío recorre mi cuerpo, es una difícil decisión, si no es que la más complicada de toda mi vida, lo pienso unos minutos, claro que me gustaría pasar una vida al lado de Stella, sin embargo, esa no era mi misión. No quiero olvidar mis recuerdos, no quiero perder mi vida, no quiero dejar lo que pasé con Sirena cuando ahora sé que puedo volver a vivirlo... Entonces se me ocurre una idea:

—Ey, Taliesín, ¿crees que me puedas mostrar el futuro?

—¿A qué te refieres con el futuro? —pregunta.

—Quiero ver el futuro, el futuro de Stella, lo que va a pasar si borras sus recuerdos.

—Pasará lo que te estás imaginando viajero, todos tarde o temprano conocen el sentimiento del amor, ese es su destino, conocerá a alguien más, lo que sintió por ti será sustituido por otra persona y será muy feliz —me advierte.

En su reloj del tiempo Taliesín me proyecta el futuro de Stella y tal como lo dijo, puedo verla feliz, corriendo sobre los pastizales con sus hijos, con una ilusión a tope, con alguien más, sin indicios de tan siquiera recordarme.

La voz se me corta, puedo sentir un nudo en la garganta, pero creo que he tomado una decisión:

—Hazlo. Resetea su memoria, voy a conservar su recuerdo, aunque ella me olvide yo no lo haré, estaré feliz de verla sonreír, no importa que sea con alguien más, no es mi mundo, no pertenezco a ese tiempo. Yo estoy buscando mi propio destino —le pido.

—Lo que tú digas —me dice.

En un instante el controlador hace brillar su reloj, un polvo cósmico atraviesa el plano estelar directo hacia su mundo, ahí va, toda la magia, todos los recuerdos borrados y una nueva vida para esa aldea que me enseñó tanto y me dio muchas lecciones.

—Es hora viajero, ve por ese fruto, pero nada de interponerse entre la aldea, no hagas nada que pueda alterar las cosas, ve y regresa de inmediato —me ordena.

El portal se abre y voy de regreso, supongo que ya han pasado unos meses desde que estuve aquí, todo parece recomponerse, los árboles vuelven a la vida y el agua fluye, unos pocos animales que sobrevivieron recorren los campos que florecen. Pisando tierra lo único que hago es acercarme al primer fruto, agacharme y arrancarlo, pero al ponerme de pie puedo verla de lejos: Es Stella, viendo hacia el horizonte. Y qué ganas de ir hacia ella, qué ganas de decirle que sí la quiero, pero no puedo quedarme, me esclaviza una impotencia de saber que no seré yo quien pueda pasar una vida a su lado.

Sin embargo, sé que estará bien en los brazos correctos, en su propia línea temporal, en su propia historia. Voltea y antes de poder notarme entro de nuevo al portal y regreso al lobby, fue una despedida de esas que te rompen el alma y te devuelven a las miserias de un "hubiera" ...

Que nunca existió.

Las respuestas parecían flotar en el espacio que lo rodeaba. Tenía que ver con el amor. Tenía que ver con que en el momento de la concepción recibieras un don que te diferenciara de todos los demás y pasaras la vida entrando y saliendo de los márgenes del tiempo, sin entender las horas como el resto de la gente parece entenderlas: mirando relojes de pulsera, consultando horarios..., con dificultades para comprender lo que las personas quieren conseguir con su día a día: mañana, mediodía, atardecer, noche. Levántate y duerme y levántate. Tenía que ver con la familia, con cómo la sangre desbanca la muerte; tenía que ver con esforzarte al máximo; tenía que ver con nieve.
"Sobre Grace" (2004) -Anthony Doerr

CAPÍTULO VII
APRENDIENDO DE LAS HERIDAS

Año indefinido:

No me quedaba más remedio que terminar las cosas así, guardando en mi memoria esa última imagen suya, que como una pintura se plasmaba en el corazón.

Renuncié a una vida a su lado porque era lo que se merecía, ser feliz en su propio mundo, en su propia línea temporal, sin ningún estúpido viajero que se interpusiera en su destino.

De vuelta al lobby entrego el fruto al controlador con la mirada agachada:

—No te mortifiques muchacho, tenía que ser así, tú escogiste esto, decidiste tu propio destino cuando estabas a punto de cambiarlo, levanta la mirada, porque ahora tienes derecho a regresar una vez más a tu propio pasado —me dice el controlador del tiempo.

—No es eso Taliesín, es que cómo pude ser tan imbécil para enamorarme de Stella, para no decirlo antes y aprovechar el tiempo que estuve a su lado y no solamente expresarle lo que sentía al final, cuando ya no podía hacer nada —le digo con decepción.

—Muchas veces creemos que hemos perdido la esperanza de volver a experimentar el amor, pero ahora te das cuenta que si no se pudo en tu mundo, se podrá en otro, así de intenso es el sentimiento, basta con una chispa para encenderlo nuevamente —me hace reflexionar.

—Y eso me mantiene tranquilo, por eso decidí hacer las cosas así, ahora voy hacia un nuevo mundo, listo para vivir esas sensaciones una vez más —le digo levantando la mirada.

Taliesín guarda el fruto dentro del reloj de arena, como si de un tesoro se tratase, después despliega el mapa estelar. Y yo, sin pensarlo me voy directo a la constelación de "Hidra" y mi visión desaparece en "Alfard", su estrella más brillante.

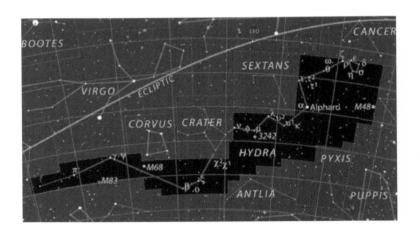

¿A dónde es que iré esta vez?

Hidra, estrella no. 1. Martes 05 de febrero del 2013:

Cuando puedo abrir los ojos me percato que me encuentro en las calles del pueblo de Suhail, desconcertado, tambaleando casi perdiendo el equilibrio, al parecer me dirijo a casa, iba con algo de prisa y apenas puedo controlar la velocidad de mi cuerpo para lograr estabilizarme. Sé hacia dónde voy, pero...

¿De dónde es que vengo?

De pronto el teléfono en mi bolsillo comienza a vibrar al recibir una notificación, reviso y es un mensaje de Messenger:

Y no es que al momento de leer el mensaje haya quedado atónito, es que en realidad me sorprende saber quién lo escribió.

¡No lo entiendo!, ¿por qué aquí?

El mensaje pertenece a un viejo amor, si es que así se le puede llamar, Elara iniciaba su historia en mi vida.

Pero no sería como en un principio esperaba, sí, no puedo mentir, llegué a pensar que era ella mi destino, pero solo llegó para marcarme de una forma que nunca imaginé.

Fue simplemente mi primera relación formal antes de que Sirena se atravesara en mi camino, Elara fue el motivo de mis suspiros.

Si mis recuerdos no me fallan, este mensaje fue el inicio de nuestra historia, porque fue aquí cuando realmente nadie me importaba, Dafne se había lejos, ya no había sensaciones por un sentimiento que surgió cuando era apenas un niño y la historia con Miranda había quedado atrás, era un nuevo año, con nuevas aventuras y una etapa donde solo buscaba divertirme con los amigos, conocer a chicas y disfrutar de mi adolescencia. Me detengo un momento a analizar la situación:

¿Qué puede pasar si no le respondo?

A decir verdad, las primeras semanas junto a ella fueron estupendas, pero conforme transcurrieron los meses las cosas empeoraron, fue la típica primera relación donde sientes que todo puede funcionar y llegar lejos, pero al final las cosas se tornan grises y el amor se apaga, viviendo de tristezas y decepciones.

Es por eso que quiero evitar este capítulo de mi vida, pasar desapercibido y construir una nueva etapa que en mi pasado nunca existió.

Los minutos pasan y sigo con mi camino, guardo el teléfono en el bolsillo tratando de ignorar los recuerdos que me han traído. Todo parece estar bien, al menos eso creo.

Sin embargo, apenas me acerco a la entrada de mi hogar cuando la vista se me torna oscura y en un segundo aparezco en el oscuro lobby, ¡era de esperarse! De frente Taliesín sentado en su gran trono con voz molesta me dice:

—¿Qué fue lo que te advertí viajero?

—No me lo recuerdes, lo sé perfectamente, alteré el ciclo del tiempo cierto, pero, ¿por qué es que tengo que volver a vivir esa etapa de mi vida?, tengo muy malos recuerdos de aquella época —le digo.

—Fuiste tú quien escogió ir a ese tiempo, saltaste a la constelación de "Hidra" sin siquiera detenerte y pensar bien, hacer los cálculos necesarios para llegar a donde estás deseando, ahora tendrás que revivir esos momentos o simplemente vuelves acá y cumples con mi siguiente misión —dice con gran disgusto.

—Tienes razón, estaba tan desconcertado por lo que había pasado antes que no me detuve a analizar y lanzarme al mundo al que quiero ir, pero ya está, tampoco pienso volver a realizar una de tus misiones sin siquiera pasar un rato con mi propio pasado. Ya se me ocurrirá algo, estoy listo para volver.

El controlador mueve de un lado a otro el reloj del tiempo y con un chasquido vuelvo a un nuevo mundo.

Hidra, estrella no. 2. Martes 05 de febrero del 2013:

Abro los ojos y sostengo el teléfono con la mano, justamente en el instante en que leía el mensaje.

Ahora no queda de otra, quiero pensar que ya estropeé el primer mundo de "Hidra" por la decisión de no responder, no solo cambié mi vida, también lo hice con millones de personas al negarme a iniciar una historia que duró varios años.

Así que, con un poco de temor respondo y todo comienza:

No sé qué pueda llegar a sentir ahora, es un hecho que debo pasar más tiempo en este mundo y siendo sincero Elara fue por mucho tiempo la mujer de mi vida, pero fueron tantos los errores cometidos que estar aquí es como volver a abrir las heridas. Aunque también ya desperdicié una oportunidad de viaje, no me queda más remedio que vivirlo y aprender de los errores cometidos.

Hidra, estrella no. 2. Viernes 22 de marzo del 2013:

Los días pasan y fue exactamente como lo recuerdo, no he ocasionado errores tan grandes que puedan destruir a este mundo, las cosas siguen en total normalidad, seguimos con mensajes a través de internet, Elara trata de invitarme a salir y yo he postergado la fecha por el temor a lo que me pueda transmitir al verla, pero sé que al final tengo que hacerlo. Así que llega la tarde en que me toca conocerla, quizá lo más bonito que guardo de ella fue ese primer día, cuando todo parecía tan verdadero y sincero.

Llega la hora y salgo de casa, me despido de mis padres y les informo que regreso más tarde. Voy en camino a encontrarme con ella, lo curioso es que nos citamos a las afueras de una escuela, mi antigua secundaria. Paso a una tienda de dulces a comprarle un pequeño detalle que guardo en el bolsillo de mi chaqueta. Sí, sus dulces favoritos, así fue como la conocí y así tenía que volver a suceder. Sin embargo, aún nada sentía, los sentimientos en el corazón de mi yo de este tiempo estaban como encerrados o quizá combinando los míos hacía que se mantuvieran guardados, en una especie de congelación o hibernación, porque realmente ahí estaban, podía percibir una pequeña chispa, pero tal vez necesito vivir más lapsos de este tiempo para poder activarlos.

Y durante el camino me hago una y otra vez las mismas preguntas:

¿Qué puede pasar si en este mundo todo es diferente?

¿Qué pasará si en lugar de ir con un recuerdo negativo trato de esforzarme por hacer las cosas bien y que ella también las haga?

¿Qué pasa si al final puedo hacer que lo que teníamos nunca se hubiera convertido en ruinas ni manchado con mentiras?

Creo que no está de más intentarlo, al final yo podré partir y mi otro yo será quien tenga que vivir lo que se venga después.

Transcurrieron unos minutos de camino y llego al lugar, me siento en la barda de enfrente para esperarle, pasan unos cuantos instantes y el frío se comienza a sentir, nervioso me pongo de pie, desesperado camino de un lado a otro, no la veo llegar y no sé si quiero que llegue, no sé si quiero repetir este recuerdo o simplemente volver al lobby.

Vuelvo a sentarme y espero. El cielo se encuentra nublado después de un día lluvioso, trato de calmarme sintiendo la llovizna recorrer mi rostro. Ahora todo se vuelve calma, la tarde está perfecta y entonces decido hacerlo, permanecer hasta que llegue, hasta que suceda, hasta que pueda recuperar el sentimiento o alejarme sabiendo que ni en otro mundo logramos recomponer nuestros errores.

Volteo a ver por la calle, esta vez sí, ahí está, es ella, pego un salto y los nervios parecen regresar, puedo verla llegar con un gorro de colores, esa sonrisa con labial, su largo abrigo, sus pequeñas manos y los cachetes rojizos:

—Hola, por fin nos conocemos —saludo mientras sonrío.

—Ya llevamos varios días de pláticas, por fin te animaste a conocerme —responde nerviosa.

Sonríe también para después seguirme al ingresar al colegio.

—¡Vamos!, es por aquí, en esta escuela estudié la secundaria y por las tardes se usa como parque de recreación por sus grandes instalaciones, no tienes idea de lo feliz que corría por estos pasillos

232

—le cuento al mismo tiempo que nos dirigimos a una banca para seguir charlando.

—Ese banco bajo el árbol se ve muy cómodo y fresco, ¡ven!, vamos a sentarnos —me dice.

—Y bueno, cuéntame, ¿qué has hecho última‑ mente?, llegué a pensar que no llegarías, es decir, te desapareciste la última semana... creo que desde que comenzamos a platicar por mensajes pasaron muchas cosas que no me dijiste, ¿cierto? —pregunto tratando de fingir que no sé nada de ella. Entonces su respuesta cambiaría por completo el pasado que recuerdo.

—Sí, lo siento, han pasado tantas cosas en mi vida. Me alejé un rato de nuestra conversación porque conocí a un chico, decidimos intentarlo y ya ves, las salidas, las citas y demás consumían mi tiempo y apenas si podía saludarte al llegar a casa. Pero al final no funcionó y creo que también merecía darme otra oportunidad.

Elara nunca había tenido una relación tan de prisa antes de conocernos, eso cambiaba por completo el transcurso de nuestra historia, no había sido yo, fue ella, entonces significa que no necesariamente tiene que acabar mal, las cosas también podrían dar un giro inesperado. Aunque quizá hacer las cosas tan deprisa también sea un error, así que por ahora no pienso decir mucho, debemos darnos tiempo para seguir conocién‑ donos. Así sus heridas pueden sanar del todo y yo puedo despejar la mente y borrar los malos recuerdos.

—Creo que todos merecemos otra oportu‑ nidad después de fracasar en las historias que intentamos construir, pero eso es lo mejor, que a esta edad uno nunca sabe quién es la persona correcta y si no funciona, en poco tiempo llega alguien mejor, ¿no crees? —le digo tratando de animarla.

—Tienes razón, creo que no me arrepiento de lo que pasé, seguramente me ayudará después — me dice con más calma.

Este primer encuentro significa mucho para mí, pues noto una gran diferencia a comparación de lo que sucedió en mi pasado, aquí sus sentimientos están descontrolados, su alma decepcionada y por ahora lo único que piensa es en estar bien, lo mismo que yo estoy buscando.

Después de la charla Elara tiene que regresar temprano a casa, así que la acompaño a un lugar cercano antes de que pueda llegar a su puerta.

—¿Qué tal la pasaste? —le pregunto.

—Muy bien, logré despejarme un poco de lo que llevo en mente, fue una gran idea conocerte — me dice.

—Creo que puedo decir lo mismo, fue una tarde increíble y me gustó platicar contigo, conocernos y lo más importante es que ya nos miramos de frente —le digo mientras reímos.

—¿Qué harás en los próximos días? —pregunta.

—No lo sé, supongo que lo mismo, estar en casa o salir con los amigos, no hago mucho en realidad —respondo.

—¿Te gustaría volver a salir? —cuestiona.

—Claro, me encantaría, nos ponemos de acuerdo más tarde por el chat, ¿te parece? —le digo mientras se detiene. Señal de que aquí puede seguir sola.

Nos despedimos y yo me dirijo a casa, también disfruto bastante pasar tiempo con mis padres y hermanos, durmiendo en mi viejo cuarto y asistiendo a la prepara-toria para reír, convivir y bromear con los amigos.

Quisiera regresar el tiempo,
justo antes de verte partir
y si no puedo arreglar las cosas
al menos sabría cómo despedirte...

Con un último abrazo
ya no dolería tanto.

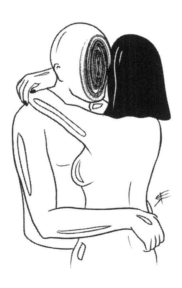

Hidra, estrella no. 2. Martes 26 de marzo del 2013:

El fin de semana transcurre junto con los primeros días de la semana, entonces llega aquella tarde de nuestra segunda cita y esa chispa de emoción vuelve. Necesito alimentar a estos sentimientos, puede que el temor que llevo de saber el futuro también lo esté impidiendo, pero no me quiero ir de aquí sin volver a experimentar todo el amor que alguna vez sentí por ella. Y es que cualquier escenario puede suceder en una línea del tiempo que ya ha cambiado.

Llego al lugar acordado y la plática fluye:

—Hola de nuevo Jio —me saluda.

—Hola Elara, ¿qué tal tu fin de semana? —pregunto.

—Supongo que los días han mejorado, también me siento con más ánimos por los mensajes que a diario me mandas con palabras de aliento —me dice.

—Lo que más quiero es que tus días sean menos grises, no agradezcas, lo hago con mucho cariño —respondo.

—¿A dónde vamos ahora? —cuestiona.

—Creo que ahora te toca escoger algún lugar —le digo.

Elara me lleva a un callejón con un sinfín de escalones, subimos cada uno hasta llegar a la cima donde podemos observar al pueblo de fondo, sus bellos paisajes y las casas alrededor, también se alcanza a ver la puesta de sol, el sitio adecuado para una tarde inolvidable.

En este segundo encuentro ahora me toca a mí contarle un poco de mi vida y qué podía decirle, había tenido más fracasos que victorias, pero para eso ya tenía unos cuantos viajes que me hicieron mejorar mi relato.

Misma cita, misma rutina, todo sucedió como en la

primera vez, bajamos después de un par de horas de charla y la acompaño de regreso a casa.

Y es que estas primeras dos citas habían sido muy cómodas, nos entendíamos, reíamos y coincidíamos. Sin embargo, lo que ahora me preocupaba era la tercera vez, porque según mis recuerdos es ahí donde la explosión llegó. Sí, el primer beso que di con una intención más allá de una simple amistad.

Ahora no sé si sucederá tal y como fue o si lo que ella vivió antes de conocernos altere por completo aquella tarde.

Hidra, estrella no. 2. Jueves 04 de abril del 2013:

Más de una semana pasó desde nuestra última cita, las tareas del colegio me habían retrasado en verla y ella había tenido otras ocupaciones por sus estudios, pero al fin llegaba esa tercera coincidencia y yo estoy con todas las dudas a tope, con los nervios, pero también con una emoción de lo que pueda suceder.

El momento se acerca y no puedo evitar pensar en eso:

¿Qué voy a hacer cuando el silencio nos invada?

Lleno de preguntas y cuestionamientos llego al lugar y a la hora acordada, Elara ya estaba esperándome en la esquina del callejón de aquel último encuentro:

—Hola otra vez, Jio, ¿Cómo estás? —pregunta.

—Hola Elara, súper cansado por la escuela y las tareas, pero aquí estamos una vez más... Cuéntame, ¿cómo te has sentido últimamente? —pregunto mientras caminamos.

—Supongo que bien, ¿no te pasa que hay heridas que sanan muy rápido por obra de otra persona? —cuestiona.

—Sí, sé que puede suceder, pero muchas veces tomar decisiones rápidas pueden causar una catástrofe, un mal futuro, por ejemplo —respondo y ella muestra una cara desconcertada, en ese instante decido corregir lo que decía:

—Perdón, quizá no me expliqué del todo bien, lo que quiero decir es que acelerar las cosas en la vida nunca es bueno, no te lo digo por experiencia, porque tú eres mayor que yo, puede que ya hayas vivido más aventuras, hayas descubierto muchas cosas y aprendido lo suficiente, pero a mí me gusta leer mucho y hace poco leí un artículo.

Elara no comprende mis palabras y solo busca evitar lo que trato de explicarle:

—Hablas mucho —dice colocándose frente a mí y estirando sus brazos para abrazarme y llevarme hacia ella.

Me roba un beso que no puedo evitar...

Es un beso que reinicia todo, que me hace temblar y libera los sentimientos, ahí está, esa sensación, ese pasado que buscaba.

—¿Qué fue eso?, me acabas de robar un beso —pregunto confundido.

—Sí y no será el último —responde atrevidamente.

—¿Por qué lo hiciste? —cuestiono.

—No lo sé, creo que simplemente quise hacerlo —responde.

Y yo no puedo comprender lo que está sucediendo, porque según mis memorias, era yo quien daba el beso, quien se lo robaba, ahora era ella quien lo hacía.

Y eso me coloca en la cuerda floja, estoy sintiendo una serie de sentimientos incontrolables, pero también una frustración de saber que las cosas han vuelto a ser las mismas, tal vez invertidas, pero al final la línea del tiempo sigue su camino, posiblemente tenía que suceder de alguna u otra manera.

Los recuerdos volvieron a suceder muy rápido, cuando yo quería evitar que fueran así. Los encuentros se hicieron más constantes, las salidas, las charlas y los besos apasionados no pararon, el sentimiento se hacía más grande con cada roce de labios.

El odio que llegué a sentir alguna vez por ella estaba desapareciendo, ahora por mi mente vagaba una loca idea aún más intensa:

¿Qué puede pasar si trato de hacer las cosas bien con ella?, ¿qué pasaría si me quedo más tiempo de lo que nunca antes en otro mundo?

Si no permito que mi otro yo viva esto y sea yo mismo quien me olvide de Sirena con todo lo que estoy sintiendo.

Sería una decisión difícil, porque la historia con Elara duró incluso hasta cuando llegué a conocer a Sirena, pero aterrizar hasta entonces podría ocasionar un alivio al pensar que posiblemente ya no sienta nada por ella y el amor por Elara siga estando intacto.

Lo analizo y también me propongo cambiar lo malo, las mentiras, los fallos y las decepciones, por momentos inolvidables en un nuevo mundo.

Hidra, estrella no. 2. Sábado 18 de mayo del 2013:

Las semanas pasan, las citas aumentan y yo me estoy dejando llevar por el sentimiento que está creciendo de a poco, había olvidado cómo se sintieron estos primeros meses, lo estaba disfrutando, reviviendo mi primera relación con la persona con la que hice todo por primera vez.

Solíamos caminar por las altas montañas del pueblo, en las más remotas calles, ver el atardecer sentados en una banqueta de concreto que nosotros mismos inventamos, tomar un par de cervezas, reír y divertirnos, tomarnos de la mano al bajar de nuevo y repetir lo mismo al día siguiente.

Pero en uno de tantos recorridos llegó esa escena que nunca olvidé, que pensé que en este mundo no sucedería.

Llegando a donde siempre, noto un poco rara a Elara y pregunto:

—¿Qué pasa?, te veo un poco extraña...

—No lo sé, hoy me ha invadido la melancolía —responde al mismo tiempo que dos lágrimas salen de cada uno de sus ojos rojizos recorriendo cada mejilla.

—Elara, ¿qué sucede?, ¿por qué el llanto?, dime, ¿en qué te puedo ayudar? —suplico.

—No hace falta que hagas algo más, ya haces suficiente, me estás ayudando con estos días, con los buenos ratos, con tus lindas palabras, con cada canción que me dedicas, con los lindos mensajes, las llamadas por las noches, los detalles y todo lo que haces por mí.

—¿Qué es lo que duele entonces? —pregunto confundido.

—Pensé que había sanado, que las heridas de aquella última decepción se habían esparcido en el olvido, que ya no iba a volver a llorar o al menos a sentirme confundida. Pero ahora me doy cuenta que no estoy curada todavía, es este sentimiento que me sigue rascando el alma, intento quererte, lo juro, pero no es fácil, me está costando luchar contra lo que quedó en el pasado —responde desconsolada.

—Lo sé, pero ahora estoy aquí, contigo, para demostrarte que siempre llega alguien mejor. Eso te lo prometo, voy a quererte como lo mereces, pero por favor, no vayas a fallarme, porque lo que siento pocas veces se experimenta, así que, déjame secarte esas lágrimas y con el tiempo corregir el mal camino, devolverte la esperanza y esas ganas de volver a confiar.

Trato de consolarla con mis palabras de aliento sin darme cuenta en el error que estaba cometiendo. Justamente unos meses atrás yo le advertía que hacer las cosas tan de prisa podía ocasionar catástrofes y era justo lo que estábamos provocando.

—Gracias, no sé qué hice para merecerte, pero llegaste justo en el momento en el que me sentía perdida —dice y me abraza.

—Eso espero, que esta vez haya llegado en el momento correcto —respondo.

—¿Cómo?, ¿por qué en el momento correcto? —pregunta confundida.

—Porque no me gustaría que en un futuro saliéramos lastimados, que esto que estamos construyendo al final nos lastimara —le digo evadiendo cualquier sospecha.

—Deseo que eso no suceda —responde.

Esta tarde la cambié por completo, nada de lo que dije al final sucedió en mi mundo, sin embargo, no hay algo que pueda entrometerse entre la línea temporal. Nuestra relación sigue en marcha, tal vez ya es muy diferente a como la recuerdo, pero las palabras no han ocasionado nada hasta el momento. Porque solo he dicho lo suficiente para no estropear lo que ya construimos, promesas que se advierten para no romperlas, acciones que puedan cambiar nuestro futuro, pero no del mundo, un propósito que espero se pueda cumplir.

Hidra, estrella no. 2. Martes 16 de julio del 2013:

Dos meses después nuestra relación parecía fortalecerse, no habíamos tenido algún disgusto, las cosas marchaban de maravilla, tanto que ya planeábamos nuestras primeras locuras. En una de tantas decidimos fugarnos a lo desconocido, lejos del pueblo y pasar un buen rato.

Viajamos con rumbo a la ciudad más cercana en plena semana de clases, paseamos por el parque tomados de la mano, visitamos el museo, bebimos un café cargado y después recorrimos las calles con la luna siendo testigo. Les inventé a mis padres que me había quedado con un amigo a realizar un proyecto de la escuela para no preocuparlos, pero en realidad estaba disfrutando de lo que sería una grandiosa noche, terminando en un hotel. Después de una cena romántica fuimos a la cama y entre charlas y besos, terminamos entregados en cuerpo y alma. Elara había sido mi primera vez en el pasado y no quería cambiar ese momento de mi vida, no ahora que estaba confiado en poder darle un giro inesperado a nuestro futuro.

No es que te extrañe
o que no pueda estar sin ti,
pero me gustaría
volver a sentir que me quieres
y que lo haces de verdad...

al menos una vez más.

Hidra, estrella no. 2. Miércoles 17 de julio del 2013:

Es de mañana y despierto a su lado, ella también abre los ojos y un intenso brillo se proyecta en sus pupilas. Entonces le pregunto:

—Buenos días, ¿Cómo amaneces?

—Muy bien, descansé lo suficiente —responde con una sonrisa de mejilla a mejilla.

—¿Alguna vez pensaste que llegarías a realizar estas locuras con una persona?, es decir, tenernos esta confianza de fugarnos de nuestros hogares para pasar un rato a solas —cuestiono.

—No, jamás lo pensé y nunca lo había imaginado, pero desde que me miraste a los ojos aquella tarde cuando me prometiste que nada ni nadie iba a lastimarnos, comencé a creer en ti. Comencé a creer que todo es posible si te tengo a mi lado.

—Todo es posible, llegué hasta aquí para hacerlo posible —le digo.

—¿Cómo? —cuestiona confundida.

—Creo que aún no puedo estar seguro de que esto que tenemos será perfecto para siempre, pero si por alguna razón sucede algo o las dudas nos invaden, siempre buscaré la manera de volver hacia ti —le digo en señal de promesa.

—Todavía no entiendo lo que tratas de decirme, pero tomaré esto como una promesa de que siempre podremos estar juntos —responde.

Y después de nuestra plática, nos levantamos, tomamos una ducha y es hora de volver a casa.

El viaje es cansado, después de correr por muchos sitios y saciar nuestras últimas fuerzas en una noche apasionada. Llegando al pueblo de Suhail cada quien cambia de rumbo para no levantar sospechas, voy feliz camino a casa, apenas estaba cruzando la puerta de la entrada cuando una notificación de mensaje de Elara suena en el teléfono:

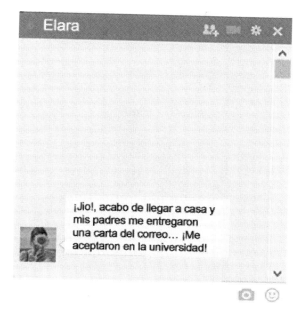

¡Jio!, acabo de llegar a casa y mis padres me entregaron una carta del correo… ¡Me aceptaron en la universidad!

De inmediato una fría sensación recorre mi cuerpo, pues ese mensaje significaba que en una semana Elara tenía que partir lejos, a una ciudad muy distante.

Y sí, hace un par de meses me lo había comentado, estaba tan ilusionada después de presentar su examen e imaginar que estaba a punto de iniciar una nueva etapa en la universidad, pero nunca pensé que los días pasaran tan rápido. No me detuve al menos un instante a analizar si podía cambiar este capítulo de mi vida, cuando la distancia se convertía en nuestro peor enemigo.

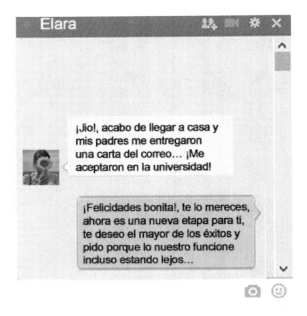

Respondo, pero Elara no vuelve a enviar ningún otro mensaje, posiblemente ahora estará tan ocupada planeando su viaje y alistando sus maletas que apenas tendrá unos minutos para mí, al menos eso quiero creer, que sí tendrá un instante para lo nuestro, para poder vernos.

Hidra, estrella no. 2. Viernes 26 de julio del 2013:

La semana pasó y Elara nunca se comunicó conmigo, ni siquiera para desearme una linda noche o un buen amanecer...

Hasta ahora:

Respondo con un mensaje cortante:

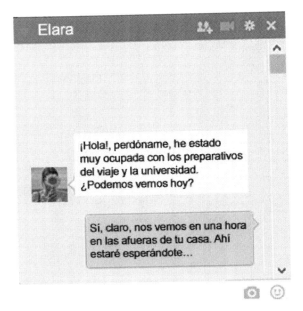

Llegando al lugar acordado me recargo sobre un muro para esperarle, estoy un tanto decepcionado por su actitud, pero también comprendo la situación y mantengo las esperanzas. Los minutos transcurren y no la veo llegar, el cielo se cubre de nubes y una intensa lluvia cae sobre el pueblo. Apenas si puedo refugiarme en la esquina de un callejón, mi remera termina empapada y el frío recorre mi cuerpo, pero aquí sigo, sin moverme y confiando en que Elara pronto aparecerá...

Una hora y media después ella se asoma, está llegando por fin:

—¡Hola!, perdón, aún no terminaba de alistar las maletas, ¿llevas mucho tiempo esperando? —pregunta.

—Hola Ela, no te preocupes, no llevo mucho, menos de una hora quizá —respondo mintiendo.

—Discúlpame, estás todo mojado, ¿quieres que vaya por una toalla? —me dice con lástima.

—No, descuida, la lluvia ya paró y creo que no debemos perder más tiempo, vienes a despedirte, ¿cierto? —cuestiono.

—Sí Jio, mañana mi padre me llevará a la ciudad, necesito dejar todo listo en mi departamento antes de que la semana comience, se vienen los primeros cursos y será demasiado pesado— responde.

No recordaba lo doloroso que había sido este momento de despedirme de ella, pero a fin de cuentas no podía hacer mucho por ahora, yo seguía en la preparatoria y no podía irme lejos aún. Pero estaba feliz por Ela, aunque con muchas preguntas de qué se vendría ahora, no entendía porqué durante estos días no mostró algún interés por mí, no había tenido ni un solo segundo para mí.

¿Realmente mis palabras habrían hecho algún efecto aquella tarde cuando me decidí en volver a intentarlo?

Porque tan solo de recordar lo que pasó en mi mundo me abre un hueco en el alma y un nudo en la garganta.

—¿Vas a estar bien, cierto? —pregunto.

—Claro, no tienes de qué preocuparte, voy a estar bien y quiero que tú también lo estés, vendré a visitarte cada dos semanas, no vamos a perder comunicación y te contaré todo lo que pase, ¿está bien? —responde con nostalgia.

—Sí, voy a extrañarte mucho —respondo con la voz cortada.

—Y yo a ti Jio. Tengo que irme, te escribo en cuanto esté en la ciudad o cuando pueda terminar los pendientes, ¡cuídate! —dice mientras se despide con un beso y se aleja de mí.

Fue uno de esos besos que tienen una sensación de melancolía, como pidiendo a gritos que no la deje ir, pero es su futuro, su vida está en juego. Y a pesar de los miedos quiero estar y apoyarla en todo momento.

Regreso a casa con una profunda tristeza de saber que no volveré a verla durante dos largas semanas, pero al menos con la tranquilidad de que volvería y ahí me daría cuenta si lo que hice por ella valió la pena o simplemente no puedo cambiar lo que ya está escrito.

Hidra, estrella no. 2. Sábado 07 de septiembre del 2013:

Transcurrieron los días y nada parecía tener mejoría, nos veíamos cada dos semanas y al principio era bonito, tranquilo de saber que ella era feliz en la universidad, pero también lo era cada que venía de visita.

Sin embargo, al llegar el mes de septiembre se revelaron las primeras discusiones, el primer malentendido, la primera carga de ira y estallar en palabras que no quería decir, en enojos que no he podido controlar.

Quiero rendirme, regresar de a golpe al lobby, pero el corazón me dice que debo quedarme todavía, estos sentimientos de mi yo de este mundo me atan a querer permanecer. Porque tal vez puede haber algún cambio en la línea del tiempo y lo nuestro encuentre una solución pacífica para que podamos continuar con nuestros sueños y promesas.

Llega un fin de semana en que toca verla, estuve contando los días para que este momento sucediera, pues había pasado ya un largo mes de no vernos, Elara decía que sus últimos proyectos habían sido muy complicados y que hasta apenas le daba tiempo de regresar. Al fin la vuelvo a tener frente a mí después de largas semanas con su ausencia.

—Hola Jio, ¿cómo has estado? —pregunta.

—Hola mi Ela, extrañándote con cada día, ¿y tú? ¿cómo vas con la universidad? —cuestiono.

—Las tareas no paran, por eso es que a veces no puedo responderte, necesito ser constante y tener un buen promedio si quiero alcanzar la beca — responde.

—Entiendo, no te preocupes, no hay día y noche que no espere tus mensajes, me alegran al recibirlo —le digo con felicidad.

—Y a mí me alegra que puedas comprenderlo... ¿Vamos a caminar? —me dice.

—Sí, vamos…

Caminamos con dirección al parque tomados de la mano, cuando de pronto, en una esquina Elara se topa a una amiga, la saluda y comienzan a charlar, yo espero atrás de ella, sin decir mucho:

—Oye Jio, le pedí a mi amiga que se una a nosotros para caminar —dice al regresar.

—Claro, no tengo ningún problema —respondo.

Sin embargo, durante la caminata comienzo a sentir una indiferencia de parte de Elara, me dejó hasta atrás y ella se ha puesto a charlar y reír con su amiga como si no importara mi presencia.

Llegamos al parque y trato de tomar su mano, Elara me ignora y continúa como si nada.

¿Qué está pasando?...

Me pregunto a mí mismo. Y esto era justo lo que trataba de evitar, esta indiferencia que iba a surgir después de encontrarnos distantes. Ahora sí pareciera ser que las palabras que le di cuando nuestra historia comenzó fueron en vano, no habrían surgido algún efecto en la línea temporal.

Al parecer nunca construimos nada, lo que tenemos sigue su marcha tal y como sucedió en mi pasado, no quiero pensarlo, pero creo que al final las cosas tienen que suceder así, no hay forma de remediarlo.

La tarde trascurre así, sin mucho por hablar y con poco que decir, llegamos a un puesto de papas fritas, Elara y su amiga deciden ir a comprar mientras me da a guardar su teléfono.

Es entonces donde llega a mi memoria un escenario del pasado, cuando yo me encontraba en esa etapa de no poder controlarme, de llenarme de celos y tener tanta desconfianza a tal grado de revisar su celular.

En mi mundo a esa edad era muy inmaduro, necesitaba una excusa para poder justificar las mentiras que me daban, llevaba conmigo una venda en el rostro que no quería quitarme por más que los ojos me gritaran que viera la verdad.

Y como bien dice el dicho:

"El que busca, encuentra"

Así fue como surgió la primera decepción, por ser aquella persona que todos alguna vez en la vida llegamos a ser, por cometer un error que no pude contener, convertirme en alguien tan tóxico de pensar que todo se soluciona controlando las cosas de la otra persona, cuando la realidad es que quien te quiere de verdad, nunca haría nada por lastimarte.

Al principio creí que aquí nada pasaría, que en este mundo sería diferente, no quería entrar a revisar su teléfono, quería pensar que el sentimiento era más que la desconfianza.

Pero al recordar aquellos tiempos también traje de vuelta las mismas ansias, las peligrosas dudas y las malditas preguntas que me dominaron conforme pasaron los segundos, combinando toda la inseguridad que mi yo de este mundo traía guardado.

Entonces saco el móvil de mi bolsillo, desbloqueo el patrón de seguridad y comienzo a husmear. Al principio todo parece ir normal, de reojo trato de ver también que Elara no volviera y me sorprendiera así, no quiero que reaccione de una manera desconcertada.

En un instante pasa por mi mente el arrepentirme de lo que estaba haciendo, pues hasta ahora no había nada que comprometiera su fidelidad. Cuando de pronto, ¡sorpresa!, ahí estaban, con un grado más de bloqueo, aquellos mensajes que desde un principio me esperaba, Elara mantenía contacto con otra persona con la cual se platicaban cosas que iban desde lo comprometido hasta lo inimaginable.

¿Qué sensaciones se experimentan cuando la persona que estás queriendo de verdad te demuestra que para ella eres solamente una historia más?

Justo ahora los celos están volviendo, la decepción cae en picada y el enojo invade mi cuerpo. Quería continuar revisando y no quedarme con más dudas, porque en el pasado al llegar en esta instancia ya no quise ver más, pero aquí, aquí quiero saber lo que me atormentó durante mucho tiempo.

Me distraje por un momento que no me percaté que Elara ya estaba de vuelta y en cuanto me ve, de inmediato me arrebata el celular de las manos.

—¿Qué estás revisando? —pregunta nerviosa.

—Nada, solo veía nuestras fotos —respondo y decepcionado agacho la mirada.

—No, no parecía que solo estabas viendo nuestras fotos... ¿Qué has visto? —cuestiona desesperada.

—No he visto nada, en serio, ¿por qué tanta insistencia?, ¿temes a que pueda ver algo? —pregunto con misterio.

—No, solo que no se me hace justo que lo hicieras, hay fotos mías que me tomé y no me gustan, no está bien que revises mi teléfono sin mi permiso —dice molesta.

—Discúlpame Ela, solo fue una acción que se me vino a la mente, recordar nuestros ratos, eso es todo —le digo.

—Espero que no vuelva a suceder —me advierte.

—Descuida, nunca más —respondo y nos retiramos del lugar.

No digo más, simplemente sigo como si nada hubiese pasado, durante el trayecto me la paso en silencio, analizando si lo que estoy haciendo está bien.

Esto de permanecer, de seguir con el sentimiento que es lo único que ahora me detiene, porque las esperanzas se han esfumado y solo aumentaron las ganas inmensas de mandar todo a la mierda y volver de donde vine de una buena vez.

Llegando cerca de su casa, su amiga se despide de nosotros y nos quedamos solos, pero nuevamente no digo nada y doy la vuelta para regresar a casa. Elara comienza a mirarme con ojos llorosos mientras pregunta:

—¿Qué pasa?, ¿por qué te portaste así durante todo el paseo?

—¿Bromeas cierto? —respondo molesto y continúo:

—Ela, te quiero, y estos días han sido llenos de felicidad, al menos para mí, pero hoy tu indiferencia pudo más, después de esperarte por tantas semanas, ¿así es como me recibes?, al igual, quiero decirte que vi cosas que no me gustaron al revisar tu teléfono.

—¿Qué?, ¿por qué hiciste eso?, por qué lo revisaste, nunca lo habías hecho antes —me dice decepcionada.

—No lo sé, no sé qué fue lo que me orilló a hacerlo, no quería, pero el impulso me ganó, no pude controlarme, pero, ¿qué crees?, no me arrepiento. Y me decepcioné por todo lo que estaba plasmado en esos mensajes —le digo con profunda tristeza.

—¿Qué fue lo que viste?, ¿de qué mensajes estás hablando? —cuestiona desconcertada.

—Dímelo tú —respondo secamente.

—No me gusta tu comportamiento, si te refieres a la conversación con un amigo, es eso, ¡solo un amigo y ya! —exclama con un tono fuerte.

—Si es un amigo como dices, déjame ver entonces qué más se decían, no alcancé a leer todo pues tú llegaste y me lo arrebataste. — Estiro la mano tratando de que me entregue el teléfono, pero en cambio ella suelta en llanto.

—¿No confías en mí?, ¿no crees que te estoy diciendo la verdad? —me dice entre lágrimas.

—Confiaba en ti Elara, pero tus acciones, los mensajes, tu indiferencia, lo que pasó esta tarde acaba de arruinarlo —respondo.

—Tienes que creerme —repite con sus lágrimas rodando entre sus mejillas.

—Está bien, te creo. Ahora déjame irme a casa —le digo fingiendo.

—Está bien, gracias por confiar en mí, te veo mañana antes de partir a la ciudad para despedirnos —dice calmándose, me suelta y se dirige hacia su casa con la cara llena de vergüenza.

Y yo con los ojos cristalinos, a punto de romper en llanto, me dirijo a la mía. No lo entiendo, todo está pasando justo como lo recuerdo, no estoy cambiando nada, quizá las palabras no hacen efecto en la línea del tiempo, pero...

¿Qué pasará con las acciones?

Es decir, puedo irme de aquí en este momento y dejar a mi otro yo a que siga con nuestro destino, sin embargo, no me gustaría que él pasara por lo mismo que alguna vez yo pasé. No me gustaría irme y saber que le esperan muchas desilusiones.

Los llantos, las humillaciones, todas esas súplicas, todas esas oportunidades desperdiciadas por tratar de mejorar la relación con Elara.

No es justo que él tenga que vivirlo, porque jamás habrá sentido la felicidad que yo volví a experimentar durante los primeros meses con ella, le quité esos momentos y ahora le tocará la peor parte.

También pienso en quedarme, en volver a pasar por cada desilusión, asumir las consecuencias, tal vez ya no sea tan doloroso cuando ya sé exactamente lo que va a suceder ahora, quizá pueda digerirlo con más calma y me haga menos daño.

Inclusive podría esperar hasta llegar al tiempo en que conocí a Sirena, partir después, porque volvería a interferir en otra historia que ya no me pertenece, pero al menos dejaría a mi otro yo en la etapa donde realmente experimentaría el amor y no la decepción.

Entonces no, aún no es hora de partir, debo salvarme y cambiar mi futuro, al menos en este mundo podré hacer las cosas bien y huir justo en el instante correcto.

La tristeza me está pegando, porque sabía que Elara no era sincera, que por más que le supliqué que hiciéramos las cosas bien, no haya cumplido con sus promesas. Y ahora que comprobé que las palabras no funcionan, ya no pienso seguir luchando por una persona que no valora el tenerme a su lado. Estoy en un espejismo, sintiendo un amor que no está por los dos lados, que necesito tirar al vacío. Así que dejo que todo vuelva a ser normal, como si nada pasara, ya no diré ni una sola palabra, solo pasaré los días deseando que Sirena aparezca. Estaré sin dar tanto y solo recibiendo lo que me ofrecen, los días tendrán que pasar, las semanas, después los meses y entonces, en un par de años podré respirar la libertad.

Y podré despedirme una y mil veces más, pero ambos sabemos que un sentimiento así de intenso...

No se extingue con cualquier adiós.

Desde que te fuiste
el tiempo se detuvo...

La vida se me quedó estancada
justo el mismo día
que te marchaste sin decir adiós.

Hidra, estrella no. 2. Sábado 20 de diciembre del 2014:

Más de un año pasó desde que me di cuenta que mi destino con Elara no podía ser cambiado, que tenía que soportar las tormentas que arrasaron con mi estabilidad emocional. He tratado de sobrellevarlo, he tratado de que no me afecten tanto como en mi pasado, pero a veces es difícil, cuando estoy con ella los sentimientos de quererla están presentes y por más que quiero, me es imposible apagarlos.

Llega diciembre y con ello la parte más dolorosa que traía en mis memorias, pero llevaba una ventaja, ya no amaba a Elara tanto como recordaba, tanto como llegué a amarla en mi mundo. En ese tiempo la consideraba el amor de mi vida, sin pensar en los daños que después ocasionaría, pero ahora puedo prepararme, puedo controlarme y estar listo para lo peor. Lo que más anhelo es darle a este cuerpo, a esta mente, un recuerdo que pueda permanecer en su memoria y cuando el espíritu de mi otro yo regrese, pueda mantener los pies sobre la tierra y no caiga ante las mentiras de Elara, que no sea convencido para un regreso, que significaría la gota derramada, el error que acabaría con la historia que se escribiría con Sirena.

Me preparé mentalmente para recibir el golpe. Ela y yo solíamos platicar siempre, a todas horas, a veces me era difícil responder por saber que sus "te amo" eran falsos, pero era muy necesario que siguiera con el camino. Siempre se mantuvo una última esperanza, un pequeño grano de arena de suspiros, pensando en que este día jamás pasaría, pero no, nada mejoró, fue al contrario, las discusiones, peleas e indiferencia aumentaron a tal grado de reprocharnos la más mínima cosa a través de mensajes de texto y hoy no sería la excepción, de hecho, sería el peor de los días que alguna vez llegué a vivir.

Hace un par de horas que llegué a casa después de una cansada y larga semana en la universidad.

Habían pasado ya seis meses desde que había partido a la ciudad para comenzar una carrera y enfocarme en mis estudios para tener el mismo futuro productivo que tengo en mi mundo.

Lo único que buscaba ahora era tratar de controlarme, de no estropear lo que se aproxima, no podía mandar a la mierda a Elara con lo que estaba por hacer porque ya cambiaría mi destino, incluso si fuera ella la que lo hiciera. Así que trato de que estemos bien, porque, aunque haya pasado mucho tiempo, algo sigue encendido dentro de mí, la quiero y la odio a la vez, por esos primeros meses que hasta entonces no puedo olvidar.

Comenzamos a chatear pues moría por verla, ella tenía una semana que había empezado con sus vacaciones y regresado al pueblo de Suhail.

Y después de sus mensajes yo no puedo dejar de sentir una ira inmensa, de tan solo saber que me están afectando sus palabras, de volver a vivir lo que me hizo daño, de no poder hacer mucho, que solo me queda seguir aguantando y seguir soportando sus humillaciones. Pero ya no quiero que siga siendo así, necesito escucharlo de su propia voz, saber que de sus labios se desprenden esas palabras para que el sentimiento que aún queda por ella se esfume de una buena vez.

Le marco por llamada y al contestarme lo primero que hago es reprocharle sus mensajes:

—No te comprendo Ela, no sé cómo es que te atreves a decir que me quieres si ahora lo único que buscas es que me aleje de a poco de ti.

—Y si así fuera, si te alejas de mí yo no te voy a detener, puedes irte si es lo que decides — responde sin tregua.

—Yo creo que vamos de mal en peor, ¿es en serio que quieres esto para nosotros? —pregunto.

—La verdad es que no, ya no sé ni lo que siento, tal vez deberíamos darnos un tiempo —propone.

—Si es lo que quieres, lo acepto. Creo que hay algo más que un tiempo entre nosotros — respondo y cuelgo el teléfono.

Ya estaba cansado, ya estaba desgastado, justo en ese punto donde quieres decir que ya sabes toda la verdad, pero lo guardas para el golpe final.

Yo no quería hacer esto, no quería que las cosas terminarán así y que mi destino no sea al final conocer a Sirena, pero mañana será un nuevo día, Ela pensará que estaré en casa sufriendo por ella, sin embargo, estaré preparando la decisión definitiva. Me voy a la cama no sin antes planear una estrategia.

Estoy harto de seguir soportando a Elara, creo que es momento de arriesgarlo todo y descubrir lo que ella hace a mis espaldas, pienso alejarla de mi vida, dejando ese amargo recuerdo del engaño para que a mi otro yo nunca se le cruce por la mente volver a buscarla.

Si funciona entonces tendré que esperar más tiempo, hasta estar seguro de que la línea del tiempo no salió afectada y que tarde o temprano, tendrá que conocer a Sirena y vivirán su historia.

Me voy a dormir con el plan en la mente, teniendo en cuenta que por más doloroso que fuera, no tenía que evitarlo, solo observarlo.

Hidra, estrella no. 2. Domingo 21 de diciembre del 2014:

Llega el día siguiente, no abro ningún mensaje ni mucho menos reviso el teléfono, solo tomo la cartera, guardo las cartas que Elara me había entregado en los primeros meses de nuestro noviazgo junto con la pequeña pulsera que me obsequió. Los envuelvo en una última carta para después guardarlos en el bolsillo izquierdo del pantalón.

Salgo de la casa justo a las 19:00 hrs y me dirijo al parque del pueblo, la noche ya se asoma. Llegando doy media vuelta al quiosco central y me oculto entre una banca cubierta con árboles, respiro profundo esperando paciente.

No pasa mucho tiempo cuando veo acercarse a dos personas, puedo imaginar que es ella, entre sus sombras logro reconocerla. No me alarmo y espero un par de minutos más.

Es hora:

¡Vamos a recibir el golpe!, ¡vamos a cambiar el rumbo de esta miserable historia!

Me levanto del asiento y me dirijo a donde ellos estaban...

Y sí, ahí estaban, puedo verlos, justo como lo esperaba. Elara con alguien más, abrazándose mientras se besaban con ardua pasión.

Y a pesar de que me consideraba listo para enfrentarlo, fue un gran disparo directo al corazón. Fue una flecha clavada en mi última esperanza. Una daga que mató mis ilusiones y un veneno que hizo reventarme el alma.

Me voy directo a ellos, Elara nota que estoy ahí y lo suelta de inmediato:

—¿Tú qué haces aquí? —pregunta confundida al verme.

—Simple intuición Elara —respondo.

—No es lo que parece Jio —exclama y continúa:

—Antes de que me reclames todo esto, date cuenta que por ahora ya no somos nada.

Y al escucharla solo extiendo la mano para entregarle las cartas junto con sus demás detalles.

—No hace falta que me des explicaciones Ela, no vine para pedirte otra oportunidad, eres libre de hacer lo que quieras con tu vida, desde ayer por la tarde que me pediste un tiempo pensé mucho las cosas. Desde ahora quiero empezar un nuevo camino, lejos de ti, lejos de tus mentiras, de estas humillaciones, de tus fríos y cortantes mensajes, de tus duras palabras, de tus pocos sentimientos, de tu falta de sinceridad, lejos de todo, lejos de ti.

Con una lágrima saliendo de mi mejilla me voy del lugar.

Elara intenta detenerme, pero el chico que la acompaña la toma del brazo y le dice:

—Déjalo, no vale la pena.

Ella solo le obedece y no insiste, me deja ir sin siquiera decir algo más.

Si tan solo él supiera que quien entregó lo mejor fui yo y la que no valía la pena era ella, porque después de desgastarme en palabras con todo lo que dije y le pedí, nada fue suficiente. Lo que no quería que hiciera, al final lo hizo.

Pero ya está, ya pasó, no podía seguir permitiendo este sufrimiento. Ahora me dirijo a casa y en el camino me lo pregunto, me lo cuestiono, lo analizo, lo interpreto y puedo entenderlo.

Siempre iba a ser así, lo que yo debí haber hecho es escapar desde la primera señal de indiferencia, quizá pude buscar desde entonces a Sirena haciendo que Elara terminara con lo nuestro de alguna u otra manera, pero también me arriesgaba a que no sucediera, porque las acciones ya estarían alterando la línea del tiempo y ya no serían simples palabras. Sin embargo, no lo hice, es que a veces el sentimiento es tanto que te obliga a permanecer, por más que pese y queme en el alma.

Ya no estoy para desperdiciar un viaje más tratando de arreglar este pasado, ni mucho menos para verificar que las cosas van a salir como lo estuve planeando. Prefiero dejarlo así, esperar y mantenerme con la esperanza de que mi otro yo resguarde este sentimiento de decepción cuando regrese a su cuerpo y evitar caer entre las súplicas de Elara. Porque sí, estoy muy seguro que esto no acabará aquí, ella va a volver tratando de recuperarme, porque entenderá que de verdad la quería y que lo que hizo, fue su mayor error.

Eso es lo bueno de recordar,
que puedes viajar al pasado
y abrazar a esa persona
que tanto extrañas...

Volver a recordar su sonrisa,
su aroma
y hasta sus últimas palabras
antes de partir.

Hidra, estrella no. 2. Lunes 05 de enero del 2015:

Decidí quedarme un mes más para ignorar las súplicas de Elara, pero tampoco hacía mucho, no salía, no platicaba con nadie, solo me quedaba en casa, disfrutando de mi familia. No quería intervenir en la línea del tiempo porque cada vez faltaba menos para reencontrarme con Sirena. Después de pasar por lo más difícil, de soportar semanas con sus mensajes y hacerle entender de todas las maneras posibles que ya no quería regresar con ella... ahora me estoy preparando para marcharme, regresar al lobby y saltar a la siguiente etapa, al gran propósito de estos viajes.

Aunque aún no logro absorber el mal rato que pasé en este mundo, puedo planear las últimas cosas que haré aquí antes de partir. Y una de ellas es muy importante, pues recordé algo trágico que estaba por suceder.

Acorde a la fecha y si el tiempo marcha tal y como debería, al abuelo, el padre de mi madre, solo le quedaría una semana de vida. Será uno de los golpes más duros para mi madre, verlo morir sin poder hacer nada para evitarlo. Así que me olvido un rato de mi vida y decido esperar un par de días más para ver si los primeros síntomas en su enfermedad comienzan y si es así, entonces actuaré.

Hidra, estrella no. 2. Jueves 08 de enero del 2015:

Tres días pasaron, y el jueves por la mañana mamá entra preocupada a casa, voy despertando apenas, su voz agitada me hace levantar de un disparo y preguntar lo que sucede:

—¿Qué pasa mamá?

—Me acaban de llamar de la casa de tu abuelo —dice preocupada.

—Y, ¿Qué te dijeron?, ¿cómo se encuentra? —cuestiono también preocupado.

—Se puso muy mal durante la madrugada, de nuevo regresaron las molestias, le cuesta respirar, sus pulmones ya no le responden y me acaban de avisar que lo tienen nebulizado. Es ahí donde me doy cuenta que lo peor se aproxima, que sí sucederá, entonces trato de estar junto a ella y apoyarla en todo momento.

—Vamos a verlo, vamos a estar con él —le digo desesperado.

—Pero la casa, tus hermanos, la comida, la limpieza... Seguro se pondrá bien, sabes que siempre le suceden esos problemas, seguro es una simple gripe que se quita con los días —me dice esperanzada.

—No, no te preocupes por la casa, aquí nos encargamos, no te preocupes por la comida, vamos a comprar al comedor, descuida, yo también me quedo, nos ocuparemos de las necesidades, ve a donde el abuelo y quédate ahí, te necesita —le insisto.

—Sí hijo, pero tus tíos también lo están cuidando, no creo que me necesiten —responde confiada.

—Mamá uno nunca sabe, mi abuelo está muy grande ya, se aproxima a los cien y lo que le está pasando se puede complicar, no quiero que algo suceda y que tú no estés con él.

Mamá nerviosa y con los ojos rojizos voltea y dice:

—Tienes razón, no quiero que pase lo que pasó con tu abuela, con ella no estuve, no pude verla en sus últimos días por andar tan ocupada en el trabajo.

—Justo por eso te lo digo, es que es mejor estar preparados para no arrepentirnos después —le digo para hacerla reflexionar.

—Tienes razón, gracias hijo, lo haré, en un rato más salgo para allá, te encargo a tus hermanos —me pide.

—Sí madre, todo estará bien, aquí nos hacemos cargo, vete sin preocupaciones.

Estaba ganando tiempo para que mamá visitara al abuelo y pueda estar junto a él, aunque sea un poco más de tiempo, sin embargo, estos detalles no pueden cambiar nada, no puedo evitar que el abuelo muera, pero al menos estoy actuando para que después de que suceda, nadie se quede sin algún arrepentimiento.

Estaba aprendiendo de las heridas que Elara había dejado para poder salvar a mi madre, la muerte es inevitable, pero al menos el corazón de mamá iba a estar tranquilo, sabiendo que pasó sus últimos días a su lado.

Hidra, estrella no. 2. Miércoles 14 de enero del 2015:

Una semana después mamá llega a casa llorando y de inmediato pregunto:

—¿Qué pasó madre?, ¿cómo sigue el abuelo?
—Muy mal hijo, su estado de salud va empeorando, apenas puede respirar, no veo que salga de esta, por eso volví, regresé por ustedes para que vayan a verlo, al menos si es la última vez que lo van a ver, puedan platicar con él, que sienta que están ahí, que sienta el calor de sus almas, el amor que sienten, denle una despedida que no sea dolorosa y si le toca irse, se irá tranquilo —me pide con lágrimas en los ojos.
—Si madre, te aseguro que así será, le diré a mis hermanos que se alisten y vamos para allá.

Reunidos todos nos dirigimos a ver al abuelo, es muy nostálgico en realidad, porque nunca me detuve a pensar en visitarlo en los viajes que realicé antes, porque me olvidé de mi familia, por intentar vivir viejos amores.
En mi mundo no volví a visitar la casa del abuelo desde que murió y cerraron sus puertas, desde ese momento algo murió también en toda la familia de mi madre, porque él era el último pilar que quedaba. Antes, las navidades y fin de año era ver a todos juntos, incluso a los tíos que venían desde muy lejos, desde otra ciudad o desde otro país, aquí estaban, para celebrar junto a su padre y nosotros, sus nietos sonreíamos junto a él.
Durante el trayecto mi hermano me pregunta:

—Jio, tengo miedo, ¿crees que el abuelo muera?
—No lo sé, es posible, dice mamá que está muy mal —respondo.
—Y ¿qué crees que pase después? —cuestiona.

—¿A qué te refieres con eso? —pregunto.

—Sí, qué pasará si el abuelo fallece, ya no habrá reuniones cuando un nuevo año inicie, ya no veremos a los primos, a la familia completa, su casa se cerrará. Si él se va, el lazo entre todos se rompe.

—No hace falta que te preocupes por eso, los problemas han estado siempre, si los tíos no arreglan sus problemas será asunto suyo.

—¿No te preocupa que eso suceda? —pregunta.

—En realidad, no, al final de cuentas ellos son los que estarían perdiendo —le digo.

—¿Por qué ellos pierden? —me pregunta.

—Porque en lugar de valorar su presencia ahora que sigue con vida, estarían buscando pelear por cosas sin sentido, propiedades, riquezas y cosas materiales, cuando tienen que darse cuenta que lo importante es la familia y hasta el último está lo demás —respondo.

—¿Entonces no te inquieta lo que pueda suceder después? —insiste.

—Claro que sí, lo que más me duele es ver que la conexión que tenemos en familia acabaría. Nos vamos a desmoronar, perderíamos a quien nos reunía siempre y mantenía felices, así que, no pensemos en nada más que valorar este día, por si es el último —sentencio.

—Ojalá pudiera regresar el tiempo y disfrutar más de la última reunión que tuvimos con toda la familia —expresa mi hermano.

Y un nudo se forma en mi garganta...

¿Cómo le digo que yo podré en este futuro hacer posible el viaje en el tiempo?

Pero para entonces, él ya no estará conmigo.

Llegamos a la casa del abuelo, subo los escalones hasta llegar a su cuarto, no sin antes detenerme a observar los cuadros y retratos que adornan su sala, toda la familia, toda una generación Halley, fotografías en blanco y negro. Los últimos trastes que la abuela dejó en su repisa, acomodados exactamente como lo hizo por última vez, seguían limpios, el abuelo los había sacudido hace apenas unos días a pesar de que ella partió hace tres años, quería preservar todo. Ahora le tocaba alcanzarla, de volver a reencontrarse en el más allá para seguir con ese gran amor que se tenían.
Entramos en la habitación y ahí está, recostado en su cama, ya sin fuerzas, apenas y puede hablar.

—Abuelo, soy Jio, tu nieto, ¿me escuchas? —le digo en voz alta.
—Háblale más fuerte, apenas te escucha —dice mamá.
—Abuelo, yo le dije a mi madre que viniera desde hace unos días a cuidarte, quería que estuviera contigo. Ella es la más chica de tus hijas, la que disfrutó menos de ti, así que al menos quería que estuviera un rato más a tu lado, por eso es que no llegamos antes, nos ocupamos de los deberes de la casa, pero aquí estamos ya, déjame darte un abrazo.
Abrazo al abuelo mientras me susurra al oído.
—Gracias hijo, ahora voy a regresar con tu abuela y tú, quiero que sigas con tu viaje, apenas estás empezando.
—¿Cuál viaje abuelo? —pregunto sorprendido.
Él sonríe y cierra los ojos.
—Déjalo dormir un poco Jio, tu abuelo está muy cansado —me pide mamá.

Me aparto de él sin entender a qué viaje se refería.

¿Será que sospechó de mí después de lo que dije?

No lo creo, no dije nada que me delatara, solo mencioné que le pedí a mamá que tenía que visitarlo, nada más.

Pero él es un viejo sabio y ahora que lo recuerdo de niño siempre me contaba historias de viajeros en el tiempo, siempre me decía que había formas de volver al pasado. Quizá sí, llegó a sospechar algo o incluso lo sabe, sabe el destino que le espera y que yo lo sé también. Por eso decido seguir su consejo y continuar con los viajes hasta llegar a vivir el momento que desde hace muchas décadas y en varios mundos ya esperé.

Hidra, estrella no. 2. Jueves 15 de enero del 2015:

El abuelo fallece en la madrugada, justo unas horas después de regresar a casa. Mamá destrozada no para de llorar, nosotros la abrazamos y consolamos, papá también apoya con sus palabras de aliento.

Hice lo correcto, también me dolió vivir este momento, pero sé que hice algo bueno por mi madre, la libré de un dolor que no llevará toda su vida, que al menos tendrá la satisfacción de haber estado con su padre en sus últimos días.

Un último suspiro para después despedirlo.

Ya es hora de regresar al lobby, antes de ir a la cama vuelvo a abrazar a mi madre, decirle que con el tiempo su corazón sanará, que se vendrán días difíciles, pero como toda una guerrera se levantará superando las tristezas.

Me voy feliz, después de todo cumplí con algo positivo. Aunque intenté cambiar las cosas con palabras, veo que a veces no hacen efecto y en ocasiones pueden ser de gran ayuda para evitar otro dolor ajeno. Estoy aprendiendo mucho, cada vez sé cómo funciona el tiempo, el espacio, la línea temporal y ahora más que nunca, quiero continuar.

"El tiempo es la duración distinguida por ciertas medidas".
"Ensayo sobre el entendimiento humano" (1690)
-John Locke.

EN OTRO MUNDO YA NO DUELES

10 viajes bastaron
para aprender a regresar al pasado
y decirle adiós a las heridas que no cerraron.

En otro mundo ya no dueles,
en otro tiempo somos libres,
en otra vida saqué la daga
que tus desprecios dejaron.

Cuando en muchos años no podía,
cuando en cien noches supliqué sacarte.
Ahora entiendo que nunca fui culpable,
solo entregué un corazón que era despreciable.

Hasta la más hermosa rosa
también lastima con sus espinas.

Hasta el más puro sentimiento
es rechazado.

No debo perdonarte por nada,
al final el daño era mi destino,
pero fui yo quien se empeñó
en salir más lastimado.

En otro mundo ya no dueles,
en otro tiempo te solté
para jamás volverte a buscar,
en otra vida te olvidé.

Debí ser más egoísta,
pero activaste un sentimiento,
un pasado, un engaño
que me hizo perder la vista.

Una última carta fue el símbolo
de tu despedida,
un primer desprecio al ignorarte
fue el emblema de mi valentía.

Muchas noches me sentí vulnerable
sin comprender que las mentiras
no nos hacen culpables,
es la esperanza
la que acaba por matarte.

En otro mundo ya no dueles,
en otro tiempo te conviertes en experiencia,
en una lección muy importante.

Me salvaste para después volverme esclavo
de una prisión que se alimentaba
de tus traiciones.

Atado de la cabeza a los pies,
así me mantuve por años que no volvieron,
por sueños que se rompieron,
por ilusiones que jamás crecieron.

En otro mundo me abriste los ojos.
En otra vida eres lo que jamás desee.
En otro viaje ya no eres protagonista.
En otro libro ya nadie te describe.

CAPÍTULO VIII
GUERRA MUNDIAL

Año indefinido:

Después de concentrarme lo suficiente logré despegarme del cuerpo físico para volver al lobby y recuperarme del viaje. Apenas ingreso a mi propio cuerpo una luz resplandeciente invade de frente y Taliesín aparece:

—Hola viajero, ¿qué tal te fue en la aventura por tu pasado? —cuestiona.

—No hace falta que preguntes, seguramente lo viste todo —respondo.

—Creo que cada vez comprendes mejor cómo funciona el tiempo y el espacio, ¿cierto? —me dice.

—Creo que todo hubiera sido más fácil si desde el principio me explicabas que las palabras no siempre hacen efecto en lo que está por suceder —le digo reprochando su falta de comunicación.

—Es que no es así viajero, las palabras siempre afectan, pero no supiste hacerlo bien —dice burlándose.

—¿Cómo se supone que tenía que hacerlo? —pregunto.

—Eso te lo dejo a ti, tienes que descubrirlo, aún tendrás otro viaje si cumples con tu siguiente misión —responde.

—¿Qué te hace pensar que volveré a desperdiciar el próximo viaje?, ya no pienso seguir jugando, después de terminar con tu misión voy directo a Sirena —le digo decidido.

—Aún tienes mucho por recomponer en tu vida

muchacho, después me lo vas a agradecer —dice molesto.

—¡No me has ayudado en nada!, no me explicas bien las cosas, no me proporcionas la información completa, no me estás ayudando, al contrario, lo complicaste. Todo iba bien, pero desde que apareciste tengo que estar cumpliendo misión tras misión para poder viajar a mi pasado, nunca sé cuándo puede terminar, puedo morir en uno de esos mundos y al final nunca llegué a donde soñaba —le reprocho con tristeza.

—Te equivocas viajero, las misiones solamente son para cubrir el balance de los mundos, ¿acaso ya olvidaste que destruiste un par de ellos en tus primeros intentos? —me hace reflexionar.

—No hace falta que me lo recuerdes... —le pido molesto.

—Entonces date cuenta que las misiones no son solo por diversión, es necesario cumplirlas para poder seguir —me advierte.

—Es por eso que no puedo renunciar, no después de lo que viví en el mundo del que acabo de regresar —le digo.

—Me gusta tu actitud muchacho, tienes la facilidad de terminar en este instante, regresar a tu propio mundo, pero sigues luchando... ¿realmente Sirena vale el esfuerzo? —cuestiona.

—Quizá nunca te conté por todo lo que atravesé en mi mundo, es por eso que haces esas preguntas, vale toda la maldita pena —respondo.

—¿Y qué va a pasar si no puedes cambiar ese pasado?, ¿qué harás si te das cuenta que te equivocaste con ella y las palabras tampoco funcionan? —pregunta.

—Con Sirena ya no serán palabras, serán acciones. Por eso sigo aprendiendo, para no destruir más mundos —respondo.

—Llevas mucho optimismo muchacho, espero

que el sacrificio realmente te dé resultados. Ahora sabes lo que sigue... ¿Estás listo para tu siguiente reto?

—Menos preguntas y más acciones controlador, ya puedes hacerlo —le digo sonriendo, demostrándole que aún no me doy por vencido.

Taliesín hace girar su reloj del tiempo y el cuarto oscuro se transforma en una especie de pantalla:

—¿Qué está sucediendo? —le pregunto.

—Te muestro tu siguiente misión —dice mientras se observa una ciudad devastada, se escuchan muchos disparos y bombardeos, llantos y súplicas de las personas, cuerpos por todos lados, incendios y cruces por cada rincón.

—¿Qué sucedió?, ¿es una guerra? —cuestiono preocupado.

—Adivinaste muchacho, lo que estás viendo es el escenario de la segunda guerra mundial.

—¿Eso no fue en 1945?, estoy seguro que esas explosiones fueron causadas por las bombas atómicas. Así fue como finalizó la guerra.

—Sí, así finalizó en tu mundo, pero no aquí —responde.

—¿Cómo es eso posible? —pregunto con gran duda.

—No todo siempre tiene que suceder como debería, no eres el único viajero que anda recorriendo los mundos paralelos, existen muchos más que están sueltos por ahí, que no he podido capturar y al realizar alguna acción que no deberían o aterrizar en un sitio que no es su tiempo, causan estos desastres —advierte.

—¿Y qué se supone que tengo que hacer? —cuestiono.

—Mira muchacho, en este mundo la guerra no terminó, las bombas de Hiroshima y Nagasaki fueron solo el principio de algo devastador. Los Nazis también atacaron con más bombas, al final todo el mundo se unió a la guerra, millones de personas han muerto y los bombardeos no han parado desde hace cinco años. Este mundo está por colapsar entre tanta contaminación y los duros golpes al medio ambiente.

—¿Se están acabando los recursos como en el mundo de Ceres? —pregunto.

—Peor viajero, están contaminando cada milímetro de tierra con sus estúpidas explosiones. Estados Unidos, el resto de países de América y la mitad de Europa ya desistieron, ya se rindieron ante la catástrofe que se está generando, pero los del otro bando aún no quieren parar. La Alemania nazi intensificó sus ataques incluso después de la muerte de Hitler, Japón mandó a toda su nación a combatir, más países también se unieron, pero el imperio ruso estuvo construyendo muchas bombas en secreto y ahora esa es la principal amenaza.

—Déjame adivinar... ¿tengo que hacer que paren? —le digo con sospecha.

—No, no van a parar, tienes que llegar hasta ellos, hasta el lugar donde se están fabricando las armas y tendrás que destruirlo todo —me pide.

—¿Te has vuelto loco?, puedo morir en cualquier instante, ¿eso es lo que quieres cierto? —le pregunto molesto.

—No muchacho, lo que quiero es que los salves, no te preocupes, tendrás de mi ayuda —me dice en señal de apoyo.

—¿Prometes que nada va a sucederme?

—Trataré de que así sea, te estaré apoyando en todo momento —dice descaradamente.

—Vaya motivación que me das. Pero da igual, si lo que quieres es que yo me rinda estás equivocado, daré lo mejor de mí, eso hubiera querido el abuelo —digo motivado.

—Ahora ya sabes qué hacer muchacho, no se te olvide que debes traerme una prueba de que has completado tu misión, esta vez te lo dejo a tu criterio, lo que sea serviría... ¡ya es hora de empezar! —sentencia.

Taliesín abre las manos y da una palmada, haciendo que pierda la visión y la consciencia.

Hay sensaciones y amores que solo se experimentan una vez en la vida, historias con personas irremplazables...

Que solo llegan para enseñarte,

pero jamás para quedarse.

Hay momentos que nunca vuelven,
pero que se llevan siempre
en la mente...

Como recuerdos de historias
que no terminaron de escribirse.

Constelación indefinida, estrella indefinida, Año 1950.

Puedo despertar y abrir los ojos...

¿En dónde se supone que estoy?

Apenas puedo recuperar los sentidos cuando voy escuchando un gran escándalo a mi alrededor, voces, pasos, gritos y una persona que trata de hablarme:

—¡Ey!, soldado, despierta, el general está a punto de llegar —dice tomándome del hombro y agitándome para que reaccione.

Cuando puedo estabilizarme, me percato de que estaba recostado en una hamaca, dentro de una tienda de campaña, no traigo el traje espacial, al menos eso pienso en un principio, pero después me doy cuenta que solamente cambió de color, está en una especie de camuflaje militar y quien me habla es un soldado:

—¿En dónde me encuentro? —pregunto.

—¿No te avisaron que venías a la guerra? —pregunta pegando una risa.

—¿Cómo? —cuestiono con gran sorpresa y en ese instante otro soldado abre las cortinas y dice:

—¡Rápido!, salgan, el general viene en camino.

Es entonces que salto disparado y termino de vestirme, salgo y me doy cuenta que me rodean muchas más tiendas de acampar. ¡Estoy en una base militar!

—¡Fórmense, fórmense! —grita un soldado.

Todos nos colocamos en hilera esperando recibir órdenes, el general del pelotón se acerca y saludamos en su presencia:

—¡Firmes soldados! —ordena y continúa:

—Bienvenidos a la tropa 238 del ejército aliado entre los países de habla hispana. Ustedes han sido mandados hasta aquí por sus respectivos países, quiero informarles que hemos perdido ya a la mayor parte de los soldados que fueron entrenados para la guerra y ahora, a falta de gente, los llamamos a ustedes. Deseo con toda el alma que sirvan con mucha honradez y valentía a sus países, nosotros nos encargaremos de entrenarlos y que puedan ir a la guerra, ¡juntos podremos derrotar a los enemigos y salvar al planeta!

El general se retira dejando a cargo a los jefes de cada pelotón, comienzan a nombrar a cada soldado para partir con rumbo a los campos de entrenamiento:

—Jio Clepper Halley —menciona uno de ellos.

—¡Presente! —respondo.

—Toma tu arma, dirígete al campo de entrenamiento número 11 y reúnete con tus compañeros —ordena.

—A la orden jefe —respondo y avanzo.

Llegando a donde me había indicado puedo ver que ya se encuentran muchos más soldados formados y esperando indicaciones.

Me introdujo en la fila y uno de ellos me pregunta:

—¿De dónde vienes amigo?

—Me mandaron desde México —respondo.

—Yo soy de España, ¿alguna vez imaginaste que esto sucedería? —pregunta.

—Jamás, pensé que la guerra acabaría después de las bombas de Hiroshima y Nagasaki —le digo.

—Todo el mundo pensaba que así sería, pero mira ahora, todas las personas que no saben usar un arma y que jamás estuvieron frente a una les toca volverse expertos en cuestión de semanas para ir a combatir —me dice con temor.

—¿Sabes a dónde nos van a mandar una vez que

estemos preparados? —cuestiono.

—Eso dependerá de qué tan buenos terminemos en el entrenamiento, si alcanzamos una buena puntuación nos mandan a Rusia, para la misión principal de desactivar las bombas más destructivas jamás creadas, pero si no nos esforzamos nos mandan a donde nadie quiere ir, directo al enfrentamiento.

—¿Qué significa eso? —pregunto.

—Que tenemos que dar nuestro mayor esfuerzo, todos quieren ir a Rusia, porque una vez ahí se usará la mejor tecnología y podremos combatir con más ventaja. Supongo que ahora el orgullo está en morir en Rusia y no en un campo desolado de batalla —responde.

—¿El único destino aquí es morir? —cuestiono nervioso.

—Es morir o cumplir con la misión y convertirte en héroe mundial, ¿se escucha imposible cierto?, no para mí —dice con gran entusiasmo.

—Qué bien que tengas una mente positiva —le digo.

—No es eso, espero lo peor, pero me esforzaré. Lo único que quiero es terminar con esto y regresar a casa con mi familia —responde motivado.

—Creo que todos buscamos eso, regresar a casa.

—¿Cuál es tu nombre? —cuestiona.

—Jio Clepper, pero me gusta más solo JC, ¿y tú? —pregunto con una sonrisa.

—Me llamo Francisco, mucho gusto JC.

—Un placer Francisco, te deseo suerte.

—Vaya que voy a necesitarla —dice y enfrente un oficial nos comienza a dar las primeras órdenes:

—¡Atención!, ustedes ahora ya son soldados, vamos a entrenar duro durante 10 semanas, después de eso seleccionaremos a los destacados para prepararlos aún más, los demás partirán en ese instante directo a la guerra. ¡Ustedes deciden cuánto tiempo quieren vivir!

Inicia entonces un duro entrenamiento, nos dan las indicaciones para llevar una alimentación adecuada, aunque no bastara con lo que se tenía, despertar en un horario fijo y entrenar lo más duro posible.

Los timbres suenan a las 5 de la mañana, el sol aún no salía y ya nos estábamos duchando con la poca agua helada que sobraba. El desayuno apenas si alcanzaba, un vaso de leche con una pieza de pan para después partir a los campos de entrenamiento, escalábamos muros, nos arrastrábamos entre el lodo, cargábamos costales de tierra para construir barricadas, había pruebas de velocidad y fuerza, peleas y angustia.

Y yo me quedaba cada tarde al terminar el duro y cansado entrenamiento a practicar tiros junto con Francisco. Aprendíamos a disparar toda clase de armas, a mejorar la puntería y a saber defenderse cuando un soldado enemigo nos pueda encarar de frente.

Mi cuerpo apenas si aguantaba, era un viejo cuerpo que se estaba volviendo a adaptar al mundo en donde estaba, al cansancio extremo y a la falta de alimento.

Muchos intentaron rendirse, pero no se les permitía desertar al menos que su única salida fuera ir directo a combatir con lo poco que habían aprendido. Murieron algunos al ya no aguantar, por suerte yo traía algunas píldoras rejuvenecedoras que me ayudaban a soportar el duro entrenamiento, estar en otro tiempo también había reducido el mal que yacía en mis pulmones.

Era como volver a nacer en otro mundo.

A veces no me bastaba lo aprendido y quería seguir, Francisco me seguía siempre y por las noches nos fugábamos del campamento para sustraer algunas armas de la armería e ir directo hacia los altos campos a seguir practicando.

Teníamos un día de descanso a la semana y siempre aprovechábamos para irnos de cacería al bosque, cualquier fuente de energía era vital, necesitábamos carne, proteína para poder estar firmes y seguir dando el máximo rendimiento.

En las noches también me costaba dormir, no era sencillo tratar de conciliar el sueño mientras pensaba qué iba a suceder en esa guerra, cuando esté frente a muchos enemigos y no pueda accionar el arma o que el miedo me invada y decida regresar al lobby, eso significaría el fin a mis viajes y el sueño desperdiciado.

No quería rendirme, no quería ser un desertor, pero corría el mayor peligro que nunca antes había vivido.

Dos semanas después:

Me encuentro practicando mi puntería en el campo de tiros cuando Francisco se me acerca:

—¿Cómo vas con esa puntería JC? —pregunta.

—A veces me cuesta Francisco, pero estoy tratando de mejorar con cada día que pasa —le digo con los ánimos a tope.

—No te culpo, yo estoy igual, nunca antes había tocado un arma, mucho menos disparado, me ha costado un poco de trabajo —me dice con sinceridad.

—No es tan difícil, solo debes permanecer quieto y controlar la respiración, mantenerte lo más fuerte posible para que el arma no te empuje con el retroceso y después solo tienes que disparar — le digo aconsejando.

—¡Qué sencillo se escucha! —dice Francisco con tono de burla.

—No te rindas amigo —lo animo.

—Rendirse no es una opción JC, tengo alguien que me está esperando en mi país —responde.

—¿Tu familia? —pregunto.

—Sí, también, pero tengo a mi esposa que dejé abandonada por esta estúpida guerra, la dejé sola con los deberes de la casa y sobre todo con su embarazo.

—¿Eres papá? —cuestiono sorprendido.

—Así es, bueno, apenas lo seré, estaba esperando el nacimiento de mi hijo con mucha emoción, aunque también con un poco de decepción al saber que la guerra continuaba. Faltaban dos meses cuando el ejército llegó por mí. Supongo que mi esposa ahora está en sus últimas semanas, no deben faltar más de 6 semanas para que nazca y a nosotros nos faltan 8 más para terminar el entrenamiento.

—¿Es por eso que quieres ir a Rusia? —pregunto.

—Sí, quiero terminar con esta guerra para poder regresar a casa y conocer a mi hijo —responde esperanzado.

Una sensación de tristeza invade mi cuerpo al saber que Francisco era uno de muchos soldados que estaban peleando por un propósito mayor. Él soñaba con conocer a su hijo, tenía una familia, la guerra salía sobrando, pero al final de cuentas era su deber como ciudadano.

—Te prometo que regresarás a casa —le digo.

—No hagas promesas que no vas a cumplir amigo —me dice.

—No suelo hacer muchas promesas, pero sin duda esta vale la pena, vale combatirla.

—¡Enséñame entonces a disparar con más precisión! —me pide riendo.

—Sigamos practicando amigo y en la noche nos vamos a cazar más conejos, solo así mejorarás tu puntería —le digo.

Ahora tenía un propósito más en este mundo, quería que Francisco fuera a casa y conociera a su hijo, por esa razón también decido esforzarme aún más para que las cosas nos salgan bien y podamos llegar a Rusia juntos.

—¿Y cómo es eso Francisco? —cuestiono.

—¿Cómo es qué? —pregunta confundido.

—Eso, de saber que vas a ser padre, de tener una esposa, de amarla y que de pronto tú estés aquí, lejos de ella.

—Es algo inexplicable, una sensación de tristeza también. La mayor felicidad de la vida saber que vas a dejar un legado en este mundo, saber que tienes a una persona que te quiere por lo que eres y no por lo que tienes, que te ama de verdad. ¿Tú jamás te has enamorado? —me pregunta.

—Alguna vez lo hice, allá en mi pasado —responde.

—¿Qué?, ¿no te has vuelto a enamorar?, ¿pues cuántos años tienes? —cuestiona dudoso.

—Los que no te imaginas amigo —respondo. Francisco ríe y dice:

—Deja de bromear JC, cuando todo esto acabe te invito a España, seguro conocerás a una chica que te encenderá esa llama que traes extinta.

—Vaya que me haría bien ir a España —le digo mientras reímos.

—¿Y cómo era ella?, ¿Por qué no has logrado encontrar a alguien más desde la última vez que te enamoraste? —cuestiona.

—Ella, ella era especial, llevaba magia en su mirada y una sonrisa que encantaba.

—¿Era una bruja? —dice riendo.

—Era más que eso, una completa hechicera —respondo bromeando.

—¿Qué era lo más especial que veías en ella? —pregunta.

—Lo que transmitía, en sus palabras, en el sonido de su voz, en sus pensamientos, en sus sueños también, aunque al final no fueron los mismos que los míos.

—Creo que el amor de tu vida no debe ser así —me dice.

—¿A qué te refieres? —cuestiono.

—Es decir, dime ¿dónde está esa chica ahora?, ¿cómo sabes si te quiere todavía?

—Ella se encuentra muy lejos, creo que basta con decirte que está en otro tiempo —le digo riendo.

—Mi esposa también, está a miles de kilómetros, pero mira... —Francisco saca de su bolso un gran bulto de cartas y me los muestra.

—Ella está aquí. Mi esposa está presente en cada carta que me escribe, siempre me cuenta como va con el embarazo, los problemas que ha tenido que superar estando sola y las molestias que no la dejan descansar. ¿Dónde está tu chica? —vuelve a preguntar.

Entonces yo quedo un instante en silencio, solo observando y admirando el amor que él vivía con su amada.

—No puedo explicarlo, pero está en algún lado —respondo con simpleza.

—Si de verdad la amas, debes de buscarla en cuanto la guerra termine —me aconseja.

—Justo eso pienso hacer, solo espero que ella también esté esperando por verme llegar —le digo.

—Si de verdad te quiere, créeme amigo, lo estará —sentencia.

Y no puedo hacer más que agitar la cabeza de arriba hacia abajo, con la mitad de la sonrisa en el rostro. Con una esperanza guardada en que Sirena está en alguno de esos mundos, esperando por mí.

Escuchar la historia de Francisco fue como imaginar una vida que nunca llegué a tener, que nunca sentí, que nunca me atreví a vivir con alguien más. Y vaya que cuando vi la felicidad y el amor verdadero en sus ojos, sentí una gran impotencia...

¿Cómo le explicas al corazón que lo que estás viendo existe?, si jamás lo experimentó.

Y si la vida me diera otra oportunidad,
en otro mundo
o en otra vida,
no dudaría en correr a buscarte,
abrazarte...

Y no soltarte jamás.

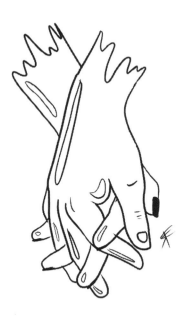

8 semanas después:

El entrenamiento está por terminar, fueron muchos días de intenso esfuerzo, aprendí bastante, desde tomar un arma hasta llegar a sobrevivir sin nada.

Francisco también lo hizo excelente, mejoró su puntería considerablemente, es de los mejores tiradores y ambos de los más altos puntajes.

En unas horas nos darán la lista de los seleccionados para ir a Rusia y los que van directo a la guerra. Estoy muerto de nervios confiando en que vamos a lograrlo, en que iremos a la misión principal y acabar con todo esto.

Los oficiales nos ordenan colocarnos en fila, Francisco se coloca a mi lado y nervioso pregunta:

—JC, ¿Crees que seamos seleccionados para ir a Rusia?

—No lo sé Francisco, pero somos los mejores soldados y los últimos días nos subieron los puntajes, confía, vamos a ir —respondo esperanzado.

—Ojalá que sí, hoy recibí una gran noticia —me dice.

—¿Qué pasa?, cuéntame.

—Estuve esperando las cartas que mi esposa me escribió hace dos semanas, el servicio de envío es demasiado lento, pero al fin llegaron, ¡me los acaban de entregar!

—¿Ya las leíste?, ¿cómo está tu hijo? —pregunto emocionado.

—Aún no lo sé, no las he abierto, quiero que sean dos noticias positivas, no quiero terminar siendo un fracasado en la lista de la guerra directa y perderme la vida de mi hijo, olvidarme de ser padre —me dice con temor.

—Tranquilo, todo saldrá bien, respira profundo, ya están por dar los nombres finales —le digo.

Y de fondo un oficial comienza con nombrar a los soldados seleccionados:

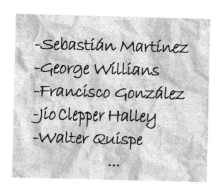

-Sebastián Martínez
-George Willians
-Francisco González
-Jío Clepper Halley
-Walter Quispe
...

—¡Lo logramos amigo!, ¡lo logramos! —grita Francisco emocionado.

—¡Te lo dije!, ¡nos vamos a Rusia! —le digo con gran alegría.

—Solo nos queda la misión final, destruir las bombas y nos vamos a casa, no sabes la felicidad que cargo en este instante —me dice.

—Puedes aumentarla amigo, anda, abre esa carta y léela en voz alta, me emociona escuchar —lo motivo.

—¡Eso haré!

Francisco abre la carta y una fotografía cae al suelo:

—¿Qué es esto? —cuestiona mientras la levanta y al verla sus ojos se llenan de lágrimas.

—¿Qué es amigo? —pregunto.

—Tienes que verla tú mismo —dice mostrándola. Y ahora entiendo porque las lágrimas, era la primera fotografía de su hijo recién nacido con la fecha marcada de hace dos semanas, ahí estaba, un pequeño bebé siendo sostenido por los brazos de una bella dama.

—¡La carta amigo!, ¿qué dice la carta? — pregunto con gran entusiasmo.

Francisco con un nudo en la garganta comienza a leer la carta de su amada:

Mi amado Francisco, quiero informarte que hoy, 14 de agosto de 1950, a las 07:32 am para ser exactos, ha llegado a este mundo de guerra y dolor un varón, nuestro primer hijo. Aún no tengo nombre para él, te estoy esperando para que cuando llegues puedas ayudarme a elegirlo. Te echo de menos con cada día que pasa, ahora somos dos los que te extrañamos. Deseo que pases todas las pruebas y puedas cumplir con la última misión para después tenerte en casa. Me llena de ilusión pensar en que podremos formar una gran familia, en que al fin vamos a estar juntos y todo lo malo habrá terminado.

Desde la distancia estoy deseando que las cosas marchen bien y que nada te suceda, porque si algo te pasa, me dejas muerta en vida. Y a tu hijo una ilusión rota por conocer a su padre. Pero sé que vas a volver, tú me lo prometiste el día en que te fuiste y sigo confiando en tu palabra. Te amo infinitamente y te llevo conmigo a cada segundo. Vuelve pronto mi amor, que con los brazos abiertos ya te esperamos dos.

Atentamente: Tu amada esposa.

Y en cuanto termina de leerla, en el fondo se escucha la voz del oficial a cargo:

—¡Atención soldados!, es hora de partir a sus respectivas misiones, tomen sus armas, aborden los aviones y que Dios los acompañe, que a donde vayan cumplan y honren a sus países, ¡en marcha!

—Es hora de irnos Francisco —le digo.

—Sí, es hora de ir a cumplir nuestro deber — responde con gran motivación.

Nos alistamos para subir a los aviones, tomamos nuestras armas y despegamos.

Durante el recorrido todos los soldados que van conmigo se encomiendan ante su Dios, besando algún recuerdo que traen consigo, Francisco hace lo mismo abrazando con gran fuerza la fotografía de su hijo y colocándosela en el bolsillo de su camisa.

Yo solo puedo mirar hacia arriba pidiéndole a Taliesín que pueda ayudarme en lo que sea, que me permita al menos hacer uso de mi tecnología o evitar que muera en combate.

—¿Cómo te sientes? —pregunta Francisco.

—Bien, tranquilo, vamos a lograrlo —respondo.

—¿Por qué no rezas por volver a salvo con tu familia? —cuestiona.

—Rezaré cuando esté en camino a casa —le digo con una sonrisa.

—No lo olvides JC, no te separes de mí —me advierte.

—No amigo, estaremos juntos, vamos a estar todos juntos, entraremos para después acabar con los soldados que se encuentren en la fábrica, una vez ahí activamos la destrucción de las bombas y salimos lo más pronto posible.

—Tenemos un gran equipo y al menos sé que

confío en ti, fueron muchas semanas de intenso esfuerzo —me dice agradecido.

—Y ese esfuerzo valdrá la pena —le digo para después recordar con gran detalle lo que cada quien tenía que hacer.

Y en un momento de silencio me quedo observando a Francisco, que en su rostro puede notarse preocupación, en el fondo tiene tanto miedo a no lograrlo, a nunca volver a casa, a morir en batalla. Pero el amor que siente por su amada y el que ella siente por él, me motivan a hacer hasta lo imposible porque todo nos salga bien y que puedan reencontrarse. Ese se ha convertido en mi propósito principal en este mundo. Lo demás por ahora me sale sobrando. Nos acercamos a las bases centrales de Rusia, comienzan a escucharse muchos disparos y misiles en el aire, pensábamos que sería una emboscada de parte nuestra, pero al parecer ya nos descubrieron y ahora nos están bombardeando. Todos los soldados solo cierran los ojos sintiendo una fuerte turbulencia:

—¡Venga!, ¡venga!, aterricemos de una buena vez —suplica uno de ellos.
Es entonces que una fuerte explosión estremece la nave... ¡nos han dado!
—¿Qué sucede? —pregunta Francisco temeroso.
—¡Nos dieron!, ¡nos dieron! —grita desesperado un soldado.
—¡Rápido, todos tomen sus paracaídas!, ¡salten!, ¡salten! —les grito con gran apuro.
Cada uno toma su paracaídas y saltan hacia el vacío, uno de ellos no lo hace con precisión y vuela directo hacia el ala del avión dañada... ¡Muere hecho pedazos!
No sé qué les espera a los que ya saltaron, pero ahora solo quedamos Francisco y yo, me abrocho la mochila del paracaídas en el pecho y cuando

estoy a punto de lanzarme, él me grita:

—¡JC!, ¡auxilio!, ¡auxilio!

—¿Qué sucede? —pregunto alertado.

—Mi paracaídas está atorado entre estas bases de metal, no puedo sacarla, ¡voy a morir!, ¡el avión está a punto de estrellarse! —me dice con gran desesperación.

—Tranquilo, yo te ayudo, yo te ayudo, ¡no te muevas! —le digo para calmarlo tratando de sacar el paracaídas.

—¡Vete!, ¡vete!, tienes que cumplir con la misión, déjame aquí, no mueras también —me pide suplicando.

—¡No te dejaré amigo!, llegamos juntos y nos vamos juntos —le repito, justo entonces activo una de las armas de mi mundo para cortar las bases metálicas y zafar su paracaídas.

—¿Qué fue eso? —pregunta sorprendido.

—Después te cuento, ¡vamos!, debemos salir de este avión, ¡está por caer!

Juntos saltamos fuera del avión, pero vamos tan pegados que por la corta distancia que había entre el suelo y nosotros, no calculamos bien al activar la mochila y lo hacemos casi al mismo tiempo, chocando el uno con el otro, viendo como nuestros paracaídas se enredan, Francisco con gran desesperación trata de tirar fuerte para que pueda soltarse.

—¡Espera Francisco!, yo me encargo —le digo buscando el cuchillo para cortar lo suficiente y que podamos librarnos.

Pero Francisco no me escucha y desesperado corta una gran parte de su paracaídas, se logra zafar, pero su caída es más rápida de lo normal. Cae al suelo con gran fuerza. Y yo apenas voy cayendo con total seguridad, en cuanto lo hago voy corriendo hacia él.

—¡Amigo!, ¿te encuentras bien?, ¡despierta! —pregunto y él apenas reacciona.

—Creo que estoy bien JC, ayúdame a pararme.

— En cuanto toma mi mano para intentar colocarse de pie pega un grito de dolor:

—¡Ahhh!, mi pierna, ¡mi maldita pierna! —dice tomándose el muslo derecho.

—La caída te ha lastimado amigo, no puedes seguir, no puedes ir así —le digo con gran tristeza.

—¡Deja de decir estupideces JC!, tengo que ir, si me quedo aquí van a encontrarme y me matarán.

—No, voy a buscarte un lugar donde te puedas refugiar, ven, déjame cargarte, te pondré a salvo—. Trato de cargarlo para seguir con la ruta de la misión.

—¡No!, no hagas esto, solo avanza, yo también lo haré, no vine hasta aquí para quedarme escondido, vine a cumplir, sin importar el dolor que siento, voy a seguir, ¡apóyame en eso! —me dice empujándome para soltarlo. Quiere hacer las cosas por su propio esfuerzo.

—De acuerdo, te cubro, voy detrás de ti, avanza lo más rápido que puedas y cúbrete en el muro del edificio—. Le digo confiando en que va a lograrlo.

Avanzamos unos kilómetros y los disparos comienzan a escucharse, durante el camino también nos topamos con más soldados aliados que se salvaron de la explosión del avión y lograron aterrizar con bien. Nos cubrimos las espaldas al mismo tiempo que planeamos una nueva estrategia.

—¿A dónde iremos ahora? —pregunta un soldado.

—¿Alguien sabe cómo llegar a la fábrica de bombas? —cuestiono.

—Yo sé —responde otro de ellos y continúa:

—Es atravesando esa calle de enfrente, pero hay dos barricadas y están repletas de enemigos, nos doblan en número, será imposible cruzar —dice nervioso.

—Tenemos que intentarlo —les digo esperanzado.

Entonces avanzamos sin más remedio, atacando por sorpresa a la barricada de enfrente mientras yo y Francisco atacamos a la segunda del fondo, activo las armas para matar a la mayoría sin que nadie se percate.

—¿Cómo acabaste con todos tan rápido? —pregunta Francisco al voltear y ver a los soldados enemigos muertos en el suelo.

—Creo que entrené lo suficiente —respondo con gran nerviosismo.

—Me alegra tenerte de aliado —me dice con una sonrisa.

—¡Sigamos adelante! —les grito al resto de los soldados para avanzar a la entrada de la fábrica. Todos nos colocamos frente a la gran puerta, recargamos municiones y usamos dinamita para derribar e ingresar. Entramos, pero todo está oscuro...

—¿Dónde está todo el mundo? —cuestiona uno de nosotros.

—¡Activen sus linternas! —les ordeno.

Parece que no hay nadie ni tampoco hay nada, es un simple pasillo desolado, pero cuando comenzábamos a bajar la guardia y nos preguntábamos qué estaba sucediendo... Una serie de disparos nos rodean:

—¡Todos al suelo! —les grito.

Mueren algunos, pero sobrevivimos la mayoría y antes de volver a estar de pie, muchos soldados enemigos nos rodean y nos apuntan con armas de grueso calibre.

—¡De rodillas! —nos ordenan.

Y no queda más que seguir sus órdenes, no podía hacer nada, tenía miedo de activar mis armas, que al final se alterara el ciclo de este mundo al ver semejante tecnología y que Taliesín no haga nada por ayudarme... Activar mis armas sería una catástrofe o simplemente me esfumaría dejando que toda mi tropa muera.

—¡Átenlos a todos! —ordena el jefe de los enemigos.

Nos aseguran las manos con cadenas y nos llevan al fondo del edificio, recorriendo el gran pasillo desolado. Y durante el trayecto Francisco logra llegar a mi lado para decirme:

—Perdimos amigo, fracasamos la misión.

—No digas eso, aún podemos lograrlo —le susurro en voz baja.

—¿Acaso no te das cuenta?, nos capturaron, ahora nos llevan ante su líder para después asesinarnos.

—No pierdas la esperanza, algo tendrá que suceder —respondo.

—Mírame, míranos JC, yo apenas si puedo caminar, el dolor en la pierna me está matando y es más probable que muera aquí cuando ya no pueda seguir, no podré morir junto a ustedes, eso me llena de tristeza —dice desolado.

—¡No vas a morir Francisco!, no vamos a morir, ya se nos ocurrirá una estrategia —le digo presionado tratando de averiguar una manera de poder salir de esta y cumplir con nuestro objetivo.

Cruzamos el pasillo hasta llegar a una gran sala, ahí ya no esperan más soldados enemigos y no solo ellos, también se encontraban muchas personas vestidas con una bata blanca, como si de científicos se trataran:

—¡Enciendan las luces! —ordenan.

Las luces se encienden y se alcanzan a percibir al fondo las bombas nucleares, hasta la esquina izquierda se encuentra la más grande, sí, nuestra misión final... ahí estaba, era casi del doble de tamaño que el resto, un arma de destrucción masiva, inmensa, la cual estaba a punto de ser lanzada lo que ocasionaría el caos en todo el planeta.

Un soldado al mando nos detiene y nos coloca en fila, de rodillas y con el rostro mirando hacia el suelo. Uno de los jefes se acerca a nosotros y pregunta:

—¿De dónde vienen ustedes?
—Yo soy de Norteamérica, pero nací en Colombia —responde un soldado.
—Yo soy de Ecuador —responde otro.
—Yo soy del Perú...
—Yo soy de España —dice otro más.
—Yo también, soy español señor —dice Francisco.
—Yo vengo de México —respondo con seriedad.
—Entonces todos pertenecen a la tropa de habla hispana, los estadounidenses no se conformaron con que los hayamos dejado sin ejército y tuvieron que requerir a ustedes... ¡patéticos! —dice el general enemigo con gran desprecio.
—Llegamos más lejos que nadie, estuvimos a un paso de cumplir con nuestro objetivo, creo que hay algo más de patético en nosotros —dice Francisco con gran enojo.
—¡Ejecuten a todos! —ordena el general.

Entonces una fuerte sensación recorre mi cuerpo, estoy temblando hasta los pies, no puedo creer que acabará así, que vamos a morir sin haber cumplido con nuestra misión, dejando todas las promesas y las ilusiones de volver a casa.

—¿Dónde estás Taliesín? —pregunto en mi mente alzando la mirada.

Un soldado enemigo se coloca frente a nuestro aliado colombiano mientras le pregunta:

—¿Unas últimas palabras? —Apenas nuestro soldado pudo abrir la boca cuando un disparo atraviesa su cabeza y cae muerto en un charco de sangre. Todos brincamos del impacto, nos ha estremecido la piel y yo solo cierro los ojos para no seguir viendo.

—Llegó nuestra hora amigo —me dice Francisco, cuando en el fondo un disparo se escucha.

No tuvieron piedad con nuestro aliado ecuatoriano y lo fusilan de dos balazos en el rostro.

—Fue un placer llegar hasta aquí con ustedes —nos dice el soldado peruano antes de ser impactado por tres disparos en el pecho.

Los soldados enemigos cada vez nos llenaban de miedo masacrando a los nuestros con un grado de intensidad mayor. Y al colocarse para fusilar al soldado español, Francisco vuelve a decirme:

—No podremos evitar esto, es nuestro fin. —Y ya no puedo decir nada, no podía darle esperanzas cuando a mí me habían abandonado también.

El controlador nunca me dio alguna señal, no se había manifestado para ayudarme a encontrar la salida, eran bastantes soldados enemigos y activar alguna de mis armas arruinaría todo.

—Fuiste un gran compañero —le dice Francisco a su colega justo antes de escuchar el disparo que lo mataba.

Ahora era su turno, pero antes de que la pistola le apunte el rostro, me dedica unas palabras:

—No quiero morir así amigo, pero veo que no

hay más remedio que aceptarlo. Si después de que yo muera, algo o alguien por alguna razón te salva, quiero que vayas y termines con todo esto, que después de ir a casa sigas llevando en mente que tienes que ir a España, visita mi tumba si es que logran encontrar mi cuerpo y prométeme que le dirás a mi esposa y a mi hijo que mi única misión siempre fue regresar a casa. —Y yo, envuelto en lágrimas, solo le pido que no diga más.

—No podré salir de aquí, moriré junto a ti, amigo —respondo sin esperanzas.

—No, eso no va a suceder, después de que yo muera podrás hacer lo mismo que hiciste con los soldados en las barricadas, si no quieres que yo sea testigo de lo que eres, entonces déjame morir y acaba con todos en un segundo, así nadie podrá descubrirte —dice con gran tristeza.

Francisco ya había notado que algo estaba diferente en mí y quizá se dio cuenta de mi rostro de preocupación al querer activar las armas, pero no lo hacía solo por él, quería salvarlo, sin embargo, no podría acabar con todos en ese segundo que me pedía, muchos iban a descubrir quién era y quizá antes de matarlos, ya habrían activado las bombas por el pánico ocasionado al ver mi tecnología.

Pero la forma en cómo me lo pedía, que llegase hasta su esposa para decirle el gran amor que sentía por ella, me ha cambiado por completo las ideas... ¡que todos se jodan!, no voy a permitir que muera, no dejaré que caiga en batalla y sea olvidado después.

¡Él sí merece ser feliz!, merece sobrevivir porque después de todos estos días me di cuenta que sí es posible encontrar a una persona que te quiera incluso estando a miles de kilómetros de distancia.

Y no puedo dejarlo así...

—Hazlo amigo, sálvate, fue un gusto conocerte —me dice antes de que el enemigo coloque el dedo en el gatillo.

Y justo antes de disparar lo veo cerrar los ojos...

¡Es ahora!

Despliego las armas sin pensar en las consecuencias, mato con la espada al soldado que estaba por asesinar a Francisco y lanzo dos granadas para desintegrar a los científicos que se encontraban cerca de las bombas nucleares y así evitar que sean activadas en ese instante.

Muchos comienzan a disparar y activo el escudo protector, las balas no nos hacen daño. Francisco sorprendido me grita:

—¿Qué mierda se supone que eres?

—¡No te espantes!, soy humano, soy real, solo que vengo de un tiempo futuro y lo que estás viendo son las futuras armas, la tecnología que en mi tiempo se usan.

—¡Me has salvado! —grita emocionado.

—Aún no amigo, debemos acabar con todos los enemigos que nos están atacando, podemos hacer algo juntos.

—¿Cómo te ayudo? —cuestiona.

—Toma el arma del soldado que iba a fusilarte y comienza a disparar, las balas en el interior sí pueden cruzar el escudo, ¡acaba con ellos!

Francisco dispara abatiendo a cada soldado enemigo, su puntería se hace notar aquí, pues no falla ningún solo tiro.

—¡Aprendiste bien! —le digo con una gran sonrisa.

—Aprendí gracias a ti amigo —responde orgulloso.

Caen los últimos enemigos y desactivo el escudo.

—Ahora sí, ¿vas a decirme quién eres en realidad? —me cuestiona.

—Amigo, debemos avanzar, ¿es necesario decírtelo justo en este momento? —pregunto.

—Acabamos con todos JC, tenemos tiempo de sobra y estoy con mucha intriga, anda, dime, ¿quién se supone que eres?

Caminamos lentamente hacia las bombas aprovechando el tiempo para platicar, ya me había visto usar mi tecnología dos veces, así que suponía que no afectaba en nada que le contara la verdad:

—Verás amigo, soy un viajero del tiempo, he estado viajando por muchos mundos incluyendo mi pasado, tengo un propósito, quiero revivir algunos momentos que se quedaron atrás, volver a sentir un sentimiento que se quedó estancado.

—¿Estás buscando a la chica cierto? —pregunta.

—¿Cómo es que lo sabes? —cuestiono sorprendido.

—Ahora lo entiendo, cuando me dijiste que no sabías donde estaba ella, pero que esperabas que ahí estuviera, esperándote... estás viajando en el tiempo para reencontrarte con ella. ¿Qué fue lo que sucedió?

—Es una larga historia, en mi pasado Sirena y yo intentamos estar juntos, pero al final nada pasó. Cada quien tomó caminos distintos, pero ya no volví a enamorarme de nadie más, el sentimiento hacia ella creció mientras los días transcurrieron, incluso muchas décadas se esfumaron y otro amor jamás tocó a mi puerta.

—¿Por qué nunca la buscaste? —pregunta.

—Ninguno de los dos se atrevió a hacerlo y aún no logro comprender por qué. Tal vez el miedo a ser rechazados o saber que el tiempo había pasado y que nuestro momento ya se había acabado.

No lo sé, pero jamás volvió a escribirse una línea de nuestra historia.

—Entiendo amigo, pero si estás viajando por el tiempo buscándola, ¿cómo terminaste aquí?

—Se me presentaron problemas durante los viajes, ocasioné mucho caos y fui atrapado por una especie de Dios o lo que sea, pero se hace llamar "el controlador del tiempo", quien seguramente me está escuchando en este preciso momento. — Francisco voltea a mirar hacia arriba buscando alguna explicación.

—Es difícil de comprender, ¿cierto?, pero él es el responsable de que yo esté ahora aquí contigo, me pidió que ayudara a terminar con la guerra, esas bombas que ves ahí, acabarán con este mundo si no son desactivadas, la contaminación llegará a un grado extremo y toda la vida se extinguirá.

—Quieres decir que, si esas bombas se activaban, ¿mi esposa y mi hijo también iban a morir?

—Justo así amigo, pero lo logramos, llegamos hasta aquí después de un duro entrenamiento y sobrevivimos a la ejecución, ahí enfrente están las bombas, vamos a lograrlo.

Y antes de llegar a desactivar las primeras bombas nucleares, Francisco me toma del hombro y me dice:

—Síguela buscando, no descanses hasta llegar a ella, hazle saber que la quieres, que nunca lograste olvidarla, ese es mi mejor consejo que te puedo dar.

—No es tan fácil como crees amigo, hasta ahora ha sido complicado llegar hasta ella, pero mírame, no me rindo todavía y tu historia con tu amada me motiva a seguir hasta conseguirlo.

—Déjame motivarte más, mi historia con ella no es tan perfecta como lo crees, tuvimos que pasar por muchas barreras, distancias, desconfianzas, un sinfín de personas que nos querían separados, piedras por las que tropezamos, muros que juntos escalamos, sitios que de la mano exploramos y peligros que ambos libramos. Nos queríamos porque sentíamos el mismo sentimiento, no era una ilusión, nos buscamos y luchamos hasta superar cada adversidad y míranos ahora, a un paso de llegar a escribir esa historia sin final, a vivir esa vida con mi hijo, llena de tranquilidad y de paz.

—Tu consejo me será de gran ayuda, eres una gran persona Francisco y tu historia es increíble, venga, presionemos juntos el final de esta guerra.

Juntos presionamos los botones de desactivación de las bombas, una por una, hasta llegar a la última, la guerra aquí había acabado, pero no la nuestra.

Justo al salir del laboratorio somos emboscados por una tropa de soldados enemigos que recibieron el llamado de auxilio de los que asesinamos adentro.

—¡Francisco abajo!, le grito al verlos llegar. —De inmediato comienzan a dispararnos y en cuestión de segundos activo el escudo.

Pero al parecer no fui lo suficientemente rápido, una bala logró fugarse y pegó directo en el pecho de Francisco.

—¡Amigo, no! —grito desesperado, mientras los soldados enemigos siguen disparando.

Respondo al ataque disparando contra todos los enemigos para después desintegrarlos, mi ira es bastante que no dejo rastro ni siquiera de los vehículos con los que se transportaban.

En cuanto los elimino voy directo a mi amigo, lo tomo entre mis brazos y le suplico que se quede conmigo:

—Francisco, amigo, no, por favor, no te vayas, quédate conmigo, ¡por favor!, ¡quédate conmigo!
— No me dejes ir, no me dejes ir —me pide con gran desesperación.

Y me llena de rabia no poder hacer nada por él, trato de revisar en los bolsillos si traigo conmigo algún medicamento que pueda salvarlo, pero están vacíos, ¡no hay nada!, cuando yo recordaba tener mis cosas ahí.

¿Dónde se habrían ido?

Desesperado busco otra manera de salvarle la vida, activo el traje aéreo y lo cargo entre mis brazos, elevándome y volando a toda velocidad hacia la base militar aliada más cercana. Antes de llegar desactivo el traje para que no me confundan con una nave enemiga, no quiero correr el riesgo de que me disparen también.
Así que toca caminar un kilómetro más hasta llegar a la entrada, ahí ya nos esperan varios soldados:

—¡Alto!, ¡alto!, identifíquense —ordenan.
—¡Auxilio!, ¡ayúdenme, traigo a un herido.
—¿Quién eres?, ¿quiénes son?, identifíquense o abrimos fuego —repiten.
—Soy Jio, Jio Clepper Halley, de la tropa 238 de habla hispana, él es mi amigo Francisco, está herido...
En cuanto pueden reconocerme, me ayudan para cargarlo y llevarlo con un doctor.
—¡Tranquilo!, el doctor está aquí, van a revisarlo, ¿qué fue lo que sucedió? —cuestiona un oficial.
—¡Tienen que salvarlo!, ¡él tiene que regresar a casa! —les grito desesperado.
—¿Por qué a casa muchacho?, si él sobrevive y no tiene ninguna discapacidad podrá seguir en la guerra.

—¡No!, la guerra ya terminó —les digo furioso.

—¿A qué te refieres con eso? —preguntan.

—Desactivamos las bombas en el laboratorio del imperio ruso, ¡ya ganamos!

—¿De qué estás hablando?, un mensajero nos informó que la tropa que se mandó a cumplir con la misión para desactivar las bombas con nuestros mejores hombres había fallado, que los habían interceptado y asesinado uno por uno.

—Sí, eso sucedió, pero él y yo logramos escapar y al final acabar con todos, ya no hay más bombas, hágaselo saber a los superiores, pueden entrar, pueden ir hasta el laboratorio y verificarlo ustedes mismos, ¿acaso no se han dado cuenta?, los enemigos retrocedieron, ya no pueden defenderse como pensaban, ¡ya es hora de acabar con esta maldita guerra! —les grito con gran molestia.

El general ordena verificar si lo que digo es verdad, realizan muchas llamadas y planean los ataques finales para dar por terminado este infierno. Con gran angustia entro al campamento buscando a Francisco, no sabía a dónde lo habían llevado, no sabía cómo estaba, pero llevaba una esperanza de que siguiera con vida.

¡Ahí está!

En una camilla lo siguen atendiendo, pero sin importar nada entro con gran prisa para ver cómo se encuentra:

—¡Doctor!, ¿cómo está mi amigo? —pregunto.

—Lo siento soldado, no pudimos salvarlo —me dice con un rostro desconsolado.

—¡No!, debe de haber alguna forma de salvarlo, él no puede morir —le repito una y otra vez.

—No hay nada que podamos hacer, el impacto

de bala fue tan duro que atravesó su pulmón derecho, lo trajiste agonizando, seguramente sintió todavía que estaba entre tus brazos y ese debe ser tu consuelo, que murió sabiendo que cumpliste con la misión, juntos lo lograron, son héroes ahora —dice el doctor mientras se despide:

—Tengo que irme, debo atender a otros heridos, mis condolencias están contigo.

Sale del lugar y mis lágrimas se derraman, no puedo creer que Francisco esté muerto, no después de lo que habíamos vivido... ¡No después de todo lo que me había compartido y enseñado!

—¡Te fallé amigo, te fallé! —le digo con gran tristeza.

Le tomo de la mano y me percato que trae el puño cerrado, en cuanto lo extiendo una fotografía cae al suelo...

La levanta y la miro fijamente...

Es su esposa y su hijo.

¿Qué sucederá con ellos ahora?

Me pregunto. Y justo en ese instante una luz blanca se atraviesa por mi vista.

¡Me estoy esfumando de este mundo!

Ninguno de los dos fue culpable, simplemente no era el momento, no era nuestro tiempo...

Y eso es lo que más duele, saber que estuvimos a nada de convertirnos en una estrella infinita y no terminar en un simple agujero negro que absorbe recuerdos y permanece inobservable, en una completa soledad.

No fuimos culpables...

Fue el destino quien tenía
planes distintos
y nos colocó por caminos
donde no debíamos ir juntos.

Aparezco de vuelta en el lobby, Taliesín yace frente a mí y extendiendo las manos me dice:

—Traes contigo lo que te pedí, cumpliste con tu misión viajero. —Refiriéndose a la fotografía que sostengo en las manos.

—¡No!, no puede terminar así, ¿por qué lo hiciste?, ¿por qué dejaste que mi amigo muriera? —le reprocho con gran enojo.

—No fui yo viajero, ese era su único destino —responde.

—No, su destino era volver a casa con su esposa y su hijo, ¿acaso no lo escuchaste?, tenía a alguien que lo amaba, quien le escribía cartas donde le pedía que regresara a casa, que llegara a salvo y no en un ataúd. ¿Por qué no hiciste algo por él?, sabías que era feliz, que merecía conocer a su hijo, que necesitaba vivir esa vida que todos sueñan.

—Te equivocas muchacho, yo no soy responsable de las vidas de todos, yo solo me encargo de mantener estable las líneas del espacio y del tiempo. La guerra se generó por los actos de los humanos y a consecuencia de las bombas iban a destruirse, pero yo evité que sucediera mandándote y dándoles una nueva oportunidad de vida, eso implica sacrificios y tu amigo no murió en vano, murió sirviendo a su país, murió acompañándote hasta su último suspiro y a pesar de que interrumpiste muchas veces su muerte, no podías frenar su destino.

—¿A qué te refieres con que interrumpí su muerte? —pregunto.

—¿No te diste cuenta?, él debió morir desde un principio cuando se quedó atorado en la nave, su muerte llegaría al estrellarse, pero tú lo impediste y lo salvaste, después, cuando sostuviste el paracaídas para que no cayera de una altura considerable que pudiera matarlo y al final, cuando lo salvaste de ser fusilado.

—¿Y por qué no hiciste nada cuando eso sucedió, cuando activé mis armas? —pregunto.

—Porque sabía lo que iba a suceder más adelante, solo dejé que lo tuvieras más tiempo a tu lado. Te hice un gran favor, pude haberte traído de vuelta en ese momento y hubiera muerto fusilado. Sin embargo, vi que lo estabas haciendo bien, que después cumplirías con la misión.

—Entonces sí lo viste, viste todo y dejaste que usara mi tecnología... ¿por qué ahora no dejas que vuelva? —cuestiono.

—¿Qué quieres decir viajero?

—Sí, regresa el tiempo, regrésame justo antes de que los enemigos lleguen y disparen contra Francisco, déjalo vivir unos días más, deja que regrese a casa y que conozca a su hijo, deja que se reencuentre con su amada y si su destino es morir, entonces que suceda, pero que sea después —le pido con súplicas.

—No puedo hacer eso muchacho —me dice agachando la mirada.

—¿Por qué no?, tú eres el controlador del tiempo, puedes hacerlo todo —le digo esperanzado.

—¿Acaso ya olvidaste las teorías que tanto estudiaste?, el tiempo no regresa. Si te devuelvo a ese instante estaría creando otro mundo alterno y eso afectaría en gran escala a las constelaciones, no puedo crear otro mundo, solo puedo mandarte a los que ya existen —sentencia.

—Eso quiere decir que... En ese mundo al que me mandaste las cosas ya no se pueden remediar, ¿cierto?

—Justo así, ya sucedió y el tiempo sigue su marcha, no hay forma de remediarlo.

—¡Entonces déjame ir a otro mundo!, déjame ir a donde él sí pueda regresar a casa.

—Ya no es tu responsabilidad muchacho, no puedes frenar la vida y el destino de otra persona, en otros mundos también le tocará morir y en otros vivir.

—Pero yo necesito estar seguro de eso, necesito ver que realmente en un mundo pueda regresar a casa —le sigo suplicando.

—Te repito viajero, ya no es asunto tuyo, tú cumpliste con tu misión, ahora tienes una oportunidad de viajar a tu propio pasado.

—¿Por qué no me dejas ir?, ¿qué te detiene?, ¿qué me estás ocultando? —pregunto desesperado.

—Solo entiende que ya no es asunto tuyo, ahora puedes ir a tu propia vida —me dice proyectando el mapa estelar.

—¡Quiero volver!, déjame hacer algo por Francisco, quítame la oportunidad de viajar a mi propio pasado y llévame de regreso ahí, al menos déjame hacerle saber a su amada que él siempre quiso volver —le pido de rodillas.

—¡No! —me grita molesto y continúa:

—Tú ya no tienes nada que hacer en ese mundo y si tratas de volver con tus propias maneras, te voy a descubrir y te voy a desintegrar —me advierte.

—No puedes hacer eso, alterarías a todos mis mundos —le digo con gran confianza.

—Claro que puedo, te elimino y elimino los recuerdos de todos los que alguna vez te conocieron. Entiende muchacho, no puedes interferir entre el destino y el tiempo de otra persona, solo estás aquí para hacerlo con tu vida, ahora decide, si quieres ir hacia tu próxima aventura o te regreso a tu realidad sin permitir que vuelvas a viajar entre los mundos paralelos.

Entonces me doy cuenta que no tengo más opción que aceptar la muerte de mi amigo, no podía creerlo todavía.

¿Cómo es posible que su destino era morir y no regresar con su familia?

Él había hecho todo bien y se merecía un regreso, se esforzó tanto en el entrenamiento para que nada fallara, para que todo saliera tal y como lo estaba esperando, pero no, no sucedió.

Al final su sueño nunca se cumplió, nunca podrá conocer a su hijo y no podrá regresar con su gran amor y eso me parte el alma, pero también entiendo que no puedo cambiar ya nada.

Con los sentimientos a flote y la nostalgia en su punto más alto, decido dejar a un lado las promesas que le hice a Francisco, resignado en no poder hacer más que continuar con mi propia vida…

—Ya no voy a pedirte nada, voy a seguir con mi propio destino, todavía tengo la oportunidad de regresar a donde quiero y lo haré por los buenos consejos que me dio mi amigo, por él también lucharé hasta alcanzar mi objetivo —le reprocho a Taliesín.

—Ya lo has dicho viajero, te permito ir hacia otro mundo, pero te recuerdo, no hagas cosas que puedan afectar a gran escala y, sobre todo, te pido que corrijas los errores que hiciste en tu pasado.

—¿A qué te refieres con corregir los errores? —cuestiono.

—En tu pasado también hiciste daño, ¿quieres que te lo recuerde?, antes de volver con Sirena te aconsejo corregir tu vida y llegar sin ningún sentimiento de arrepentimiento que podría afectar cuando te encuentres con ella.

—No recuerdo haber ocasionado daño en mi pasado, no lastimé a nadie Taliesín, estás equivocado—. Le digo.

—Yo nunca me equivoco viajero y solo quiero darte un consejo para que llegues sin errores a donde tanto has soñado. Confía en mí, déjame ayudarte a remediar tu vida antes de Sirena y viaja a la constelación de Puppis.

No sé a qué se refiere el controlador del tiempo, pero si viajar hacia donde me dice es una ventaja para después llegar sin errores con Sirena, voy a tomar el riesgo.

—Voy a confiar en ti, no vayas a decepcionarme otra vez…

¡Vamos, hacia la constelación de Puppis para la siguiente aventura!

Lección primera sobre el viaje en el tiempo… En primer lugar, todos somos viajeros en el tiempo. La inmensa mayoría sólo logra recorrer un día por día.
"Perdida en un buen libro" (2002), Jasper Fforde.

CAPÍTULO IX
SIN RASTROS DE DECEPCIONES

Año indefinido:

Busco entre el mapa estelar la constelación de Puppis, no es tan difícil dar con ella, es una de las más extensas en el cielo ya que fue parte de la inmensa constelación de Argo Navis.

—¡Ahí está! —digo señalando sus estrellas más brillantes.
—Es ahí viajero, ¿listo para corregir tus errores? —exclama Taliesín.

—Todavía no entiendo a qué errores te refieres, pero estoy dispuesto a todo, ¿crees que sea necesario viajar hacia la primera estrella? —pregunto.

—Es muy necesario, tienes que viajar a "Naos" para llegar al principio de todo —me aconseja.

—¿Qué pasa si no logro corregir el error al primer intento? —pregunto temeroso.

—Tienes 237 estrellas, sabes lo que significa eso, 237 oportunidades para cambiar esa historia.

—¡Ah!, ¿aquí sí puedo viajar a cualquier mundo para corregir mis errores?, ¿por qué no me dejaste hacerlo con las otras constelaciones? —le digo con gran enojo.

—Porque en ninguno de esos mundos hiciste algo bien por otra persona, solo buscaste lo mejor para ti, dejando a un lado lo que podían ocasionar tus acciones, aquí será distinto, tendrás que corregir la vida de alguien más, es por eso que tienes mi autorización para viajar a los mundos que sean necesarios para solucionarlo.

—Está bien, intentaré dar lo mejor —respondo.

—No, no lo intentes, tienes que hacerlo y mientras más pronto lo hagas, mejor, así corregirías otros mundos, recuerda que, si las oportunidades se acaban, tú te esfumas, junto con todos tus sueños —me advierte.

—Ojalá esto acabe pronto —le digo—. ¡Adelante, vamos!

El controlador se esfuma y yo voy dejando a un lado mi cuerpo físico para transportarme a la estrella de "Naos", las luces atraviesan de nuevo mi vista, la gran velocidad del tiempo hace que no pueda escuchar nada, solo experimento vibraciones y mareos.

Puppis, estrella no. 1. Sábado 14 de marzo del 2015:

Puedo abrir los ojos y percatarme que estoy sentado en mi cuarto, en el escritorio con la computadora abierta:

¿Qué es esto?

Probablemente un documento del que estoy trabajando... Sí, es justo eso, puedo notarlo en la portada:

INSTITUTO DE CIENCIAS DE NANOTECNOLOGÍA

PRESENTA: JIO CLEPPER HALLEY

Ok, ahora sé que me encuentro en la universidad, pero...

¿Qué hago en mi cuarto en la casa de mis padres?, ¿Por qué no estoy en la ciudad?

No dejo que la duda me consuma, reviso la fecha en el ordenador y puedo entenderlo, es fin de semana, sábado 14 de marzo del 2015, ¿qué se supone que hago en estos días? Entiendo que visito a mis padres cuando descanso de la universidad, pero, ¿por qué estoy aquí?
Falta un año aproximadamente para conocer a Sirena, estoy llevando una vida tranquila, puedo sentirlo, estoy bien, estoy en calma, estoy con una gran estabilidad después de dejar atrás la historia con Elara, ya pasaron meses que me hicieron entender muchas cosas, entonces:

¿Por qué Taliesín me aconsejó venir aquí?

Me hago tantos cuestionamientos ignorando por completo que el celular que se encuentra al lado del teclado vibra con notificaciones de mensajes, ¿quién será?
Reviso y mi sorpresa es grande:

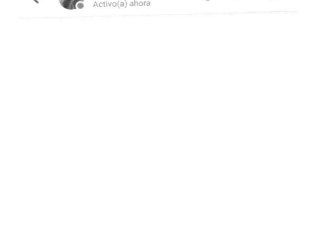

¿Gienn?, no recuerdo ese nombre, entro a su perfil de Facebook para poder hacer memoria y al ver sus fotos puedo generar un vago recuerdo.

¡Ya recordé!

Giennah fue la chica que se enamoró de mí en el 2015, una niña de sonrisa coqueta y ojos risueños, pero también recuerdo que nada pasó, no llegamos a nada.

Ella me trataba de lo mejor, me obsequiaba caramelos y me dedicaba las canciones románticas que estaban de moda en estos tiempos, siempre estaba al pendiente de mí, preguntando en cada tarde si ya había comido, deseándome los buenos días y escribiéndome poemas antes de dormir. Poemas que jamás leía e ignoraba.

No es que sea el típico chico que disfrutaba hacer sufrir, porque en verdad intentaba quererla, buscaba sentir algo por ella, pero por alguna extraña razón nada percibía.

Creo que todos pasamos por esto, el haber tenido a una persona que intentaba todo contigo, que se esforzaba y daba su mayor esfuerzo porque voltearas a verle, sin embargo, siempre había algo que te detenía.

Y fue justo lo que pasaba, salía con ella, íbamos a distintos callejones donde nuestros besos se encargaban de decir todas las palabras. Nunca me tomé el tiempo de preguntarle cuál era su color favorito, ni su artista preferido, si le iba bien en el colegio o tan siquiera si ella se encontraba estable.

Quizá es por eso que Taliesín me aconsejó llegar hasta aquí. Tal vez fue un error seguir así, llenando de ilusiones a Gien mientras yo no podía ir más allá. Estaba en una etapa rebelde donde solo me importaba seguir con mi camino, y a lo mejor lo que ocasioné en ella fue el karma que llegaría a mi vida meses después con Sirena.

¡Ahora todo tiene sentido!

"Corregir los errores para llegar sin arrepentimientos"

Es necesario dejarle en claro las cosas a Gien, decirle la verdad para no ocasionar después un caos en mí.
Pero...

¿Qué puedo hacer?

No quiero pasar mucho tiempo en este mundo, quiero ir ya hacia la historia que tanto anhelo.

¿Qué debo responderle?

Me pregunto una y otra vez mientras veo pasar los minutos, al final no decido hacer nada, quiero pensar que eso será lo mejor, simplemente no responder y dejar que los días transcurran hasta que Gien se olvide de mí. Por ahora solo necesito enfocarme en otras cosas y dejar de pensar tanto, continúo con el trabajo de la universidad, es una gran distracción recordar los primeros semestres, la información que me hizo convertir en un gran científico, el inicio de mi historia con la nanotecnología.

La tarde pasa y mamá toca la puerta del cuarto:

—¿Jio?, ¿no ibas a salir? —cuestiona.

—Hola mamá. —Saludo con un gran brillo en los ojos, el hecho de volver a ver a mamá me hace sentir más tranquilo, es lo único confortable de estar aquí.

—No, ya no, tengo mucho trabajo para entregar en la escuela, creo que me quedaré toda la tarde para terminarlo —le digo.

—Entiendo hijo, pero, ¿qué le digo a la chica que ha estado llamando al teléfono de casa?, ¿tenías una cita y ahora vas a cancelarla?

—¿Una chica? —pregunto nervioso.

—Sí, Giennah, ese es su nombre y ha estado preguntando por ti, le dije que marcara en unos minutos para que le atendieras —me dice.

—Perdón mamá, tengo mucho trabajo, si vuelve a marcar dile que estoy ocupado o que no me encuentro en casa, ¿vale?

—No deberías mentirle, se escuchaba que era una buena chica, ¿por qué simplemente no le dices que tienes tarea de la escuela? —me pide.

—Sí, eso haré mamá, muchas gracias.

—Si necesitas algo llámame, suerte en la tarea —me dice mamá antes de cerrar la puerta.

Así paso la tarde dándole mayor importancia a la tarea, al chat con los amigos, a la buena música y a los relatos de terror que escucho en internet, me olvido por completo de la salida con Giennah y elimino su mensaje para no dejar rastro de arrepentimiento.

La noche cae y es hora de ir a la cama, no volví a recibir más llamadas ni mensajes, supongo que lo estoy haciendo bien y que solo es cuestión de tiempo para que pueda regresar al lobby y seguir con mi misión.

Logro conciliar el sueño casi de inmediato, pero las pesadillas no me dejan descansar a gusto, entre los sueños puedo escuchar al controlador del tiempo:

—¡Lo estás haciendo mal viajero! —exclama molesto.

—¿Con Gien?, no, la ignoré por completo, no respondí su mensaje, no salí con ella para no lastimarla —respondo.

—Llegaste al inicio, justo cuando Gien se enamora de ti, es el inicio de un sentimiento —me dice.

—No, tú me mandaste al inicio de todo, aquí apenas nos estamos conociendo, ¿por qué ahora dices que ella se está enamorando?, nadie puede enamorarse tan rápidamente.

—Te mandé al inicio del problema, en el momento en el que el amor que ella siente por ti surge y lo que acabas de hacer va a empeorar las cosas —advierte.

—Solo la ignoré, eso hará que ella deje de buscarme y me olvide con el tiempo, ¿no es así?, no voy alimentar ese amor, quiero que desaparezca, por eso la ignoré —recalco.

—No estés tan seguro de que eso va a suceder

muchacho, míralo tú mismo —me dice proyectando en mis sueños el futuro de Gien.

Ahí está ella, revisando el teléfono una y otra vez esperando a que responda, derrama lágrimas, marca a casa y se queda esperando una respuesta.
Entra a darse un baño, después otro, se toma del pelo, respira profundo y las lágrimas vuelven.
Siente el dolor de una decepción, la ruptura de una ilusión.

—¿Todo esto ocasioné con tan solo ignorar su mensaje? —pregunto.
—Eso no es todo viajero, todavía falta más... mucho más.

Taliesín adelanta el tiempo, los días pasan más rápido y Gien no mejora, al contrario, ha dejado de comer, entró en una depresión al ya no recibir ningún mensaje mío, al dejar una esperanza muerta entre los escombros, al romper su corazón en cientos de miles de pedazos, al leer de nuevo nuestro chat, esas malditas palabras que la ilusionaban, que le devolvían una fe después de un pasado lleno de desastre.
Eso fue lo peor, regresar la oscuridad en su vida.
Los días siguen transcurriendo y comienza a hacerse daño, activando las drogas en su cuerpo, destruyendo su vida, renunciando a sus sueños, al pensar que no existe el amor para ella, que siempre llegará alguien que la hará daño, que no podrá entenderle, que jugará con sus sentimientos y se burlará de sus buenas intenciones.
Y todo por culpa mía, por destruir un amor que apenas iniciaba y que yo no podía aceptar. Lo más triste fue al ver lo peor, cuando ella decide ir más allá del límite e intenta acabar con su vida.

Llegaste tan de prisa,
justo cuando el caos me invadía
y el huracán yacía en medio de mi alma...

Que ya no pude quererte como lo merecías.

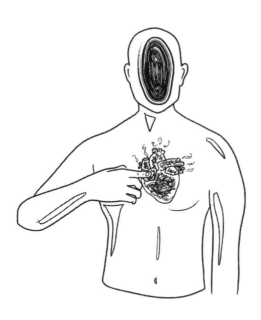

Puppis, estrella no. 1. Domingo 15 de marzo del 2015:

Ahí, justo antes de verla aventarse desde lo más alto de un puente, logro despertar con lágrimas en los ojos y el corazón agitado, mientras la voz de Taliesín se escucha entre mis tímpanos:

—Ahora sabes lo que no debes hacer, ignorarla no es lo correcto, todavía tienes oportunidad de salvarla en este mundo, no la destruyas aquí, no intentes remediar el error en otros mundos, porque mientras más fracasos tengas, más difícil será salir de este bucle.

La voz desaparece y el teléfono suena, intuyendo que es ella, pero no, la hora marca las 00:15 de la madrugada y es Baham quien intenta comunicarse conmigo:

—¿Bueno? —respondo a la llamada.
—¡Jio!, ¿dónde estás? —pregunta Baham.
—En casa amigo, durmiendo, ¿por qué me hablas a esta hora? —cuestiono.
—No digas tonterías Jio, no es momento de dormir, es fin de semana, ven a mi casa, estoy con los amigos bebiendo y pasándola bien, deja un rato las tareas y olvídate del estrés —me pide.
—¿A esta hora?, bueno, deja me visto y voy para allá —le digo para desestresarme.
—¡Date prisa!, aquí te estaremos esperando —me dice para después colgar.

Me alisto para salir, no le aviso a mis padres para no preocuparlos con mi comportamiento, simplemente salgo y me dirijo a casa de Baham, el camino es oscuro y con gran silencio, por lo que trato de pensar un poco en Gien.

¿Qué podría hacer para no lastimarla?

Pero a pesar de concentrarme lo mejor posible, nada llega a mi mente.
Llego a la fiesta, Baham me recibe y después de un par de copas podemos platicar con más confianza:

—¿Qué rayos hacías dormido tan temprano?, ¿dónde quedó el Jio que conozco? —pregunta.
—Perdón amigo, estaba cansado por la tarea y por un problema que tengo —respondo.
—¿Un problema?, cuéntame, ¿qué sucede? —cuestiona.
—Es Gien, ¿recuerdas que te platiqué sobre ella?
—¿La chica que no paraba de mandarte mensajes y canciones?
—Sí, ella misma —le afirmo.
—¿Cómo puede ser un problema?, ella es una chica muy bonita y tiene muchos pretendientes, se fijó en ti y ahora dices que es un problema... ¡Qué idiota estás! —me dice con risa de burla.
—No es la chica amigo, soy yo, soy yo quien no puede hacer nada, intento quererla, pero no puedo, intento valorar sus acciones y al final me dejan de importar para seguir haciendo cualquier cosa. Hoy teníamos un encuentro, pero preferí seguir con el trabajo y olvidarme por completo de ella —le digo con la mirada agachada.
—No deberías hacer eso, al menos no ilusionarla —dice aconsejándome.
—Lo sé, sé que está mal, pero dime, ¿cómo puedo alejarla?, creo que ya está enamorada de mí y es un sentimiento que crece, incluso con cada minuto que le ignoro.
—¿Crees que sea muy necesario que tengas que ignorarla?, ¿Por qué no intentas conocerla? —me sugiere.

335

—¿Conocerla?, eso trato, sin embargo, no he podido todavía —respondo.

—Date la oportunidad Jio, hace meses que saliste del caos con Ela, estás libre, libre de conocer a otras personas, ¿y si ella es la persona correcta? —exclama.

—No, no es ella, estoy esperando a alguien más, a alguien que debo encontrar en unos meses—le digo haciéndolo entrar en confusión.

—¿Qué tratas de decir?, ¿quién llegará en unos meses? —pregunta confundido.

—No, es un decir, solo un decir porque posible-mente llegue alguien más después de Gien —respondo tratando de desviar las sospechas.

—Deja de decir tonterías Jio, Gien quiere conocerte más allá de lo que ya te conoce, quiere saber más de ti, enamorarse por completo, quizá ha visto en tu alma lo que nadie, solo faltas tú, darte la oportunidad y dejar de estar esperando a un fantasma... ¡Es ella amigo!

Y quizá Baham tenga razón, tal vez deba intentar algo con Gien, sin embargo, tengo miedo de que todo se alargue y que jamás llegue al tiempo en donde he querido llegar, tengo miedo de sentir algo más por Gien y que eso evite conocer a Sirena. Tengo miedo de cambiar el rumbo de mi vida.

Al final sé que no tengo muchas opciones, así que por intuición decido hacer caso al consejo de mi amigo.

—Creo que tienes razón Baham, mañana hablaré con Gien, la veré antes de regresar a la ciudad —le digo aceptando su consejo.

—Así se habla amigo, ya debes continuar con tu vida —responde orgulloso.

—Estoy en eso, por eso estoy aquí, ¿no es así? —le digo mientras choco su cerveza y juntos brindamos para continuar con la fiesta.

3:30 AM:

La madrugada cae y es momento de regresar a casa, Baham se ofrece para acompañarme y que llegue seguro. La cabeza me da vueltas, traigo un poco de mareo y nauseas, pero no puedo evitar reír por todo. Él se burla de verme así:

—¿Qué pasó?, ¿ya estás feliz? —pregunta con tono de burla.

—¿Alguna vez has sentido que la vida ya te da igual y tomas decisiones al azar? —respondo cuestionando.

—Me pasa a veces, sobre todo con la chica con la que salía, hace un tiempo que se alejó de mí y ahora yo solo disfruto de las fiestas en casa, duele, pero me distraigo entre copas y alcohol — responde.

—Lo sé Baham, pero pronto encontrarás un alivio, estoy seguro de eso —le digo con gran confianza.

—¿Cómo puedes asegurarlo? —cuestiona.

—¡Vengo del futuro! —le digo con asombro para después reír a carcajadas.

—No digas tonterías Jio, sería el primero en saberlo si así fuera, cómo me gustaría que los viajes en el tiempo sean posibles —me dice con gran ilusión.

—Quizá en un futuro sea posible amigo — respondo con un guiño.

—Y quizá nosotros seamos quienes realicemos ese descubrimiento —ríe alegremente.

¿Cómo te lo explico amigo?

Me encanta saber que estás aquí, que estamos aquí, que somos jóvenes otra vez y puedo disfrutar de estas pláticas ficticias, para ti así es, cómo quisiera decirte que en realidad soy un viajero del tiempo, disfrutando estar ebrio a tu lado.

Llegamos a casa y me despido de Baham, entro con total silencio para no despertar a mis padres, subo a mi cuarto sigilosamente, voy a la cama y me recuesto mirando hacia la ventana, la noche se encuentra estrellada, las constelaciones se asoman y no puedo evitar pensar en Sirena.

¿Por qué Taliesín me aconsejó venir hasta aquí?

¿Por qué lo hizo si lo que yo quería era llegar un año más adelante?

¿Por qué está alargando mis viajes?

No entiendo, no me deja llegar a Sirena, lo que daría por salir corriendo en este preciso momento hacia donde ella está, pero eso significaría echar a perder este mundo, arruinar la vida de Gien y viajar a otro sitio para hacerlo cada vez más difícil.

Lo mejor por el momento sería dejar pasar los días, ver qué sucede con Gien, saber si puedo liberarme de ella o aferrarme a un amor que por más que lo intento, no encuentra una chispa para lograr encenderse.

10:00 AM

El sol brilla y despierto entre esperanzas rotas, pero dispuesto a no hacer más daño. Abro el chat del teléfono y con la mano temblorosa mando un mensaje:

No pasan muchos minutos cuando el teléfono suena y recibo la respuesta de Gien:

Y quisiera saber qué pasaría si respondo el mensaje, si voy a empeorar las cosas o encontrar una salida...

Un plan llega a mi mente, un recuerdo que me enciende las ideas:

No encontré otra opción que invitarla a salir, remediar el error de ayer y volver a empezar, la idea estaba clara, esta tarde era fundamental en nuestra historia, en lo que ya había sucedido en el pasado.

Y es que recuerdo que, en esta cita, que se supone era ayer, caminábamos por el parque y después de un rato de charlas sus labios se conectaban con los míos, besándonos por un par de minutos. Claro está que no me importó ni en lo más mínimo aquel beso, pues para mí había sido solamente por diversión, una tarde de locuras entre dos adolescentes y ya.

Pero al parecer para ella no, era todo lo contrario, fue muy especial, porque meses después me confesaría que esos besos fueron los primeros que había dado, por lo que el sentimiento hacia mí debió crecer aún más.

No tengo remedio, tengo que ir a verla y hacer lo posible por no demostrar más allá de una simple amistad.

4:00 PM

Voy camino hacia el sitio donde veré a Gien, nervioso y asustado, no quiero pensar qué pasaría si arruino esta tarde.

Llego al lugar acordado y ella ya me espera, realmente es hermosa, sus ojos brillan y su mirada atrapa, sus labios se curvean generando una linda sonrisa y escuchar su dulce voz me ablanda el corazón:

—Hola Jio, llegaste justo a tiempo —dice con gran entusiasmo.

—Gien, hola, sí llegué a tiempo, no quería quedar mal después de lo que pasó ayer —le digo.

—Olvida lo que pasó ayer, la buena noticia es que hoy estás aquí, espero no estar interfiriendo en tu viaje de regreso a la ciudad.

—No te preocupes, saldré con mi amigo Baham en la madrugada, él va de paso por la ciudad así que no hay problema, tenemos la tarde libre para ir por ese helado que desde hace mucho te prometí —le digo con una sonrisa.

—He estado ansiosa porque este día llegara, fueron muchos fines de semana que pensé que ya no sucedería —responde entusiasmada.

—Discúlpame, la universidad es desgastante, pero bueno, disfrutemos que estamos ahora, ¿no lo crees? —le digo mientras damos vuelta y caminamos hacia la plaza del pueblo.

Llegamos al puesto de helados y Gien pide uno grande de fresas con nueces:

—Te toca pedir, ¿Cuál es tu sabor favorito? —pregunta.

—Galleta, quiero uno de galleta cubierto con chocolate por favor —respondo.

—Ese no era tu sabor favorito —exclama con un gesto en el rostro.

—¿No?, bueno creo que en este tiempo cambié de opinión, mi sabor favorito ahora es el de galleta —le contesto estúpidamente, tratando de sonar arrogante para así confundirla.

Pero hasta eso me resulta imposible, su rostro de ternura no me deja ir más allá que comportarme como un engreído, es hermosa, hasta cuando hace esos gestos de disgusto impregna una dulzura incomparable.

—¿A dónde quieres ir para comer el helado? —cuestiono.

—Al parque, vamos a sentarnos en una banca del parque —me dice sonrojada.

Al llegar al parque nos sentamos en un banco alejado de cualquier otro, saboreamos el helado hasta terminarlo, después comenzamos a charlar sobre nosotros, al mismo tiempo que escuchamos a los pájaros cantar posados en los grandes árboles, entre jacarandas y pinos, las hojas que caen también adornan el sitio... es el escenario perfecto para un primer beso, ¿no creen?, eso fue lo que pensó Gien al clavar su mirada fijamente en mí, pero yo trato de ignorarle haciendo toda clase de preguntas:

—Y, ¿Qué clase de música te gusta? —pregunto.

—Escucho mucho la música regional, como aquellas que te dedicaba, ¿recuerdas?

—Sí, las recuerdo... Es completamente diferente a mis gustos —le digo con arrogancia.

—¿Qué música te gusta a ti? —cuestiona.

—Me gusta la música de los 80´s y 90´s, siempre fui fan de la buena música del pasado.

—Vives mucho en el pasado —dice Gien.

—Eso es lo que me hace interesante, ¿no lo crees? —le digo con una sonrisa.

—De eso no tengo duda —responde.

—¿Tu color favorito? —vuelvo a cuestionar.

—Los colores claros, rosas y celestes, ¿los tuyos?

—Los oscuros, negros, grises, en todo tipo, ropa, gustos y demás —respondo—. ¿Qué más puedes contarme de ti?

—Bueno pues, odio las matemáticas, sin embargo, me gusta leer, no me gustan los deportes, pero amo bailar, disfruto los días soleados y no me gusta cuando la lluvia cae... ¿Y a ti? —pregunta y yo en mi mente no puedo creer la cantidad de cosas en las que no coincidimos.

—Conmigo es todo lo contrario, amo las matemáticas y puedes notarlo con mi carrera, leo más por compromiso que por gusto, amo los deportes y soy un tronco para bailar, no soporto el sol, pero cuando el atardecer aparece y las nubes llegan soy feliz cantando al compás de la lluvia.

—¡Wuau!, somos tan diferentes —exclama.

—Lo sé... ¿Es extraño no lo crees? —pregunto haciéndole entender que no tenemos mucho en común.

—Sí, creo que eso nos hace especiales —responde evadiendo cualquier pretexto que buscaba.

Al parecer a ella le encanta eso, lo inusual, lo contrario a lo normal.

Y al quedarme sin más preguntas su mirada se clava en mis ojos, había llegado ese momento, el instante en que probaba de sus labios.

Se acerca lentamente hacia mí, toma mi rostro con sus manos y yo dejándome llevar ante su rostro angelical me acerco también a ella, pero un segundo antes de que sus labios choquen con los míos, reacciono para hacerme a un lado y detenerla.

—¡Espera, no! —le digo.

—¿Qué sucede?, ¿por qué no quieres besarme? —pregunta.

—No es que no quiera, es que no debo —respondo.

—¿Cómo?, ¿tienes algún compromiso que no me habías dicho? —pregunta molesta.

—No, no es eso, es solo que no debo hacerlo.

—¿A qué le tienes miedo Jio?, ¿por qué me evitas a toda costa?, ¿qué es lo que estás esperando? —cuestiona confundida.

—No espero nada Gien, solo no quiero lastimarte —le digo con sinceridad.

—¿Cómo vas a lastimarme?, no has hecho nada para que sea así, al contrario, has estado cuando nadie más, me has escuchado y aconsejado, accediste a escuchar mis más oscuros secretos y mis miedos se desnudaron ante ti, ¿por qué dices que no quieres lastimarme?, ya no me importa nada, solo quiero estar junto a ti —me dice con voz dulce.

—Es que, ese es el problema Gien, que tu corazón está expuesto a las heridas y tú todavía no experimentas lo que es el amor verdadero, ni mucho menos la decepción eterna, no es algo que quiera que vivas, no es algo que quiero causar ni mucho menos hacerte sufrir —respondo lo más sensible posible.

—No hace falta que me hagas sufrir, ¿sabes cuántos chicos han intentado estar conmigo?, ¿cuántas ilusiones se han cruzado en mi camino?, no soy la niña dulce y tierna que todos creen, también pasé por decepciones que me hicieron abrir los ojos en diversas ocasiones.

Pero contigo es muy diferente, te quiero por lo que eres, aunque no coincidamos en nada, es tu alma la que me está atrapando, es algo más de lo que imaginas... ¿puedes entender eso?, no me pidas que me aleje, porque no puedo hacerlo.

—Y no es que quiera que te alejes Gien, simplemente quiero hacerte entender que no soy quien crees.

—¿Tienes miedo a enamorarte de mí?, es eso, ¿cierto Jio? —cuestiona.

—Sí, siendo sincero sí tengo miedo, no sé qué pueda pasar, porque el año pasado me costó escapar de una relación que me tenía preso, ahora no busco enamorarme, quiero vivir la vida, disfrutarla antes que volver a sufrir —respondo.

—Te prometo que no será así —exclama.

—Me gustaría ver eso —le digo con gran desconfianza.

—Entonces, ¿vas a dejarme demostrar que te quiero? —pregunta.

Y en el fondo los sentimientos rebotan, la decisión me comienza a torturar al imaginar qué puede suceder si me arriesgo a enamorarme de Gien, qué puede pasar en el futuro de este mundo si jamás conozco a Sirena...

¿Habré podido encontrar el alivio?

O quizá al cruzarme con ella por la calle los sentimientos se activen y me arrepienta por jamás esperarla. Es un sacrificio enorme apostar mi felicidad por la felicidad de alguien más, pero que puede beneficiarme también.

—No lo sé Gien, veremos qué pasa con el tiempo, pero vamos despacio, discúlpame si hoy no quise aceptar ese beso, pero comprende, el temor también tiene poder sobre mí.

—Te entiendo Jio, no te preocupes, te demostraré que soy diferente, eso tenlo por seguro —sentencia para después retirarnos del parque y acompañarla de regreso, se despide con un beso en la mejilla y toca dirigirme a casa.

Durante el trayecto me sigo cuestionando si lo que acabo de decirle a Gien beneficie en algo o empeore las cosas, pero hasta el momento nada anormal ha sucedido. Llego a casa para sentarme a comer con la familia, charlamos un rato y después voy al cuarto para preparar mi maleta, es ahí cuando escucho vibrar una y otra vez el celular, expandiendo las luces de notificaciones, son mensajes que no paran de llegar, ¿quién será?, me pregunto sin imaginar que se trataría de Gien, quien llevaba 2 horas mandando constantes mensajes para saber si había llegado con bien a casa, ¿es así como se siente ser importante en la vida de alguien?, o solo es una obsesión que ella persigue.

¡Hola Jio!, ¿llegaste con bien a casa?

Jio, cuando puedas responderme estaré atenta, yo llegué sin problemas

Quiero decirte que me la pasé de lo mejor. Gracias 🖤

Te prometo que los próximos días te demostraré todo el sentimiento que llevo dentro...

Fue lindo leer sus mensajes, saber que desde el primer instante en que dejamos de vernos ella se siguió preocupando por mí.

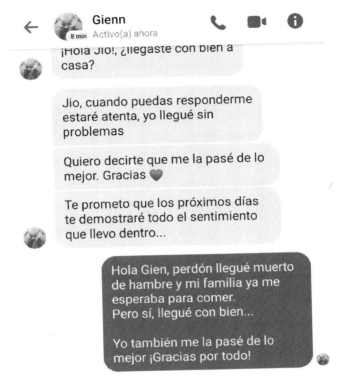

Pasamos la tarde platicando por mensajes, hasta que la noche cae y nos despedimos para ir a dormir, tenía que descansar lo suficiente para despertar muy temprano y viajar con Baham hacia la ciudad. Me sentía muy cansado por no haber dormido mucho la noche anterior, mi mente también me revolvía los pensamientos con tantas preguntas sobre qué iba a pasar ahora, pero sentía un alivio en que al menos regresaba a mi soledad, a los estudios intensos en la universidad, a una nueva semana donde podía olvidarme un rato de toda esta situación.

Puppis, estrella no. 1. Lunes 16 de marzo del 2015:

Es de madrugada y logré dormir al instante, pero las pesadillas siguen, vuelvo a toparme entre sueños a Taliesín quien vuelve a advertirme sobre lo que está por venir:

—Cometiste un error viajero, cometiste un gran error al no dar ese beso, al no activar esos sentimientos.

—¿Taliesín, por qué me dices esto?, no quiero lastimar a Gien, eso estoy haciendo y no pasó nada de lo que me pueda arrepentir, no nos dimos ese beso, pero quedamos en que vamos a intentarlo.

—El futuro que viste la pasada madrugada sigue en pie, nada ha cambiado, te di la oportunidad de seguir con lo que tenía que suceder, pero cambiaste la línea temporal al no dar ese beso y todo ha vuelto a como lo viste, ya no serás solo tú quien va a lastimarla.

—¿Ya no seré solo yo?, no te entiendo, entonces ¿qué va a suceder? —pregunto curioso.

Y antes de que el controlador pudiera responder a mi pregunta, el despertador del teléfono suena para despertarme, son las 4:00 am y eso significa que tengo que partir hacia la ciudad.

Mientras me visto y alisto todo, me pregunto a qué se refería Taliesín con que yo no seré el único que puede lastimar a Gien.

Me despido de mis padres, mamá me otorga la bendición y salgo de casa, camino alrededor de un kilómetro hasta llegar a la parada donde Baham me espera:

—¡Hasta que llegas! —me dice en tono alto.

—Discúlpame amigo, se me hizo un poco tarde, tuve pesadillas nuevamente —le digo apenado.

—Lo que te hace falta es un poco de alcohol —dice con una sonrisa, entra a su auto para sacar una cerveza helada y me la extiende con la mano.

—Toma, esto te ayudará a relajarte.

—¡Uff!, vaya que me hacía falta —respondo y reímos juntos.

Apenas puedo abrirla y estando a punto de abordar el auto, unos faros se asoman a lo lejos, al principio pienso que se trata de un auto cualquiera que pasa por el lugar, pero no, se acerca y el retrovisor baja, ¡Es Gien!

—Jio, ¡Hola!, te alcancé —me dice sonrojada.

—Hola Gien, ¿qué haces aquí?, es muy temprano —pregunto.

—Le pedí a mi hermano que me trajera hasta aquí con su auto, quería despedirme de ti y darte esto —responde entregándome una bolsa, lo reviso de reojo y veo que es una dotación de dulces y postres, también un poco de comida y bebidas frías.

—¡Wuau!, muchas gracias, no te hubieras molestado es demasiado para mí —le digo sonriendo.

—No quería que pasaras por hambre durante el viaje y te traje lo suficiente, espero puedas disfrutarlo.

—Vaya que así será, muchas gracias Gien.

—¿Puedo bajar y darte un abrazo? —pregunta.

—¡Claro, ven! —respondo.

Gien baja del auto para darme un gran abrazo, un abrazo de esos que se sienten en el alma, donde puedes percibir el latir de su corazón y el sentimiento sincero que lleva dentro.

—¿Piensas llegar el próximo fin de semana? —cuestiona.

—Va a depender de la escuela y de las tareas que tenga, pero haré lo posible por estar aquí —le susurro al oído.

—Te estaré esperando, me harás mucha falta —me dice esperanzada.

—Es solo una semana, los días se irán rápido y podremos estar platicando a través de mensajes, ¿de acuerdo? —le digo tratando de consolarla al ver que sus ojos se tornan cristalinos.

—¿Puedes prometer al menos eso? —pregunta.

—Tenlo por seguro Gien, muchas gracias por el detalle, disfrutaré del viaje —respondo.

—No es nada, espero que así sea, tengo que regresar a casa y dormir un poco más, me avisas en cuanto llegues a la ciudad, ¿de acuerdo?

—De acuerdo Gien, ¡gracias!

—¡Adios Jio!, cuídate mucho.

Gien se despide para después volver al auto de su hermano y marcharse, Baham y yo ingresamos al auto y el viaje comienza. Durante el trayecto él me dice:

—Qué suerte tienes de tener a una chica como Gien.

—¿En serio lo crees? —cuestiono.

—Sin dudas amigo, es la chica que todos desean tener, es bonita, carismática, alegre, se preocupa por ti y te trata de lo mejor, dime que al menos logras sentir cariño por ella.

—No me cuestiono eso amigo, la quiero, en verdad la quiero, pero todavía no logro sentir algo más que un simple cariño, a veces me tortura sabes, no quiero obligarme a quererla y después cometer alguna locura.

—¿Cómo dejarla por alguien más? —pregunta Baham.

—No haría eso, cómo crees. No, pero sí buscar la manera de alejarme cuando el espejismo de este sentimiento se termine.

—Date tiempo amigo, quizá pronto puedas quererla —me aconseja.

—Eso es lo que no tengo Baham —respondo en mi mente.

—Sí, quizá tiempo es lo que me hace falta —le digo.

Seguimos charlando de tonterías, memorias y aventuras del pasado mientras seguimos nuestro viaje, al llegar a la ciudad le agradezco y me despido deseando volver a verlo.

Baham continúa su trayectoria y yo me dirijo hacia el departamento, cansado, pero con ganas de volver a clases, ver a mis amigos de esta época para revivir las primeras enseñanzas y lecciones de mi carrera.

Un viaje al pasado no serviría de mucho,
pero me ayudaría a entender
porqué te extraño tanto.

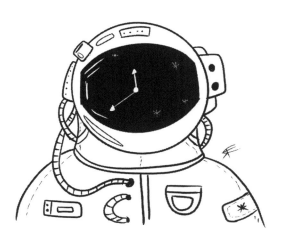

Puppis, estrella no. 1. Miércoles 18 de marzo del 2015:

Es el tercer día en la universidad y todo va de maravilla, disfruto pasar tiempo con los amigos y revivir mis clases, pero se me hace extraño el hecho de que Gien no me haya mandado algún mensaje, está por ser medio día y desde ayer en la noche cuando nos despedimos para dormir no ha vuelto a responder. Haciéndome cuestionamientos una llamada entrante suena en el teléfono, es ella:

—¿Hola?, Gien, ¿estás bien? —pregunto al escuchar una voz agitada.

—Jio, ha pasado una tragedia —responde entre lágrimas.

—¿Cómo?, ¿qué sucedió?, cuéntame —cuestiono.

—Hoy por la mañana se me hizo extraño no ver a mi mejor amiga en el colegio, poco después nos notificaron que sufrió un accidente cuando venía en camino, pensé que estaría bien, que no había pasado a mayores, pero no, me acaban de dar la noticia de que falleció, ¡estoy destrozada!

—¡No me digas eso!, siento mucho no poder estar allá contigo, en verdad lo lamento, quisiera estar y darte un gran abrazo de consuelo, pero no te preocupes, te prometo que este fin de semana me tendrás de vuelta, ahora más que nunca quiero estar contigo y apoyarte —le digo.

—En serio te necesito, no sabes cuánto me duele saber que ya no estará conmigo, era mi mejor amiga desde que las dos éramos unas niñas.

Suplicaba Gien y yo me sentía más decaído, esto se estaba alargando y cada vez se me hacía más extraño, pues en mi mundo su mejor amiga nunca falleció, ¿qué fue lo que en realidad está pasando aquí?

—Descansa un poco Gien, debes estar muy

354

cansada por todo lo que está sucediendo, sal del colegio, ve a casa y duerme, te hará mejor —le aconsejo.

—No, no podré hacerlo, tengo que ir a ver a la familia de mi amiga, están destrozados tanto como yo, no te preocupes, sigue con tus clases, en la noche cuando puedas me llamas, ¿ok? —me pide.

—Lo haré, cuídate mucho —le digo para después colgar y seguir con mi rutina, aunque ya con menos ganas y más preguntas.

La noche llega y estoy en mi habitación, llego tan cansado que apenas puedo recostarme y antes de llamar a Gien un profundo sueño se apodera de mí.

—¿En dónde estoy?, ¿por qué todo está tan oscuro? —me pregunto.

—Ahora ya lo sabes viajero, no eres el único que puede lastimar a Gien en este mundo. —Se escucha de entre las penumbras.

—¿Taliesín?, ¿por qué hiciste esto?, ¿asesinaste a su mejor amiga con ese accidente para mantenerme atrapado en este mundo cierto?, ¿por qué me haces esto?, ¡confíe en ti! —le digo molesto.

—No muchacho, tú mismo te atrapaste, el beso que no diste alteró ese mundo, ¿ya lo olvidaste?, a veces las pequeñas acciones no se manifiestan, con suerte apenas alteran, pero lo que está destinado en la línea del tiempo no se puede remediar, no diste el beso que sí sucedió en tu pasado y eso alteró bastantes cosas, lo que después ocasionó el fatal accidente.

—Y ahora, ¿qué va a suceder?, ¿qué pasará con Gien? —pregunto.

—Tendrás que salvarla... Se aproxima lo peor —advierte.

—¿Qué es lo peor? —cuestiono con gran temor.

—Desde ahora Gien ya no será la niña linda que se preocupa por ti, que te manda detalles y llamadas interminables, ahora ella sufrirá un gran cambio, entrará en una terrible depresión por la muerte de su amiga que no tendrá tiempo para nadie más.

—¿Y yo qué puedo hacer? —pregunto.

—Arreglar las cosas muchacho, tú ocasionaste el accidente con tus acciones, ahora tendrás que acompañar a Gien hasta que pueda sanar el alma, estarás con ella y una vez que puedas hacerla sonreír de nuevo, tendrás el derecho para partir —me condiciona.

—¡No puedo creerlo!, solo me diste tres días para intentar algo con ella y ahora sucede esto, ¡será imposible vivir una historia con Gien antes de que llegue Sirena! —respondo con gran coraje.

—¿Y cuál era tu plan viajero?, ¿dejarla sufrir?, al final todo es un bucle y llegarías a lo mismo, haciéndola caer en depresión y te mandaría al siguiente mundo para que vuelvas a echarlo a perder y así, hasta que no te queden más mundos y te esfumes como polvo.

—No, no, mi plan era tener algo bien con ella, conocerla más a fondo, darme la oportunidad de vivirlo, quererla como se lo merece, sería feliz y ese es el propósito, después volver al lobby. Al final sé que cuando Sirena llegue los sentimientos de mi otro yo se acabarán y para entonces la indiferencia y confusión harían que se alejara de Gien, pero esa ya no sería mi vida, yo estaría viajando a la siguiente aventura. Todo volvería a su curso, ¿no es así? —le digo.

—Tenías una gran estrategia, pero esta vez cometiste un error alterando tu destino... Tendrás que remediarlo y no voy a permitir que lastimes a esa chica que no tiene la culpa, eres tú quien quiere revivir momentos para cambiar el pasado.

No puedo aguantar el coraje que me invade, quisiera gritar y pedir morir de una buena vez, pero también encuentro un poco de lógica en lo que Taliesín dice, soy yo quien quiere vivir de recuerdos y no es justo partir dejando con el corazón roto a quien no tiene la culpa.

—Y con todo lo que ha sucedido ahora, ¿cuánto tardaría en hacer que Gien recupere su felicidad? —le pregunto.

—Alrededor de dos años viajero —responde.

—¡No!, ¡no, no!, eso significa que no podré conocer a Sirena... Al menos no en este mundo, dime, ¿qué culpa tiene mi otro yo de dejarlo así?, sin conocer a la persona que le haría experimentar el amor —exclamo.

—La culpa te está comiendo vivo en todos los futuros posibles, entonces quédate tú, experimenta el tiempo sin Sirena, quizá y pueda ayudarte, conocer a alguien más o encontrar el amor en Gien. Después podrás volver al lobby y viajar a otros mundos para poder verla ahí, en este mundo tienes que aceptar que no la conocerás, pero tendrás muchas otras opciones para que eso suceda —sentencia.

—Es demasiado, no quiero pasar más días así, con esto que llevo dentro y mucho menos quiero imaginarme pasar esos años sin Sirena, era ella con quien quería vivir cada segundo de esos tiempos.

—Ya no hay remedio muchacho... ¡Asume tus errores! —grita con su voz estremecedora.

Desaparece y de un brinco despierto en medio de la fría noche.

¿Qué puedo hacer ahora?

Creo que no hay otra opción que quedarme, de aguantar dos años hasta que Gien pueda volver a sonreír y así partir, llevando en mi conciencia el hecho de que aquí, mi otro yo tendrá un futuro distinto, otro futuro donde Sirena jamás llegará a su vida. Y tendré que vivir con eso, sintiéndome culpable de mis acciones.

Por un instante pienso en llamar a Gien para preguntar cómo se siente, acostumbrarme a estar en este mundo y vivir esos dos años de la mejor manera posible, pero antes de hacerlo, las ansias y desesperación del momento me meten la idea de escapar, sí, de construir una máquina del tiempo como lo hice en mi mundo, porque meditando para después desprenderme de este cuerpo y volver al lobby no es una buena idea, pues el controlador se daría cuenta al verme ahí. Tendré que dejar a mi otro yo con mi verdadero cuerpo hasta que algo nuevo se me ocurra y tomar su cuerpo físico para realizar el viaje, quizá al estar en el lobby puedo encontrarlo y ahí, hacer el cambio astral sin que nadie sospeche nada.

Sin embargo, al planear la estrategia una visión se cruza en mi mente, como si el tiempo estuviese pasando tan rápidamente, me veo construyendo la máquina y de ratos hablando con Gien, sin levantar sospechas, terminar con todo e ingresar al mundo cuántico… de ahí no veo más sobre mí, es Gien a quien observo ahora, el tiempo no es relativo aquí, pues me está buscando o quizá me está tomando más de lo que pensaba encontrarme con mi otro yo en el lobby.

¿Qué estás haciendo Gien?

Me pregunto mientras la visión sigue y a ella la veo caminando sobre un puente…

¡Se avienta!, ¡se va a suicidar!

Y en un parpadeo la visión se esfuma y reacciono, con la respiración agitada y el corazón saltando velozmente.

¿Quién hizo que esto sucediera?

No lo sé, Taliesín tal vez, pero no creo que se la pase a cada segundo escuchando y observando lo que estoy haciendo, fue extraño.

Sin embargo, quiero tomarlo como una advertencia y una ventaja a mis ideas que pueda darme más adelante. El tiempo no funciona igual en todos los mundos.

Ahora tengo que seguir, no darme por vencido.

¿Qué es lo peor que puede pasar ahora?

Tomo el teléfono para marcar a Gien y saber cómo se encuentra...

Puppis, estrella no. 1. Viernes 30 de octubre del 2015:

Más de medio año transcurrió desde que tuve aquella visión del futuro si buscaba escapar, así que decidí quedarme, pasé los últimos siete meses apoyando en todo momento a Gien, llamándole por las noches, consolando su llanto y reviviendo su sueño cuando no puede dormir, pero hasta ahora no puedo sentir más que un simple cariño por ella.

Lo que dijo Taliesín se cumplió, ella dejó de ser esa niña que se preocupaba por mí, hace tanto que ya no pregunta si ya comí o llegué bien a casa, sus detalles cada que vuelvo del pueblo terminaron, ahora tengo que secar sus lágrimas y abrazarla hasta que pueda tranquilizarse.

Así, sin sus ganas y todo este desorden viéndolo solamente como un compromiso es imposible que pueda conocer a Sirena a tiempo, aun cuando me había prometido dar lo mejor para sanar el corazón de Gien, a veces es tan complicado que quisiera renunciar.

Trato de olvidarme un poco de todo el dilema cuando no toca viajar y me quedo en la ciudad, como hoy, por ejemplo, que no fui al pueblo de Suhail y estoy aquí, planchando mi camisa para después salir a beber un poco, así, como en mis viejos tiempos, los amigos ya me esperan en un evento para embriagarnos y olvidarnos de lo que atormenta.

Llego al lugar y el ambiente es grandioso, todos bailando y disfrutando de la música, del alcohol y las bebidas, Arturo, un amigo de la universidad ya me esperaba en una mesa junto con otros compañeros:

—¡Jio!, por aquí —me dice agitando su mano para que pueda verlo.

—Hola Arturo, perdón por la demora, ¿ya están prendidos? —juego retándolos.

—Dímelo tú hermano, ¡vamos a beber hasta

amanecer! —dice enfiestado.

—Pásame esa botella, quiero esta noche olvidarme de todo —le digo.

—¿Muchas tareas cierto? —pregunta Arturo.

—Sí, muchas tareas y algo más —respondo.

—Tranquilo, todos pasamos por cosas que no le contamos a nadie, hoy estás aquí con nosotros e intentaremos que la pases de lo mejor —me dice.

—Que así sea amigo —respondo.

La fiesta se alarga y la noche se hace corta, las horas transcurren y los tragos pasan de boca en boca, entramos en confianza que ahora ya todos somos grandes amigos, platicando de cualquier tontería y riendo como completos locos. De pronto, una compañera de clase se me acerca para preguntar:

—Hola, tú eres Jio, ¿cierto?

—Hola, sí, soy yo. Y tú eres Vega, mi compañera de la clase 5 —afirmo.

—Sí, quise tomarme el atrevimiento para acercarme a ti y preguntarte algo sobre la escuela, yo sé que no es el momento, pero estamos en confianza y eres el mejor de la clase, quien más para responderme este gran cuestionamiento. ¿Me lo permites? —me pide.

—Claro, no tengo problemas, ¿qué quieres saber? —le pregunto mientras chocamos bebidas.

—¿Crees que existan los mundos alternos? —cuestiona.

—Es difícil de creer, pero creo que lo que nos hace falta es más tiempo para comprender cómo funciona el tiempo y el espacio, quizá en el futuro sea un tema de lo más normal, pero sí, confío en que existen los mundos paralelos —respondo.

—Y, ¿cómo crees que sean? —pregunta emocionada.

—Supongo que debe ser increíble viajar a otros

mundos, pero debes investigar mucho y aprender de cada uno de ellos, porque puedes cometer errores que harán que te arrepientas de lo que siempre deseaste descubrir —respondo con una sonrisa para después continuar con la charla y la fiesta entre copas.

Las horas pasan y puedo decir que he pasado una noche agradable, mucho mejor de lo que imaginaba, platicar con mi compañera de clase sobre los mundos paralelos me trajo un poco de alivio, saber que todo lo que ya viví es también un proceso, que he estado construyendo estos viajes y escribiendo mi propio destino, con cambios y destellos de milagros, con caos y tormentas, con alivios y reencuentros.
No, no me arrepiento de llegar hasta aquí. De estar donde estoy ahora.
Llego a casa y me recuesto, el teléfono vibra, pero lo ignoro por completo y decido dormir sin preocupaciones.

Ojalá fuera mentira,
porque aún me cuesta encontrar respuestas
a tu partida.

Ojalá fuera una fantasía,
una locura,
un espejismo...

y no una maldita realidad.

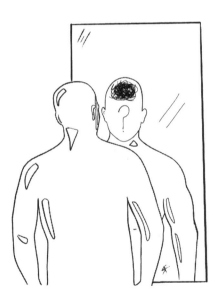

Puppis, estrella no. 1. Sábado 31 de octubre del 2015:

Llega la mañana del sábado y traigo un poco de resaca, la fiesta de ayer me trajo muchos buenos momentos, sin embargo, ahora debo lidiar con el dolor de cabeza.
Reviso el teléfono que anoche no paraba de sonar y me percato que Gien me mandó mensajes un poco extraños:

Gienn
Activo(a) ahora

> Hola Jio, anoche una amiga que se encuentra en la ciudad me contó que te vio con una chica en una fiesta, estaban ebrios y cantando a todo lo que da...
> Creo que nada te costaba decirme lo que está sucediendo.

> Y entiendo perfectamente que estés conociendo a alguien más, pero no así, no a mis espaldas, realmente estoy muy decepcionada de ti...
> Y descuida, no hace falta que quieras darme alguna explicación.

Al principio no puedo creer lo que estoy leyendo...

¿Gien piensa que anoche salí con Vega?

Mi compañera de clase que solo se me acercó para preguntar sobre los mundos paralelos.

¡Qué irónico!, ¡qué tontería!

Pero aún más extraño es saber que no pasa nada, que sigo en el mismo tiempo, que no desperté en el lobby o en algún otro mundo...

¿Por qué?

Quizá es porque en realidad no hice nada que pudiera lastimarla, pero si ella piensa que lo hice, es algo raro que no desaparezca de aquí.

No quiero hacer mucho, al menos que reciba alguna señal de Taliesín, dejaré que el tiempo pase, no contestaré sus mensajes y haré como si nada pasó, el próximo fin de semana que regrese al pueblo de Suhail le pediré hablar para aclarar la situación, pero mientras nada suceda, quiero pensar que pronto podré regresar al lobby.

Puppis, estrella no. 1. Lunes 02 de noviembre del 2015:

No haber respondido los mensajes me hace sentir culpable apenas comienza la semana, así que decido escribirle a Gien para saber cómo se encuentra, a pesar del tiempo que ya pasó, ella sigue sintiéndose triste por la muerte de su mejor amiga, no sé si ahora su depresión haya aumentado con todo lo que sucedió el fin de semana.

> Hola Gien, ¿cómo estás? Espero te encuentres bien, discúlpame por no contestar tus mensajes no tenía idea de qué responder...
>
> Las cosas no son como tú las piensas, pero voy a respetar tu decisión.

 Hola Jio, estoy bien gracias por preguntar, no te preocupes, ya pasó.

> No, yo creo que también es necesario que pueda darte algunas palabras.
> ¿Crees que podamos vernos el fin de semana?

Creo que no hay palabras para quitarme esta decepción que siento por ti, pero al menos podemos vernos, te espero el fin de semana.
 Cuídate Jio.

Y ese fue su último mensaje, no respondí más y ella tampoco hizo nada, quería entender porqué todavía seguía en este mundo y no avanzaba al siguiente, sabiendo que había fracasado aquí, al lastimar a Gien por una simple confusión.

Es inevitable recordar tu rostro,
tu aroma,
tu sonrisa,
tus caricias...

Después de todo el desorden
y las lecciones que me dejaste,
es imposible olvidar
que alguna vez estuviste aquí.

Puppis, estrella no. 1. Sábado 07 de noviembre del 2015:

El fin de semana llega muy rápido, una semana pesada en la universidad hizo que los días se fueran volando, ayer llegué a casa, al pueblo de Suhail, pero no avisé nada a Gien, quería llegar a descansar y ver a mis padres, también para analizar qué iba a decirle, si era necesario que dijera la verdad y aclarar las cosas o simplemente dejarlo pasar y ver qué sucedía.

Le escribo para citarla y a los pocos segundos su respuesta llega:

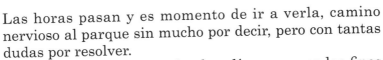

Hola Gien...

¿Nos vemos hoy a las 5:00 pm para platicar?

Hola Jio, sí, nos vemos a las 5 en el parque de siempre.

Las horas pasan y es momento de ir a verla, camino nervioso al parque sin mucho por decir, pero con tantas dudas por resolver.

Apenas llego a la banca donde solíamos pasar los fines de semana, ella también llega y comenzamos a charlar:

—Hola Jio... —saluda con la mano extendida.

—Hola Gien, ¿cómo has estado? —pregunto.

—No tan bien como quisiera, pero ahí voy, avanzando con cada día —responde.

—Mira Gien, no sé qué te dijeron de mí, pero si no quieres cambiar de opinión yo no voy a decir nada más, en todos estos días siempre te demostré que te apoyaba en todo, siempre estuve para ti, pero tampoco quiero obligarme, ni mucho menos obligarte a tenerme aquí.

—Ya te lo dije por mensajes Jio, no quiero que me des explicaciones, basta con lo que me dijeron de ti. Y de igual forma, no quiero obligarte a que estés aquí, no quiero que te sientas comprometido, es más, no quiero que sientas lástima por mí. Te quiero, incluso quiero pensar que también siento amor por ti, pero una decepción así es más grande que cualquier ilusión que haya tenido contigo, por eso decido alejarme de ti, sanar por mi cuenta y dejar a un lado todo lo que vivimos en los últimos meses —me dice con decepción.

Y al escuchar sus palabras no puedo contener la cantidad de emociones que se me asoman en el pecho, ¡ella es la que se está despidiendo de mí!, aunque claro, duele, en el fondo también duele y siento deseos de decirle la verdad, de gritarle que lo que está diciendo y pensando es una completa equivocación. Que todo puede seguir normal, arreglar el malentendido y seguir viéndonos cada fin de semana hasta que pueda sentir algo más que un simple cariño.

Me estuve esforzando porque eso sucediera y yo no hice nada que pudiera lastimarla, no tuve nada que ver con mi compañera Vega, es una simple chica con la que entablé una conversación aquella noche y nada más. Sin embargo, esta confusión puede devolverme la esperanza y la línea del tiempo vuelva a normalizarse:

—Voy a respetar tu decisión Gien, pero quiero que me prometas una cosa antes de despedirnos... ¿sí? —propongo.

—Dime —responde cortantemente.

—Quiero que me prometas que estarás bien, que no vas a guardar rencores y que, con el tiempo aprenderás a perdonarme, así como también quiero que busques consuelo en el recuerdo de tu mejor amiga, creo que ella no estaría feliz si te viera deprimida. Tú me decías que siempre te quiso ver sonreír, que le encantaba tu sonrisa, así quiero que la recuerdes, con esas palabras que solía decirte. En el fondo ella jamás dejará de ser tu amiga, solo pasó a una mejor vida y debes aceptar que así fue, seguir con tu camino, perseguir tus sueños a toda costa y dar lo mejor de ti con cada día, porque sé que te esperan cosas mejores.

—¿Cómo sabes qué cosas me esperan? —cuestiona.

—Porque eres una gran persona, una extraordinaria chica, que quizá llegó después o antes de la cuenta, pero no me arrepiento del tiempo que pasamos juntos, incluso quiero pensar que no solamente lo haces por lo que pasó el fin de semana, bueno, más bien de lo que te contaron, siento que es por algo más, ¿no es así? —pregunto.

—Sí me decepcioné de ti Jio, pero no te dejé de querer, simplemente entendí que vendrán mejores personas, tú mismo lo acabas de decir, debo aprender a soltar y no vivir del pasado. Y si me alejo es porque no quiero permanecer siempre pensando y cuestionándome sobre la verdad.

—Por más que yo te dijera la verdad no me creerías, porque no estuviste ahí —le digo.

—Exacto, justo por eso, porque puedo creerte, pero también te quiero tanto que la inseguridad y los miedos pueden invadirme y no quiero llegar a eso, por eso prefiero salir de tu camino —me dice.

—Te entiendo, entonces estarás bien, ¿es una promesa?

—Es una promesa Jio, cuídate mucho, no te preocupes por mí, sigue con tu camino, con tus viajes, llega a donde quieres llegar y sé feliz, porque eso también me haría sentir mejor, saber que, aunque no estás conmigo, en cualquier mundo en donde te encuentres podrás sonreír como siempre lo deseaste —responde misteriosamente.

Y al decirme eso no puedo evitar sentirme invasor de este mundo.

¿De qué sospecha?

O tal vez simplemente es pura intuición, sabe que debo partir, que algo mejor nos espera a los dos, que esto es lo correcto, cada quien por su camino y seguir sin importar cuánto duela.

—Gracias por todo Gien, siempre estaré agradecido por todo lo que me brindaste, también por lo que me acabas de enseñar, lo llevaré muy presente —le digo con una sonrisa.

—Gracias también a ti, porque estuviste en estos tiempos cuando más necesité de alguien y sé que es mi culpa también, no hice lo suficiente para mantenerte, pero desde que murió mi amiga sentí que todo se me venía abajo, descuidé los detalles y los buenos tratos, todo lo que a ti te hacía sentir especial —me dice arrepentida.

—Claro que así era, pero no te preocupes, entiendo el dolor que pasaste, ahora dedícate a sanar el corazón y empezar de nuevo —le aconsejo.

—Así será Jio, gracias por todos tus consejos, cuídate mucho y que seas muy feliz...

—Adiós Gien, tú también, siempre voy a desearte lo mejor. —Nos damos un último abrazo de despedida y cada quien toma rumbos distintos.

No puedo controlar las emociones, la calma que siento ahora, sentir el viento pasar por mi rostro y el sonar de las hojas al chocar con el aire, los pájaros del parque cantando al ritmo de la tarde y la brisa de una esperanza que se asoma en medio de la nada.

¡Lo logré!

Y lo hice antes de que Sirena llegue a mi vida, aquí termina mi aventura en este mundo, cerrando y sanando de buena manera lo que en mi mundo arruiné. Mientras camino a casa cierro los ojos y entro en ese trance para desprenderme de este cuerpo y regresar al lobby.

Año desconocido:

Llego al cuarto oscuro y no hay nada, el mapa estelar no está y no hay rastro de Taliesín por ningún lado...

—¡Ey!, Tali, ¿dónde estás?, ¡lo logré!, ¡pude volver y sin lastimar a Gien! —grito emocionado. De pronto, de entre la nada un portal se abre y el controlador aparece.

—Hola muchacho, qué fue lo que hiciste, ¿por qué estás aquí? —cuestiona sorprendido.

—¿No lo viste? —pregunto.

—Estaba ocupado localizando y persiguiendo a otros como tú —responde furioso.

—Vaya que los viajeros somos tu dolor de cabeza —le digo con burla y continúo:

—Pude volver porque no lastimé a Gien, ella se decepcionó de mí por un rumor falso, algo sin sentido, pero nunca pensé que fuera a ayudarme tanto.

—¿Una decepción?, creo que tiene lógica, no la lastimaste, solo la decepcionaste —me dice acertando mi teoría.

—Sí, justo eso sucedió y fue ella quien decidió alejarse de mí antes de que Sirena llegue a mi vida, eso significa que mi otro yo tampoco se perderá esa historia y yo conseguí volver antes de tiempo, ¡no puede ser mejor! —le digo emocionado.

—Lograste jugar correctamente viajero y salir de las cadenas que te ataban a ese tiempo, ahora esa chica podrá estar bien con el paso de los días, sabía que podías lograrlo, siempre confíe en ti —me dice con gran satisfacción.

—No me hagas halagos, sigo molesto contigo porque nunca puedes darme la información completa, tengo que batallar en cada mundo para buscar una manera de cumplir con los objetivos y regresar aquí —le digo con reproche.

—De eso se trata muchacho, que vayas aprendiendo de a poco la manera en que funciona el tiempo y estés listo para el mundo al que quieres llegar.

—¡Ya lo estoy Tali!, es hora de ir a donde siempre soñé —le digo con gran emoción sin percatar en lo que me estaba indicando.

—Aún no viajero, no estás listo, ¿recuerdas en el trato que quedamos?, un viaje a tu pasado por una misión que yo te ordene.

Mientras el controlador me pedía paciencia, yo me encuentro con una gran emoción, es tanta que, incluso paso desapercibido sus palabras y sin más, salto de golpe a la constelación de la Brújula.

¡Es ahí donde encontraré a Sirena!

Brújula, estrella no. 1.

Me he lanzado a la constelación de la brújula, pero los brillos y las luces en mi vista no paran.

¿Por qué estoy tardando tanto?
No lo entiendo...

De pronto, las luces y estrellas comienzan a ir de reversa.

¿Qué está pasando?, ¿estoy volviendo?

Nunca quise estar tan lejos, pero nuestros destinos llevaban rumbos distintos. La vida fue tan cruel que nos alejó de a poco...

Hasta quedar sin rastros

de que alguna vez fuimos nosotros.

Ojalá algún día te des cuenta
que yo hice más por ti,
de lo que alguna vez hice por mí.

Año desconocido:

Una fuerte inhalación me hace recuperar la cordura y darme cuenta que estoy de nuevo en mi cuerpo físico y de vuelta en el lobby...

—No tan deprisa muchacho, no comas ansias, estás tan apresurado por volver a aquel tiempo que no escuchaste lo que estoy diciendo —me dice el controlador.

—¿Por qué me regresaste?, ya cumplí con lo que me habías pedido, corregí mi pasado, ahora debes permitirme viajar a donde quiero —le digo.

—Lo que viviste en ese mundo fue parte de tu vida, no realizaste ninguna tarea, simplemente corregiste tu destino, ¿ya lo olvidaste?, tienes que ir hacia una nueva misión para después viajar a donde quieres —responde molesto.

—Tienes razón, estaba tan emocionado que no hice caso a tus palabras, pensé que ya era hora de ver a Sirena.

—Paciencia y perseverancia es lo que te falta por aprender, ahora es momento de cumplir con tu palabra.

—Hazlo de una buena vez, mándame a donde quieras, voy a cumplir con todo y volveré lo más pronto posible —respondo confiado.

—Eso espero muchacho, que ya no te queden ganas de volver a donde voy a mandarte... ¿listo para tu siguiente aventura? —pregunta.

—Siempre estoy listo... —respondo.

Esa trama de tiempos que se aproximan, se bifurcan, se cortan o que secularmente se ignoran, abarca todas las posibilidades. No existimos en la mayoría de esos tiempos; en algunos existe usted y no yo; en otros, yo, no usted; en otros, los dos. En éste, que un favorable azar me depara, usted ha llegado a mi casa; en otro, usted, al atravesar el jardín, me ha encontrado muerto; en otro, yo digo estas mismas palabras, pero soy un error, un fantasma.

"Ficciones" (1944), Jorge Luis Borges

NO ERES MI DESTINO

Tú allá, llorando porque no eres mi destino,
yo aquí, arrepentido por arruinar tu camino.

No eres mi destino
y culpé a la vida por no aprender
a quererte como lo mereces.

¿Cómo le dices a un corazón herido
que tiene que volver a enamorarse?
que estar decaído no es un progreso.

Fuiste de esas historias que nunca terminan,
que se aferran a una ilusión que no existe,
a un futuro que no llega
y a un final que desde hace mucho se escribió.

Tantas personas allá afuera
y teníamos que encontrarnos para equivocarnos.

Qué fácil se coincide
buscando consuelo en besos
que no nos corresponden,
en miradas que no merecemos,
en caricias que no nos pertenecen,
en un cuerpo prestado
que jamás será nuestro.

Muchos desean tener lo que nos dábamos,
la atención y el cariño que en pocas vidas
se encuentra, el trato y las ganas,
querer como nunca has querido y
terminar por arruinarlo al no ser correspondidos.

Que nadie te diga que no nos esforzamos,
si dejamos el corazón a cambio de intentarlo.

No eres mi destino,
pero de quererte no me arrepiento,
de los días tratando de hallar una salida
a mis tormentas para aprender a amarte.

Contigo entendí que la felicidad
no tiene precio,
que las sonrisas no se fabrican
con grandes detalles,
surgen del alma, desde una caricia
hasta una mirada que te deja sin palabras.

Qué amargo se vuelve el alcohol
cuando no quieres beber los recuerdos,
cuando decides mantener todo lo que
en otra vida buscas desaparecer.

Sigo escuchando las canciones
que me dedicabas,
las que te dije que no me gustaban,
pero me traen una gran sonrisa
al saber que te hicieron pensar en mí.

No eres mi destino
y del otro lado del cuarto
le pido al hado que no deje correr los días
y me siga atrapando en tus brazos.

Yo estoy bien,
sabiendo que te vas para ser feliz,
sin embargo, nunca te dije que,
con tu despedida dejaba ir
a lo único que me hacía sonreír.

No eres mi destino,
nostalgia, recuerdos y olvido al pensar
en tu rostro antes de decirme adiós,
antes de arrepentirme sin razón.

CAPÍTULO X
UNA ÚLTIMA ESPERANZA

Año indefinido:

Taliesín agita su reloj del tiempo para abrir un portal, ingreso en él y de inmediato las vibraciones comienzan, los destellos me rodean y el tiempo parece avanzar hacia delante...

¿A dónde me dirijo?

Me pregunto inquieto. El controlador habla a través del portal para decirme de qué trata la siguiente misión:

—Aquí vas de nuevo muchacho, esta vez hacia un mundo que no te imaginas, vas al futuro, a muchos miles de millones de años hacia delante.
—Y entre mis pensamientos pregunto:
—¿A qué se supone que viajo hasta aquí?
—En este tiempo la Tierra ya no es como la conoces, está sufriendo un calentamiento extremo por el aumento en el tamaño del Sol, ya no existen los continentes, ahora es uno solo, antes de esto los glaciares acabaron con lo que quedaba de vida congelando todo a su paso, después el vapor fue tan intenso que provocó un acelerado efecto invernadero lo que derritió y acabó con los pocos sobrevivientes. Supongo que ahora sabes a qué tiempo te estoy mandando.
—Eso creo —respondo entre mi consciencia—. Voy hacia la Tierra del futuro, la que está siendo devorada por la gigante roja, lo que antes fue

el Sol ahora es una máquina de destrucción masiva.

—¡Bingo!, es tal y como lo describes, el Sol está a pocos cientos de años para explotar y generar una gran súper nova, no tardará en devorarse a la Tierra.

—¿Qué pasó con los humanos? —pregunto.

—Todos se fueron hace miles de millones años después de colonizar marte y controlar el viaje en el tiempo, comenzaron a crear y abrir portales interdimensionales que fueron vitales para descubrir nuevas galaxias y llegar a otros sitios repletos de vida, los inventos y estudios que realizaste en tu pasado en este mundo también ayudaron a la colonización de otros planetas y alejarse de su antigua cuna.

—Y entonces, ¿qué se supone que hago aquí? —pregunto con gran duda.

—No siempre salvarás a la humanidad viajero, aquí ya no queda nadie, los mares y océanos se han secado, ya no queda rastro de vida animal, los humanos se marcharon, Marte también está deshabitado y desértico, pero hay pequeños sitios en la Tierra donde todavía se guarda un poco de oxígeno, de temperatura estable lo suficiente para que la vida vegetal pueda resurgir. La última rosa roja, esa es tu misión, debes ir por este mundo hasta las cuevas profundas donde la humedad abunda a buscar el último espécimen de rosa roja, traerla hasta aquí y entonces, tendrás una oportunidad más de viajar hacia tu pasado, podrás ir hacia Sirena.

—¿Cómo se supone que voy a sobrevivir al calor extremo? —cuestiono temeroso.

—No te preocupes, sabes que de problemas mayores siempre me encargo, estarás bien en esa cuestión, tendrás tu tecnología y las armas para cualquier peligro que se atraviese, tendrás los mayores recursos posibles para que puedas cumplir con tu propósito. Déjame decirte que este es el mayor de los retos que vas a enfrentar, nadie ha logrado escapar de aquí, pues otros viajeros en el tiempo que llegaron a este punto, murieron en el intento.

—Entonces siempre fue así, esto solo es un juego para ti, un bucle que repites con todos los viajeros en el tiempo, ¿cierto?

—Es lo menos que merecen muchacho, violaron las leyes del tiempo y del espacio, están cambiando el destino de otros mundos destruyendo todo a su paso y solo por su egoísmo, por intentar vivir su pasado sin pensar en las consecuencias. Si quieres seguir repitiendo tu vida, tienes que salir vivo de aquí, pero ya no evitaré nada que pueda interferir con el ciclo del tiempo, al final, si el tiempo no te alcanza, la tierra será alcanzada y se escribirá la última línea de tu historia —advierte.

—Sí, es el mayor reto que me has puesto, pero no tengo miedo, ya aprendí demasiado de los viajes anteriores y sé que puedo con uno más —le digo motivado.

—Que así sea muchacho, ¡buena suerte!

El mensaje está claro y el portal termina para hacerme caer en un mundo de completa soledad, donde la muerte es lo más que se puede observar.

Tal vez siempre te estuve esperando y fue por eso que no funcionó con nadie más en el pasado. Tal vez siempre fuimos nosotros y no quisimos abrir los ojos.

Es difícil explicar tu ausencia.

Lo tengo todo,
incluso cumplí con sueños que ni yo creía...

Pero me faltas tú,
mi mayor fracaso.

Y eso deja al olvido todos mis logros.

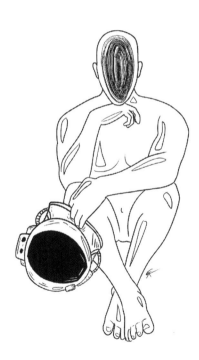

Constelación indefinida, estrella indefinida, 2000 millones de años en el futuro.

Doy los primeros pasos y el suelo comienza a quemarme las botas del traje espacial, pero de inmediato, como por arte de magia se transforma en un traje nuevo, renovado en su totalidad "un traje del futuro", de un material extraño, pero que puede conservarme fresco, ya no siento el calor extremo, puedo avanzar y comenzar con la misión.

Taliesín hizo lo que prometió, al menos me salvó de morir quemado en este planeta, pero dudo mucho que pueda ayudarme en otros problemas, así que debo procurar no meterme en aprietos. El lugar es tal y como lo describió, aquí no hay vida, no hay nada, es un sitio irreconocible, ni siquiera sé en donde me encuentro ahora.

Quizá este sitio fue antes una gran ciudad, un país con grandes riquezas o un bosque frondoso, incluso el propio océano. Pero hoy ya no queda rastro de nada, solo hay tierra y más tierra seca.

¿En dónde se supone que debo buscar la última rosa roja?

Aquí no hay nada. Incluso pienso que el controlador del tiempo me dejó aquí para morir y ya no seguir estorbando, para dejar de ser un problema y arruinar los mundos, pero hasta ahora no me arrepiento de lo que ya logré, si estoy aquí es porque he superado cada misión que me seleccionaron, estoy aquí porque quiero vivir esa vida al lado de la mujer que se sigue apareciendo en mis recuerdos.

Mientras me hago tantos cuestionamientos tropiezo con un objeto extraño, es más bien un traje espacial:

¿Será posible?

Sí, es un traje espacial, muy parecido al que traigo puesto.

¿A quién perteneció?

Tal vez fue de un viajero más que se aventuró en este mundo y no pudo sobrevivir, pero, si este mundo todavía no se destruye por completo:

¿Qué fue lo que lo mató?

El traje todavía no se desintegra por completo, incluso puedo extraer un chip de recolección de datos que se encontraba en el casco, lo activo en mi sistema y en mi pantalla se observa un mensaje de texto:

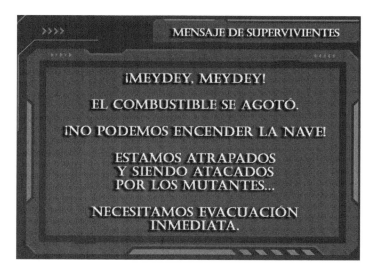

> **MENSAJE DE SUPERVIVIENTES**
>
> ¡MEYDEY, MEYDEY!
>
> EL COMBUSTIBLE SE AGOTÓ.
>
> ¡NO PODEMOS ENCENDER LA NAVE!
>
> ESTAMOS ATRAPADOS
> Y SIENDO ATACADOS
> POR LOS MUTANTES...
>
> NECESITAMOS EVACUACIÓN
> INMEDIATA.

Y esa es toda la información que contiene la memoria, no hay nada más, quiero pensar que lleva muchos años aquí, que quizá aún existía un último grupo de sobrevivientes que buscaba evacuación, posiblemente este traje fue de alguno de ellos o del equipo que venía a rescatarlos.

Qué pena pensar que su historia acabó así, que los últimos humanos murieron aquí, desintegrados y quemados por su propio mundo.

Antes de seguir con mi camino, de la nada una luz verde se enciende de entre las mangas del traje, reviso y noto que lleva puesto un localizador...

¡Que todavía funciona!

Está emitiendo algún tipo de señal.

¿Será un mensaje de los humanos del futuro?

O es una señal de que existe algo más que tierra y polvo en este mundo desértico. Me lo coloco y continúo. La luz se enciende con más frecuencia conforme estoy avanzando, el aire de polvo se esfuma por un momento y percibo montañas a lo lejos, puedo ir hasta allá para verificar si en sus cimas quizá se encuentre esa humedad o el clima adecuado para localizar la rosa roja. Ya caminé por un par de horas hasta llegar a las primeras faldas de las grandes montañas, me es difícil escalar con este traje sumamente pesado, pero sigo con el paso firme y sin deseos de rendirme.

Casi en la cima el localizador comienza a parpadear más y más rápido, emitiendo un sonido extraño.

¿Qué estará detectando?

De pronto, un ruido se escucha del otro lado de una gran roca, ¿eso es un ladrido?, me pregunto. Voy corriendo hasta rodear la roca y ver a lo lejos lo que parece ser un perro corriendo.

¡Está entrando en una cueva!

—¡Ey!, amiguito ¡espera! —le grito desesperado mientras voy detrás de él.

No logro alcanzarlo, pues entró a lo profundo de la cueva, me parece increíble que un perro siga en este mundo, pero lo más extraño fue la vestimenta que portaba. Llevaba un traje similar al mío que protegía su cuerpo, estoy seguro que no era un robot o algo más, era un ser vivo.

¿Qué está haciendo aquí?

Me acerco a la entrada de la gran cueva y un denso aire recorre el cristal de mi casco. La luz del localizador ya no parpadea, ahora se ha quedado estático.
Entro a explorar la cueva y poder encontrar al perro.

¡Cómo deseo que se encuentre bien!

Ya adentro enciendo la linterna y recorro el extenso túnel, el nivel de humedad aquí es distinto a estar afuera, quiero pensar que llegué al lugar correcto, tengo esperanzas de que pueda encontrar la rosa roja. Es un sitio tenebroso, misterioso y vaya que así lo es, porque más adentro se encuentran pintadas en los muros, extrañas figuras y mensajes que no logro descifrar. No es un idioma que pueda reconocer, apenas si es visible. Sin embargo, la computadora de mi traje espacial está resolviendo y armando el texto plasmado:

> Para quien encuentre este mensaje:
>
> Es el año 1.900.000.000 somos los últimos sobrevivientes de la Tierra, logramos refugiarnos en esta cueva que todavía mantiene el poco oxígeno y el clima adecuado para que podamos respirar.
> El resto de la población partió hacia Marte, dejándonos a nuestra suerte y morir de a poco en este basurero. Muchos de nosotros no contábamos con los recursos para comprar un viaje interdimensional y salir del sistema solar. Por suerte, logramos adaptarnos al clima extremo, encontramos un nuevo mundo en lo más profundo de las cuevas y comenzamos nuestra propia historia.

Este mensaje que se proyecta en mi pantalla hace referencia al mismo que encontré en el traje espacial abandonado, son las mismas personas que lograron encontrar un refugio en estas cuevas, pero eso fue hace ya unos cien mil años, dudo mucho que queden algunas. Lo extraño fue ver a ese perro corriendo a las afueras y conservando su traje de protección.

Decido ir más hacia el fondo, es tenebroso, pero quiero saber hasta dónde llega, puede que este sea uno de esos túneles que se describen en el texto y guarde un poco de vida. Apenas avanzo unos pasos, un fuerte temblor hace sacudir la montaña y grandes piedras caen sobre la entrada de la cueva haciendo que todo se torne oscuro.

¡Maldita sea!

Lo que me faltaba, quedarme atrapado y ya no tener opción de regresar, solo confiar en que hay una salida en alguna otra parte.

La linterna no aguantara mucho, así que debo darme prisa. Mientras avanzo los dibujos van cambiando, representando escenarios cada vez más catastróficos.

Me llama la atención el hecho de ver combatir a hombres con extrañas criaturas que no puedo identificar.

¿Es esto real o simplemente una fantasía que ellos crearon?

Pienso haber escuchado un ruido al estar resolviendo el mensaje, así que me doy prisa por seguir avanzando.

Cada vez es más oscuro, tenebroso, pero también siento un gran alivio y esperanza al saber que la temperatura aquí está disminuyendo, que se logra percibir más oxigeno de lo que hay afuera, que la humedad está por encima de lo que esperaba, ¡estoy en el lugar correcto!

Y así, de la nada, un extraño ruido se vuelve a escuchar entre la oscuridad.

¿Será el perro que entró corriendo?

—¡Hola!, ¿alguien me escucha?, amiguito, ¿estás ahí? —pregunto temeroso.

Otro ruido se escucha de nuevo, pero esta vez más fuerte, como si alguien estuviera cerca de mí, saltando entre las rocas. El corazón se me comienza a acelerar y una especie de escalofrió recorre mi cuerpo, estoy sintiendo miedo, sin pensar en qué puede estar ahí, a pesar de ser un mundo desértico, todavía puede esconder muchos secretos. La lámpara que traigo conmigo no es lo suficientemente potente para alumbrar por completo la cueva, así que activo la visión nocturna del traje espacial para estar más tranquilo. Al principio no logro observar nada, ya no se escucha algún ruido y no percibo movimiento. Hasta que, en una esquina, una especie de cola se oculta entre las rocas, eso no se parece en nada a la de un perro.

¡Qué demonios me está siguiendo!

Sin pensarlo, activo las armas y camino sigilosamente hacia donde se encuentra la extraña criatura, apenas me asomo para ver de qué se trata, cuando salta sobre mí...

—¡Noo!, ¿Qué mierda eres? —grito tratando de quitármelo de encima.

Da un salto repentino y escapa por un agujero, logré verlo entre la luz nocturna, eso no era un animal cualquiera, ni mucho menos se parecía a un perro, era una criatura distinta, nunca había observado algo así, era muy parecida a la que estaba retratada en las pinturas de la entrada. No logré dispararle, pero en cuanto me pongo de pie voy hacia el agujero y disparo el arma de plasma.

No le di a nada, seguramente se escabulló entre las rocas. Apenas recupero la cordura cuando otro ruido se escucha a mi lado izquierdo y al mismo tiempo sobre encima de mí, en el techo de la cueva.
Volteo enseguida y...

¡Ahí está otra vez!

No es solo uno, ¡son más!, observo al menos dos... no, hay otro por allá, tres, cuatro quizá. Debo estar atento, de inmediato activo un escudo protector alrededor de mí y en una mano me equipo con la pistola de plasma, en la otra, la espada láser. Jamás me había sentido con tanto miedo, la oscuridad también está haciendo su parte.
Sin darme cuenta, una criatura se me lanza por la espalda, el escudo hace lo suyo y logra lanzarla hacia una esquina, pero también mordió gran parte de la protección y comienza a liberarme.

¡Estoy expuesto ahora!

Volteo y disparo, ¡creo que lo maté!, sí, le atravesé el cuerpo con el plasma, pero, ¡ahí vienen los demás!

Una segunda criatura trepa por el techo y salta sobre mí, logro esquivarlo y disparar, pero me esquiva también y los disparos se estampan contra un par de rocas que se destruyen y hacen temblar la cueva.
Debo tener más cuidado al momento de disparar o quedaré enterrado en un derrumbe. Por fortuna, las rocas que cayeron no ocasionaron una tragedia, pero sí me ayudaron bastante, pues aplastaron a una criatura más que se acercaba. Las sensaciones de temor se apoderan de mi cuerpo, sin embargo, trato de controlarme, sabiendo que estoy solo y que solamente necesito de mi intuición para poder eliminarlas.

Me quedo quieto, los espero, uno más se acerca y en cuanto lo hace volteo para cortarlo en dos pedazos con la espada.

¡Su maldita sangre cae sobre mí!

Es de color morado, esto no es de este mundo, esto llegó de otros sitios...
Van tres y quiero pensar que solo me queda uno más, sí, el que se escapó al principio.

¿Dónde estará?

Los ruidos comienzan a sonar más al fondo de la cueva, con la visión nocturna y armado de valor decido ir tras lo que ahí se esconde.
Y tal como lo supuse, una criatura más huye entre los agujeros de la cueva, buscando también la manera de llegar hasta mí. Lo espero, espero a que se me acerque y cuando la tengo de frente me detengo a observarla más a detalle.

¡Qué extrañas son!

Tienen una quijada demasiado ancha, unos colmillos filosos y un cuerpo que asemeja a la de un lagarto, con una gran cola y gran cantidad de pelaje sobre la espalda, no encuentro sus ojos, quizá por eso no me ataca de inmediato.

¡Son ciegas!

Sí, son criaturas de la oscuridad, no puede verme, solo percibirme, aunque no me ataca y eso es extraño, es muy probable que también se haya detenido a analizarme.

¿Qué es lo que está haciendo?

Me pregunto al ver que emite un sonido extraño entre su cráneo. De pronto, se lanza directo hacia mí, pero el escudo protector se recargó de nuevo y enseguida lo activo, choca contra él, logrando atravesar un agujero, pero antes de que pueda llegar a mí, lo desvanezco de un disparo con el arma de plasma, destruyéndole la cabeza y generándome nauseas al verle volar los sesos alrededor del sitio y sobre mi traje.

¡Qué asco!

Pensaba ya en bajar la guardia cuando otro sonido se escucha detrás de mí, volteo con las armas enfrente y antes de disparar un quejido me detiene, ¡es el perrito!

—Hola amiguito, ¿cómo estás?, ¿te hicieron daño? —le pregunto guardando las armas y despejando mis manos para revisarlo.

Se encuentra lastimado de una pata trasera, por eso el quejido, seguramente estuvo refugiado por aquí cuando las criaturas aparecieron, por suerte se fijaron en mí y a él no lo lastimaron. Lo acaricio para tranquilizarlo, pues tiembla de miedo y su corazón retumba, es fácil de percibir, su traje es lo que más me sorprende, parece ser que es un can entrenado que perteneció a personas, no está tan sucio, apenas si se encuentra rasgado, seguramente se extravió en una misión de rescate o de exploración, eso significa que probablemente aún haya humanos o tal vez solo lo abandonaron.

—Tranquilo amiguito, ya estás a salvo, ¿de dónde vienes?, ¿dónde están tus amos? —le pregunto tontamente.

Lleva un estampado interesante en la parte de sus costillas, posiblemente es el escudo de su tropa, de alguna organización o algún comando.

Trato de observarlo más de cerca cuando unas garras me sostienen de los tobillos y me arrastran hacia atrás...

—¡Noo!, grito desesperado, el perro sale huyendo del lugar y la criatura me arrastra hacia una esquina.

No puedo sacar las armas, ¡me tiene atrapado!, de una mordida me arranca parte del traje y entierra sus colmillos en mi pierna izquierda.

¡NO QUIERO QUE ESTE SEA EL FIN!

Lo peor de una despedida, es que no sabes si es un hasta pronto o un hasta nunca...

Y quieres quedarte ahí,

en ese adiós que nunca se sintió tanto.

No hay horario,
ni tiempo,
ni espacio que me impida quererte...

Te quiero.

Y no hay pasado,
presente
o futuro que pueda impedirlo.

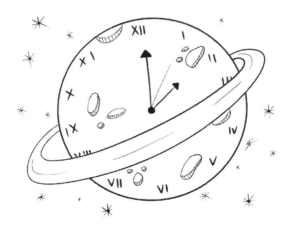

Desesperado lucho contra él, pero es demasiado fuerte, estoy perdiendo las fuerzas y ya no puedo controlarlo.

¡No quiero morir aquí!, ¡no así!

Y cuando estaba a punto de perder las fuerzas, antes de que la criatura me atacara mortalmente, disparos comienzan a atravesarlo hasta acabar con él.
Volteo de inmediato para ver quién los generó y tres siluetas se paran frente a mí:

—¿Quiénes son ustedes? —pregunto temeroso, pensando que se trataban de alguna especie de alienígenas por el traje y las armas con las que vienen equipados.
—¿Quiénes son ustedes? —vuelvo a preguntar al no tener respuesta, pero esta vez apuntando mis armas hacia ellos.

Apenas lo hago, el perro que me había encontrado aparece de entre la oscuridad y se recuesta junto a uno de ellos.

¡Es de su propiedad!

Bajan sus armas y se quitan los cascos, mi sorpresa es grande al ver lo que hay detrás...

¡Son humanos!

Dos chicos y una chica. Y al verlos también bajo las armas y vuelvo a cuestionar:

—¿Humanos?, son como yo, ¿cierto?, ¿aún quedan personas en este mundo o qué son ustedes?
—¿A qué tropa perteneces? —pregunta uno de ellos.

—¿Tropa?, no, yo no pertenezco a ninguna tropa, vengo de otro sitio —respondo con miedo a ser descubierto.

—Entonces eres uno de esos viajeros del tiempo que vienen por una misión, ¿cierto? —cuestiona la mujer.

—¿Cómo lo saben? —pregunto confundido.

—No eres el primero que llega hasta aquí, pero quizá seas el último.

—¿A qué te refieres con eso? —pregunto.

—Ven, acompáñanos —me dicen.

Los tres dan media vuelta y caminan hacia lo profundo de la cueva, los sigo detrás para comenzar a charlar:

—¿Cómo es que sabes que soy un viajero del tiempo? —cuestiono.

—Todos en este mundo lo saben, en un cierto lapso de tiempo un viajero aparece, buscando realizar una misión, ya perdí la cuenta de cuántos han llegado hasta aquí, pero ninguno ha vuelto de donde vino.

—¿Qué les sucedió?

—Jamás encontraron su propósito, buscaron y buscaron por muchos años, pero no hallaron nada, algunos venían por un rastro de vida marina, otros por plantas, animales en específico o semillas. No encontraron nada y su desesperación fue tanta que decidieron salir a explorar más allá del límite y nunca volvieron. El último que llegó hace unos 100 años se interceptó con un mensaje de nuestra flota, no cumplió su propósito y decidió quedarse.

—Y, ¿aquí se quedó para siempre? —pregunto.

—Vivió unos años junto a nuestra gente, pero siempre buscó la manera de regresar a su tiempo, la desesperación le ganó y se aventuró para buscar una salida o un combustible que lograra encender nuestra nave para partir a otros mundos. Su esfuerzo fue en vano, murió a unos kilómetros de aquí tras ser atacado por cientos de mutantes, es por eso que nosotros no salimos de estas cuevas, sin embargo, ya es necesario —me dicen.

—Esa nave de la que me hablas, ¿ya funciona?

—No, aún no, pero no podemos seguir quedándonos, los mutantes ya descubrieron nuestro refugio —advierten.

—No, los matamos a todos, en un principio pensé que eran cuatro, pero tal vez no percibí a ese último, ya no hay más y la entrada se derrumbó cuando yo ingresé —les digo confiado.

—Eso nos dio un poco de ventaja, escuchamos cuando sucedió, llevábamos un par de días buscando a Pólux, se nos escapó mientras vigilábamos la entrada.

—Pólux, ese es tu nombre amiguito. —Acaricio al perro que camina con gran actitud a pesar de estar lastimado.

—Sí, es nuestro último cachorro, el último perro que existe en este mundo, por eso no descansábamos hasta encontrarlo, esta cueva es inmensa.

—Lo encontré merodeando por la entrada, después lo seguí y me topé con misteriosas pinturas en la entrada advirtiéndome sobre esas extrañas criaturas que ustedes llaman mutantes, ¿qué son en realidad? —pregunto.

—En un principio fueron experimentos, hace unos millones de años, cuando el sol comenzó a crecer y convertirse en una gigante roja, los humanos crearon en Marte los viajes interdimensionales, transportándose así a otras galaxias y descubriendo nuevos mundos donde la vida resurgió... Ahí, todos los animales fueron evacuados, transportados también a esos nuevos mundos, y aquí, en la Tierra, los experimentos no cesaron, intentaban revivir a especies que ya estaban extintas para no perder a ninguna, pero se equivocaron, cometieron errores al tratar de crear a nuevas especies y mezclar los ADN con especies encontradas en otros mundos.

—¿Alienígenas? —cuestiono.

—En este tiempo ya no se conocen así, hay miles de mundos que contienen las mismas especies que en el nuestro, pero no todos poseen a los más exóticos. Y esa obsesión por tener a los animales que solo en la Tierra evolucionaron hizo que el caos se desatara, creando a los mutantes. Fue cuando comenzó la evacuación de la población.

—Y, ¿ustedes por qué se quedaron?

—Nosotros nunca quisimos quedarnos, ellos nos abandonaron. Nuestros antepasados no eran de grandes recursos, no les alcanzó pagar el viaje a Marte y se quedaron aquí. No tuvieron opción que luchar y sobrevivir. Fabricaron sus propias armas y sus trajes para que la temperatura que cada día aumentaba no les afectara. Al principio lograron contener a los mutantes, se hizo una limpieza a nivel mundial y comenzábamos a ganar, pero, al ser nosotros un estorbo para el gobierno y los causantes de muchas manifesta-ciones en los otros planetas por abandonarnos, decidieron invadirnos, creando más y más mutantes, su misión era acabar con cualquier rastro de vida humana aquí en la Tierra y buscar un pretexto de algún cambio climático para extinguirnos, así no iban a cargar en su conciencia el hecho de habernos asesinado.

—Pero aquí siguen, lograron sobrevivir todo este tiempo, ¿cómo es que aprendiendo a vivir entre los mutantes?

—No, acabaron con la mayoría de nosotros y en los últimos miles de años nos dedicamos a ocultarnos, ya somos muy pocos y ellos se reprodujeron alimentándose de la radiación solar. Nos rebasan en miles de números, así que decidimos aprovechar el tiempo que nos queda aquí en la Tierra para crear una nave que nos transporte hacia otro mundo. Aunque a pesar de todos nuestros esfuerzos, aún no logramos hacerla encender.

—¿Cuánto tiempo queda para que el sol se devore a la Tierra? —pregunto.

—Aún quedan muchos miles de años para que eso suceda, el verdadero problema es que los mutantes ya saben dónde nos encontramos, quizá mataste a todos los que entraron antes de que la entrada se derrumbara, pero lo que no sabes es que ellos se comunican telepáticamente, en este momento seguramente los demás mutantes ya saben de nuestra localización y vendrán por nosotros.

—Y, ¿qué se supone que haremos ahora? —cuestiono preocupado.

—Ahora nos dirigimos hacia nuestro refugio, vamos a alertar a nuestra gente para que puedan darse prisa y buscar más alternativas para encender la nave. Y tú, ¿a qué has venido?, ¿qué es lo que buscas en nuestra época? —preguntan.

—Vengo por el último espécimen de rosa roja, cuando llegué a este mundo me topé con los restos de un traje similar al mío, seguramente perteneció al viajero del que me contaron, así pude interceptar el mensaje que traía en el chip de su casco, algo me decía que todavía había personas en este mundo, jamás perdí la esperanza. Después escalé las montañas hasta ver a Pólux entrar a la cueva, así fue como llegué hasta aquí. Sospecho que los mutantes ya se habían percatado de mi presencia y me siguieron hasta alcanzarme.

—¿Eso que traes en la mano es un localizador?

—pregunta uno de ellos.

—No lo sé, ¿lo reconocen?, lo encontré en el mismo traje del que les cuento, fue este aparato el que me trajo hasta aquí con su luz parpadeante —les digo y muestro el aparato.

—Sí, es uno de nuestros dispositivos de localización, todos portamos uno, cuando la luz verde está parpadeando significa que estamos lejos de cualquier presencia humana, así que comienza a buscar alguna otra señal. Cuando encuentra una cerca, la luz parpadea con más frecuencia y cuando la luz se queda estática es porque estamos a pocos metros de encontrarnos —me explican.

—Eso lo explica, así fue como me encontraron, así fue como llegué a ustedes.

—Al parecer así fue, el último viajero ayudó para que llegaras hasta aquí —me dice la chica.

—Lo que quedó de él —respondo mientras reímos.

—Vamos, apretemos el paso, hay que apresurarnos —dice uno de ellos.

Comenzamos a trotar para poder llegar al refugio, sin ir demasiado rápido para que Pólux no realice un esfuerzo mayor.

—Por cierto, ¿cuál es su nombre? —cuestiono.

—Yo soy Stefano —me dice el más alto.

—Mi nombre es Ymir —responde el segundo chico.

—Y yo soy Lyra, y tú, ¿cuál es tu nombre viajero? —pregunta la chica.

—Mi nombre es Jio Clepper, pero puedes reducirlo a JC.

—Ok JC, bienvenido al futuro —me dice y llegamos al final de la cueva, me muestran la entrada de un lugar completamente distinto a lo que se encuentra afuera.

Tres soldados nos reciben para verificar que no

estamos heridos, uno de ellos revisa a Pólux y le comienza a colocar una venda en la pata.

—Puedes dejar tus armas ahí, descansa, que te curen las heridas, después come y hablamos más tarde —me dice Lyra.

Y yo no puedo dejar de mirar el increíble lugar, es tan futurista, demasiados detalles alrededor que no logro comprender.

¡Y se supone que este sitio es solo de los últimos escombros!

Todos portan su respectivo traje protector, son alrededor de cien personas, entre ellas ancianos y niños, también hay plantas y suficiente comida, al parecer tenían razón con Pólux, no solo es el último perro de la Tierra, también es el último animal en este sitio.

Las chozas son increíbles, construidas de roca, pero con la suficiente tecnología integrada que las hace ver elegantes, las cosechas están avanzando, los bebés están creciendo, esta colonia apenas está naciendo y me causa un tanto de tristeza saber que con lo que sucedió con los mutantes, ahora tienen que abandonar todo y buscar nuevos horizontes.

Me acomodo en una esquina y bebo un poco de agua, las personas aquí son muy amables, no se sorprenden al ver a alguien nuevo, supongo que reciben a sobrevivientes de otros sitios y los tratan como uno de ellos.

Un niño de escasos cinco años se me acerca para preguntar:

—¿Tú eres el viajero de este siglo?

—Sí, yo soy el viajero, ¿cómo te llamas muchachito?

—Crux, ese es mi nombre —responde.

—Qué buen nombre, y ¿cómo es que sabes quién soy yo? —pregunto.

—Toda la gente adulta habla de ti, dicen que eres el último viajero.

—Supongo que ya les avisaron a todos que tenemos que irnos pequeño —le digo.

—Sí, mamá dice que debemos darnos prisa, aunque todavía no entiendo por qué o a dónde vamos —dice confuso.

—No te culpo, yo tampoco tengo idea de lo que vaya a suceder ahora —respondo.

Lyra se acerca y le dice al pequeño:

—Crux, ve con tu madre, tengo que hablar con el viajero. —El pequeño se aleja y Lyra pregunta:

—¿Revisaste el lugar?, ¿encontraste lo que buscas?

—No, es sencillo identificar una rosa, aquí no hay y eso me tiene un tanto decepcionado.

—Era de esperarse —responde.

—No es por ustedes, también quiero ayudarlos —le digo.

—De todos los viajeros que llegaron hasta aquí, todos han buscado su beneficio y se olvidaron de la gente, buscaron la manera de ayudarnos, pero siempre para su conveniencia y nunca le pusieron atención a nuestro verdadero propósito que es encender esa estúpida nave —me dice señalando la gran nave interestelar que se encuentra en el centro del lugar.

—No me conoces, no soy como los que llegaron antes —le digo molesto.

—Demuéstralo entonces y cuando esa nave encienda, si el tiempo alcanza, todos podemos ayudarte a encontrar esa rosa roja entre los más remotos rincones del sitio —propone como trato.

—Me parece un gran trato, dime, ¿qué es lo que se necesita específicamente para que esa nave encienda? —cuestiono.

—Combustible, cualquier materia que pueda brindar energía, pero en este mundo es imposible hallarla, todo afuera es un desierto, un completo infierno, hemos buscado por años, pero los fósiles de milenios se desintegran en cuestión de segundos y así no hay petróleo, tampoco podemos aprovechar la luz solar porque quema los paneles, el calor es muy intenso que no aguantan mucho tiempo expuestos, no hay agua para generar presas, el viento es demasiado tóxico que derrite los molinos y aquí apenas si la luz que entra nos alcanza, tenemos protegido cada rincón de la radiación que pueda afectarnos. Ya no sabemos a dónde buscar, cada día es un día menos, nos estamos desesperando, pero aún tenemos la esperanza de encontrar algo. Dime, ¿cómo crees que podrías ayudarnos?

Quiero pensar que todavía existe una pequeña ilusión para ellos, que quizá el combustible que conocen ya no exista, pero debe de haber otra solución.

—¿Ya buscaron por todo el planeta? —cuestiono.

—En cada rincón, incluso en los lugares más peligrosos donde los mutantes se concentran, no hay nada.

—¿Y alguna vez conocieron la materia exótica? —pregunto al recordar la manera en la que encendí a Lucy.

—¿Materia exótica?, ¿qué es eso? —cuestiona Lyra.

—La materia exótica es un tipo de combustible que viene de meteoritos, pensé que la habían descubierto hace millones de años.

—Quizá fue así, pero seguramente fue a beneficio de la ciencia y solo los científicos tuvieron acceso a ella —me dice.

—Es muy probable, en mi tiempo la materia exótica es muy escasa, yo tuve que arreglármelas por mi propia cuenta para poder encontrarla.

—¿Y en donde la descubriste? —pregunta.

—La encontré en el Pueblo donde nací, en el pueblo de Suhail. Más específico en una pequeña cueva del cerro más alto, ahí había caído un meteorito, fue donde la descubrí junto a un mapa estelar.

—¿Un mapa estelar?

—Sí, gracias a eso pude comprender cómo funciona el salto a los distintos mundos paralelos, aunque nunca supe con certeza cómo llegó hasta ahí, pero la materia exótica fue de gran ayuda para que yo lograra viajar en el tiempo —le explico.

—Ya entiendo, pero han pasado muchos millones de años, es muy probable que el pueblo del que mencionas ya no exista o que la materia exótica haya sido descubierta tiempo después.

—¿Y qué tal si no? —cuestiono.

—¿Crees que todavía exista?, y si es así, ¿crees que sea capaz de encender la nave?, necesitamos que sea una cantidad suficiente para que soporte el viaje y no solamente nos deje varados en la inmensidad del cosmos.

—Solo hay una manera de averiguarlo, tendremos que viajar a donde antes fue el pueblo de Suhail, llegar hasta el cerro y buscar si todavía existen los restos del meteorito. Y si es así, no se necesita de mucho para hacer encender la máquina, será suficiente para viajar a varios mundos —propongo.

—Entonces, ¿ese es tu plan? —pregunta.

—Dime, ¿tienes algún otro? —le digo con disgusto.

Lyra me hace una cara desconcertada, pero sabe que no hay otra opción, los mutantes se acercan y solo hay que arriesgarse para poder salvarnos.

—Está bien, pero yo iré contigo, iremos los dos y nadie más, no voy a arriesgar a mi gente —me dice.

—No te preocupes, estaremos bien —le digo y pregunto:

—¿En qué nos vamos a transportar?

—Tenemos una pequeña nave para explorar, pero su combustible también es poco, espero nos alcance.

—No perdamos la fe, va a alcanzar —le digo.

—La fe es algo que todos perdimos desde hace tiempo, anda, ve a alistarte, partimos mañana —responde seriamente y da media vuelta para alistar sus provisiones.

La noche cae y la gente ingresa en sus chozas para descansar, yo solo me armo un pequeño refugio para dormir y junto a mí, Pólux se recuesta y se acurruca entre mi pecho. Lyra se acerca para brindarnos cobijas y una cama armable.

—Veo que le agradaste a Pólux —me dice.

—Eso creo, él también me agradó desde la primera vez que lo acaricié, me recuerda mucho a mi mascota que tuve en la adolescencia.

—Es un gran perro —afirma.

—Él también lo era —le digo con gran sentimiento.

—Toma, te traje cobijas para que descanses mejor —me dice con una sonrisa.

—Gracias, nos vemos mañana.

—Buenas noches viajero.

—Buenas noches Lyra.

Quizá nunca fuimos nosotros...

Pero me quedé atrapado
en un pasado donde pensé
que lo teníamos todo.

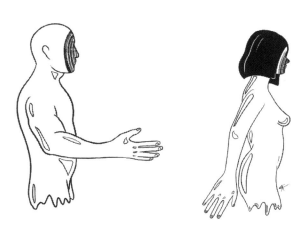

Puedo dormir con tranquilidad, en realidad la rosa es lo que menos me importa ahora, porque si antes muchos viajeros del tiempo llegaron hasta aquí y lo único que les importó fue su misión, creo que esta gente también merece una oportunidad más, y si puedo salir de aquí, si logramos encender la nave y partir, en otro mundo podré hallar ese último espécimen, después de todo, dudo mucho que en este mundo lo encuentre.

Lyra guarda un duro rencor con los antiguos viajeros y no quiero que haga lo mismo conmigo, tampoco quiero que todas las personas de aquí mueran en el intento, ni siquiera Pólux, todos merecen una mejor vida, una nueva oportunidad de volver a vivir.

Es de mañana y toca partir, Lyra llega a levantarme lanzando sobre mí una inmensa y pesada maleta:

—Anda dormilón, vámonos —me dice.

—¡Ya voy!, lo siento, tantos cambios me causan un sueño terrible —respondo y me levanto al instante.

—¿Estás listo? —pregunta.

—Sí, estuve pensando algunas cosas antes de dormir, se supone que en este tiempo los continentes ya no existen, ya es uno solo, ¿no es así?

—Así es, ¿en qué sitio se encontraba tu pueblo? —cuestiona.

—En lo que antes fue México, ¿está muy lejos de aquí?

—No mucho, con la máxima velocidad podríamos llegar en minutos, pero debemos ahorrar el combustible, reduciremos la potencia a la mínima, creo que en unas tres horas estaremos llegando, pero necesito la ubicación exacta.

—Recuerdo las coordenadas que en mi tiempo existían —le digo.

—Dímelas, puedo verificar en los archivos antiguos si existe registro de ello.

—Claro, norte 18°07′al oeste 96°50′

—Listo, aquí lo tengo, lo estoy registrando en la computadora de la nave para que nos lleve hasta allá. ¡Vamos, sube! —me dice.

Subimos a la nave y quedo encantado con la tecnología de este tiempo, es una nave extraordinaria que, incluso ya no es necesario pilotearla, solo colocando la ubicación es suficiente para que nos transporte hasta allá.

Nos colocamos el cinturón de seguridad y la enciende para partir.

El techo del sitio se abre por un instante y de un disparo despegamos, a una velocidad increíble, si esta es la potencia mínima...

¡No me quiero imaginar cuál es la máxima velocidad!

—Aquí vamos, realmente quiero creer que vamos a encontrar esa materia exótica —me dice esperanzada.

—Que así sea Lyra —respondo preocupado.

—Bueno, son tres horas para llegar, ¿de qué quieres charlar? —pregunta.

—Tengo muchas preguntas que quiero hacerte, no puedo creer que viajé tanto tiempo al futuro.

—Créeme que yo también tengo mucho por preguntar —me dice.

—Empieza tú —le pido.

—Está bien, dime a qué has llegado a este mundo, ¿cuál es tu propósito?

—Si te soy sincero lo único que busco es regresar hacia atrás, hacia el pasado, revivir los momentos de mi juventud y quedarme ahí, disfrutar lo más que se pueda y regresar a mi mundo para morir.

—¿Para morir? —pregunta dudosa.

—Sí, no soy tan joven como aparento, partí de mi mundo con 62 años y con una terrible enfermedad en los pulmones, no tengo mucho tiempo, solo estoy ingiriendo cápsulas para mantenerme joven, en realidad, por dentro estoy destruido.

—Para mí eres joven JC, yo tengo 135 años, era una pequeña jovencita cuando el último de los tuyos estuvo aquí.

—¿135 años?, ¿cómo es posible? te sigues viendo como una chica de 20 —pregunto confundido.

—Estás en el futuro, nuestra esperanza de vida es mayor gracias a la tecnología y a la medicina actual. Puedo decirte que aún estoy joven y que me falta la mitad de vida para envejecer.

—Qué increíble, jamás pensé que los humanos viviéramos tantos años, supongo que has pasado por tantas cosas —le digo asombrado.

—Algo así, si te soy sincera no siempre han sido buenos tiempos, también sufrí bastante.

—Creo que todos alguna vez sufrimos o nos quedamos atrapados en un lapso de nuestras vidas —le digo.

—Lo dices con mucho resentimiento, ¿qué fue lo que sucedió contigo? —cuestiona.

—Es una larga historia, no terminaría en unas tres horas.

—Bueno entonces déjame contarte la mía —propone.

—Adelante, me encantaría escuchar todo lo que has vivido —le digo y presto atención.

—Tal y como lo dices, todos alguna vez nos quedamos atrapados en un lapso de tiempo, yo recuerdo mucho mis primeros años, a pesar de los cambios extremos que surgían en la Tierra yo era muy feliz en nuestro pequeño refugio, conocí la tristeza cuando mis padres murieron al cumplir los 22, fueron atacados por mutantes mientras intentaban ayudar a un grupo de sobrevivientes. Después llegó un viajero, uno como tú, que con el tiempo me hizo experimentar por primera vez el amor. Nos conocimos demasiado, me desnudé ante él, le mostré mis miedos y la esperanza que llevaba en salir de este sitio. Me ayudó a superar la muerte de mis padres y a volver a sonreír. Pensé que él también lo sentía, que me quería tanto como yo, que buscaba una salida para todos. Y cuando menos lo creí, cuando más enamorada me tenía, se marchó, no dijo mucho, solo buscó de pretexto que tenía otros planes, que tenía que seguir su camino, que sí, me quería, pero todavía no olvidaba su pasado. Así fue como se marchó y a los pocos días recibí su última señal antes de ser asesinado también por los mutantes... La guardo y la llevo conmigo en todo momento, es su último mensaje:

Me dice mostrándome una carta que se proyecta en una pantalla flotante:

LYRA:

Quiero decirte que mi intención jamás fue sentir todo esto por ti. Te quiero, de eso no tengas dudas, que podría quedarme en este mundo y buscar juntos la salida o morir en el intento, pero a tu lado. Sin embargo, mi pasado me arrastra hacia otro rumbo, trato de amarte, trato de que este cariño se convierta en un amor que nunca antes haya vivido. Pero es ese mismo amor el que me detiene y me regresa a mi mundo. No sé si llegaste muy tarde o demasiado pronto, porque aún no puedo saber cuánto tiempo más llevaré conmigo esta gran melancolía que me atormenta con cada día, estas ganas de volver y arreglar mi historia.

No pertenezco a este mundo, no pertenezco a tu historia, ambos escribimos la nuestra, ambos sabemos que aunque me quede, en mi mente siempre voy a desear volver y no quiero que sufras eso a mi lado. Me voy para buscar cómo volver a mi tiempo, pero te llevaré conmigo también en cada pensamiento y te recordaré por la bonita historia de un capítulo que se escribió entre nosotros. Sé que algo mejor te espera, sé que alguien mejor llegará para amarte tanto como lo mereces.

Atentamente: JCH.

—¿JCH?, ¿Ese era su nombre? —cuestiono.
—No, nunca mencionó su nombre, en todos los años en los que se quedó solo me dijo que lo llamara así. Por sus iniciales.

Y en ese instante mi mente explota, tratando de entender qué significa o qué es lo que está sucediendo. Cuando me encontré a Lyra y los otros dos chicos les dije mi nombre, Jio Clepper, pero, no saben mi apellido, no saben que detrás de una H, está Halley. Que abreviado, es JCH.

Tal vez solo es una coincidencia, tal vez el viajero que llegó hace un siglo tenía nombres muy parecidos a los míos...

—Es tu turno — dice Lyra al verme tan distraído.

—¿Mi turno? —pregunto confundido.

—Sí, cuéntame cómo llegaste hasta aquí, ¿cuál es tu historia?

—Mi historia no es tan sencilla de contar, pasé por muchos mundos para llegar hasta aquí. Aunque mi verdadero propósito siempre fue volver a mi pasado, también he disfrutado cada aventura que se me cruza. Mi vida fue aburrida después de los 25, hice un par de descubrimientos que me hicieron famoso en la materia de medicina, apoyé mucho en el campo de la nanotecnología, junto con mi amigo Baham creamos las pastillas rejuvenecedoras y después todo explotó, nos volvimos muy reconocidos y a la vez millonarios, no me faltaba nada, lo tenía todo, riqueza, mujeres, lujos y lo que pudiera desear. Pero me hacía falta lo más importante, no tenía el sentimiento, la última vez que me enamoré apenas si cumplía los 20, sucedieron diversas cosas con aquella chica y el destino quiso que cada quien siguiera su camino, jamás la olvidé. Y al llegar a los 60, me detectaron una enfermedad en los pulmones y no quería morir sin antes revivir los momentos que me hicieron feliz. Por eso decidí crear una máquina reductora de tamaño y después cree a Lucy.

—¿Quién es Lucy? —pregunta Lyra.

—Es otra máquina, otro invento mío. Logré viajar en el tiempo y me crucé con mi primer pasado, con un primer sentimiento y después con personas que me dejaron grandes lecciones de vida. Entendí que muchas veces no puedes cambiar lo que ya está escrito y que debes corregir tu vida para poder sanar en el futuro. También atravesé otros mundos donde no pertenecía, luché contra un rey hechicero y también me transporté al pasado. Estuve en una guerra mundial y en la era de hielo.

—¡No inventes! —exclama asombrada.

—Es en serio, no estoy jugando, pasé por todo eso antes de llegar hasta aquí.

—¿Y por qué no fuiste directo hacia el tiempo en el que deseas estar? —pregunta.

—Viajar en el tiempo no es tan fácil como parece. Es por eso que muchos viajeros se pierden o se quedan en el intento. Como los que ya llegaron aquí —le explico.

—Eso es lo más extraño, ¿sabes?, todos vienen por un propósito, por revivir un momento, pero ninguno lo consigue. ¿Por qué?

—No lo sé, quizá muchos se rinden y se quedan en esos mundos creándose otra historia, otros posiblemente murieron, pero si ninguno lo ha logrado es porque todavía falta dar ese pequeño salto.

—¿Cuál? —cuestiona.

—No ver solo por él, sino también por lo que les rodea. Ustedes, por ejemplo, no quiero que nadie muera aquí, puedo ayudarlos, podemos salvarnos y después podré buscar la rosa roja con su ayuda. Todos ganamos, no solo yo.

—Nunca había escuchado de un viajero que se quedara por voluntad propia. Por ayudarnos —me dice.

—Ahora conoces a uno — le digo con una sonrisa.

Y a pesar de la bonita charla que tenemos, puedo notar que Lyra no confía mucho en mis palabras. Y no la culpo, vivió la decepción en carne propia, creyó en palabras que después la traicionaron. Es difícil confiar después de eso.

Pero su mirada no me engaña, hay algo en ella que no puedo descifrar, me mira con una delicadeza inexplicable, como si a través de mí observara algo más.

Yo no puedo verla directo a los ojos, por más que ella me clave la suya en mi rostro, no quiero ver qué hay más allá del brillo de sus pupilas, no quiero ni siquiera atreverme a ver entre su interior, lo que esconde su lastimado corazón o si puede después de tantos años activar ese sentimiento que se quedó ahí, atrapado en el tiempo.

No quiero que pase lo que pasó con Stella en la era de hielo, no busco encariñarme con nadie, ni mucho menos recordarle el duro pasado que vivió con ese antiguo viajero espacial.

—¡Hemos llegado! —me dice con felicidad.
—¿Tan pronto?, creo que una buena charla llena de historias resuelve tres horas de viaje —le digo y sonreímos.
—Vamos, baja, ¿reconoces este sitio? —pregunta.

Apenas pongo un pie en tierra, una linda sensación recorre mi cuerpo, una temblorosa explosión de cosquilleo y recuerdos. Sin duda, estamos en el pueblo de Suhail. Por más desértico que se vea, por más irreconocible y por más desviada de su localización, es aquí.

—Sí, estamos en el lugar correcto —respondo.
—¿A dónde es que debemos dirigirnos? —cuestiona Lyra y activa en su reloj un mapa flotante en 3D del sitio.

—¿Puedes buscar dónde se encontraba el cerro más alto hace millones de años?

—Sí, es justo por aquí, sígueme...

Lyra y yo caminamos hacia un oscuro vacío, el polvo y los tornados de calor nos complican el camino, pero seguimos firmes hacia delante. Hasta llegar a una gigante roca de piedra fundida.

—Es aquí, se supone que en este lugar se encontraba la entrada.

—Grandioso, dame espacio —le digo mientras tomo de mi bolsillo una granada. La aviento y activo, la explosión genera un espacio para que podamos ingresar.

Activamos las linternas y comenzamos a buscar.

—Aquí no hay nada —dice Lyra después de unas horas buscando sin descanso.

—No debemos rendirnos —le digo desesperado.

—Acéptalo JC, no estamos buscando nada, lo que alguna vez estuvo aquí ya fue descubierto o destruido.

—No debemos perder la esperanza... No debemos perder la esperanza —repito una y otra vez al seguir escarbando entre los escombros.

De pronto, una luz verde se asoma entre un agujero.

—¡Ahí!, ¡ahí está! —grito emocionado.

—¡Vamos, escarba más fuerte! —dice Lyra esperanzada.

Escarbo lo suficiente para poder extraer la roca brillosa y efectivamente, ¡es materia exótica!

—Te lo dije, nunca debemos perder la esperanza —le aconsejo.

—Gracias, ahora entiendo que no siempre se pierde —responde con una sonrisa.

Salimos del sitio con las ilusiones a tope y abordamos la nave, ¡es hora de volver e intentar encender la nave para salir de este mundo!, nos abrochamos el cinturón de seguridad y despegamos. Durante el trayecto, Lyra busca charlar y saber más de mi vida:

—¿Y cómo era ella? —pregunta.

—¿Cómo era quién? —respondo dudoso.

—Ella, la chica por la que buscas volver.

—Ella era una chica muy misteriosa, nunca supe en realidad lo que sentía por mí, por eso quiero volver, quiero pensar que alguna vez me quiso y que nunca supe el momento exacto para expresarle lo que llevaba dentro.

—¿Qué pasará cuando ella sepa que viajaste por el tiempo para volver a encontrarla? —cuestiona.

—No tiene por qué saberlo, los viajes en el tiempo funcionan de distintas maneras, aquí estoy con mi cuerpo físico, soy yo. Pero en otros mundos puedo estar presente solo con mi cuerpo astral, siempre y cuando también haya un cuerpo donde sea compatible.

—¿Con tus otros yo?

—Exactamente. Supongo que en este tiempo los viajes ya son avanzados.

—No, en este tiempo los viajes por el pasado y el futuro ya están prohibidos. Pueden ocasionar catástrofes inimaginables, porque cuando fueron descubiertos y expuestos a la sociedad, se desató el caos y fue difícil controlarlo. Hace mucho que se implementó una ley para prohibir viajar en el tiempo y todas las máquinas fueron destruidas.

—Es por eso que desconoces del tema, ¿cierto? —pregunto.

—Sí, por eso me emociona escuchar tus historias, JCH también lo hacía, era muy parecido a ti —me cuenta.

—¿Parecidos en qué sentido? —pregunto curioso.

—En cómo relatan sus historias, los dos son tan misteriosos para mí, interesantes también, incluso te encuentro un parecido con él. Apenas si lo recuerdo, ya pasaron tantos años y jamás nos tomamos una fotografía. Eso es lo que odio, después de tanto olvidé cómo era, pero el sentimiento jamás desapareció.

Me sigue pareciendo muy sospechoso que Lyra hable del antiguo viajero y de mí con las mismas características, tengo miedo de pensar que tengo algo que ver con él.
Tengo ganas de seguir preguntando, de despejarme las dudas y resolver los enigmas que se esconden a través del tiempo en este mundo, pero cuando estaba por hacer la siguiente pregunta, a lo lejos, desde el cristal de enfrente se notan unas extrañas figuras:

—¡No puede ser! —exclama Lyra.
—¿Qué es eso? —pregunto sorprendido.
—¡Mutantes!, miles y miles de mutantes que se dirigen hacia nuestro refugio, ¡No tenemos mucho tiempo! —advierte.
—¡Son kilómetros de ellos!, Jamás podremos enfrentarlos, ¿cuándo llegarán hacia donde están los demás?
—No tengo el cálculo exacto, pero tenemos un aproximado de una semana, debemos apresurarnos en hacer encender la nave. ¡Hazme confiar de nuevo!, ¡dime que vamos a lograrlo! —me pide con los ojos llorosos.
—Lo lograremos Lyra, confío en nosotros —respondo temeroso.

Lyra acelera la nave sin importar que pueda quedarse sin combustible, por suerte no faltaba mucho para llegar. Ingresamos al refugio y de inmediato, Lyra alerta a todos:

—¡Debemos darnos prisa!, los mutantes se acercan.

—Tranquila Lyra, ya estamos sacando toda la munición y armas posibles para hacerles frente —le dice Ymir.

—No, olviden las armas, no será suficiente para acabar con todos, no podremos detenerlos, debemos darle prioridad a la nave, JC y yo encontramos el combustible para hacerla funcionar, ahora solo debemos darnos prisa en construir el conducto y adaptarlo a la materia exótica.

—¿Cómo estás tan segura de que no podremos hacerles frente? —cuestiona Stefano.

—Porque los vimos, en el viaje de regreso nos topamos con kilómetros de mutantes que se aproximan a nosotros —le digo mientras todas las demás personas entran en pánico.

—¡Debemos darnos prisa!, ¡todos vamos a morir! —se escucha entre ellos.

—¡Tranquilos!, vamos a salir de aquí, vamos a terminar y hacer funcionar la nave, no vamos a morir, no debemos tener esos pensamientos, al contrario, debemos apresurarnos, ¡todos a trabajar! —les ordena Lyra.

—Esa es la actitud mujer —le digo con gran orgullo.

Toda la comunidad comienza a trabajar, algunos recargando más armas por si los mutantes llegan primero, otros armando barricadas y construyendo muros. Y otros más apoyando en la construcción de los conductos para la nave. Las horas parecen estar contadas, trabajamos sin descanso, tan solo paramos a comer y beber un poco para después continuar.

Aprovecho la poca energía que me queda para trabajar por las noches, por más sueño que tenga, sé que debemos apresurarnos si queremos salir de aquí.

Ahora sé que te quise más de la cuenta y por eso no funcionó, es que nunca estuviste preparada para recibir un amor tan grande y terminaste por huir...

Antes de arriesgarte.

¿Para qué culparnos?

Solo debemos aceptar la realidad,
la vida no nos quiso juntos,
tenemos caminos distintos...

Y por más que duela
lo mejor es entender que tú y yo
no somos un mismo destino.

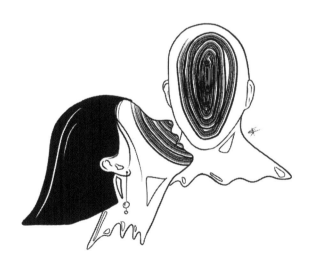

Los días pasan y con ello las pocas fuerzas que nos quedaban. Mucha gente está desgastada, otros se han desmayado del intenso cansancio, no pueden más, pero Lyra y yo seguimos trabajando. Ella por lapsos para y descansa de lo débil que está, sin embargo, nunca deja de prestarme atención, me trae agua y comida, me pide que le dé fuerzas para continuar y que siga contándole historias para olvidarse del cansancio.

Por unas noches dormimos juntos, aunque nunca hicimos o dijimos algo comprometedor, pero terminábamos abrazados en medio de la madrugada entre tanto desgaste. Le tomé algo de cariño, pero sigo sin atreverme a conocerla más de lo debido. Estoy harto de los finales tristes que ahora lo único que busco es un final feliz donde todos aquí se salvan y son felices.

También me encariñé mucho con Pólux, es un grandioso perro que me sigue recordando al amigo que tuve en mi adolescencia, es de esas veces en las que piensas que tu fiel compañero de cuatro patas te siguió hasta en otro mundo, hasta en otro tiempo. Miles de millones de años en el futuro tan solo por volverse a encontrar.

—Ya casi está lista —le digo a Lyra al colocar la última pieza del conducto.

—Sí, solo falta activar la materia exótica y podremos despegar, creo que podemos conseguirlo —responde con gran emoción.

Y cuando pensábamos que las cosas iban a salir bien, Stefano que se encontraba vigilando la entrada grita con gran desesperación:

—¡Ya vienen!, ¡Ya están aquí!, ¡Todos aborden la nave! —dice al detectar movimiento en la entrada de la cueva.

—No tardaran mucho en llegar hasta aquí, ¡que todos suban! —ordena Ymir.

—Lyra, encárgate de subir a todos los ancianos,

niños, mujeres, a Pólux y que todos los hombres estén listos para combatir. Después regresas e instalas la materia exótica. Yo iré a la entrada con Stefano, trataré de contenerlos lo más que pueda —le ordeno.

—No, JC, tú ayúdame a instalar el combustible en lo que yo subo a todos, no dejaré que te expongas de esa manera, es demasiado peligroso enfrentarlos a todos en la entrada —responde Lyra y grita:

—¡Stefano!, acércate, estás muy cerca de la entrada, ¡ve con los demás!

Y apenas escucha, Stefano da media vuelta y se dirige a donde están los demás hombres, pero en cuanto se mueve, unas grandes garras lo atraviesan del pecho haciéndolo desangrar y muriendo al instante.

—¡NOO! —grita Ymir y comienza a disparar—. ¡Fuego!, ¡disparen todos! —grita y el caos se desata.

Los mutantes ingresan al refugio, los hombres tratan de contenerlos y yo apresurado instalo el combustible.

—¡Está listo!, ¡todos a bordo! —les grito.

Lyra termina de abordar a los más vulnerables y me dice:

—Sube JC, vámonos.

—No Lyra, debo ayudarlos —respondo.

—¡No!, esta es nuestra guerra, tú cumpliste con tu promesa, hiciste encender la nave, ahora sube, ellos se encargarán —me pide con enojo.

—No, intentaré salvar a los que pueda, pero no seré un cobarde, solo por querer regresar a mi pasado no significa que no quiera dar mi vida por estas personas —sentencio para después saltar hacia donde las criaturas se enfrentan con los pocos hombres que quedan de pie.

—¡No lo hagas!, ¡vuelve! —grita Lyra desesperada.

—Enciende la nave Lyra, ¡volveré por ti! —le grito y comienzo a luchar.

Las municiones no son suficientes para controlar a todos los mutantes que comienzan a entrar por todos lados, inclusive están ingresando por nuevos túneles que excavaron y el techo comienza a colapsar.

—¡Vamos, vamos!, todos a bordo —les grito a los pocos hombres que quedan.

—Ymir es el último de ellos en subir y me extiende la mano para que pueda treparme lo más rápido posible. Desde ahí seguimos disparando.

Lyra activa la nave y comienza el despegue, pero antes de que suceda, un pedazo de techo cae sobre los mutantes y entre los escombros se asoma una increíble y brillosa rosa roja.

¡Ahí está el último espécimen!

Y no sé si es por la inercia, por los recuerdos que llevo o la intuición de querer volver a mi pasado lo que hace que de un salto salga de la nave y me dirija a recogerla.

—¡JC vuelve!, ¡vuelve! —grita Lyra y se aparta de los controles de la nave para ir hacia donde se encuentran los demás.

—¿Qué ha hecho? —le pregunta a Ymir.

—Ahí entre los escombros, ahí está la rosa que tanto buscó, es su destino Lyra, él ya cumplió con su misión aquí, nos está salvando, tienes que volver a los controles y hacer despegar la nave. Déjalo ir... ¡Déjalo ir! —le dice Ymir al observar que estoy peleando con más mutantes tratando de llegar hasta la rosa roja.

—¡No!, Ymir, tú ve a controlar la nave, hazla despegar, tengo que ir por él, tiene que regresar, tiene que salir de aquí también, esto está a punto de colapsar.

—¡Lyra ya no puedes hacer nada! —le grita al verla saltar también y, sin darse cuenta, Pólux salta detrás de ella.

Abajo, al fin logro llegar hasta donde se encuentra la rosa roja, la arranco lo más despacio posible y lo envuelvo en una cápsula para que no se maltrate.

No puedo explicar la sensación que cargo ahora.

¡Encontré la maldita rosa!, ¡salvé a los últimos humanos!

Ya es hora de ir a casa. Frente a mí el portal se abre.

¡Ya puedo volver al lobby!

Y cuando estoy por ingresar, escucho la voz de Lyra:

—¡Jio!, ¡espera! —grita y me sorprende verla aquí.

—¡Lyra!, ¡vuelve a la nave! —le grito desesperado.

—¡Abajo!, ¡Cuidado! —vuelve a gritar.

Es ahí cuando el instinto de supervivencia me hace agachar y Lyra acciona el arma de plasma para volar en pedazos a un mutante que estaba por atacarme. Llega hasta mí para darme un gran abrazo.

—¡Lyra!, ¿Qué haces aquí?, ¿por qué te bajaste de la nave? —cuestiono.

—No puedo dejarte ir Jio, tú eres ese gran amor, tú eres JCH, ¡volviste!, ¿no te das cuenta? —pregunta.

—No Lyra, yo no soy él, yo no había llegado

hasta aquí nunca antes.

—Sí lo eres, eres él en otro tiempo, en este basto multiverso también tienes a otros yo que viajaron hasta este punto, otros igual que tú llegaron hasta aquí porque querían revivir su pasado, nadie lo logró, ¿qué te hace pensar que ese es tu destino?

—Mi destino no es revivir el pasado Lyra, pero tampoco es vivir una nueva vida. Mi historia está escrita, yo solo quiero volver a las páginas donde sentí ese cosquilleo en el pecho, yo solo quiero volver a leer las líneas donde dice que voy a enamorarme y experimentar un cambio radical al conocer a una persona que transformaría cada célula de lo que soy.

—¿Por qué no aquí?, ¿por qué no conmigo? —me pregunta entre lágrimas.

—Porque antes de ti ya me entrometí en otro mundo, quise escribir otra historia en una era que no me pertenecía y me dolió en el alma despedirme, saber que, aunque el sentimiento en esa persona se borró para estabilizar su línea temporal, sufrió en un instante y eso me rompe en pedazos. Saber que estaba encontrando en mí algo más que un cariño y pensaba que yo también podía amarla, pero me equivoqué. Fue exactamente lo que pasó con JCH. Él quiso quererte, él quiso enamorarse de ti, pero no era su mundo, no era su vida, porque su historia ya estaba escrita. No soy él Lyra, pero ambos buscamos el mismo propósito y no quiero causarte el daño que él te causó. Lo siento —sentencio.

Y entre lágrimas activo el traje aéreo, tomo entre mis brazos a Lyra para volar y alcanzar a la nave que estaba llegando a su máxima altura para poder realizar el salto interestelar.

Una vez ahí, le doy las últimas palabras:

—Te quiero Lyra, conocerte fue algo que llevaré siempre conmigo y no me arrepiento de no intentar nada contigo, sé que es lo mejor para los dos, en ningún momento quise perderme en tu mirada ni tratar de lastimarte. Siempre te hablé claro y te dije a lo que venía.

—Eres más valiente y sincero que todos los viajeros que antes llegaron. Y yo no me arrepiento de confiar en ti, cumpliste con lo que dijiste y eso nadie lo había hecho, salvaste a toda la gente y ahora vamos a buscar un nuevo mundo. Siempre te recordaré Jio, así como siempre llevé conmigo a mi primer amor, también llevaré muy dentro al chico que me salvó la vida y la de mi gente. Al chico que jamás se atrevió a lastimarme.

Era una buena despedida, quizá le hubiera dado un último beso si nuestros cascos no se interpusieran, pero ahora es momento de regresar al lobby, así que vuelvo a tomar la rosa para activar el portal, pero un segundo antes escucho un ladrido...

—¡Pólux!, ¡es Pólux! —grita la gente mirando hacia abajo.

Entonces observo al pequeño amigo que me hizo sentir menos solo cuando llegué a este mundo, tratando de escapar de los mutantes, buscando una salida de entre los restos de lo que alguna vez fue su refugio.

Ya no se podía hacer mucho, la nave estaba a punto de despegar y la tierra comenzaba a abrirse, no solo era el ataque de las criaturas, la Tierra estaba muriendo y se manifestaba justo en el momento menos adecuado.

No quiero quedarme con el arrepentimiento de no salvarlo ni mucho menos quiero verlo morir siendo devorado, así que me lanzo en picada de la nave activando el traje aéreo y volando lo más rápido posible. En esos pequeños segundos los recuerdos vuelven a mi mente, como si el tiempo se detuviese, proyectando frente a mí la época de mi adolescencia, cuando compartía los días con mi mejor amigo, con mi ángel de cuatro patas.

Así de la nada se disparaban las lágrimas en mi rostro, pues ver a Pólux a punto de morir me hacía recordar cuando vi morir a mi mascota. Creí que con el tiempo había olvidado ese duro capítulo de mi vida, pero el recuerdo de Tarvos ha vuelto, sí, ese era su nombre.

¿Cómo iba a resistir ahora ver morir a Pólux?

No podía, no podía volver a eso. La parte difícil de tener a una mascota es despedirse de ella de la peor forma, cuando sabes que el día final se acerca y no puedes detener el tiempo, cuando haces cualquier intento por salvarlo, por quererlo tener en tu vida por muchos años, sin tener en mente que no tienen el mismo promedio de vida que un humano.

Pero cómo le explicas a un perro que su compañía te hace una mejor persona, que te puede curar de una depresión o al menos dejar de sentirte en soledad. Que después de tantas almas que ya conociste, sigues pensando que él es más valioso que cualquiera y que darías la vida por salvarlo.

Que cuando una enfermedad llega, es lo mismo que estar a punto de ser devorado por mutantes, solo que sufres en silencio, no podía preguntar qué le sucedía, solo al ver sus ojitos podía saber que estaba cansado, que quería seguir, seguir conmigo, pero que sus últimos suspiros ya estaban contados.

Eso intentaba hacerle entender a Pólux al estar tan cerca de él y no poder hacer nada. Los mutantes estaban más cerca y el suelo no aguantaría un segundo más.

Y con él quiero hacer lo que por Tarvos no pude, darle una muerte que no sea dolorosa, que no sufra y en un parpadeo todo se acabe. Con el alma partida activo la última bomba que guardaba entre los bolsillos del traje y disparo.

Lyra desde arriba, entre llantos se despide de mí y de su querido amigo Pólux. El viaje para ellos apenas comienza, van en busca de un nuevo hogar y sus heridas con el tiempo van a sanar.

Pólux en cambio, muere en forma instantánea junto con los miles de mutantes que estaban por devorarlo. La tierra se parte y destruye, sus últimos restos serán devorados por la gigante roja y yo.

Yo caigo en medio de la explosión y la despedida, en medio de los recuerdos y el sentimiento. Antes de que las llamas me alcancen, un portal se abre regresándome al lobby.

Caminaba despacio, contemplando el despejado firmamento salpicado ahora por un billón de estrellas. También las estrellas eran viajeras del tiempo. ¿Cuántos de aquellos puntos luminosos eran los últimos ecos de soles ya desaparecidos? ¿Y cuántas nuevas estrellas habían nacido pero su luz todavía no llegaba hasta nosotros? Si todos los soles, excepto el nuestro, colisionaran esa noche, ¿Cuántas generaciones tendrían que transcurrir hasta que nos diéramos cuenta de que nos habíamos quedado solos? Siempre había sabido que el cielo estaba lleno de incógnitas...Pero nunca habría imaginado lo misteriosa que podía resultar la Tierra.
"El hogar de Miss Peregrine para niños peculiares" (2011), Ransom Riggs.

CAPÍTULO XI
ECLIPSE: UN DESTINO DISTINTO

Año indefinido:

Llegando al lobby busco a Taliesín entre la oscuridad del abismo.

—¿Dónde estás?, ¡dónde estás! —pregunto y grito con gran enojo.

—Al fin llegas viajero, ¿qué tanto hiciste?, el portal se abrió un par de veces y no ingresaste en él. Eché un vistazo y estabas por morir en medio de la explosión, pero también vi que aún traías contigo la rosa roja. Entrégamela —me dice apareciendo de la nada.

—Tómala, esta maldita rosa me causó muchos problemas y sobre todo, me regresó a donde no quería volver.

—¿Te refieres a los recuerdos de tu pasado?

—Sí, a los peores, cuando perdí a Tarvos, ¿sabes lo mucho que me costó superar su muerte?

—Ya remediaste ese resentimiento que llevabas en el alma con lo que hiciste en aquel mundo muchacho.

—¿Lo viste? —cuestiono.

—Sí, lo vi. Te esperé cuando el primer portal se abrió, ya no tenías nada que hacer en ese mundo y, sin embargo, te quedaste por más tiempo. Ibas a morir en medio del fuego, pero decidí darte otra oportunidad para que continúes con tus viajes.

—¿Por qué?, ¿por qué tiene que ser así?, ¿por qué en cada mundo siempre hay un sacrifico que tengo que hacer para poder seguir? —pregunto.

—Ahora entiendes lo que significa viajar en el tiempo, cada una de tus acciones tienen su consecuencia.

—¡Pero no así!, no lastimándome con los recuerdos del ayer —le pido desconsolado.

—Es la única forma en que entiendas que lo que estás haciendo no es correcto, ¿hasta cuándo lo entenderás? —me pregunta.

—Hasta que pueda demostrarte que, en uno de todos los mundos posibles puedo remediar mis errores y escribir esa historia que nunca pude terminar... Tú no puedes evitar que eso suceda.

—Tienes razón muchacho, no puedo evitar que quieras escribir tu propia historia, modificarla en ese sentido, pero siempre cuidaré que lo hagas con la mayor seguridad posible para que no ocasiones un caos. Depende de ti si quieres terminar esa historia con Sirena o aceptar que tu destino es regresar a tu mundo y morir con lo que ya viviste.

—Ya no sé si lo que tú quieres es ayudarme o destruirme —le digo con gran confusión.

—Lo que yo quiero es evitar que destruyas el universo, que destruyas más mundos con tu arrogancia o que destruyas la vida de otras personas, pero también me has demostrado que eres una gran persona y que lo único que buscas es revivir el amor que nunca volviste a sentir. Por eso te sigo manteniendo con vida. ¿Tú crees que solo es así porque te lo estás ganando con cada misión?, tal vez no te das cuenta, pero siempre estoy para apoyarte cuando las cosas se ponen difíciles.

—Y te lo agradezco mucho Tali, creo que ambos nos comenzamos a entender. Y ahora que estoy un poco más tranquilo, ¿puedo preguntarte algo?

—¿Qué quieres saber muchacho?

—Lyra me habló de un chico con iniciales JCH,

¿qué sabes de él? Y, ¿de dónde llegó o cómo hizo para llegar a ese mundo futuro?, necesito respuestas, me cuestiono mucho el hecho de saber que pude haber sido yo, es decir, alguien de mis otros yo.

—Tus sospechas son ciertas, hace un siglo alguien como tú llegó a ese mundo. ¿Quieres saber cómo? —me dice proyectando con su reloj del tiempo miles de mundos parecidos a la Tierra.

—Tú eres uno de tantos con el mismo cuerpo, con el mismo destino, con las mismas rutinas y los mismos gustos. Eres uno de tantos en miles de millones de mundos paralelos. La diferencia es que el espíritu es distinto, puedes transportarte a través del tiempo porque son compatibles con sus mismos cuerpos, incluso puedes llegar a sentir cada sentimiento que están experimentando en sus respectivos mundos. Pero no puedes más allá que solo eso, no puedes saber qué están haciendo o si van a llevar el mismo pensamiento que tú. Muchos se convirtieron en lo que jamás imaginaste. Estás viajando por tu propio mapa estelar, viajando en una sola línea, entre el pasado y el futuro, pero más allá existen muchas líneas temporales, muchos como tú también siguieron exactamente el mismo destino, llegaron hasta aquí, lograron el viaje en el tiempo e intentaron regresar, buscaban a su propia Sirena, pero hasta ahora todos han fracasado, nadie lo ha logrado. JCH fue uno de ellos, hace cien años tu otro yo llegó aquí también, era tu mismo cuerpo, pero un espíritu completamente distinto. La arrogancia que llevaba sobrepasaba el límite, estaba tan aferrado que sacrificó muchas vidas y causó desastres incalculables. Cambió la vida de muchas personas que no eran culpables de su destino y enamoró a otras que no debían conocerlo. Es por eso que el final de sus días no fue como lo deseo. En cambio, tú estás logrando corregir cada error que cometes, no ir más allá de lo permitido y has rendido frutos, ahora tienes la oportunidad de ir hacia otro capítulo de tu pasado y revivir esos días que tanto soñaste.

—Qué increíble, jamás pensé que el espacio tiempo y el multiverso funcionaran así, todas las teorías que en mi mundo se plantearon fueron por algo, todas tenían la razón, cada una proponía una condición distinta, pero nunca intentaron juntarlas para comprender mejor el viaje por el cosmos.

—Así es viajero, en tu mundo el mapa estelar siempre será el mismo, pero en otros mundos, otras constelaciones los rodean y cada una tiene una cantidad distinta de mundos posibles, así es como funciona. Sin embargo, aquí es el centro del todo, en el lobby donde te encuentras el tiempo se detiene y no existe nada más que polvo cósmico. Aquí es donde te quedarás atrapado cuando las oportunidades se te acaben, debes tener cuidado ahora que vas con Sirena, no te excedas... Y antes de que partas a la siguiente estrella, hazme una promesa.

—¿Qué clase de promesa? —pregunto.

—Que pase lo que pase en ese primer mundo, lo aceptes, y si las cosas salen bien puedes quedarte, pero si cometes un error te traeré de vuelta y tendrás que regresar a tu mundo.

—No, ¿cómo voy a saber qué decisiones son correctas?, nunca salió bien en mi pasado, necesito más oportunidades —le suplico.

—Ya no muchacho —me dice y coloca una pulsera en mi brazo, una especie de localizador.

—¿Qué acabas de colocarme? —le pregunto molesto.

—Es un localizador. En este punto ya sabes demasiado sobre cómo funciona el tiempo y el espacio. Confío en ti, pero no demasiado. Si las cosas no funcionan en la primera estrella, te devolveré de inmediato y no habrá nada que podrás hacer. Esa es la condición y no hay marcha atrás. Ahora ve, te deseo la mejor de las suertes.

— No puedes hacerme esto, no después de todo lo que ya pasé, debes darme más oportunidades, sabes que, aunque cometa algún error voy a remediarlo —le suplico.

—No puedo hacerlo muchacho, no puedo dejar que cambies más de un destino que ya está escrito. Con lo que aprendiste trata de hacer lo mejor posible, trata de desviar el propósito de cada quien, sin afectar su futuro. Que vivan las lecciones que deben vivir, las experiencias y tristezas, y tú también, no te desvíes de lo que viviste después de Sirena. Solo alarga el tiempo en que recibiste cada lección para poder vivir lo que buscas.

—¿Eso es todo lo que vas a decirme?, ¿no me ayudarás en la aventura más importante? —pregunto con reproche.

—No voy a cambiar de opinión viajero. Que disfrutes lo más que puedas, ese es el único consejo que tengo para ti— dice Taliesín antes de dar la vuelta y esfumarse entre la oscuridad.

Y en realidad no sé qué es lo que estoy sintiendo, tengo una gran frustración de pensar que solo tengo un mundo para ver a Sirena.

¿Y si las cosas no funcionan y lo vuelvo a echar a perder?

No sé qué haré si todo vuelve a suceder como en mi

pasado, al final, todo lo que ya conseguí será en vano, pues volvería a mi oscura y triste realidad. Buscaré la manera para que no sea así, pero por ahora también me siento feliz por lo que está por venir.

¡Al fin voy a volver!

El corazón me palpita a una velocidad extraordinaria, hace años que no sentía esta felicidad, estas ganas de vivir, estas energías de ir más allá de lo que se conocía. De viajar a un pasado lleno de momentos, recuerdos, nostalgias y decepciones. Llena de amores fugaces y desilusiones eternas.

¡Aquí voy!

Doy el salto hacia la siguiente constelación sin siquiera detenerme a analizar lo que ya había recorrido. Voy hacia "la Vela", con más miedos que nunca, pero dispuesto a remediar los errores y escribir lo que solo en sueños podía vivir.

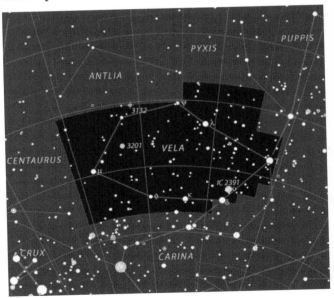

La Vela, estrella no. 1. Martes 21 de noviembre del 2017:

El traslado comienza y mi cuerpo astral se transporta. Abro los ojos y estabilizo el equilibrio. Me encuentro en la universidad...

¡Era de suponerse!

Pero algo no concuerda, esta ropa que traigo puesta, la mochila, los tenis, no recuerdo tener todo esto en esta época. Volteo de un lado a otro, estoy confuso, el cielo está repleto de nubes grises, chicos y chicas corren por todos lados apresurados. Antes de tomar el teléfono del bolsillo, alguien me golpea el hombro y dice:

—Muévete holgazán o llegamos tarde a la clase o terminas mojado por la tormenta que se aproxima. —Volteo y veo que es Arturo, pero viene acompañado con más amigos que en el tiempo de Sirena aún no conocíamos.
—¿Qué está sucediendo? —pregunto en voz alta.
—Sucede que vamos a llegar tarde, ¡vamos!, date prisa—. responde.

Por ese momento se me olvida que en el teléfono podría revisar la fecha y resolver las dudas, pero la inercia hace que siga a Arturo y a los demás chicos.
Me siento feliz de estar aquí, aunque todavía no entiendo qué está sucediendo.

¿Por qué ellos están aquí?

¿Será posible que en este mundo las cosas sucedieron antes de lo que yo recuerdo?

O tal vez es simplemente una falla en mi memoria.

Llegamos al salón de clases justo antes de que una fuerte lluvia caiga sobre la universidad. Por suerte el profesor aún no ha llegado. Así que salimos a fumar un cigarrillo en lo que esperamos.

—¿Quieres Jio? —pregunta Arturo ofreciéndome un cigarrillo.

—Sí amigo, vaya que me hace falta, un buen cigarro acompañado del frío de la lluvia, una gran combinación para empezar el día —respondo. Pues hace años que no probaba uno de estos, un cigarrillo puro. Mi verdadero cuerpo apenas aguantaría un suspiro para destruirse, aquí, en este cuerpo joven puedo disfrutar y al mismo tiempo reír sin que nada pase.

—¡Ahí viene el profesor! —grita uno de los chicos.

—Tranquilos, el profe es buena onda y también viene fumando, no pasa nada que terminemos y después pasamos —dice Arturo.

Todos terminamos las risas y charlas para después pasar como si nada a nuestros asientos, mientras el profesor está con la clase, tomamos nota y al mismo tiempo platicamos y reímos.

—¿Dónde dejaste a tu chica? —pregunta Arturo.

—¿Mi chica? —cuestiono confundido.

—¡Ahí está!, ¡ahí viene!, al parecer se le hizo tarde por la fuerte lluvia —dice señalando a la puerta.

Y corriendo cubierta con una remera de un tono verde o posiblemente azul, una chica entra apresurada y se sienta frente a mí. ¿Quién es ella? , me cuestiono entre mis pensamientos. Entonces se quita la gorra que la protegía, voltea y me pregunta:

—¡Hola Jio!, ¿ya pasaron lista?

Y al verla mi vista explota y mis ideas se deshacen.

¡Ella es Soledat!

Estoy desconcertado, Soledat es la chica que conocí unos meses después de la decepción con Sirena. No debería estar aquí.

¿Qué hace ella aquí?

De inmediato le pregunto lo primero que se me viene en la mente:

—¿Qué fecha es? —Ella al verme desorientado dice:
—¿Estás bien?, ¿no sabes en qué fecha vives?, ¿no estás borracho cierto?, hoy es martes. Al parecer el puente del 20 de noviembre te movió el cerebro —ríe y voltea, pero regalándome una sonrisa angelical.
Espantado saco el teléfono del bolsillo para revisar, pero el profesor me llama la atención:
—Señor Clepper, nada de teléfonos, lo sabe muy bien.
—Disculpe profesor, creí tener una llamada de emergencia, pero en seguida lo guardo —respondo y doy un vistazo rápido al calendario.

¡No puede ser!, ¡Estoy en el 2017!

Es martes 21 de noviembre...

¿Qué hago aquí?

—¿Estás bien Jio?, te veo muy pálido —pregunta Soledat.

—Sí, no te preocupes, estoy bien, creo que el cigarrillo que me fumé me mareó un poco, es solo eso —respondo.

—Haces mal en fumar Jio, puede afectarte —me advierte.

—Lo sé, gracias por preocuparte por mí Sol. Pero descuida, estoy bien.

—Más te vale —me dice con otra sonrisa.

—¿Puedes tomar nota por mí?, voy a remojarme la cara y vuelvo enseguida —le pido.

—Claro, descuida, yo tomo nota y te lo mando más tarde, tómate tu tiempo.

Salgo disparado con dirección a los sanitarios, entro a uno de ellos y respiro profundo, recargándome con las dos manos, sintiendo frustración y mareos.

—¿Qué se supone que hago en este mundo? —me pregunto con gran coraje.

Busco tranquilizarme para después comenzar a meditar y buscar las respuestas. Trato de comunicarme con Taliesín para que pueda explicarme qué está sucediendo. Entro en estado de trance y puedo sentir su respiración en mis oídos.

—Tali, ¿Qué ocurre?, ¿por qué estoy aquí?, ¿qué hago seis meses después de que la historia con Sirena terminó?... Era el capítulo siguiente, solo unos meses después de haber cumplido con el propósito de no lastimar a Gien, tenía que encontrarme con Sirena apenas comenzara el 2016. ¿Por qué me mandaste más de un año adelante? —cuestiono con remordimiento.

—¿Qué dices?, tú debiste saber a dónde tenías que viajar, yo no hice nada, no te mandé, no moví la línea del tiempo ni el mapa estelar. ¡Recuerda!, ¿Qué fue lo que hiciste? —me dice con una gruesa voz.

444

—Yo solo salté a la constelación de la Vela, a su primera estrella donde se supone estarían los inicios del 2016... No lo entiendo —le digo.

—¿A la Vela?, ¡Qué acabas de hacer!, si estás en el 2017 es porque cometiste un error, ¡saltaste a la constelación incorrecta!

—¿Cómo?, no, fue justo la siguiente... la siguiente después de la Brú... —Me quedo a mitad de palabras para pensar lo que hice, unos segundos después me percato que el controlador tiene toda la razón. ¡Viajé a la constelación equivocada!

No tenía que llegar a "La Vela", la constelación correcta era "La Brújula", sí, a las estrellas donde salté cuando Taliesín me devolvió al lobby, justo antes de advertirme que aún faltaba cumplirle una misión para poder viajar hacia mi pasado.

¡Eso explica por qué estoy un año después!

"La Vela" es una constelación adelante, donde mi historia con Sirena ya está escrita.

—Tienes razón Tali, salté a la equivocada, ¿qué va a suceder ahora?, ¿puedo volver al lobby? —pregunto desesperado.

—Ya no muchacho, cambiaste el transcurso del tiempo en ese mundo al salirte del salón de clases, inclusive desde que generaste confusión en Soledat por tu comportamiento. Puedes volver aquí, pero no te dejaré ir hacia "La Brújula" sin antes cumplir con una misión más. Un pasado por un mundo por corregir, esa es la condición. Puedes quedarte el tiempo que quieras, solo no estropees las cosas, ¿qué pierdes con revivir los meses posteriores a la pérdida de Sirena? —pregunta con tono de burla.

Es ahí cuando termino el trance y abro los ojos, azotando las manos contra la pared, furioso y desconcertado. Molesto por el maldito error que cometí.

¿Qué va a suceder ahora?

Me pregunto a mí mismo y de la nada un fuerte dolor en el pecho rebota de un lado a otro. Así es como se siente estar en una desilusión del tamaño del universo. Así es como se siente un desamor, una historia que no se escribió. Un destino que jamás se dio.

Así es como se sentían los primeros meses al no estar con ella, al ya no recibir sus mensajes y no ver su sonrisa cada fin de semana. Así es como se sentía estar perdido en un lapso del tiempo y el espacio. Deseando a cada segundo volver unos meses atrás y remediar lo sucedido. Detenerla antes de que se marchara para no volver jamás.

Así es como mi otro yo llevaba el desgarre de un amor imposible en su corazón, un dolor que siempre estuvo en mí, pero que cada día disminuía. Había olvidado por completo cómo se sentían los primeros días.

Sigo tratando de entender lo que está sucediendo cuando un mensaje entra en el teléfono:

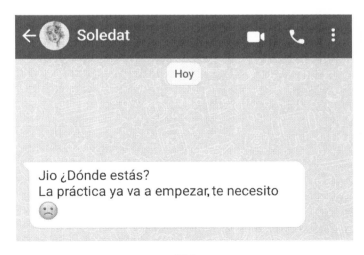

Es Soledat quien pregunta dónde me encuentro, pues la práctica de la clase estaba por empezar y ella era parte de mi equipo de trabajo. Decido dejar de pensar tanto las cosas y hacer que todo fluya, al final, volveré a casa en unas horas y podré plantear bien qué hacer. Por ahora voy a tratar de disfrutar estar aquí, estar con mis amigos y recordar los últimos años en la universidad, pues esta fue una etapa que siempre eché de menos por no saberla vivir a causa de aquella decepción que unos meses atrás había sufrido.

Voy de prisa de vuelta al salón de clases, ahí, Soledat ya me esperaba:

—¿Dónde andabas?, la práctica ya empezó y no tengo idea de qué hacer —me dice riendo.

—Tranquila, yo te explico —le respondo.

—Gracias por volver, pensé que te habías volado la clase como la vez pasada cuando te fuiste con tus amigos a ver el fútbol —me dice preocupada.

—No, cómo crees, Arturo está aquí, sabes que no iría a ningún lado si no es con él.

—Eso fue lo que me dio esperanzas de que ibas a volver, de hecho, le pregunté por ti y solo bromeó. Ya sabes cómo es.

—Por eso es mi amigo —le digo y reímos.

—¿Cómo es que sabes tanto? —me pregunta mientras me observa armar la práctica.

—No es que yo sepa mucho y que tú no, es que estamos en carreras distintas, la mía se especializa en esta práctica, ya lo he visto antes en otras clases. Y tú estás más enfocada en la práctica con la naturaleza, ¿no es así? —le pregunto.

—Ahora sabes porque una bióloga no debe de estar entre tantos cerebritos —responde bromeando.

—¡Ahora sabes a lo que me refiero!, pásame el cautín por favor, voy a soldar las partes finales para terminar.

Soledat me obedece en todo momento y me observa con gran delicadeza, esto es diferente, esta mirada es mucho más distinta a la mirada que recibía de Lyra en el mundo futuro. Aquí sus ojos me transmiten una melancolía, porque sí, en mi pasado Sol siempre fue esa chica que me llamaba la atención poderosamente.

Me encantaba su sonrisa, sus ojos cafés eran igual al café de cada mañana antes de ir a la escuela. Te despertaba de una probada. Su voz era mágica y sus conversaciones aún más. Tenía tanto misterio que me era imposible ir más allá. Sabía que también veía algo más en mí, lo puedo notar desde la forma en cómo me habla, en cómo me trata y principalmente en el brillo de su mirada.

Tal vez por eso traigo esta sensación en el pecho, porque en mi pasado sí pasé por días así. Conocí a Soledat medio año después de mi historia con Sirena. Era mi compañera de clases en los semestres finales de la carrera.

Ella es un año mayor que yo, pero sus últimas prácticas también estaban enfocadas en nuestro campo, fue por eso que coincidimos en la misma clase.

En una clase repleta de 55 hombres y un par de mujeres que no hacían más que mirar el cuaderno y anotar apuntes.

Sol era distinta, le gustaba aprender cosas nuevas, pero no era muy buena en matemáticas.

Sin embargo, sus conocimientos respecto a su campo eran extraordinarios. Eso era algo que en ella me encantaba.

Los primeros días era tímida, no hablaba con nadie y siempre recibía propuestas de todos los chicos del salón para tener una cita.

Ella no era cruel al momento de rechazarlos, simplemente les regalaba una sonrisa como agradecimiento por su interés, pero siempre les decía que su prioridad era la carrera y que no estaba interesada en salir con alguien.

Un día cualquiera se sentó frente a mí y fue quizá uno de los días con más suerte en mi vida. Justo cuando el profesor pidió armar equipos para las prácticas en el laboratorio y segundos antes de que volteara a pedirle a Arturo que armáramos el nuestro de siempre, ella tomó mi mano para pedirme de favor si podía estar conmigo. Ignoré a mis amigos en ese momento y les dije que ya estaba ocupado. Le di el sí a Soledat y después pregunté la razón por la que me había escogido:

> —Si ya te diste cuenta soy muy tímida y no quiero levantarme del asiento, te observé realizando los ejercicios que el profesor pedía y debo admitir que eres muy bueno. No hablas mucho y eres el primer chico que no me pide una cita sin antes preguntar por mi nombre. Discúlpame si te sorprendí, pero tengo miedo de pedírselo a alguien más.

Su respuesta me dio una ternura intensa que no dudé en decírselo para que, al escuchar las palabras: "qué linda eres", sus mejillas se rodearan de un color rojizo y su carita expresara una sonrisa inigualable. Así fue como comenzó este equipo un tanto disparejo comparado con los demás, pues solo éramos ella y yo. Pero resultamos estar muy conectados. Las primeras prácticas fueron para conocernos, hablar de nuestras vidas y entrar en confianza. De a poco me fui acostumbrando a coincidir con ella por los pasillos antes de clase, saludarla y regalarle una sonrisa. Para después comenzar a charlar entre mensajes y audios contándonos nuestro día a día. Fue difícil llenarme de fuerzas para no decirle por lo que estaba pasando, que en mis noches solitarias también sufría por una desilusión y por dentro el corazón se me hacía pedazos, pero su compañía me ayudaba para pasarla menos terrible. Era un amor de persona, llevaba un espíritu encantador y una sencillez que no había visto antes.

Si te preguntas porqué nunca llegamos a nada, es simple de responder. El miedo a caer rodeaba mis esperanzas, las ganas de dar más por ella eran rebasadas por el rostro de Sirena, que ya no veía desde hace seis meses, pero que seguía presente en cada uno de mis pensamientos.

No sé hasta dónde llegaré ahora, aún tengo oportunidad de cambiar el transcurso de mi historia, pero no puedo cambiar lo que ya sucedió. Debo de enfocarme en el tiempo en el que me encuentro ahora.

¿Pero hasta dónde se llega cuando lo único que se siente es un intenso dolor cada que intento avanzar?

La práctica termina y llega la hora de cambiar de clase, aquí es cuando me separo de Soledat, pues el hecho de coincidir en una sola clase hacía imposible tener más tiempo para conocernos mejor y hablar de algo que no sea trabajo.

—Adiós Jio, nos vemos mañana, me divertí mucho hoy y aprendí demasiado. Gracias por tanto. Voy a mi siguiente clase —me dice.

—Hasta mañana Sol, cuídate mucho —le respondo para después cada quien tomar su rumbo.

Las horas pasaron hasta llegar a la última clase y salir con destino a casa después de un día cansado y agotador, pero en parte también un tanto reconfortante. Por un instante pierdo de vista a Arturo, al parecer tomó un camino distinto o tenía cosas por hacer, así que voy solo hacia la parada del transporte.

Caminando, disfrutando del aire fresco y escuchando el canto de los pájaros en los frondosos árboles. Estaba por colocarme los audífonos cuando veo que, frente a mí, Soledat también va de salida.

¿Qué se supone que debo hacer?

Me cuestiono al recordar que en mi pasado muchas veces la encontré así, cuando jamás me di el tiempo para conocerla mejor, quizá la vida me decía que aquí era el momento exacto.

Justo cuando los dos salíamos de clase y nos encontrábamos durante el trayecto. Nunca me atreví a alcanzarla y preguntar alguna tontería, como las que solía decir.

Aquí quiero quitarme ese miedo, ese impulso de no hacer más que solo observar hasta que se marchara.

Aquí quiero que las cosas sean distintas, al menos en este instante. Apresuro el paso y la alcanzo para después charlar:

—¡Ey!, Sol, hola... ¿vas de salida? —pregunto tontamente.

—Hola Jio, sí, ya salí de clase, ¿tú también sales a esta hora o solo vas a comer? —cuestiona.

—No, yo también salgo de clases a esta hora.

—¿En serio?, nunca te he visto, qué extraño —me dice.

—Sí, ya sabes como son los profesores, a veces te dejan salir más tarde o un poco más temprano, quizá sea por eso que no coincidimos.

—Es probable que sea por eso... ¿Y hasta dónde vas? —cuestiona.

—No muy lejos de aquí, mi departamento está a unos 20 minutos si no encuentro tráfico.

—¡Qué suerte tienes!, yo tengo que tomar doble transporte y demoro alrededor de 40 minutos en llegar hasta mi casa.

—Uff, vaya que debe de ser muy cansado para ti —le digo.

—Sí, es de todos los días, pero ya me acostumbré. Y tú, ¿ya te acostumbraste a esta ciudad? —pregunta.

—No, aún no, detesto el clima, pero al menos disfruto estar con mis amigos, la carrera me encanta y quiero llegar a ser un gran científico —respondo.

—Llegarás a serlo Jio, confío en ti... ¡Ahí viene mi transporte!, debo darme prisa para alcanzar lugar —me dice apresurada.

—¡Espera!, ¿puedo acompañarte? —pregunto y ella muestra una cara sorprendida.

—¿Acompañarme?, pero mi transporte toma un rumbo distinto al tuyo, ¿sabes cuánto tiempo te harás de regreso?, es bastante.

—Sí, lo sé, no te preocupes por eso, creo que hemos tenido muy poco tiempo para charlar en clases por todas las prácticas del día, que merecemos una oportunidad para darnos una buena plática, aunque sea en el transporte.

—Tienes razón... y si el tiempo de vuelta no es de mucha importancia entonces vamos, subamos al camión para encontrar lugar.

Abordamos el transporte y por suerte encontramos un par de asientos disponibles, nos sentamos juntos y ella sonríe al verme a su lado, al sentirse acompañada y más segura. Yo, muerto de los nervios apenas puedo pensar en qué gastaremos 40 minutos si las palabras se me esfumaron de un parpadeo.

—Y... ¿Qué piensas hacer después de terminar la carrera? —le cuestiono nervioso.

—Después de terminarla quiero especializarme en biología marina e irme a mi ciudad natal, en las costas del sur existen playas muy hermosas con aguas cristalinas y muchas reservas de corales y peces exóticos. Manantiales y especies únicas, mi sueño es preservarlas.

—¡Wuau!, es un gran sueño, siempre he sido aficionado a las especies marinas y a correr en las orillas de la playa. Debe ser increíble vivir en un lugar así.

—Lo es, imagínate despertar y escuchar el sonido de las olas, el brillo del sol cuando se asoma, los cantos de las gaviotas y la tranquilidad de la playa. No ver nada más que kilómetros y kilómetros de mar. Es bueno disfrutar de esos sitios, nunca sabes si en un futuro bastará con lo que tenemos o tendremos que sacrificarnos por conseguirlo. Los mares también se contaminan y afectan a muchos peces, los humanos somos tan egoístas que no dudo que en el futuro esas hermosas playas desaparecerán y no tendremos remedio que pagar por nuestros actos.

—Entonces ahí entras tú, para salvar esas playas y hacer que las plantas, peces y corales estén protegidos.

—Sí, justo ese es mi mayor sueño. Aunque también me gustaría regresar para ver si me encuentro con una extraña criatura que observé cuando era apenas una niña.

—¿Una criatura?, ¿cómo era? —pregunto.

—Muy rara, tenía cuerpo de humano, pero la cola se asemejaba a la de un pescado, era algo así como una...

—Sirena —le digo con un gesto.

—Sí, como una sirena. ¿Qué sabes de ellas? —pregunta.

—Más de lo que debería, pero no es exactamente a las sirenas de las que me hablas.

—No entiendo —responde.

—Descuida, después te cuento. Sígueme platicando, ¿cuánto te falta para partir a tus prácticas? —cuestiono desviando el tema.

—Está bien, después me platicas a qué te refieres. Me falta casi un año. ¿Y a ti?, ¿Cuánto te falta y cuáles son tus propósitos? —pregunta.

—A mí me faltan dos años, no pienso mucho en mi futuro sin antes haber concluido el primer propósito que es la carrera... Pero espero entrar en el proyecto de innovación que realizan cada año en el país. Si salgo seleccionado, podré viajar a la NASA a realizar mis prácticas.

—¡Qué increíble!, entonces tienes mucho por estudiar, no debes tener tiempo de muchas cosas.

—En realidad me organizo para poder estudiar y distraerme. Salgo los fines de semana con Arturo y otros amigos. Pero sí, durante la semana estoy concentrado al cien por ciento en los estudios. Ya sabes, no es tan fácil como otros dicen por ahí.

—Estoy consciente de eso... Es más difícil de lo que se habla. Ya dejemos de hablar del estudio. Cuéntame, ¿qué es de tu vida?, ¿qué te gusta hacer?, ¿cada cuánto vas a casa?, ¿tienes novia?... No lo sé, lo que se te ocurra contarme es bienvenido —me dice al mismo tiempo que sonreímos.

—Bueno para aclarar, no tengo novia.

—No, espera, no creas que te lo pregunté como indirecta, discúlpame —me dice sonrojada y nerviosa.

—Descuida, tampoco quiero que pienses que estoy aquí por un propósito. Pero así podemos entrar más en confianza... Y de mi vida, qué te puedo contar, vivo solo, en un departamento de cuatro por cuatro, no hago más que estudiar por las tardes y después termino recostado escuchando música por las noches hasta quedarme dormido. No es lo que un chico normal hace, pero estoy enfocado en los grandes descubrimientos que pueden surgir en el futuro y quiero ser parte de ellos, de los creadores. Cada dos o tres semanas viajo al pueblo de mis padres para visitarlos, y cuando me quedo aquí, ya sabes, salgo a divertirme.

—Qué buena vida tienes —me dice sonriendo.

—Yo no lo veo así, pero gracias. Y tú, ¿qué me cuentas?

—Te cuento que mi vida no es muy divertida, pero tampoco aburrida, tengo tres hermanas muy cercanas a mi edad, así que la diversión siempre está en casa. Crecí en la playa y después tuve que mudarme a la ciudad, fue un cambio muy impresionante, pero me ayudó a conocer mejor la vida y sobre todo a forjarme como persona. Ahora estoy igual que tú, en este momento solo me enfoco en terminar la carrera y sacar buenas calificaciones para tener orgullosos a mis padres. Creo que después de que entiendes que aún no estás lista para estar con alguien más, es cuando ya no le tomas importancia a lo que te lastima y luchas por tus principales sueños.

—En eso estoy de acuerdo, hay muchas cosas de las que no hablamos, de las que no se las contamos a nadie, sin embargo, ahí están, justo en un rinconcito del corazón. Y cuando llegas a casa y ves la soledad, piensas demasiado y sueñas poco. Aprendes a ver el mundo tal y como es y hacer de tus sueños una realidad.

—Me encanta la forma en la que piensas —me dice.

—Gracias Sol, también me gusta tu forma de pensar. Fue una gran idea acompañarte hasta tu casa.

—Por supuesto que lo fue, hiciste que los minutos se pasaran volando, no sentí para nada el tiempo y mira, estoy a punto de llegar a casa.

Charlamos un poco más antes de que Soledat llegara a su destino, se despide de mí con una gran sonrisa y me agradece el haberla acompañado. Antes de bajarse me pide que charlemos más a menudo por el teléfono, así que hacemos la promesa de ser constantes y tener más comunicación.

Ahora me dirijo a casa, feliz y entusiasmado. Fue muy extraño, por ese lapso de tiempo dejé de pensar en mis problemas y me enfoqué en su sonrisa, en su mirada, en sus dulces labios que se movían al ritmo de sus palabras. Me centré en sus metas y sueños, en su propósito de vida y en lo poco que me contó acerca de ella.

Ahora creo que debo darme una oportunidad para quedarme aquí por más tiempo. No sé qué pueda pasar, pero si puedo sentir esta calma, estas ganas de continuar, me arriesgo a permanecer lo que sea necesario.

En realidad, nunca te fuiste,
un fragmento de ti se quedó aquí,
junto al corazón...

Gritando cada día tu recuerdo
y buscando la manera
de volver a coincidir.

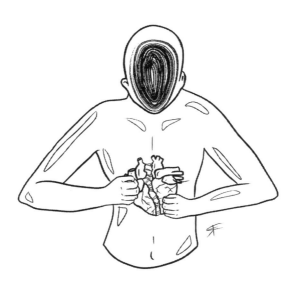

La Vela, estrella no. 1. Sábado 23 de diciembre del 2017:

Más de un mes ya transcurrió desde que comencé a charlar con Soledat por mensajes durante el día y parte de la noche. También la estoy acompañando a casa cada que se presenta la oportunidad después de la escuela. Es demasiado satisfactorio tener con quien platicar más allá de solo fumar cigarrillos y embriagarse. Sol me ha demostrado que se puede salir del hueco del que me siente atrapado tan solo compartiendo parte de mi vida con quien me brinda ayuda. Juntos estábamos saliendo de lo que nos atormentaba.

Sin embargo, los fines de semana eran todo lo contrario, cada que regresaba al pueblo de Suhail para visitar a mis padres ya no quería salir por miedo a toparme con Sirena. Tenía temor a que, al ver su rostro, al verla ahí, tan cerca de mí, volviera a desatar todo el caos que había logrado controlar por estas semanas.

Pero lo peor apenas comenzaba, pues ya eran los primeros días de vacaciones y Soledat partía para su ciudad natal. No teníamos mucha comunicación y yo tenía que estar en casa haciendo cualquier cosa solo por pasar el tiempo y no pensar demasiado.

Ya es sábado, 23 de diciembre y no aguanto más estar encerrado. Tomo mi chaqueta favorita para salir a dar un paseo.

Es recorrer las calles proyectando recuerdos que esta vez ya habían sucedido, que no tenían mucho que se habían escrito, sin embargo, ya estaban tan plasmados que era en vano tratar de corregirlos.

Camino en dirección al parque y después subo un par de escalones, los recuerdos me invaden y encuentro la banca donde Sirena y yo nos conocimos, donde pasábamos el mayor tiempo charlando de cualquier tontería. Recuerdo sus grandes ojos y su descontrolada risa cuando le hacía alguna broma o decía cualquier tontería.

Recuerdo su mirada cuando le platicaba de las estrellas y las constelaciones que formaban. Recuerdo sus gestos al sentirse tranquila, cada uno de ellos, hasta cuando algo le molestaba. Las horas transcurren haciendo memoria de lo que pasamos y lo que ya no alcanzó para vivir. Saco del bolsillo un cigarrillo y comienzo a fumar. Me coloco los audífonos y reproduzco la última canción que nos dedicamos. Justo unos días antes de su partida. Me siento inútil aquí, lleno de tanta impotencia que no puedo expulsar, que no puede salir y que no saldrá ni en 50 años más. Vivo con miedo a que de pronto ella esté aquí y yo no sepa ni qué decir, a que no encuentre alguna respuesta a sus palabras y vuelva a ser así, a ser el fracaso que nunca cambió.

Estos sitios me siguen persiguiendo a pesar de estar lejos de ellos, me parece increíble cómo pasa el tiempo y sigo volviendo aquí, a donde alguna vez fui feliz.

El viento sopla y una sensación de melancolía recorre mi cuerpo, el cigarrillo está por acabarse, la canción acaba y la repito otras tres veces. Pero cuando todo parecía ser una tarde de intensos recuerdos, el teléfono suena en señal de que una llamada está en espera...

¡Es Soledat!

Contesto enseguida y pregunto sorprendido:

—Sol, ¡Hola!, ¿qué pasa?, ¿estás bien? —Preocupado al recibir inesperadamente su llamada.

—Hola Jio, sí, no te preocupes estoy bien. Me tomé un tiempo para descansar del estudio y quise marcarte. Solo quería saber de ti, ¿cómo estás?, ¿qué tal estás pasando las vacaciones en casa de tus padres? —cuestiona.

—No es como esperaba pasar mis vacaciones, pero ahí voy, cada día un poco mejor o eso creo —respondo.

—¿Por qué?, ¿qué sucede? —pregunta.

—Es algo complicado de explicar Sol, creo que tenías razón cuando me dijiste que todo deja de importar cuando ya no puedes hacer mucho.

—¿A qué te refieres?, Puedes contarme, tenme confianza, sabes que voy a escucharte —me pide.

—No quería que supieras esto, no después de los lindos momentos que ya pasamos, tampoco quiero que vayas a malinterpretarlo. Créeme que mi intención jamás fue aprovecharme de la bonita amistad que forjamos.

—Descuida, sé que no es así. Confío en ti. Anda, dime, qué te sucede.

—Antes de conocerte pasé por algo muy difícil, creo que ambos tenemos historias similares por eso sé que vas a comprenderme. Conocí a una chica hace más de un año, pasaron los meses y me enamoré de ella. De su misteriosa sonrisa, de su soñadora mirada, de su encantadora manera de ser y de su imposible manera de amar. Esa chica vive aquí, en el pueblo de Suhail y siempre buscaba la manera para regresar de la ciudad y poder verla. Las cosas no salieron como deseaba, la distancia también nos lastimaba y ella no estaba segura de saltar a una relación así, atravesada por cientos de kilómetros. Lo peor vino después, sobre todo cuando las ilusiones ya estaban a tope. La amaba. La amaba como nunca antes y eso fue mi martirio.

—¿Qué sucedió después? —cuestiona con la voz cortada.

—Después borré su sonrisa con decisiones que tomé precipitadamente. También me encargué de borrar la mía. No podía hacer mucho cuando lo único que ella buscaba era tenerme cerca para poder remediar los errores. Buscaba un abrazo sincero, una presencia que no le podía dar. Un año después lo nuestro ya no podía sostenerse. Terminamos por soltarnos y decirnos adiós. Pero siempre llevé algo más que una esperanza, algo más que un amor que nunca se dio. Busqué arreglar todo una y otra vez. Pensé demasiado que llegué a colapsar a tal grado de perder la cordura. A vivir por vivir. A seguir por simple inercia. Pasé muchos meses así. Después llegaste tú y brindaste un poco de luz a mi vida. Este último mes ha sido el mejor del año. ¿Pero sabes?, te fuiste lejos y ahora siento lo que ella sintió conmigo... Los fantasmas volvieron acompañados de todo el tormento y las ganas de gritar y rendirme. Te fuiste lejos y yo tenía que llegar aquí, ahora que estoy sin nuestras pláticas de cada día es difícil mantenerme estable. Hace un rato ya no pude más y salí corriendo de casa. Vine al parque del pueblo y me senté justo en la misma banca que me trae muchos recuerdos, estaba escuchando la misma melodía que me rompe en mil pedazos. Pero como un milagro tu llamada llegó. Y aunque no lo creas me salvaste, justo antes de estar al límite de la locura.

—No tengo palabras para explicar todas las sensaciones y el sentimiento que me generaste con tu historia, porque sí, es muy parecida a la mía. Sabes Jio... Yo pasé por algo similar, cuando pensé que era la persona correcta la vida me demostró que estaba equivocada.

—¿Qué sucedió contigo? —pregunto curioso.

—Yo tuve a una persona a mi lado por 5 largos años. Pensé que era mi persona indicada, que por fin, después de un par de decepciones había conocido mi destino. Sin embargo, mientras más pasaba el tiempo me fui dando cuenta que no todo era color de rosas. Una tarde cualquiera su amor se terminó, así de la nada, dejó de quererme y se marchó. Diciendo solamente que necesitaba un tiempo para ordenar sus sentimientos y dejándome así, entre tanto desastre que no podía controlar. A decir verdad, no sé si él se fue con alguien más o si realmente lo que necesitaba era un descanso. Arreglar el caos que llevaba dentro. Pero cuando se alejó me prometí seguir con mi vida, que tal vez podía esperarlo si era lo que quería, pero no era justo detenerme y ya no cumplir con mis sueños. También pasaron un par de meses hasta que tú llegaste y tocaste la puerta de mi vida. Me sucedió lo mismo que a ti, los días fueron menos tristes, el tiempo pasaba más rápido y el cielo se pintaba de colores. ¿Sabes por qué llevamos todas esas sensaciones?, porque por un momento aceptamos que el pasado ya no se puede remediar. Por esos instantes aceptamos que no podemos volver y arreglar las cosas, dar lo mejor para que no se marcharan o al menos repetirles una y otra vez lo mucho que los queríamos. Quizá por eso no los extrañábamos, porque los dejamos ir por esos instantes.

—Tal vez tengas razón Sol, siento que eso hacíamos cuando reíamos juntos, olvidarnos de nuestros problemas. Fue muy poco tiempo el que pudimos estar juntos, apenas pasó un mes, pero te juro que siento tu ausencia.

—Y yo la tuya Jio, por eso te marqué, porque quería estar tranquila otra vez al escuchar tu voz, quería sentirme en calma como en el último mes.

—Gracias por marcarme, estoy más en calma al saber que estás conmigo, que podemos curarnos las heridas con el tiempo y no sé, el destino dirá qué tiene para nosotros —le digo esperanzado.

—Sí, solo el destino lo dirá. Ahora levanta esa mirada y seca esas lágrimas, todo estará bien. No te des por vencido y no te quedes estancado en el camino —me pide con motivación.

—Que así sea Sol, muchas gracias. ¿Cómo

piensas disfrutar los días que restan? —pregunto.

—De nada Jio... Y yo aquí estaré, sigo en la playa estudiando los corales y las reservas marinas, estas son mis vacaciones y las disfruto bastante. ¿Y tú?, ¿cómo vas a pasar los siguientes días?, tienes que hacer mucho para ya no pensar tanto —aconseja.

—Me encanta saber que estás disfrutando de estar en tu hogar. Y yo, creo que voy a planear mi siguiente aventura, tengo una misión que cumplir en unos meses, ya dependerá de mí, si quiero arriesgar a tomarla o no.

—¿Qué tipo de aventura o misión es de la que hablas?

—¿Te gustaría saber?, ¿qué te parece si después de regresar a clases, salimos una tarde para ir por un café? —le propongo con nervios.

—Me parece una gran idea, es seguro que tendremos mucho para contarnos. Y discúlpame, pero ya tengo que colgar, me dio mucho gusto saludarte y platicar, no sabes cuánta falta me hacía. Entonces te veo cuando volvamos, cuídate mucho Jio y éxito, todo estará bien.

—Gracias por aceptar Sol, así será, también te deseo mucho éxito en tus estudios, disfruta la playa por mí y no olvides traerme un souvenir... ¡Nos vemos en unas semanas!

—Nos vemos, cuídate. ¡Chao! —me dice antes de colgar el teléfono.

Me hubiera encantado detenerte aquella tarde cuando te marchaste, pero creo que todos tenemos un propósito en esta vida y el tuyo...

Jamás fue quedarte a mi lado.

Y dolió.

Porque contigo era diferente,
tenías una conexión
con cada uno de mis sentimientos...

Latía por ti.

Por eso dolió cuando ya no estabas aquí,
junto a mí.

La Vela, estrella no. 1. Lunes 08 de enero del 2018:

Las semanas pasaron y llega el día de volver a clases, estoy feliz de saber que los últimos días la pasé más tranquilo, pensando en qué decirle a Sol ahora que la vuelva a ver. Este será nuestro último semestre en el que podamos estar en la misma clase, después no volveremos a coincidir más, es por eso que debemos aprovechar al máximo el tiempo.

El día transcurre normal, la clase donde coincidimos llega y al verla entrar me regala una sonrisa que tanto extrañaba. Eran los primeros días de un nuevo semestre, por lo que la mayor parte del tiempo la ocupamos para escribir apuntes y prestar atención a lo que el profesor decía. No hubo prácticas, así que no pudimos hablar mucho, más que saludarnos y darnos un fuerte abrazo una vez que llegó la salida.

—¡Nos vemos en la tarde! —me dice Sol antes de salir corriendo para su siguiente clase.

—¡Te veo al rato! —le digo feliz y me dirijo a donde está Arturo para reír y conversar un poco.

La tarde llega y desde que estoy en casa comencé a arreglarme para nuestra cita, planché la camisa con la que coincidimos ese primer día cuando formamos nuestro equipo de trabajo y conté los segundos hasta que llegó la hora de vernos en una cafetería que se encontraba a las afueras de la ciudad, la cual era muy conocida por su belleza y sus paisajes que brindaban.

Había planeado una cita perfecta, llena de postres y vino, pero, sobre todo, de una sorpresa al caer la noche. Llegué al sitio y no espero ni cinco minutos para ver entrar a Soledat con un vestido ajustado y su pelo planchado.

¡Qué hermosa se ve!

—Hola Sol, llegaste —le digo una gran sonrisa.

—Sí Jio, perdón si demoré, ¿llevas mucho esperando? —pregunta.

—No, para nada, apenas estoy aquí hace unos minutos —respondo.

—¿Qué preparaste para mí? —cuestiona al ver la mesa adornada con postres y un sinfín de platillos.

—Lo que tú desees, puedes comer hasta reventar, pero guarda energías para el final —le digo con voz misteriosa y reímos.

—Entonces así será, gracias por todo esto —dice para comenzar a saborear los platillos.

La cena es excelente, comemos demasiado y hablamos poco, disfrutamos del tiempo juntos, saboreamos los platillos y reímos al ver que la mesa está por quedarse vacía.

Como postre final nos traen dos vinos tintos para brindar por una buena noche... Es entonces cuando quiero darle la sorpresa que estuve esperando durante toda la cita.

—¿Estás lista para la sorpresa?, quiero enseñarte algo que seguro te sorprenderá.

—Estuve toda la cena preguntándome qué podría ser —me dice.

—Pues adelante, ven conmigo, acompáñame a la terraza —le pido.

Le tomo de la mano para dirigirnos hacia afuera, una terraza con velas y luces ya nos esperan. Pero esa no es la verdadera sorpresa, una vez ahí, pido que enciendan la música y abran el techo.

Es entonces cuando un cielo completamente nocturno adorna el excelente momento, un cielo estrellado que proyecta la vía láctea y las millones de estrellas que habitan en nuestra galaxia.

—¿Recuerdas que en uno de nuestros tantos mensajes te dije que algún día bailaríamos bajo las estrellas? —le pregunto.

—Sí, lo recuerdo, nunca olvidé esa promesa — responde con lágrimas en los ojos.

—Pues esa promesa se va a cumplir, ¿estás lista para bailar bajo las estrellas?

—Estoy más que lista...

Y con una balada romántica reproduciendo de fondo, bailamos hasta cansarnos, hasta que ya no nos quedaba energías para seguir tambaleándonos de un lado a otro. Hasta llegar a estar quietos, tomados de la mano, entonces Soledat pregunta:

—¿De dónde vienes Jio?, ¿por qué de pronto apareciste para hacerme tocar el cielo?

—De las estrellas Sol... Vengo de las estrellas — respondo.

—¿A qué te refieres con venir de las estrellas? — pregunta con intriga.

—Las estrellas son grandes masas de energía que brillan con gran intensidad. Nacen a través de nebulosas, así como tú me hiciste nacer de nuevo con tus buenos tratos, con la comunicación que tenemos y la conexión que hay entre nosotros. La energía que me brindabas cada día en cada clase, en cada práctica, en cada charla y en cada plática a través de mensajes. Me diste el oxígeno necesario para convertirme en una enana blanca, desviaste el agujero negro que opacaba mi futuro, que se tragaba mi presente y que vivía a través de los recuerdos del pasado. Fui creciendo con el cariño que nos tenemos, hasta convertirme en una estrella llena de brillo. Iluminé también tu vida, así como tú lo hiciste con la mía. Soy una estrella, como el significado de tu nombre, Sol. Una estrella que nació en el denso espacio, en el oscuro universo y que llegó hasta aquí tan solo por casualidad y que ahora ya no busca alejarse.

—¿De dónde es que sabes tanto del universo? —cuestiona asombrada.

—Digamos que he viajado lo suficiente por el espacio para poder decirte todo esto, es difícil que puedas entenderlo, porque yo todavía no logro hacerlo.

—Cuéntame, ¿qué sabes de las estrellas?

—Quizá te parezca algo loco, pero las constelaciones representan mucho en este mundo.

—Dime dónde está una —me pide.

—Ahí, ¿puedes notarla? —le pregunto señalando con la mano hacia el cielo nocturno—. ¿Qué forma le encuentras a esa constelación?

—¿La forma de un cometa?

—Exacto, esa es la constelación de Halley, digamos que ahí es de donde vengo.

—Se ve demasiado lejos —expresa.

—Y lo está, a muchos miles de años luz, pero a unos 40 años apenas en viajes entre mundos paralelos.

—Me es difícil tratar de comprender todo lo que me estás diciendo, pero te juro que me encanta.

—Te lo dije... Y, ¿puedes ver las estrellas más brillantes del cielo? —pregunto.

—Sí, ¿esas también forman constelaciones cierto?

—Sí, este mundo se encuentra en la constelación de la Vela, ustedes no lo conocen, porque su mundo no brilla en otros cielos nocturnos. Pero las estrellas vecinas son parte de su constelación. Son parte de un mismo cuadrante, el segundo para ser exactos, así se representa en mi mundo.

—¿A qué mundo?, no logro entender la forma en la que estás hablando —dice confundida.

—En el futuro lo sabrás, no te espantes, esto es

algo que yo he escrito en alguno de mis reportes, son simples propuestas.

—¡Ah!, es eso, ahora entiendo... Me hablas de tus ideas y de lo que piensas del universo. Por un momento te taché de loco —dice riendo.

—Sí, quizá lo estoy, pero de todos estos viajes, estar aquí, contigo, es mi favorito —le digo sonriendo.

La noche pasa tan rápido que apenas nos alcanza tomarnos una fotografía del recuerdo para después regresar a casa.

Fue una velada increíble, por primera vez en todos los mundos en los que he estado, decidí hablar sobre los viajes en el tiempo y las constelaciones. Sé que Sol apenas me entendía, que no comprendía lo que decía porque en este mundo todo esto sigue siendo pura fantasía.

Pero le agradezco el hecho de escucharme, de sentirme, de seguir preguntando más sobre el tema. Esa atención busqué siempre, lo que nunca nadie ofrecía.

Hay personas que no dicen mucho...

Solo sonríen
y te devuelven a la vida.

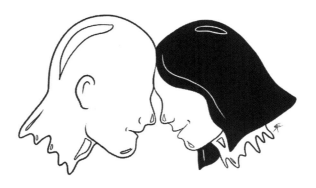

La Vela, estrella no. 1. Viernes 26 de enero del 2018:

Las semanas transcurrieron de una forma tan rápida. Pues los días al lado de Sol apenas se sienten, el tiempo vuela al estar entre su presencia.

Ella cada día es más curiosa, quiere aprender más sobre el universo, que de los mares que existen en este mundo. Siempre le digo que vaya despacio, que yo también daría mucho por explorar nuestros bastos océanos, que inclusive ahí podríamos encontrar más que lo se encuentra en miles de kilómetros de años luz.

Me propuso que las siguientes vacaciones la acompañaría a casa y me llevaría a conocer la playa donde vive. Es algo que me emociona, pues hace muchas décadas que no visito una playa con aguas cristalinas y sin contaminación.

Es la tarde del viernes 26 de enero y estoy a punto de viajar a la casa de mis padres para pasar el fin de semana. Es extraño que desde hace un par de días Sol no responde mis mensajes como solía hacerlo antes. Ahora apenas si los recibe para contestar cortantemente. No entiendo qué le está sucediendo, quiero pensar que tiene muchos trabajos por la escuela y lo demás. Así que decido no darle importancia y me voy sin decir mucho, me despido con un mensaje y parto hacia el pueblo de Suhail. Durante el trayecto, Soledat marca a mi teléfono y contesto al ver su llamada:

—¿Sol?, hola, ¿cómo estás?, te mandé un mensaje hace un rato para decirte que iba a visitar a mis padres, quiero pensar que estás ocupada y que por eso no atendiste mis mensajes, pero no te preocupes, yo lo entiendo —le digo, pero del otro lado no se escucha mucho, solo una respiración un tanto agitada, como si ella estuviera llorando.

—¿Hola?, ¿qué sucede?, ¿pasó algo? —pregunto con preocupación.

—Hola Jio, perdón por estar así, perdón por no haber respondido a tus mensajes desde el último día que nos vimos. Es que sucedió algo —me dice.

—¿Qué pasó?, cuéntame —le pido alarmado.

—¿Recuerdas cuando te conté sobre mi vida? —pregunta.

—Sí, claro que me acuerdo, dijiste que también estabas pasando por lo mismo que yo, que habías sufrido una despedida sin avisar y que aún dolía.

—Justo así fue, ¿recuerdas que te dije que se habían ido y que no sabía la razón exacta?, bueno pues, aquel chico ha vuelto.

—¿Cómo? —cuestiono confundido.

—El chico del que te hablé, su nombre es Leo, mi ex pareja. Volvió, llegó hasta aquí para buscarme y contarme lo que había sucedido. Tuvo problemas con sus padres, sus abuelos fallecieron y entró en una terrible depresión. Esa fue la explicación que justificó el hecho de haberse alejado de mí. Me siento un poco culpable de no haber preguntado qué sucedía o porqué se marchaba. Cuando se fue no dije nada y lo dejé ir. Me siento culpable de no haberlo apoyado en su duelo. Llegó para pedirme una disculpa por haberse alejado.

—Y... ¿Tú que dijiste? —pregunto un tanto desconcertado.

—No supe qué decir, me quedé en show al verlo ahí, al verlo suplicando un perdón. Después me dijo que si podía darle otra oportunidad, que venía dispuesto a remediar lo que había sucedido. Y tampoco supe responder. No le dije nada, tampoco le mencioné que estaba conociendo a alguien más, no quería lastimarlo. Al verlo me hizo sentir mucho por dentro, al sentirme culpable también. Perdón Jio, no estoy diciendo que todavía amo a Leo porque ya no es

473

así, simplemente me siento confundida porque no tiene mucho tiempo que se fue y llega así de la nada. Estoy muy presionada por los proyectos de la escuela que no tengo tiempo para estar pensando en lo que está sucediendo conmigo. Y tampoco quiero equivocarme contigo o llegar a lastimarte porque eres un grandioso chico, te quiero como no te lo imaginas y cada día este cariño va aumentando. Perdón si últimamente me notaste indiferente, pero ahora ya sabes la razón. Lo siento mucho. Por eso te marqué, no aguantaba más y quería contártelo, siempre me has escuchado y valoro mucho eso —me dice y puedo sentir cómo las lágrimas comienzan a rodar entre sus mejillas.

—No sé qué decirte, no sé qué pensar, no sé cómo apoyarte en esta ocasión. Jamás me dijiste que aún guardabas sentimientos por él, quizá al saber eso me hubiera limitado un poco para no generarte esta confusión. No estoy en contra de Leo, pero no justifico la manera en cómo vuelve, así de la nada, sin saber lo que está generando en ti y también en mí. Pero si tienes que decidir, elígelo a él, por favor. Porque yo no sé en qué momento puedo volver a perder la cordura y alejarme. No quiero que pases conmigo lo mismo que pasaste con él. Si llegó con arrepentimiento y con deseos de mejorar y tú aún lo quieres, no pienses mucho en mí —le digo con desilusión.

—No es como te lo imaginas Jio, ¿qué te sucede?, por qué ya no puedes comprender lo que trato de decirte. No me iré con él porque ya no lo amo, pero tampoco quiero lastimarte con este resentimiento que llevo en el pecho. Contéstame algo, ¿tú qué harías si Sirena vuelve a tu vida? —pregunta con gran misterio.

—¿Cómo sabes su nombre? —cuestiono.

—Tus ojos gritaban su nombre, tus manos

buscaban las suyas. Cuando hablamos sobre los misterios del mar y al decir esa palabra, tu voz se cortó y tu cuerpo se estremeció, ahí lo supe, ese es el nombre de la chica que te enamoró. ¿Qué harías si ella volviera? —vuelve a cuestionar.

—Una vez una chica con mejillas rojizas y sonrisa especial me dijo que el pasado ya no regresaba, que el destino ya se había escrito, que en este mundo no se podía volver atrás, que lo mejor era continuar antes que quedarse estancado y aferrado. Esa misma chica que me hizo creer que podía seguir adelante a pesar del caos que llevaba internamente. Esa misma chica que ahora me vuelve a preguntar por el pasado, quizá porque vio una esperanza en ella, pero créeme, yo acepté las cosas aquí, justo en el tiempo donde estoy ahora no puedo hacer nada. Sirena se quedó atrás, se quedó dos años atrás y por más que el sentimiento aún no desaparezca del todo, estoy consciente que no puedo hacer mucho si ella volviera. Porque ahora quiero conocerte, pero al parecer solo fui una distracción para ti. Mírate ahora, dices estar confundida cuando en realidad tienes miedo a lastimarme, tienes miedo a que sufra porque te alejes, créeme, no será así. Puedes irte con él, no voy a decir nada más, yo quiero verte feliz y si tu destino es volver al mismo sitio que te hizo daño, entonces tengo que aceptarlo.

—No entiendes nada de lo que siento, ojalá algún día puedas vivirlo tú también para que puedas comprenderme —responde molesta.

—Ya viví todo eso y más, sé a lo que te refieres —le digo antes de escuchar el tono de corte.

Soledat no aguantó más mis palabras y colgó el teléfono, ahora una sensación de rabia recorre mi cuerpo, estoy molesto y no precisamente con ella, sino conmigo mismo. Porque decidí quedarme más tiempo en este mundo esperando qué podía suceder, confiando en que Sol era la persona que iba a curar mis heridas. Sin embargo, ahora entiendo que ninguno de los dos se ha recuperado. Por eso no iba a funcionar.

No estábamos para curarnos las heridas, estábamos para sanarnos nosotros mismos. Ella y yo solo éramos una compañía de alivio. No debíamos cerrarnos las grietas, debíamos besarnos el uno al otro para sanar lo más pronto posible y comenzar con nuestra historia.

Pero no, esa historia no podrá escribirse aquí porque ella ha vuelto a donde todo comenzó. A donde sus sentimientos se encendieron y conoció el amor. Y por más que ahora dice estar confundida, sé que en el fondo solo siente cariño por mí y algo más por Leo, que ya volvió a su vida.

Apago el teléfono y decido no saber más de todo esto, voy a casa, a disfrutar un fin de semana con mis padres, a salir con los amigos y a recorrer de nuevo esas calles que antes dolían.

Sol había sido el alivio a esos recuerdos que no me dejaban estar en paz, sé que yo lo fui también para ella...

¿Por qué ahora solo decidió alejarse y llamarme para darme un golpe así?

Sé que no es tan fácil como parece, que tal vez tiene razón al decir que está confundida, quizá también quiere estar conmigo, pero ese resentimiento no le deja ver más allá.

¿Qué se supone que debo hacer?

Valdrá la pena arriesgarse a conquistarla o simplemente dejarla ir.

Y si de algo me arrepiento,
es de haberte conocido cuando todavía
llevaba un desastre por dentro.

Tuve miedo de arriesgarme
y nunca pensé que alguna vez,
muchos años después...

Iba a extrañarte.

La Vela, estrella no. 1. Lunes 29 de enero del 2018:

Es lunes y voy de regreso a la ciudad acompañado de Baham, como ya es costumbre lo encuentro cada madrugada de inicio de semana para regresar a nuestras respectivas rutinas. Aproveché estos dos días para pensar demasiado, aunque todavía no sé qué hacer. Baham me nota un tanto callado y pensativo, entonces pregunta:

—¿Qué te sucede amigo?, estás muy callado.

—¿Recuerdas a la chica de la que te hablé?, a la que estaba conociendo en la universidad.

—Sí, de Soledat, ¿qué pasa con ella?, ¿ya te decidiste en dar un paso más con lo suyo?

—Eso pensaba, pero sucedió que su ex novio volvió a su vida, buscando como excusa el fallecimiento de sus abuelos para justificar el haberse alejado de ella. Me marcó para decirme eso y que estaba confundida. Que no quería lastimarme, pero que tampoco sentía amor por el tal Leo. Creo que fui un tanto egoísta pensar solo en mí y no en ella, tal vez tenga razón y debo darle tiempo para que pueda acomodar sus sentimientos, aunque también pasa por mi mente salir de aquí y dejarla para que pueda estar con él.

—Qué tonterías dices, si ella dijo que estaba confundida es porque no sabe si te quiere a ti o lo quiere a él. Porque seguramente la consciencia le dice que lo que hizo al no buscar a su ex estuvo mal y que, por eso debe de darle otra oportunidad, pero su corazón le dice que es contigo. Después de todo lo que ya pasaron, ya se inclinó en conocer más allá de lo que tienes. Solo debes demostrarle que tú también la quieres y no abandonarla a su suerte como lo hizo aquel tipo.

—¿Crees que eso es lo correcto?, ¿darme la oportunidad de luchar por ella aun sabiendo que puedo fracasar? —le pregunto.

—De las mejores aventuras surgen las mejores historias amigo, demuéstrale que es contigo, demuéstrale que la estás queriendo tanto como ella a ti. Dale la confianza y la seguridad para que esa confusión desaparezca, creo que nada pierdes con intentarlo. Todavía no la amas, aunque fracases sabrás salir adelante y lo tomarás como una lección de vida... Pero, ¿y si funciona?

—Tienes razón Baham, creo que nada pierdo con intentarlo, ese fue mi error después de Sirena sabes, no arriesgarme nunca más.

—¿De qué hablas?, solo pasaron un par de años, ni que estuvieras en el 2060 —dice riendo. Y yo nervioso trato de desviar el tema, no me percaté de lo que estaba diciendo y pude generar confusión en él. Traer este secreto a veces es difícil y muchas veces digo cosas sin antes analizarlas.

La mañana envejece y llegamos a la ciudad, me despido de Baham agradeciendo sus consejos y prometiendo que daré mi mayor esfuerzo por demostrarle a Soledat lo mucho que la quiero. La emoción volvía y las ganas de seguir en este mundo también.

La tarde en la escuela fue especial, sobre todo al llegar la clase donde coincidíamos, ella estaba callada, no decía mucho y yo decidí ya no tocar el tema. Sabía que ahora iba a ser una lucha constante entre Leo y yo para ver quien se quedaba con el amor de Sol.

Le regalo una sonrisa de bienvenida y al momento de realizar la práctica la llamo hacia mí:

—¡Ey!, ven, vamos a trabajar —le digo y comenzamos a trabajar.

479

—¿Ya no estás indiferente conmigo? —pregunta.
—Tenías razón cuando dijiste que debo comprender lo que estás sintiendo, así que eso haré. Voy a entender tus sentimientos —respondo.

Sonríe y todo parece estar bien, es como si nada hubiese pasado, la conexión regresa y también la confianza.
Platicamos sobre nuestro fin de semana y lo mucho que disfrutamos estar con la familia.
La clase termina y nos despedimos para vernos más tarde en la salida.
La suerte no comienza a estar de mi lado cuando en la última clase el profesor deja un trabajo extra que me hace consumir el tiempo y salir veinte minutos después de lo acordado. Voy corriendo hacia la salida con la esperanza de que Sol todavía se encuentre ahí.
Y no me equivoqué, la encontré, pero no como esperaba, Leo había llegado antes y se encontraba charlando con ella. Sol en cambio no se veía muy conforme, pero también sonreía.
Entonces decidí dar por perdido este día, supe que había llegado tarde y que también debía respetar su espacio, no entrometerme con su propia historia, porque quizá en mi mundo Leo también volvió y cuando yo no intenté nada con ella, logró conquistarla nuevamente.
Cruzarme entre ellos podría generar un cambio en el destino de este mundo, por eso quiero que las cosas fluyan y que pase lo que tenga que pasar. Sin forzar tanto y sin cambiar demasiado.

La Vela, estrella no. 1. Martes 13 de febrero del 2018:

Los días pasan y sigo haciendo lo más que puedo para coincidir en las salidas con Sol, las clases comienzan a pesar y no tenemos mucho tiempo para platicar. Y, al ser el último semestre para ella, las tardes se han vuelto imposibles para salir.

Pero casi siempre Leo llega antes que yo. La última clase es un fastidio para mí, me presiono tanto para salir temprano que al final termino retrasándome y sin poder hacer ya nada cuando veo a los dos charlando en la salida.

Incluso llego a pensar en renunciar y regresar al lobby, porque después de tanto esfuerzo, debo aceptar perder.

Y tras cuestionarme una y otra vez si debo continuar en esta disputa por el amor de Sol o regresar e intentar olvidarme de todo al viajar a la siguiente misión, ella me contacta a través de mensajes:

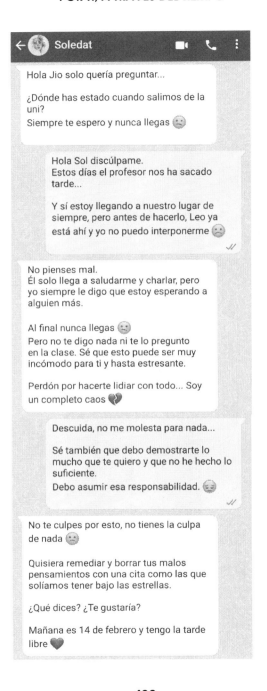

Soledat

Hola Jio solo quería preguntar...

¿Dónde has estado cuando salimos de la uni?

Siempre te espero y nunca llegas 😔

Hola Sol discúlpame.
Estos días el profesor nos ha sacado tarde...

Y sí estoy llegando a nuestro lugar de siempre, pero antes de hacerlo, Leo ya está ahí y yo no puedo interponerme 😔

No pienses mal.
Él solo llega a saludarme y charlar, pero yo siempre le digo que estoy esperando a alguien más.

Al final nunca llegas 😔
Pero no te digo nada ni te lo pregunto en la clase. Sé que esto puede ser muy incómodo para ti y hasta estresante.

Perdón por hacerte lidiar con todo... Soy un completo caos 💔

Descuida, no me molesta para nada...

Sé también que debo demostrarte lo mucho que te quiero y que no he hecho lo suficiente.
Debo asumir esa responsabilidad. 😅

No te culpes por esto, no tienes la culpa de nada 😔

Quisiera remediar y borrar tus malos pensamientos con una cita como las que solíamos tener bajo las estrellas.

¿Qué dices? ¿Te gustaría?

Mañana es 14 de febrero y tengo la tarde libre 💚

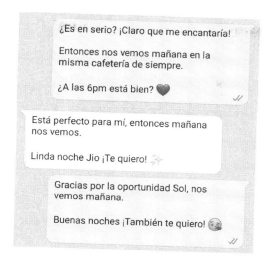

¿Es en serio? ¡Claro que me encantaría!

Entonces nos vemos mañana en la misma cafetería de siempre.

¿A las 6pm está bien? 🖤

Está perfecto para mí, entonces mañana nos vemos.

Linda noche Jio ¡Te quiero! ✨

Gracias por la oportunidad Sol, nos vemos mañana.

Buenas noches ¡También te quiero! 🐨

La Vela, estrella no. 1. Miércoles 14 de febrero del 2018:

La tarde del 14 de febrero llega junto con todos los festejos y arreglos para el día de los enamorados. Me fue difícil conseguir una reservación en la terraza de la cafetería, pero invertí todos mis ahorros para que los dueños accedieran a darme un lugar.

Todo estaba listo otra vez, así como en nuestra primera cita hace más de un mes. Me visto para la ocasión y compro un ramo de rosas para recibir a Soledat.

Como si fuera la primera vez, llegué al sitio y a los pocos minutos ella estaba también.

—Hola Jio, otra vez me ganaste —me dice con una sonrisa al verme recibirla.

—Hola Sol, te traje este ramo de rosas, espero que te gusten.

—¡Muchas gracias!, son hermosas —responde sorprendida al verlas.

—De nada, es lo poco que mereces después de lo idiota que fui al no ir a hablarte en cada salida.

—Descuida, entiendo que creíste que estaba ocupada con Leo, pero nunca fue así. Siempre te esperé Jio —explica.

—Discúlpame en serio. Ven, pasa, vamos a la terraza de siempre, te preparé una linda cena y después un clásico café acompañado de un rico postre.

—No olvides guardar energías para el final —me pide.

—No lo has olvidado... —respondo sonriendo.

—Nunca olvidaré aquella noche tan increíble.

La luz se oculta y los últimos rayos se asoman entre nuestros rostros. Disfrutamos de la comida y del café, reímos demasiado y recordamos lo lindo que eran las citas así y lo mucho que ya se extrañaban.

—Y... ¿Qué has pensado? —pregunto.

—Nada, no quise pensar nada, Jio estos últimos días solo quise estar tranquila, despejarme de los problemas y terminar los trabajos de la escuela. Dejé que mi corazón decidiera. Y tal vez al principio te dije que me sentía confundida porque no había pasado mucho tiempo desde que Leo llegó a buscarme. Pero los días pasaron y la culpa se fue esfumando de a poco. Comencé a extrañarte desde el día siguiente cuando ya no recibí tus mensajes de buenos días, cuando ya no me contaste sobre tu día y ya no dijiste las ocurrencias que me hacían morir de risa... Te extrañé Jio. Y ahí supe que siempre estuve en el lugar correcto.

—¿Y por qué no me lo dijiste Sol?, yo también estaba extrañándote, no veía la hora de tomar el teléfono y llamarte. Extrañaba la esencia de nuestras tardes y las ganas que teníamos de contarnos todo.

—No quería que pensaras que solo estaba jugando contigo, por eso decidí darte un espacio y eso me ayudó también a mí. ¿Quieres saber qué estuve haciendo estos días que no hablamos?

—Dime —le pido emocionado.

—Estuve investigando sobre el universo, desde la primera cita me dejaste intrigada por saber más del cosmos y las constelaciones. Observa esto, por ser 14 de febrero quiero entregarte un obsequio —me dice dándome un álbum de fotografías y seguido de unas palabras:

—En este álbum coloqué todas las constelaciones que logré identificar durante las noches. A veces no aguantaba el sueño y me quedaba dormida, ya no alcanzaba a ver más estrellas, pero me esforcé por conseguir las suficientes.

—¡Wuau!, muchas gracias Sol, es el mejor regalo que me han dado en la vida. No debiste molestarte —le digo asombrado.

—Al contrario, aprendí demasiado y por eso quiero hacerte algunas preguntas, ¿estás de acuerdo? —pregunta.

—No tengo problemas con que lo hagas, pero antes, vamos a nuestra parte final, qué mejor manera de platicar sobre las estrellas que bailando bajo ellas —respondo y enseguida tomo de su mano para llevarla hacia la parte despejada. Las luces se apagan y nuestra canción de siempre suena de fondo.

Bailamos románticamente, sus manos sudan, el brillo en sus ojos aumenta y justo antes de besarnos ella pregunta:

—¿Quién eres en realidad? —Y enseguida una sensación de nerviosismo recorre mi cuerpo.

—¿A qué te refieres con eso? —cuestiono.

—Sí, quién eres en realidad, lo que me contaste en la primera cita no solo fue una investigación, fue algo de otro mundo. Eres distinto Jio, puedo sentirlo. Desde aquel día cuando no sabías ni qué día era, algo cambió en ti. Fuiste diferente, me trataste distinto y muy directo. Ya no eras el chico tímido y reservado de los primeros meses. ¿Qué fue lo que sucedió?

—No sé si pueda decírtelo, ni siquiera sé si puedas entenderlo. Es difícil, más que la plática de las constelaciones, es algo que puede dejarte más confundida de lo que ya estás, inclusive puedes pensar que soy un completo loco.

—Jio, confía en mí, así como yo confío, dime ¿quién eres, por qué estás aquí? Te prometo que nada malo sucederá —me pide.

—A eso le tengo miedo, a que algo malo suceda, a que algo te suceda a ti o a todos —le digo preocupado.

—¿Por qué?, ¿a qué le tienes miedo? —cuestiona.
—Al tiempo Sol, al espacio y al tiempo. Al futuro,
al destino que estamos escribiendo. Si sigo
aquí es porque he logrado estabilizar la línea
temporal, pero si te digo lo que quieres saber
puedo ocasionar un caos a nivel intergaláctico.
No es que no quiera hacerlo, es que no sé si
puedo.
—Entonces déjame decirte algo: ¡me estoy
enamorando de ti! Sí Jio, así como lo escuchas,
despejé las dudas y me di cuenta que lo que
siento por ti ya no es un cariño cualquiera.
Pero antes de enamorarme y entregarme por
completo, necesito saber la verdad, necesito
saber quién eres y qué haces aquí, porqué estás
ahora conmigo, quiero saber si estás dispuesto
a sentir este mismo amor o solo estás aquí para
lastimarme.
—¿Hablas en serio? —pregunto sorprendido.
—Escucha mi corazón, esto es real Jio, no estoy
mintiendo —me dice mientras toma mi mano y
la coloca sobre su pecho. Ahí puedo sentir cómo
su corazón late a mil por segundo.

Y al sentir su corazón entiendo que debo decirle la
verdad, sin importar lo que pueda pasar, ahora ya estoy
cambiando el transcurso de la línea temporal, ya estoy
cambiando su destino y también el mío.
Lo que no entiendo es porque nada sucede, porque no
voy devuelta al lobby si me estoy interponiendo entre lo
que nunca pasó en mi mundo.
Quiero pensar que no en todos los mundos el destino
será el mismo. Quiero creer que puedo cambiar mi
vida, que el aleteo de una mariposa puede ocasionar
un tornado, pero no afectar en mi historia, soy yo quien
puede desviarse y llegar a un nivel del que nunca
imaginé.

Dejar atrás a Sirena y vivir una nueva vida con quien nunca imaginé, con quien nunca quise conocer, con la chica que en este mundo me atreví a descubrir y que, por más que quise que todo fluyera con normalidad, ahora ella se está enamorando y haciéndome sentir a mí cada vez más seguro de explotar mis sentimientos y permanecer aquí.

—Está bien, te diré quién soy y de dónde vengo, pero antes quiero que me prometas que vas a creer en todo lo que te voy a decir y que se quedará entre nosotros dos, que vas a guardarlo como el mayor secreto en tu vida y que jamás se lo dirás o mencionarás a alguien más. Al menos de aquí a dentro de unos 50 años. Si llegas a mencionar algo, créeme que este mundo y todo lo que se conoce podría colapsar en cuestión de segundos.

—Te lo prometo Jio, te lo prometo por todo y por este sentimiento. No se lo diré a nadie, será un secreto que voy a atesorar con mi vida.

—Confío en ti Sol... La respuesta a tu pregunta es que en realidad tienes razón. No soy la persona que conociste en un principio, pero no me refiero a que haya cambiado en actitud o algo por el estilo. Es mucho más complicado.

—¿Entonces qué sucedió contigo? —pregunta.

—Sol, yo soy un viajero, soy un viajero del tiempo.

—¿Un viajero del tiempo? —repite confundida.

—Sí, soy yo, solo que 40 años en el futuro. Sé que esto te puede parecer una locura, pero transporté mi cuerpo astral al cuerpo físico de mi otro yo de este tiempo. Y tranquila, el Jio de este tiempo no está muerto ni nada de eso, solo se encuentra en un estado de trance en mi propio cuerpo.

—¿Qué?, ¿y en qué momento sucedió?

—Justo cuando me notaste diferente, en esa

tarde que mencionaste, ahí llegué hasta aquí y después te encontré.

—Pero, ¿Cómo lo hiciste?, si dices venir del futuro, ¿cómo fue que lo lograste? —cuestiona.

—En el 2058 hay suficiente tecnología para poder crear máquinas y viajar en el tiempo, aunque solo el gobierno tiene el material adecuado para crearlas y solamente pueden viajar hacia el futuro. Yo soy un científico con grandes capacidades, las suficientes para poder crear mis propias máquinas y lograr viajar por primera vez en el pasado. Bueno, al menos en mi mundo. ¿Recuerdas de las constelaciones de las que te hablé?

—Sí... Tú vienes de allá, de la constelación del cometa Halley.

—Exacto, yo vengo de uno de esos mundos y tu mundo se encuentra en la constelación de "La Vela", ahora me encuentro en la primera estrella y estoy aquí desde esa tarde del 21 de noviembre.

—Creo que comienzo a comprender, solo me falta por entender, ¿por qué llegaste a este tiempo?

—Me fue complicado entender cómo funcionaba el espacio y el tiempo, viajar por mundos y constelaciones no es sencillo, tuve que aprender demasiado y atravesar muchos obstáculos.

—¿No es el primer mundo que estás visitando? —pregunta.

—No Sol y si mi memoria no me falla, este el viaje número 15 que realizo. Todos en distintos tiempos.

—¿Y por qué llegaste justo a este tiempo?

—Hice un salto a una constelación que no tenía planeado. Cuando llegué aquí me sorprendí demasiado al verte entrar al salón de clases. Apenas si pude reconocerte con esa remera que te cubría de la lluvia. Aunque por un momento pensé en regresar de donde vine.

—¿Justo cuando fuiste al baño apresurado? —cuestiona.

—Sí, en ese momento lo pensé, pero después algo me dijo que tenía que quedarme, que algo había en este mundo que debía vivir. Sé que no me equivoqué al tomar esa decisión. Aunque muchas veces pensé en renunciar. Sobre todo, cuando me dijiste que Leo había vuelto a tu vida, pensé que todo había sido en vano y que quedarme no valía la pena. Estuve a segundos de partir, después llamaste y encendiste mucho en mí. Ese sentimiento me hizo tomar la decisión de luchar por ti. Y perdón si no te lo dije antes, que tú sepas esto es muy peligroso, puedo causar una interferencia en tu línea temporal y hacer que todo colapse.

—Pero, ¿por qué no hiciste nada si decidiste quedarte?, ¿por qué no me buscabas en cada salida?, ¿por qué no me hablabas y solo me dejabas ahí charlando con Leo cuando yo te esperaba?

—Porque no podía detener lo que tiene que suceder, si tu destino era regresar con Leo yo no podía interferirme, porque eso causaría que de inmediato regresara de donde vine. Y no quería Sol, no quería irme sin decirte todo lo que estoy sintiendo por ti.

—Con todo esto que me cuentas, yo entiendo que no venías por mí, ¿no es así?, caíste en un mundo equivocado que no estaba en tus planes y después decidiste quedarte, ¿a dónde te dirigías? —pregunta.

—A antes de ti... A un tiempo antes de conocerte.

—¿Con Sirena? —cuestiona con la voz cortada.

—Sí... con ella —respondo apenado.

Sol me suelta de la mano y se aleja hacia el barandal de la terraza. Me acerco y noto que se toma los ojos secándose las lágrimas que rodaban sobre su rostro. Con la mirada agachada, extiendo el brazo para tomarla del hombro, ella en seguida quita mi mano. Voltea y llorando me dice:

—¿Por qué?, ¿por qué si tenías que ir con alguien más decidiste quedarte aquí?, ¿por qué quisiste quedarte para ilusionarme y hacerme sentir todo esto?, ¿por qué me causaste la mayor confusión en mi vida y al mismo tiempo un sentimiento que no había experimentado antes?, ¿tienes idea de lo mucho que duele?, ¿de lo mucho que me cuesta entender que llegaste aquí porque te equivocaste?, ¿qué vas a hacer ahora?, ¿abandonarme?, después del amor que ya estoy sintiendo, ¿por qué lo hiciste? —pregunta con un fuerte tono.
—Porque en mi mundo jamás vivimos esto Sol —le digo y se queda estática, sorprendida.
—¿Cómo que no lo vivimos?
—Nunca vivimos esto, nunca sentiste nada por mí y yo tampoco lo hice. Nunca me adentré a tu vida como hubiera querido, como lo hice en este mundo. Nunca te vi más allá que una buena amiga, que una chica curiosa que le gustaba aprender de lo que le platicaba. Nunca te lastimé y nunca lo hiciste conmigo. No fuimos nada Sol.
—¿Por qué?... ¿qué sucedió?
—No me sentía preparado para conocer a alguien más. Y me arrepiento sabes, porque ahora puedo darme cuenta que contigo lo tengo todo, que eres esa persona que hubiera deseado conocer. Porque nunca me atreví a invitarte a salir o tan siquiera alcanzarte en la salida para preguntarte más sobre ti. Nunca te acompañé a casa y nunca charlamos más que unos cuantos minutos en las prácticas de la clase.
—¿Y por qué no me buscaste después? —cuestiona.

—Porque te fuiste... Porque mi tiempo se acabó. Porque el semestre terminó y partiste hacia tus sueños, lejos de mí. Lejos de todo lo que quise decirte. No te conocí lo suficiente y después me arrepentí. Tú ya no volviste y tiempo después conociste a alguien más que se convertiría en el amor de tu vida. Y yo seguí con la mía, seguí mi propio rumbo. Lejos de ti.

—No puedo creerlo, no puedo creer que haya sucedido todo eso.

—Pues créelo Sol, porque así fue. Y por eso es que no planeaba viajar a este mundo, porque nunca escribimos una historia que me hiciera volver. Hasta ahora. Te fui conociendo de a poco y cada vez quería quedarme más tiempo. Estos meses me sirvieron para darme cuenta que solo tenía que hacer eso, arriesgarme a ver más allá de lo que nos ofrecíamos y míranos ahora... Estamos aquí, a punto de iniciar una nueva historia. ¿Crees que hice lo correcto? —le pregunto.

—Pienso que tomaste la mejor decisión al quedarte, remediaste lo que en tu pasado te arrepentías y llegaste hasta aquí. Lo lograste, aguantaste y no te rendiste, sabías que podíamos tener algo más que una amistad y así fue. Mírame ahora, me estoy enamorando de ti.

Sol voltea y me toma del rostro, se acerca hacia mis labios y comienza a besarme.

Ahí, en ese segundo, comenzaba nuestra historia.

Ese beso que me devuelve la esperanza, que me hace sentir que estoy donde quiero estar. Que me incita a quedarme por mucho más tiempo. Incluso por toda la vida.

Ese beso que enciende las llamas de un amor que nace de entre el olvido y el pasado. Ese beso que inicia un rumbo distinto al que estaba escrito.

Y lo estaba logrando, había logrado cambiar el destino, cambiar mi vida y su vida, ahora podíamos llenarnos de caricias y besos sin que nada pasara.
Ya no era motivo de un cambio en la línea temporal, habíamos logrado lo imposible...

¡Habíamos ganado y ya era posible estar juntos!

La vida no fue injusta, porque nos colocó de frente y con el sentimiento dispuesto a todo...

Pero no supimos querernos.

Fuimos nosotros cariño,

pecamos y no llegamos a ningún sitio.

Y si en esta vida no funciona...

Te buscaré en la siguiente,
en cada mundo,
hasta terminar de escribir la última página
de esa historia que quedó pendiente.

La Vela, estrella no. 1. Sábado 17 de febrero del 2018:

La cita del 14 de febrero había resultado un éxito. Sol y yo comenzamos una relación esa noche después de nuestro beso, llegué feliz al departamento y charlamos más tiempo hasta que el sueño nos conquistó. La vi dormirse en la video llamada, besé la pantalla y me despedí de ella.

Después, pasamos los últimos dos días de la semana laboral conviviendo día y noche, a todo momento la tenía conmigo. Durante la clase trabajamos aún más conectados y después la acompañé hasta su casa, donde me invitó a pasar para conocer a su familia y pedirme que me quedara a comer con ellos. Fue una tarde espléndida. Ayer no hicimos mucho, le dije que tenía que ir a visitar a mis padres y me acompañó hasta el transporte, me despedí de ella con un gran abrazo y un beso apasionado. Después partí hacia el pueblo de Suhail.

Es la madrugada del sábado 17 de febrero y me encuentro durmiendo, me costó trabajo conciliar el sueño porque comencé a experimentar sensaciones extrañas. Era como si el sentimiento que tenía por Sol unos segundos antes, se fuera escapando del corazón.

No entendía qué estaba pasando, así que fui al cuarto de mis padres a tomar de contrabando una pastilla para dormir que el doctor les había recetado. La tomé y caí rendido en cuestión de minutos. Pero ahora, las pesadillas no han cesado y tratan de darme un mensaje que no puedo descifrar.

Cuando pensaba que habían terminado y que al fin me dejarían en paz, la voz de Taliesín rosa mis oídos:

—El tiempo se acaba viajero...

—¿Qué?, ¿Taliesín eres tú?, ¿qué tratas de decir con eso? —le cuestiono entre mis sueños.

—El tiempo se te acaba muchacho, ¿ya cumpliste

con lo querías no es así?, ya viviste lo suficiente en ese mundo, ya es momento de regresar.

—No, no, ¿por qué regresar?, si al fin puedo ser feliz con Sol, estoy queriéndola más de lo que imaginé, apenas hace dos días que comenzamos una relación, ¡ya es mi novia!, ¿entiendes eso?, no puedes pedirme que regrese, quiero quedarme aquí.

—No es como lo crees viajero, estás en un cuerpo que no te pertenece, tu alma debería morir en poco tiempo debido a la enfermedad que tiene tu propio cuerpo. Eres un anciano que termina su ciclo de vida. Pero insistes en quedarte en ese mundo, con esa decisión vas a ocasionar que el alma de tu otro yo muera en tu cuerpo que se encuentra en el lobby. ¿Crees que es justo para él?, él debería estar viviendo esa historia, él debería enamorarse de Sol, no tú.

—No, yo escribí esta historia, cuidé cada detalle para no arruinar las cosas e interponerme entre la línea temporal, logré cambiar el destino, es mi derecho estar aquí, vivir lo que nunca pude vivir en mi mundo, tengo derecho a sentir, a amar, no es justo lo que me dices —respondo con gran coraje.

—¡Basta de ilusiones viajero!, tú piensas que estás amando a esa chica, pero no es así. Esos sentimientos le pertenecen a tu otro yo. Lo que sentiste antes de dormir fueron tus verdaderos sentimientos. Piensas quererla, pero muy en el fondo sigues pensando en tu misión, en el propósito de tus viajes, ¿no es así?, recuerda tu pasado y dime si no quisieras viajar a "La Brújula" aún después de todo lo que dices sentir por esa chica.

—No, no es así, yo estoy muy seguro de lo que siento, sé que esto viene de mí —le repito con gran molestia.

—Pronto cambiarás de opinión muchacho. Y quiero que lo descubras por ti mismo. Mañana, alrededor de las 6:15 pm. Ve a la calle de Umbriel y camina de una esquina a la otra. Ahí lo sabrás.

—¿Qué sucederá? —pregunto.

—Descúbrelo tú mismo —responde y la voz se esfuma.

Despierto de un brinco y asustado, sudado por la intensidad con la que estaba viviendo ese sueño.

La luz del día ya se asoma por mi ventana y yo me cuestiono:

¿Qué es lo que Taliesín quiere que vea?

Apenas reacciono reviso el teléfono y me percato que tengo un mensaje de Sol:

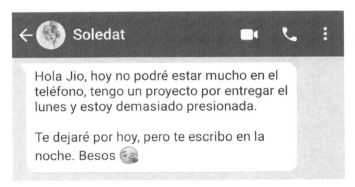

Hoy no podré hablar con Sol, así que no pierdo nada con salir a caminar y descubrir lo que Taliesín dijo.

La tarde cae y voy con rumbo a la dirección que indicó.

La calle Umbriel no está muy lejos del centro del pueblo, así que al llegar me paro sobre la esquina y espero algunos minutos.

No pasa nada, solo es una calle normal transitada por personas que cruzan y saludan.

Camino de una esquina a la otra, llego al final de la calle y nada. Quizá simplemente fue una pesadilla y Taliesín nunca estuvo ahí. No lo sé.

Doy media vuelta para regresar a casa, pero apenas avanzo unos metros mi vista se queda paralizada.

Una chica que asombra a mis pupilas camina del otro lado de la calle con rumbo contrario.

Su pelo suelto llega hasta la cadera, con un fleco entre su frente y en su mirada dos ojitos claros que se rasgan cuando sonríe. Labios gruesos y carnosos, voz temblorosa y una risa que contagia...

La he visto antes, la recuerdo, la tengo en mi mente tal y como era, como si jamás hubieran pasado tantos años.

Es Sirena...

Y apenas llega a la misma altura en la que me encuentro, voltea a observarme y sus labios se curvan quince grados hacia arriba. Me regala la mitad de una sonrisa, una sonrisa que sabe a melancolía, a recuerdo, a una historia que ella también recordaba.

No dije nada, pues no tenía fuerzas ni para hablar, el corazón se me acelera a un millón de latidos por segundo y apenas puedo respirar.

No hice algún gesto, mis piernas tardan en responder y me quedo estático por un momento. Miles de sensaciones recorren mi cuerpo, como si estuviera en medio de una hielera o en pleno desierto. Como si en cazuela me estuvieran hirviendo.

¡Es ella!

Es la chica por la que decidí viajar en el tiempo y por quien hice tanto sacrificio.

Es ella y está tan cerca y a la vez tan lejos de mí. En este punto no hay nada que pueda hacer, simplemente dejarla ir y quedarme aquí, con todo este desorden que acaba de causar en mí.

POR TI, A TRAVÉS DEL TIEMPO

Ahí lo entendí, el controlador no se equivocó y yo no sabía lo que decía ni mucho menos lo que sentía. Pues me bastó solo verla, para devolver todo el amor que había dejado escondido. No la olvido todavía. Y estar con Sol me hizo entender que en este mundo mi otro yo puede ser feliz con ella, porque los sentimientos que traigo dentro de este corazón en realidad le pertenecen a él. A su alma y a su cuerpo. Acabo de descubrir que yo sigo queriendo a Sirena, por más que pensaba que ya había escapado de sus encantos.

Ya pasaron un par de horas desde que la vi cruzarse frente a mí y sigo temblando por todos lados, con la piel erizada y los labios temblorosos. Decidí caminar un poco más hasta tranquilizarme, pero llegué a casa y me di una ducha de esas que te hacen pensar demasiado, después me fui a la cama y ahora me encuentro tratando de entender porqué no ha terminado, qué debo hacer ahora y lo que me espera.

¿Cuál es mi verdadero propósito?

Entre tanto cuestionamiento la cabeza me explota de pensar demasiado y el cansancio me hace quedar dormido.

La Vela, estrella no. 1. Domingo 18 de febrero del 2018:

Una madrugada más donde las pesadillas no me dejan descansar, veo entre tantas cosas mundos colapsados y yo siendo arrastrado por un túnel interdimensional, llegando una y otra vez al mismo sitio, ¿qué significan todos estos sueños?

—El tiempo se acaba viajero y debes tomar una decisión —escucho decir a Taliesín de entre los sueños.

—¿Qué opciones tengo?, si tú solo me pides que vuelva. Y creo que tienes razón, lo mejor será volver.

—Lo siento muchacho, tenías que verlo y sentirlo tú mismo. No hice más que demostrarte que lo que llevas dentro no es tuyo. Y que lo tuyo, lo que tú sientes sigue ahí, atrapado muy en el fondo de ti. Pero eres libre de elegir qué hacer ahora, al final eres tú en todos los mundos. Es tu mismo cuerpo y si quieres quedarte, pronto podrás hacer posesión de ese cuerpo y te olvidarás del tuyo, sin embargo, tu otro yo jamás despertará y morirá en el lobby.

—No se me hace justo, no puedo hacer morir a uno de los míos solo por mi obsesión en quedarme, en querer desaparecer los sentimientos por Sirena por otros que no me corresponden.

—Eso traté de decirte en el sueño pasado, estás haciendo mal viajero, pero es ahora tu decisión, vuelves al lobby o te quedas ahí, empiezas de nuevo, vives una nueva vida con Sol y te olvidas para siempre de Sirena o regresas a cumplir tu siguiente misión para después ir a "La Brújula".

—Tengo que pensarlo, no es tan sencillo como lo dices, dame más tiempo, ¡te lo suplico!

—Dos días muchacho, solo dos días más para que tomes una decisión, después de ese tiempo ya no podrás volver y te quedarás ahí, en ese cuerpo, en ese mundo, con esa historia y ese destino que ya no podrás cambiar.

La voz se esfuma y las horas de la madrugada pasan en un instante, mamá me despierta durante la mañana y yo apenas puedo reaccionar:

—Jio, Jio, ¡arriba!, ya es demasiado tarde y el desayuno está servido —me dice quitándome las cobijas de encima.

—Mamá, perdón, ¿qué hora es? —pregunto preocupado.

—Ya casi es medio día, baja para desayunar y después platicamos, te escuché hablar nuevamente durante la madrugada y me tienes preocupada.

—Discúlpame, he tenido muchas pesadillas —respondo justificando.

—Lo sé, pero no son las pesadillas, es lo que te está atormentando —me dice.

—Está bien madre, desayuno y regreso aquí para platicar contigo.

Me doy prisa en desayunar y en cuanto termino voy a buscarla a su habitación para saber qué es lo que mi madre quiere platicar:

—Listo mamá, ¿de qué vamos a charlar? —cuestiono.

—Primero quiero que me digas qué sucedió con aquella chica de la que me platicaste hace más de un año... Sirena. ¿Por qué de la nada dejaste de hablar de ella?, dejaste de verla y también de venir más seguido. ¿Qué fue lo que sucedió?

—¿Por qué quieres sabes eso madre?

—Porque anoche te escuché hablando con alguien, hablabas de ella y de otra chica. Estabas en disputa preguntando qué hacer. No quiero espantarme hijo, pero sé que no eres tú. No eres mi niño de este mundo y no fue tan difícil darme cuenta. Las madres sentimos el espíritu de nuestros hijos y desde hace meses que no te siento aquí. Sé que eres tú, de eso no tengo dudas, pero no perteneces a este mundo. ¿No es así? —me dice al mirarme a los ojos.

—No mamá, no soy tu verdadero hijo, pero cómo desearía serlo y quedarme aquí para estar más tiempo también contigo, te amo y no sabes cuánto te extrañé —le digo rompiendo en llanto.

—Has vuelto hasta aquí no solamente para buscar a una chica, también llegaste para vivir nuevos días con tu familia, para regresar a cuando todos estábamos juntos y sé que lo disfrutaste, me abrazabas como nunca y me repetías cada noche lo mucho que me querías, eso se nos hizo extraño a tu padre y a mí, por eso fue que de a poco fui descubriendo quien eras en realidad. Eres mi hijo de otro tiempo, pero eres mi hijo y eso nadie lo cambia. Te amo y te amaré toda la vida, pero quiero que pienses bien en lo que vas a decidir ahora.

—Lo sé mamá, si ya no volví a hablarte de Sirena fue porque lo nuestro se terminó, más bien jamás llegamos a nada y eso me mantuvo preso por el resto de mi vida. Cincuenta años después traté de volver, traté de remediarlo, pero me equivoqué, caí en este mundo cuando las cosas con ella ya habían terminado y no me quedó de otra que seguir hasta que conocí y creí enamorarme de Sol. Pero, ayer cuando salí a caminar me encontré nuevamente por las calles a Sirena, después de tantas décadas y fue como si no hubiera pasado ni un día desde que la vi partir. Aún la quiero mamá y de eso no tengo dudas, pero ya me cansé de llevar este amor en el pecho y quiero remediarlo.

—Entonces ve por ella hijo, olvídate de lo que construiste aquí, deja al espíritu de mi hijo volver a su cuerpo y que escriba su propia historia y tú ve en busca de la tuya, vuelve a viajar entre mundos en busca de la felicidad. No puedes quedarte aquí y estar pensando en otra chica estando con alguien más. No sería justo para nadie.

—¿No crees que pueda algún día llegar a enamorarme de Sol? —le pregunto.

—Tus recuerdos jamás se van a borrar porque estos sentimientos no te pertenecen —responde.

—¿Entonces qué puede suceder?

—Solo se van a transformar en amor con su alma correcta... Sí vas a olvidar a Sirena, sí vas a poder estar con Sol y quererla. Sí podrán cambiar el destino, pero no serás tú hijo. Será tu otro yo quien vuelva y pueda hacerlo. Ese es su destino, no el tuyo. Lo tuyo es volver y encontrar las respuestas de porqué sigues llevando todo ese amor dentro de ti. Necesitas descubrir tu propio destino y dejar este mundo.

—Y eso haré madre, te lo prometo, pero antes debo hacer una última cosa.

—Haz lo que tengas que hacer y regresa en paz. Nunca olvides lo mucho que te amo y si ya no estoy contigo en tu tiempo, recuerda que siempre estaré cuando el viento sople y te acaricie el rostro. El tiempo no lo detienes, así es la vida, pero el recuerdo se mantiene y si me sigues llevando entre tus memorias, yo siempre seré eterna.

Mamá me abraza y me da un beso en la frente como señal de despedida.

Ahora he tomado la decisión correcta y lo mejor para todos. Voy a volver. Voy a volver al lobby, pero antes quiero despedirme de Sol.

Salgo de la habitación de mi madre y enseguida le escribo para saber de ella:

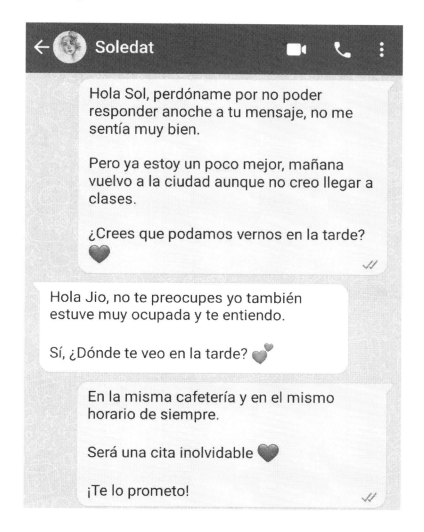

Le digo para después arreglar mis maletas y esperar para partir a la ciudad. Durante toda la noche planeo la sorpresa y realizo los últimos detalles.

Me gusta pensar que en otra vida sí logramos cumplir con cada sueño, cada propósito y llegamos a la meta...

Llegamos a esa vida donde nada importa,

excepto nosotros.

Jamás sentí tanta tristeza
hasta que quise gritar que te quería...

pero ya no había nadie para escucharme.

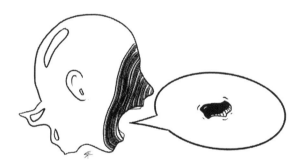

La Vela, estrella no. 1. Lunes 19 de febrero del 2018:

A la mañana siguiente parto con rumbo a la ciudad, llego en unas horas y no pretendo ir a clases, ocupo el mayor tiempo posible para terminar con los preparativos de la cita, de nuestra última cita.

La tarde llega y sin avisarle a Sol voy por ella hasta su casa, toco la puerta y abre sorprendida:

—Jio, ¡Hola!, ¡qué sorpresa!, no avisaste que venías, ya estaba a unos minutos de partir para la cafetería —me dice sonrojada.

—Hoy decidí venir por ti, darte este obsequio y llevarte de la mano hasta nuestra cita —le digo entregándole una cadena que después coloco sobre su cuello.

—¿A qué se debe esta cita tan misteriosa? —cuestiona.

—Ya lo sabrás, paciencia. Anda, ve por un abrigo, el taxi ya viene en camino.

Sol y yo partimos rumbo a la cafetería, al llegar nuestra mesa de siempre en la terraza ya nos esperaba, esta vez adornada con velas blancas y listones que sobresalen del techo y los asientos.

—¿Por qué haces todo esto? —cuestiona de nuevo.

—Quiero que este día sea especial Sol, tengo algo para ti y necesito que se quede en tu recuerdo por siempre —le digo mientras mando a pedir una botella de vino.

La cena comienza y platicamos al mismo tiempo que reímos. Disfruto cada segundo, cada palabra, cada beso y cada risa. Será el último día que voy a verla y tengo que hacerlo especial.

Después nos levantamos y la llevo a mirar las estrellas, la miro a los ojos y le digo:

—Preparé una sorpresa para ti y sea cual sea tu respuesta créeme que la voy a respetar, también quiero decirte que hace unos días recibí una solicitud para trabajar en conjunto con practicantes de la NASA, sé que aún me falta casi un año para terminar la universidad, pero se me hizo interesante comenzar a aprender cosas nuevas.

—¡Qué emoción!, ¡vas a cumplir tu sueño de trabajar en donde siempre quisiste!, no sabes lo orgullosa que estoy de ti... Aunque eso signifique que ahora tendrás poco tiempo para nosotros, ¿no es así?

—Justo por eso quería darte la sorpresa, sí estaré ocupado, pero no me quiero separar de ti y si en los próximos días me notas diferente es por tanto estrés y presión que voy a tener, pero por favor, no te alejes, solo compréndeme, hazme sentir que me quieres aún con toda la carga de trabajo, quiero que demuestres ese amor que llevas dentro.

—Está bien, no tengas duda de eso, te haré sentir como siempre, amado por esta chica que cada día te quiere más y que no piensa en soltarte.

—¿Estás segura que me amas? —le pregunto.

—No solo eso, estoy segura que contigo quiero pasar el resto de mi vida —responde.

Y es entonces cuando todo ocurre, las luces se encienden, nuestra música favorita se escucha en el fondo y cuando ella pensaba que lo que yo quería era tomar su mano para bailar, me arrodillo de frente y del bolso saco un anillo:

—Sol, no sé si es muy pronto para esto, pero no quiero perderte y te quiero tener conmigo incluso cuando la vida se nos complique, quiero que estés conmigo viéndome cumplir mis sueños, así como yo quiero verte cumplir los tuyos, y cerca o a la distancia, no abandonarnos... ¿Te quieres casar conmigo?

Sus ojos se llenan de lágrimas y se queda callada por un momento, pero después reacciona para decirme:

—¡Sí!, claro que quiero, quiero ser el amor de tu vida, no te miento, te amo como no te lo imaginas y por un momento pensé que íbamos a distanciarnos con lo del trabajo, pero nunca me esperaba esto... ¡No lo puedo creer!

—Créelo Sol, estoy dispuesto a todo por vivir esta vida a tu lado, por sanar las heridas y dejar de romper en llanto cada noche al sentirme solo, quiero curarme y despedirme de los malos recuerdos para vivir inmensamente feliz a tu lado y sé que contigo lo voy a conseguir.

—Y también sé que contigo lo haré, seré muy feliz, lo seremos, ¡tenlo por seguro!, gracias por tanto Jio, jamás imaginé que este día llegaría.

Nos quedamos ahí por muchos minutos abrazados, después nos besamos lentamente, sentir sus labios por última vez sería mi mayor consuelo.

La noche termina así, saliendo de nuestra cafetería favorita tomados de la mano y con un anillo de compromiso entre los dedos.

Me duele saber que todos los sentimientos que experimenté esta noche no me pertenecen, que nunca más volveré a sentir esta felicidad porque no es mi mundo y debo volver a mi verdadero propósito.

Me cala en lo más profundo decirle adiós al dejarla en la puerta de su casa y despedirme con un gran abrazo y un beso en la mejilla.

Doy la vuelta y camino en silencio, esperando el transporte de regreso al departamento. Ahora tocaba hacer lo más difícil...

Hacerle saber a mi otro yo que cuando volviera aquí, tenía que dejar atrás los recuerdos con Sirena y enfocarse en lo que sentía por Sol.
Llegando a casa me quedo pensando por varias horas lo que tengo que decir, cómo iba a hacerlo y sobre todo que no fuera tan sospechoso para no ocasionar un desastre. Y así fue como tomé una decisión, con una pluma y hoja comienzo a escribir:

CARTA PARA JIO CLEPPER HALLEY:

Hola amigo, tal vez te parezca extraño encontrar esta carta en el escritorio o tal vez recuerdes perfectamente que la escribiste, pues todos los recuerdos que viví estando en tu cuerpo serán transportados a tu propio espíritu. Pero sé que tú y yo vamos a entendernos, somos uno mismo, sabrás que es un mensaje para ti y quiero que lo cumplas al pie de la letra:

Lo lograste, en este mundo serás feliz con Sol y cambiarás el destino de todos los que somos como tú. No tienes idea de lo mucho que me hubiera encantado ser yo, pero desafortunadamente, lo que siento es tuyo y no debes arruinarlo.
Ya no busques más, ya no pienses ni te tortures por lo que se quedó en el pasado. Sirena no va a volver, ni ahora ni en 50 años en el futuro. No te aferres a algo que ya se terminó, recuperarla ya no es tu misión. Pero te prometo que yo iré hasta ella y cumpliré con lo que se quedó estancado.
Tú encárgate de amar a Sol, mamá dice que no será tan difícil amar a una persona que te ama también, pero tenía que ser así, uno de los dos tenía que perder y quiero ser yo.
Ojalá que la vida me alcance para lograr sentir ese amor que les espera. Te deseo lo mejor, les deseo lo mejor...

Con cariño: Jio Clepper Halley - 2058.

Coloco la hoja sobre el escritorio, le mando un último mensaje de buenas noches a Sol y a mis padres y me recuesto para entrar en el trance de transportación.

Ahora entiendo que mi misión fue ser Eclipse.

El brillo de Sol es demasiado para la sombra que puedo ofrecer. Nunca fuimos nada y a la vez lo sentí todo.
Entre melancolía y lágrimas mi espíritu regresa al lobby, llegando a mi cuerpo y abriendo los ojos.
Con una última esperanza puesta en mi siguiente viaje, con la mente más enfocada en mi verdadero propósito y dejando a un lado lo que no me pertenece.

La Brújula...

Mi destino o mi muerte.
Mi pasado o mi presente.
El sentimiento o la resignación.
Intentarlo o dejarlo al olvido...

El amor que nunca volvió.

En un viaje, el tiempo es un factor importante, uno de los más cruciales.
"El último tren a la zona verde" (2013), Paul Theroux

Fuiste un recuerdo más,
una caricia en el pecho,
un amor que no pudo ser,
un viaje con un destino distinto.

Y solo me queda decir una última cosa:

Que en donde quiera que aterrices...

seas muy feliz.

UN DESTINO ENTRE TANTOS MUNDOS

Te busqué,
como el sediento busca el agua,
como el girasol rota para encontrar al Sol,
como la Tierra busca luz
entre las sombras de un eclipse sin razón.

¿Recuerdas las últimas palabras que me dijiste?
Quizá 42 años no fueron suficientes
para olvidarlas, para cruzarme
en tu camino y recordarlas.

Un destino entre tantos mundos,
es como buscar un grano de arena
entre un planeta océano.

Tantos corazones que busqué
entre los viajes interestelares,
tantas caricias que no permití,
tu fantasma me impedía volver a decidir.

Reconstrucción de alas que no volaron,
de estrellas que no estallaron,
de cohetes que no despegaron,
de besos que no existieron.

Siempre te esperé,
en los momentos perfectos
cuando pensé que llegarías.

En las altas mareas de luna llena,
en una odisea que no terminó
ni en otros tiempos.

Naufragué entre mil ciudades distintas
buscando el calor de una llama apagada,
de una teoría conspirativa jamás escrita.

Un destino, mil mundos,
miles de millones iguales a ti,
buscando la salida a una estúpida obsesión.

Caí en otros brazos buscándote suplir,
dime cómo se olvida lo que nunca comenzó,
lo que no se vivió,
lo que jamás se sintió y solo se esfumó.

Quizá no querías verme sufrir,
pero la decisión de salir en pedazos
era mía, no debiste darle fin
a lo que después te arrepentirías.

No quise volver y verte así,
sin rastros del amor
que alguna vez te ofrecí.

Pensé lo suficiente,
progresé hasta cumplir
con mis más grandes caprichos,
tan solo para volver a caer
entre la ilusión y el desencanto.

Un destino entre tantos mundos,
te sigo viendo lejos,
a un infinito de años luz
a través de lo desconocido.

Me dejaste atrás,
en una sonrisa que no dibujé,
entre corazonadas y
promesas olvidadas.
Entre el polvo y la neblina,
entre la costumbre
y la maldita monotonía.

Esta historia continuará...

AGRADECIMIENTOS

A mis padres siempre, por el apoyo brindado y porque jamás abandonaron mis sueños.

A Fátima Salinas mi compañera de vida, por motivarme en mis proyectos y alentarme para nunca rendirme.

A mis amigos y amigas que me acompañaron en el camino de la vida, por todo lo que me enseñaron y transmitieron.

A mi mejor amigo de cuatro patas que se encuentra en un mejor mundo, por demostrarme la lealtad hasta en su último suspiro.

Al espacio y al tiempo, por permitirme crear y llegar hasta mi mayor meta, por darme las fuerzas de cada día para seguir soñando por terminar este gran proyecto, por la inspiración brindada y por todo lo que está por venir.

Y a ti, querido lector, que sin tu apoyo nada de esto sería posible, gracias por estar siempre.

Gracias por tanto.

OTROS TÍTULOS DEL AUTOR
QUE TE GUSTARÁN:

12 MANERAS DE AMAR(TE)

Jairo Guerrero

Nueva Edición

12 MANERAS DE AMAR(TE)

"Amar, en su máxima expresión, de todas las formas y maneras en las que tu recuerdo me revive. No suelo preguntarle al mundo lo mucho que me cuestas, pero salgo en busca del amor en cada pendiente, en cada instante, en cada estación".

En la vida siempre logras cruzarte con varios tipos de amores, 12 son suficientes para conocer cada etapa de la vida y cumplir con el destino. Los recuerdos se encuentran perdidos en el olvido y la incondicional espera para volver a ser recordada.

¡Vivamos la aventura!

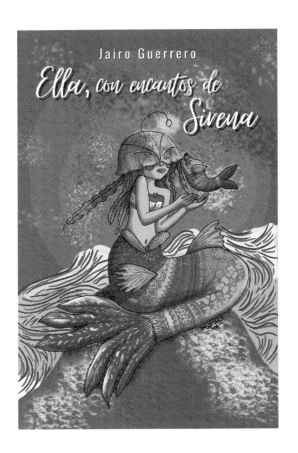

ELLA, CON ENCANTOS DE SIRENA

"Ella, con encantos de Sirena" es un portal hacia la superación, recordando lo pasado, el presente y lo que está por venir, vas a adentrarte en la vida de Sirena, la Incondicional está al descubierto.

Tan misteriosa, como aquel regalo que con tantas ansias quieres abrir para ver su contenido, conocerás sus debilidades y cada una de sus perfectas imperfecciones.

Tan soñadora, como esos deseos que parecen imposibles, cuando el amor volvió a tocar su puerta, los días en los que se sintió amada y cuando aquellas mariposas en el estómago revivieron.

Tan encantadora, saliendo de las ruinas y amándose como ninguna, superando todas las decepciones que llegaron después del fracaso.

Tan inolvidable, como esos libros que no te cansas de leer, que cuando te sientes triste y sin ánimos, lo vuelves a tomar para revivir el amor propio que debes llevar siempre.

Vas a sumergirte entre sus lágrimas, luchando contra el dolor, el difícil proceso del olvido, hasta llegar a sentirte entre sus brazos, sintiendo su alma y sin darte cuenta, estar en el mar de los cielos, nadando a su lado... Entre sirenas.

Continuemos el sueño, porque los viajes por el espacio y el tiempo, apenas comienzan.

¿Te atreves a vivirlo?

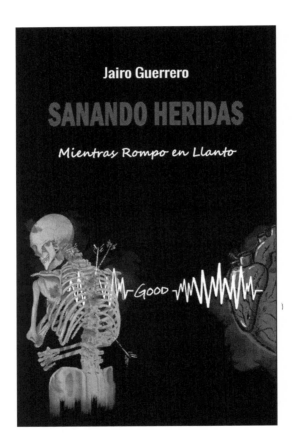

SANANDO HERIDAS: MIENTRAS ROMPO EN LLANTO

Todo el mundo dice que es fácil olvidar, que es tan sencillo soltar, pero se equivocan, porque cuando se quiere de verdad decir adiós cuesta bastante.
Siempre que se intenta se vuelve a lo mismo, "recordar lo felices que alguna vez fuimos".
Sientes que la vida se acaba, que te has quedado siendo solo un esqueleto que deambula por las calles lleno de heridas.
"Sanando Heridas Mientras Rompo en Llanto" es un libro para todo aquel que se encuentra en el proceso, después de recibir una despedida o experimentar las decepciones.
Vas a adentrarte en el mundo de la resiliencia, encontrarte contigo mismo, con un toque nostálgico que de a poco te irá sanando, pero también te estará rompiendo en llanto.

Un libro sin géneros, libre de desnudar cada página para hacerte sentir cada vez menos roto, con cada verso ir buscando el respiro y encontrar las puertas de aquel laberinto del que no puedes salir.

¿Te arriesgas a vivirlo?

Jairo Guerrero

SANANDO HERIDAS

Mientras Despido tus Recuerdos

SANANDO HERIDAS:
MIENTRAS DESPIDO TUS RECUERDOS

La vida está llena de heridas, de esas que te hacen romper en llanto para después forjarte en una nueva persona. Quizá el proceso no es sencillo, pero cada día es un nuevo comienzo para despedirse de las penas y dejar atrás esa esperanza. Porque, a decir verdad, uno espera algo que ya no volverá.

"Sanando Heridas: Mientras Despido tus Recuerdos" es el siguiente paso, después de pasar noches en vela y derramar mil lágrimas, también es necesario soltar y decir adiós para empezar de nuevo. Despedirse de los recuerdos es complicado, pero necesario para poder seguir con tu vida.

¿Te arriesgas a vivirlo?

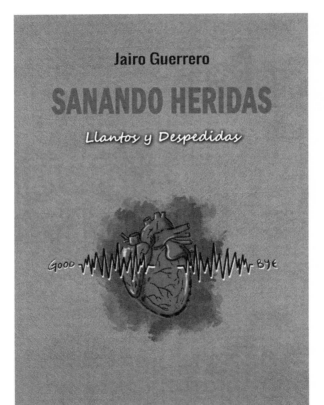

Jairo Guerrero

SANANDO HERIDAS

Llantos y Despedidas

SANANDO HERIDAS: LLANTOS Y DESPEDIDAS

"SANANDO HERIDAS: Llantos y Despedidas" es una recopilación de los dos libros del autor "SANANDO HERIDAS: Mientras Rompo en Llanto" y "SANANDO HERIDAS: Mientras Despido tus Recuerdos". Un libro único para todo aquel que busca sanar el corazón.

Un poemario sin géneros, libre de desnudar cada página para hacerte sentir cada vez menos roto, entre llantos, nostalgia y despedidas.

Una edición especial para conmemorar los mejores textos de Jairo Guerrero reunidos en un solo lugar...

¿Te arriesgas a vivirlo?

BIOGRAFÍA DEL AUTOR:

Jairo Rogelio Carrera Guerrero (Huautla de Jiménez, Oaxaca, México. Agosto de 1996) Ingeniero en Mecatrónica, autor de los libros: "12 Maneras de Amar(te)" (Alcorce Ediciones 2020), "Ella, con encantos de Sirena" (Shikoba Ediciones 2021), "SANANDO HERIDAS: Mientras Rompo en Llanto", "SANANDO HERIDAS: Mientras Despido tus Recuerdos" estos dos últimos libros conforman: "SANANDO HERIDAS: Llantos y Despedidas". Y su actual novela: "Por ti a través del tiempo: Los primeros viajes".

Coautor de: "Tierra de Latidos: Antología de nueva poesía Latinoamericana" (Alcorce Ediciones 2021).

Codirector del proyecto literario: "Poesía por el Planeta".

Sus textos siguen recorriendo el mundo generando un gran impacto a través de redes sociales mientras sigue trabajando en sus próximos proyectos.

Es autor independiente, sin embargo, sus libros también han sido publicados por editoriales de gran prestigio abarcando las bibliotecas más importantes del mundo.

ÍNDICE: